—————— 阅读之前 没有真相

午夜文库

嬗变

呼延云 著

新星出版社　NEW STAR PRESS

目录

1	原版序
3	第一章　骨头
21	第二章　刘思绺
36	第三章　白色布娃娃
53	第四章　噩梦
70	第五章　碎尸
89	第六章　中国的开膛手杰克
101	第七章　犯罪个性剖绘讲座
121	第八章　"莱特小镇"里的鬼魅
142	第九章　两个凶嫌
162	第十章　人与兽
189	第十一章　浴血
210	第十二章　奇怪的三十秒
227	第十三章　大恐慌
247	第十四章　搜查贰号公馆
276	第十五章　救命
300	第十六章　又一起凶杀案
324	第十七章　郭小芬的推理
344	第十八章　黑色星期天
369	第十九章　蓝色的河流
388	第二十章　嬗变
427	再版后记
431	新版后记

原版序[①]

她似闪电，刹那间裂变了我们的瞳孔：从爱伦·坡一八四一年发表《莫格街凶杀案》迄今，推理小说风靡世界，历一百六十八年而弥久不衰，唯独在中国，除了二十世纪初程小青先生的《霍桑探案集》等民国作品，罕有建树，近年流行的一些挂名之作，够恐怖、够悬疑，但不是谜团一万巧合八千，就是凶手乃厉鬼冤魂，毫无逻辑可言。而《嬗变》在融入了法医、行为科学、刑事鉴识等多种刑侦领域的前卫元素的同时，坚定地将推理小说的本质——严密的逻辑性视为其骨、其心、其血、其脉，挑战智慧，无愧本格！

她如鲜血，凄美中包含着无限的隐喻：石头密室中奄奄一息的裸女，割乳，火柴盒，"温斯洛克"，Leonard Cohen 忧郁的吟唱，上流社会对"股掌"的奇异解释，游走在大都市中麻木不仁的群阉，血腥的犯罪和荒诞的动机，爱到"抉心自食"，恨到"怆痛酷烈"，铅一样沉重的阴霾，密布不散，直到最后才化为滂沱的大雨……在这个危机重重的时代，孰能免祸？孰能拯救？孰能逃脱命运重压下人格的畸变？难道最终的答案，只是封面那一滴不甘并不干的泪水？

[①]此序于二〇〇九年本书初版时，刊载于卷首位置。作者注，下同。

请翻开《嬗变》的第一页,开始一段惊心动魄的阅读之旅吧!不再默认无声无息的屠戮,不再忍受痛入肺腑的自戕,毕竟,我们还有推理——正如无数个深夜里,你反复拨拉着自己早已燃成灰烬的骨殖,寻找最后一点点希望的火光。

第一章　骨头

黑暗中，她摸到了那块骨头。

冰冷的骨头上，有些发黏的东西，还有一些丝絮状的物体，简直就像是……

她浑身发抖。

是血，和没有刮尽的肉……

我的天啊！

她非常想惨叫。再没有什么比惨叫更能表达她内心的巨大惊恐了！可是她又不敢，如果把那个魔鬼招来……

我的天啊！

她扼住自己的喉咙，力气大到几乎把自己掐死。这样，她才把惨叫的欲望生生地压回了起伏不定的胸腔……

她低低地啜泣起来。

黑暗中，她开始一点点抚摩自己的身体，每一寸肌肤，像是母亲在抚慰受惊的孩子。是的，现在她不再是自己，而是自己的妈妈，她多么想重新扑进妈妈的怀抱里，就像儿时碰到一条好大好大的毛毛虫时一样。

"别怕，孩子……"

妈妈一定会这样温柔地安慰她的。

可是现在——

一切都太晚了。

她怎么会那么轻易地答应和那个魔鬼上床？只是一起在化装舞会上跳了个舞，喝了瓶红酒，戴着狼人面具的他对她说："有没有兴趣来点更刺激的？"她向他飞着媚眼："刺激？你能给我多大的刺激？"

他笑得那么暧昧，面具后面的眼睛闪烁着诱惑的光芒："试试看喽。"

她一向觉得上床不过是一种带有强烈快感的体育运动，她甚至数不清自己和多少个男人上过床了。有的，事后会给她扔下一些钱；有的，事后会趁她睡着，把她身上最后的一点钱拿走。

接着就是醉醺醺地跟着他回了家。一般来说，带自己回家的男人都是给钱而不是拿钱的。

进门之后，他突然把她死死地抱住，按倒在了地上。那一瞬间，一种奇怪的恐惧感浮上她的心头，因为她发现身上的这个男人居然还戴着那个格外诡异的狼人面具，绽开的双唇间，露出了白森森如尖刀般的牙齿！

她闭上眼睛，就像每次看鬼片一样，每当最恐怖、最血腥的画面即将在屏幕上出现的刹那，她总是不由自主地将眼睛紧紧闭上，攥着拳头，汗毛倒竖，血液凝固，冰冷的身体不停发抖，这是她恐惧时犹如甲虫伪死般的本能反应。

全过程，男人一声不吭，高潮时也一样，只是冲击猛烈得惊人！她感到下体有一只钢爪疯狂地进进出出，仿佛实施着没打麻药的刮宫手术。钢爪的齿刃上挂着鲜血、黏膜和胎儿的粉红色肉碎，正如她曾经做过无数次的人流手术……这种可怖的联想生生撕开了她的眼皮，那一刻，她看到他脖子上的血管偾张着，要爆裂似的。

她吓坏了！

她从地上坐起，匆忙地将衣服一件件套在身上。由于太紧张，胸罩死活扣不上，索性就那么挂在丰满的胸前，匆匆穿起外衫。

男人一直坐在地上看着她，面具的眼睛部位只有两个深不见底的黑色孔洞，仿佛两只眼球已经被挖掉似的。

她站起来，甚至没说"再见"就向门口冲去。

男人一动不动。

她拧动门把。太好了，只要一步，就可以跨出这该死的地方了！

她庆幸自己即将逃离之际，清晰地闻到了一股血腥气。

门没有打开——

怎么搞的？

她使劲拧门把，"哐哐"地往里拉、往外推，可门就是打不开！

她急了，这门是坏了？

"操！"她骂着。

身后传来男人的笑声，声音很轻。

她感到笑声像无色透明的蜘蛛丝一样裹挟着自己，向一个深渊陷下去，陷下去……

醒来时，她在黑暗中，摸到了那块带血的骨头。

啜泣突然停止了。

抚摩自己身体的手也停了下来。

天啊，我竟然是赤裸的。

我到底在哪儿?

他究竟想要干什么?!

妈的!我是我自己的,他凭什么把我囚禁起来?!

她愤怒地想站起来,但是脑袋立刻碰到了墙壁,坚硬的石头撞得她好疼!

她这才发现自己竟然是被囚禁在一个非常狭小的空间里,仿佛是量身定做的石头棺材,躺着的身体稍微伸展一下都会遇到不可能破除的障碍。

她感到呼吸越来越困难了,下一口必须比上一口嘴巴张得更大,才能摄足维持生命的氧气。

"我要死了吗?"她绝望地想。

就在这时,她听见自己的脚部传来了"咔嚓嚓"的响声,有什么东西被打开了。

她汗毛都竖了起来,本能地把脚往里蜷了蜷,却再也没听到声息。

可是她的恐惧感却越来越大,因为她的脚掌清晰地感到凉飕飕的,显然是"石头棺材"被打开了一个口子,但口子外面,却是她无论如何也不敢试探的未知。

死一样的寂静。

她瑟瑟发抖,一声不吭,甚至连呼吸都屏住了。

初二那年,一个深夜,喝醉了酒的继父闯进房间,夺走了她的贞操。从那以后,他经常深更半夜摸到她的床上……如果她反抗,就会遭到劈头盖脸的殴打!有一段时间,她真的是旧伤未愈,又添新伤。

经常值夜班的妈妈问起来,她就说是考试成绩不好被继父教训的,她不敢告诉妈妈真相,否则……继父说过,要把她和妈妈一起杀死。

直到那一天……

她永远永远不想再回忆起的那一天,此刻,在这死寂的黑暗中,却那样清晰地浮现在眼前。

那天深夜,当继父再次摸到她的床上时,她死死抓住被角,流着泪水哀求他放过她。继父开始扇她耳光,她抵抗了,没用,被子再次被扒开,熊爪一样的手,粗野地在她的身体上揉搓着。

突然,门口响起一声愤怒而绝望的哀号,就像觅食回来的母狼,看到崽子被豺狗叼住了脖子。

是妈妈。

她滚到床下面,听着外面的厮打和哀号,不停地哭……

突然,一切都沉寂了下来,死一般的沉寂,就像现在一样。

黑暗中,她蜷缩在床下,完全不敢出声,任泪水一串串地滚落面颊。

好久好久,她听见继父粗野的喘息声——

呼哧呼哧!呼哧呼哧!

"小宝贝,现在没事了,我们可以好好地玩一玩了……"

她被从床下拖出的一刻,看到了喷溅在暖气片上的乌黑的血,妈妈歪着脑袋,躺在暖气片下面,黑暗中,眼睛瞪得又圆又大。

现在,此刻,黑暗比那时更深,更浓……还有,妈妈瞪得又圆又大的一双眼睛。

不知过了多久,她感到自己再也承受不住这死寂了,于是,轻轻地把蜷起的脚往外探了探……

"啊！"

只有极度的恐惧，才能发出如此凄厉的尖叫——因为，一双手仿佛从坟墓里突然伸出，死死攥住了她的脚腕子！

兔子被鹰捉住了！

她大叫着，撕心裂肺地大叫着，两条雪白的大腿像将被吊死的人一样蹬着，踹着！

但是毫无用处，叫声撞在厚重而狭隘的墙壁上，反射回来，震得她耳鼓生疼，却传不到"石头棺材"外面。那双攥住她脚腕子的手，仿佛是脚镣一样紧紧地箍着。

野兽在外面，黑暗中双眼放出淡绿色的光芒，白森森的牙齿微微地龇着。

野兽好像在笑，因为猎物无用地挣扎。

很快，猎物耗尽了最后一点体力，渐渐停止挣扎，她终于明白了野兽的目的：让她把所有力气消耗在这"石头棺材"里，而对他毫无伤害。

然后，她只觉得身体被一点点拖出"石头棺材"，仿佛一头死掉的猪。

"砰！"

她的头出了"棺材"口，撞在了地面上，她轻轻呻吟了一声。

戴着面具的野兽把她的腿用铁丝捆绑住，然后又翻过她的身体，用铁丝反缚住了她的双手。

"放了我吧……"

猎物的喃喃声把野兽吓了一跳，他翻转回她的身体，打开电筒，照着她惨白的、满是泪水的脸。

"我要回家，我想我妈妈，求求你放我回去吧，我想我妈妈……"

野兽点点头。

她以为自己的哀求起效果了。

然后,她看到了一把手术刀。

野兽攥紧刀柄,看了看刀刃上的寒光,眯起眼睛又看了看她,继而缓缓地蹲在她的身前,把电筒放在地上。

他要干什么?

他用一块布堵住了她的嘴,伸出手,一把攥住了她右边的乳房。

刀刃刺开皮肤,由肥厚的脂肪囊切入,血水和体液一下子涌了出来,顺着刀柄的下端流淌到地上。

巨大的疼痛感使她的眼珠都要瞪爆了,被堵住的嘴里发出惨痛的呜呜声!

但野兽的刀没有丝毫停留,只是猎物的身体颤抖得太厉害了,到胸大肌筋膜的地方,割得很不顺利,没有刚开始那种切蛋糕般的流畅感……血越涌越多,野兽皱了皱眉头,把已经割开一半的乳房往上扯了扯,然后用力把刀横向一拉——

"嚓"的一声,整个乳房被完整地切了下来,与胸大肌竟还有絮状的血丝牵连……

"呜——"

她发出最后的惨叫。

这时,有什么声音从上面传来,有点像脚步声,一串,十分急促。

野兽从容地把那只乳房装在一个塑料袋里,然后将昏死的猎物的手骨一一折断,并从兜里掏出一罐液体,灌在猎物的嘴里。

最后,他把一个东西扔在地上,缓缓地离去。

醒来时,她发现自己躺在一辆救护车里,鼻子和嘴都罩在氧气罩里,颈部以下完全没有知觉。

"她到底什么时候能够醒来?"一个急促的声音在问。

"已经全身麻醉,创口的清理已经完毕,应该没有生命危险。多亏你带队及时赶到……啊,她已经醒来了!"

视线由模糊一点点变清晰,接着,一抹哀怜的眼神如温暖的水一般抚摸过她的面庞。

渐渐地,她恢复了一些意识,想起了一些东西:黑暗、脖子上偾张的血管、拧不开的门、刀片,还有……冰冷的骨头。

她浑身哆嗦起来,然后,身体突然像触电一样剧烈地颤抖!

旁边的心脏监控仪的屏幕上,原本平缓流动的曲线,刹那间变成了尖刀林立!

不久前的死亡恐惧,火山一样在她心里爆发,灼得她几欲发疯!

是的,全身麻醉抑制住了肉体上的痛苦,但是恰恰由于搞不清肉体被摧残成了什么样子,心灵的恐惧急剧加大,以至于她有了一个令人毛骨悚然的念头——

我,是不是只剩下了一个头颅?

"这样她会死掉的!"视线中出现了穿着白大褂的医生焦急的脸,"自己把自己杀死!"

"坚强点,你坚强点!"

那温暖如水的眼神再次抚摸着她……她渐渐看清了他:两道俊朗的眉毛下,一双明亮的眼睛放射出洞察一切,同时又充满悲悯的光芒。

这个身穿便衣的年轻人,和其他几个穿着警服的人一起,望着她。

他似乎是搂住了她没有知觉的肩膀:"你得帮我们抓住他,抓住那个伤害你的家伙,所以你得活下去,你必须活下去,明白吗?必须!"

她凝望着他,不停流泪……总算是慢慢平静了下来。

医生钦佩地看着年轻人。

"你……还疼吗?"他问。

"她的嘴里被灌进了大量硫酸。"旁边的急救医生低声说。

"我知道……"年轻人摇了摇头,然后依旧无限哀怜地凝视着她。

车停下了,等候在外面的医护人员迅速将受害者抬进手术室,实施进一步的救治。

他一直跟到手术室门口,她在被抬进门的一瞬间,被泪水泡得发肿的眼睛,还湿漉漉地望着他。

他向她点了点头,仿佛做出了承诺。

手机响了。

"香茗!你赶快回来,我这边有点儿顶不住了!"电话里传来市公安局新闻处处长李弥焦急的声音。

"哦……"他虚应着,眼睛却一刻不离地盯着手术室的大门。

好一会儿,才转身走掉。

乌云密布。

市公安局的大院里,树影铺陈出一片密密匝匝的阴影,一路走过去,无论比他年长还是年轻的警察,一律向他行注目礼。

虽然他今年才二十六岁,虽然他并不是警察,也没有警衔。

但是……

他缓缓走进新闻发布厅,站在一个角落里。

包围着新闻处处长李弥的记者们没看到他，还在不断向已经焦头烂额的李弥提问。

站在李弥不远处的一个女警看见了他，伸手一指，冷冷地说："你们要找的人在那儿。"

记者们齐刷刷地回过头，然后不约而同地发出轻呼，蜂拥而上，闪光灯在顷刻间亮成一片。

他看了那个女警一眼。

"林组长，请您详细谈一下这起案件的侦破经过！"

"那个女孩有没有生命危险？"

"听说歹徒的手段极其残忍，是吗？"

他保持缄默。

"请问，这会不会是一起连环凶杀案的开始？"

抬眼望去，果然是她——《法制时报》的记者郭小芬。

这是一个容貌娇美、打扮入时的女孩，虽然只有二十四岁，却已经独立报道过多起震惊全国的重大刑事案件。她的写作风格独特，一面对案件跟踪报道最新进展，一面进行自己的推理，有几次居然与最后的真相完全契合，因而在刑警中颇受礼遇，所以她的消息也比大多数同行"灵通"得多。

"连环凶杀案"这个词从她的口中吐出，绝不会是空穴来风，许多记者瞪圆了眼睛。

"这只是一起单一的刑事案件，我们没有发现这起案件与其他案件的关联。"林香茗平静地说。

郭小芬看着林香茗，嘴角那一抹可爱兼调皮的微笑，表明她早已洞悉了一切。

好不容易打发走了记者，林香茗乘电梯上了六楼，来到局长办公室的门口，敲敲门，走了进去。

套间。外间极大，几个分局的头儿正和局长秘书周瑾晨闲磕牙，等待局长接见。林香茗一走进来，包括周秘书在内的所有人都站了起来，和他打招呼。

"局长在忙？"他轻声问周瑾晨。

周瑾晨朝着里间做了个"请进"的手势。全局上下，大概只有林香茗有这个特权。"今后他来找我，无论我在忙什么，无论我有多忙，都不得阻拦，可以直接'闯宫'。"这可是局长亲口下过的"圣谕"。

林香茗刚要敲门，门却"呼"的一声被人拉开，一个膀大腰圆、粗犷的脸孔像被斧子削过一样的人，气冲冲地走了出来，正要与林香茗擦肩而过，却又刹住脚步，转过身，故作惊诧地望着他说："哟，您又来啦，您说您一大学老师，不好好给学生们上课，老往我们这刀口上舔血的地方跑什么啊？"

林香茗望着对方——市公安局刑侦总队一处副处长杜建平。

"您瞧，我又忘了，您现在是许局长的大红人，可不是当年那个跑到专案组来'支援'我们的警校生了，失敬，失敬！"

杜建平冷笑着，大步离去。

各个分局的头儿，以及周瑾晨都目瞪口呆地看完这一幕，有些人的脸上露出幸灾乐祸的笑容。

林香茗走进了里间。

市公安局局长许瑞龙正在批阅一份由公安部转来的文件，头也不抬地问："香茗？"

林香茗关上门，立正。

"真有那么严重吗？"许瑞龙放下笔，摘下老花镜，抬起头，脸上挂着一丝略带烦躁的疲惫。

今年五十九岁、满头白发的许瑞龙，大概是这世上为数不多的警龄比年龄还要大的人。他生于一九四八年,民国时的警察,吃空饷是习以为常的事,比如实有八十人,上报一百人,那"虚拟"的二十人的薪水自然就被主管侵吞。许瑞龙的父亲——当时被称为京津第一名捕的许天祥,时任侦缉队总队长,自然也不能免俗,在儿子没出生前就把他的名字填在了警员花名册上……

"在现场,我们除了解救受害人,还发现一根骨头,初步推断是人的大腿骨,也就是说,凶手在绑架、凌虐受害人之前,已先杀害一人,但由于缺少其他残肢,很难确认死者的身份。"林香茗出言十分谨慎,"从遗留在现场的火柴盒看,凶手很可能还在酝酿着新的犯罪计划……"

"火柴盒?"许瑞龙嘟囔了一句,从椅子上站起身,慢慢地踱到窗边,凝望着城市夜晚的灯火。

作为市公安局局长,每天要处理大量公务,不可能关注每一起命案,但对林香茗不一样,哪怕他在早市抓住了一个拎包的贼,许瑞龙也必定要亲自过问,个中原因,刚才杜建平和自己争执时,一句话就说到了点子上:"您不就是想在刑侦总队外,另起一个山头吗!"

对,就是要另起一个山头!许瑞龙对此态度坚决。他自己就是从刑侦岗位上一点点爬上来的,太了解国内普遍采取的命案侦破方式了,明明进入了二十一世纪,依然是摸排、指纹、足迹、车轮战审讯……被任命为局长之后,他到英国、日本和美国这三个集中了世界顶级刑侦专家的国家访问时,一次次感到巨大的差距。

"光身搜查……就是让犯人脱光了之后进行搜查吧?"和他一起访问的杜建平,在位于弗吉尼亚州匡蒂科市的"联邦调查局学院"观摩 FBI 探员模拟进行犯罪现场调查时,忽然发问。

许瑞龙永远也忘不了美国同行爆发的大笑。

他就是在那里遇到林香茗的。

"香茗，好几年不见了啊！"许瑞龙握着他的手，有些激动，"当年你和蕾蓉、刘思缈并称中国警官大学的'三杰'，毕业之后我想把你们三个都调进局里，谁知一打听，说你不声不响地到美国留学来了，到底怎么回事啊？"

林香茗说："我计算机考试不及格，没有拿到大学毕业证，我就给FBI发了一封邮件，介绍了一下自己的履历，著名犯罪行为剖析专家John Douglas教授亲自回信，让我到美国跟他学习，就这么的，我来到了匡蒂科。"

"但是我记得，你大学时代就已经考取了微软高级工程师的证书啊。"许瑞龙糊涂了。

"咱们大学计算机考试考的那些，大多是二十世纪九十年代初的东西，已经毫无实用价值，我实在是懒得背。"林香茗说。

那天晚上，许瑞龙坐在宾馆房间的电脑前，把林香茗在FBI几年的破案记录读了又读，原本酽酽的红茶硬是冲成了白水。

一夜未眠的结果是，第二天一大早，他就来到FBI模拟训练中心的靶场，找到了正在用史密斯手枪练习射击的林香茗。

"你愿不愿意跟我回国？"

林香茗一愣："我得跟老师商量一下。"

原本以为John Douglas会一口回绝许瑞龙的"挖墙脚"，谁知他沉思片刻后就对林香茗说："你跟许局长回国吧。"

连许瑞龙都很惊讶，更不用说林香茗了。

于是，回国的飞机上，考察团中多了一个人。"老师说，如果中国警方在刑侦技术——更重要的是刑侦理念上，不能加快更新，那么随着犯罪智能化程度的不断提高，将出现大范围的治安失控状况，这对全球安全环境是极端不利的……"

"林警官，这么说您跟我们同机回国，是拯救中国、拯救地球来的？"杜建平在旁边突然发问，"我还是搞不懂，光身搜查是不是就是让犯人光着屁股给我们搜啊？"

除了许瑞龙，考察团中的所有人都大笑起来。

回国后，许瑞龙起初想把林香茗安排在市公安局刑侦总队，但林香茗坚决不肯加入警队，只愿意做"编外人士"。于是，在许瑞龙的安排下，年仅二十六岁的他成了中国警官大学的特聘犯罪学教授，并以这个头衔，负责全市重大恶性犯罪案件的案卷复核工作，令人震惊的是，仅仅看看材料，林香茗就推翻了好几起刑侦总队已经结案的案件。

然后就成立了"行为科学小组"，专门接手那些"梗阻"了的案子。

局里有人开玩笑，说局长这一招是仿照雍正，在内阁外成立了个军机处。按照官场的习惯，"领衔"的总要有个德高望重的老臣，林香茗毕竟年轻，挂个副职即可，但是谁也没有想到，许瑞龙直接让林香茗当组长，连副组长都不设。

这引起了刑侦总队——尤其是负责侦缉凶杀案的一处的极大不满，但是全局上下也彻底知道了许瑞龙锐意改革的决心。

林香茗也极聪明，手下不设一人，竟是个光杆司令。每次发生案子了，临时从分局、刑侦总队以及其他部门调人，全局上下都知道这位少年新贵是一颗正在冉冉升起的新星，莫不削尖了脑袋往行为科学小组里钻。但是林香茗每办一个案件，一定是换一套全新的人马，一来向全局上下显示自己并无扩充羽翼之意，二来也是最大范围地考查哪些人有真才实学，为将来的工作做好人才储备。

"砰！"

一辆汽车在楼下的大街上爆胎，把许瑞龙的思绪震回了现实。

割乳、杀人……以前，市里也发生过几起残害妇女的案件，但是这次格外古怪，怪就怪在那个火柴盒上，他一想起就觉得匪夷所思。

突然，他发现林香茗还一直静立在身侧，不知是安慰他还是安慰自己："无论怎样，你这次及时把受害人救出，可谓大功一件……"

"不是这样的……"林香茗的口气突然变得沉重。

许瑞龙惊讶地看着他。

"局长，我还没有来得及跟您详细汇报。"林香茗说，"事实上，这次是犯罪分子用变声装置打电话到行为科学小组办公室，告诉我们受害人所在地点的。"

"什么？"许瑞龙瞪圆了眼睛。当了一辈子警察，他见过无数的连环杀人犯、变态杀人狂，他们可能凌辱受害者的尸体，可能在犯罪现场拉屎撒尿，但出于生存的本能，总是尽量避免留下任何物证，绝对没有向警方公然挑衅的胆量。而这个凶手，他的动机何在？目的又何在？他到底想要干什么？

还有，那个火柴盒……

刹那间，许瑞龙一阵心悸，他隐隐约约意识到，这回的犯罪分子和以往存在着本质上的不同。

"局长。"林香茗一直沉静的眼波，突然火苗般蹿动了一下，"我请求承担这起案件的侦破工作！"

"香茗。"许瑞龙看出这个一向深沉的年轻人，不经意间暴露出了内心的极度愤恨。"当初组建行为科学小组时，和刑侦总队有过君子协定，你们只能接手那些他们办不下去的案件，何况你又不是警察，顶多算是我特聘的顾问，按照规矩，你无论如何是不能走上刑侦一线的。"

"可是，这次的犯罪分子行为方式极其古怪，我只怕一处应付不来。"林香茗干脆地说，"更何况，他把电话打到行为科学小组的办公室，摆明了是把我当成对手。"

许瑞龙不想告诉他，刚才，就在这间屋子里，他向杜建平提出，鉴于这起案件从一开始就存在着诸多反常之处，可否请行为科学小组提前介入侦破工作，杜建平立刻就大吵大闹起来。

"那个火柴盒，既是犯罪分子对我们侦缉能力的挑衅，更是一种警告，它准确无误地告知我们，如果不能迅速遏制住他的魔爪，恐怕还会有更多的受害者出现。"林香茗语气有些焦急。

"年轻人，沉住气。"许瑞龙拍拍他的肩膀，沉思良久，缓缓开口，"你的小组不是每办一个案子就更新一批人嘛，先把这次小组的人选组合好，一处那边的进展状况和相关资料，我会派小周同时给你一份。"

林香茗明白，这已经是许瑞龙眼下能做到的最多了。

他点了点头，转身走出了局长办公室。

昏暗的楼道尽头有一扇窗户，林香茗凝立窗边。窗外，一直阴沉的天空突然狂风大作，院子里的杨树疯狂地甩动着枝叶，哗啦啦宛若狞笑，变幻出一片鬼魅般的明暗……

快要下雨了吧——

暴风雨。

一楼的新闻发布厅里，新闻处处长李弥大声宣布："刑侦总队一处将由杜建平副处长亲自带队，用最短时间侦破这一骇人听闻的案件！"

记者们有些失望，怎么不是自带吸睛体质的林香茗？他们原本兴奋得像狗找到骨头一样不断翕动的鼻子，而今都冷却了下来。

林香茗一步步走下楼梯，脑海里浮现的，始终是受害人被泪水泡得发肿的眼睛。

还有那根大腿骨……

楼梯中间，他站住了。

刚才在新闻接待室里，向记者们"举报"他的那个女警正往上走，见他站住，她也站住了。

"怎么，这次案件不是由你侦办？"她说。

"不是。"林香茗说。

"哦。"她继续往上走，他继续往下走。

"那个火柴盒……比骨头更重要。"她突然嘟囔了一句。

"什么？"

她没再言语。

"思缈……你明天到行为科学小组报到，好吗？"林香茗问。

刘思缈没有说话。

"思缈。"林香茗轻轻地说，"这个案子，我需要你……"

"对不起。"刘思缈的嘴角滑出一抹冷笑，"你从来就没有需要过我，无论过去，现在，还是将来。"说完抬脚向楼上走去，脚步声坚定得像一截截切断着什么，没有丝毫的犹豫。

野兽。

他坐在黑暗的房间里，手里捏着一张报纸，是今天的《法制时报》。

窗外，虽然下过雨，依旧阴云密布。头版的大标题是《市刑侦总队一处副处长领衔侦办"莱特小镇"案件》，副标题是《存在诸多疑点，疑为连环凶案》，还特别挂上了杜建平的特写照片，是他在指挥一次抓捕行动中威风凛凛的留影。

他把那张报纸看了又看，因为没开灯，大部分字迹都模模糊糊的。

他站起身，在狭小的客厅里慢慢踱步。

那个女人的外套、内衣还凌乱地散落在地板上，没有来得及收拾。

他突然停住，狞笑起来。

"无所谓，谁都可以，不过……既然游戏已经开始，我喜欢更好一些的玩家。"他自言自语，目光停留在桌子上的一只塑料袋上。

里面盛着一只乳房，上面满是凝固后的黑色血污，仿佛一块发了霉的馒头……

第二章 刘思缈

第二天,刘思缈没有到行为科学小组报到,反而应杜建平的邀请,加入了为侦办此次大案特别成立的专案组。

对于为什么林香茗和杜建平都要"抢"自己,刘思缈心知肚明,因为她是李昌钰的高徒。

李昌钰,祖籍江苏如皋,自一九七九年担任美国康涅狄格州刑事鉴定化验室主任兼首席鉴识专家以来,他以精湛的鉴定技术屡破奇案,获得了包括美国法庭科学学会颁发的"杰出成就奖"以及国际鉴识学会颁发的"最高鉴定荣誉奖"等八百多个奖项。不过,真正使他名声大噪的是他参与侦办的两起"世界级大案":一九九七年的美国橄榄球巨星O.J.辛普森杀妻案和二〇〇四年三月十九日台湾地区"大选"期间的陈水扁枪击案。

李昌钰学养深厚,为人宽仁,但治学极其严谨,一丝不苟,有些学生跟他半个月就叫苦连天,半途而废。所以,当留学美国的刘思缈的档案放在他面前时,他一看她的家庭背景就皱起了眉头:名门闺秀,恐怕难以坚持太久……

谁知这姑娘跟着他一学就是三年,而且堪称他最得意、最优秀的弟子,协助他屡破奇案,成为每次办案必然带在身边的助手。

因为刘思缈容貌绝美、气质高贵,在犯罪现场勘查时,举手投足犹如几何绘图般精美,被《纽约客》的一位记者在报道中誉为"犯罪现场的芭蕾舞者",而这个雅号竟从此流传开来,名噪全球警界。

在这个时代,如果说 John Douglas 是犯罪行为剖析的"顶级大师",那么李昌钰就是刑侦领域另一派——刑事鉴识科学的"顶级大师"。从这个意义上讲,刘思缈一直非常想和林香茗较量一下,看看犯罪行为剖析和刑事鉴识科学哪一个更厉害。

但是刘思缈似乎运气不好,一直没有和林香茗较量的机会,其实是冷傲的性格把她害了。从美国留学归来后她直接进了市局,本来是令许多人羡慕的事情,但她到哪个部门都和同事处不好关系,特立独行就不用说了,香舌如刀更是让人闻若刮骨。结果先是从鉴识科调到情报分析科,后来又得罪了一位上司,上司放出话来:"我看她也不过是个嘴皮子不饶人的花瓶,干脆给她安个适合的位置——新闻处!"

"花瓶"这个称谓极大地伤害了刘思缈的自尊心,她在新闻处的几个月里,终日沉默寡言,通体散发的寒气让包括处长李弥在内的所有同事都敬而远之。

所以当杜建平向她提出邀请时,她马上同意了。她要让全局上下看看,自己到底是不是一只徒有其表的"花瓶"。

九点半,专案组第一次会议准时在会议室里召开。

商讨的第一个问题是受害人的身份。

受害人被发现时是赤裸的,身上没有任何衣物或证件,被送进医院急救后,虽然暂时脱离了生命危险,但处于持续的昏迷状态,就算是清醒了也没有多少意义,她的嘴里被灌进大量的硫酸,已经丧失了语言能力,而双手的指骨也被全部掰断,无法执笔或者敲击键盘。如何让她表达出警方需要的信息，是一个想想都头疼的问题。

唯一很快确定的是年龄，医院根据她的颈部皮纹状态，推断是在二十岁上下。

"宫颈糜烂严重。"一处二科科长林凤冲看着医院传真过来的材料，"是不是性工作者啊？"

"啥玩意儿性工作者！宫颈糜烂这名字听起来难听，其实是很多女性都有的生理现象，跟卖淫啥的扯不到一块儿去。"杜建平把受害人的照片看了又看，越发否定地摇了摇头，"不像，胳膊上没有烟头的烫疤，也没有注射的针眼。"

林凤冲皱起眉头说："一千多万人口的城市，流动性又这么强，想确认一个人的身份，真有点儿大海捞针。"

刘思缈仔细端详受害人的照片后，突然问道："医院的检验报告上说她的后脑受过多次打击或撞击，那现场有没有呕吐物？"

林凤冲点了点头。

"呕吐物里都有些什么？"刘思缈问。

问得林凤冲一愣："这个……不知道。"

"立刻查！"杜建平说。

鉴识科那边很快把结果传过来，呕吐物中除了没有消化干净的各种肉糜、果粒外，还有几颗非常细小的灰色沙砾。

"灰色沙砾是怎么回事？"林凤冲感到莫名其妙。

"各分局最近两天有没有收到过大学女生失踪的报警？如果有，马上把失踪女生的照片传真过来。"刘思缈说。

不到十分钟的时间，分局传真过来的一张照片与受害人吻合：陈丹，今年二十一岁，华文大学英语系三年级学生，两天没有回过宿舍了,虽然以前她也经常深更半夜才返校,但很少夜不归宿。

会议室里的所有人都用惊奇的目光看着刘思缈。

"好家伙……"林凤冲嘀咕道。

杜建平一脸得意之色。

"告诉分局,不要向校方透露任何有关陈丹的消息,回头我要亲自去了解。"刘思缈说完,听见林凤冲清了一下嗓子,猛然意识到,自己刚才表现得太"突出"了,把杜建平给"晾"了。

她感激地看了林凤冲一眼,对杜建平说,"杜处,不知道我的意见是否合适,请您指正。"

"挺好!挺好!"杜建平点起一支烟,很大气地说,"就按你的意见办!下面,咱们来听一下现场鉴识人员的初步报告。"

当时跟林香茗一起赶到现场的刑警中,就有林凤冲。他中等身材,唇上两撇小胡子,显得机警而干练,但性格却非常温和,在局里有个"林婆婆"的外号,是杜建平的爱将,现场鉴识的初步报告就是由他来做的。

"现场位于'莱特小镇'的联排别墅建筑工地,由于建设资金不到位,这里实际上停工半年多了。驻守在工地的有一些民工,还有几个保安,领头的叫潘大海。据他们说,出事前没听到任何异常动静。"林凤冲说,"案发现场位于二十四号别墅的地下室,该别墅紧临工地一段倒塌的西墙,附近没发现汽车轮胎痕迹,但有大量混乱的足迹,多系民工来往造成,无法准确辨析哪些是罪犯留下的。别墅地下室有南、北两个出口,我们是从通向客厅的北出口进入的,南出口通向该别墅的后花园。到达现场后,由于警力不足,考虑不周,我们没有同时封锁南出口。"

林凤冲用幻灯展示了现场的图片:"到达现场后,受害人处于昏迷状态，右乳遭到切割，但在现场没有找到，怀疑被罪犯带走。受害人身上有多处创伤，我们起初怀疑是遭到殴打导致的，但是后来发现创伤分布面积均匀，而且创伤程度比较一致，最后根据地面的拖曳痕迹溯源，怀疑是受害人被关在位于地下室西墙的一个未完工的毛坯密室里自我挣扎造成的。据工程设计人员说，这个密室是考虑到别墅购买者多为上流社会的人士，有大量贵重物品需要秘密保存，所以才专门建造的。"

照片显示，那个密室呈卧倒的长方形，一个人蜷缩着可以躺倒在里面。"后来我们在里面确实提取到了受害人的血液和皮肤残留物。"

"这些亮晶晶的是什么东西？"刘思缈指着照片问，"是玻璃吗？"

"是。"林凤冲做了肯定的回答，"毛坯地面上，散布着不少碎玻璃碴，系罪犯打破地下室的玻璃门所致。根据罪犯走动时沾在鞋底的玻璃碴在地面的分布轨迹，可以初步断定，罪犯将被害人从密室中拖出后，在她身体的右侧实施了犯罪。"

"在地下室是否提取到罪犯的足迹？"刘思缈问。

林凤冲摇摇头，"罪犯是给鞋套上多层鞋套后，才在现场活动的。"说完他又补了一句，"而且他极其狡猾，几乎没有留下任何指纹、毛发等物证，除了那个火柴盒。"

"先甭说那火柴盒！"杜建平打断了林凤冲的话。他始终认为，火柴盒仅仅是个不值一提的恶作剧，完全没必要像林香茗那样看得那么重。

突然，正对着会议室门而坐的杜建平猛地站起身，呵呵笑着说："蕾主任驾到，有失远迎。"

在场的所有人顺着他的目光向门口看去，除了刘思缈，不约而同地全站了起来。

来人红润的圆脸蛋上有一双秀美的眼睛，目光如湖水一般沉静，嘴角的微笑有一种恰到好处的矜持。如果说刘思缈美得冷艳，那么刚刚走进会议室的这个姑娘，虽然算不上多么漂亮，但成熟而优雅的气质同样摄人心魄。

蕾蓉，市法医鉴定中心副主任。

五月份在洛杉矶举办的国际法医学大会上，发生了一起令人震惊的事件，大会执行主席博尔顿在会议结束的前一天溺死在了宾馆的浴缸里。尸检结果是博尔顿在洗澡时突发中风导致昏迷，结果酿成了悲剧。

在已成定论的情况下，蕾蓉却发现了一件怪事，浴缸旁边的扶手上没有博尔顿的指纹。

"眩晕发生时，人的第一个习惯动作，往往是用大拇指和中指按揉两侧的太阳穴，但是在浴缸中就不一样了。"蕾蓉面对来自世界各国的法医，侃侃而谈，"在浴缸里眩晕，无论是不是打算中断洗澡，都要赶紧抓住扶手。但是现在，扶手上居然没有博尔顿的指纹，这只能让我确信，他在进浴缸之前就已经昏迷了。"

但是怀疑不能当成证据，因此，蕾蓉坚持要进行第二次尸检。

果然，博尔顿的胳膊上发现了几个点状针孔痕迹。她极小心地用刀围绕着针眼切开了周围皮肤，发现针孔部位的皮下脂肪和肌肉内有轻微的炎症病变，这表明针是在死前不久注射的。

许多种药物注射进人的体内都能导致昏迷，那么，凶手给博尔顿注射的是什么？

验血结果表明，博尔顿的血液并无毒物反应。

蕾蓉一下子就紧张起来，调查陷入困境。屋漏偏逢连夜雨，正在这时，洛杉矶警方找上门来了："您质疑博尔顿先生是被谋杀的,这无疑是对我们承担此次会议安保工作的否定,给我们很大的压力,如果您不能在最短的时间找出导致博尔顿昏迷的原因,那么我们希望您能出面对媒体予以澄清和道歉。"

澄清?道歉?不!她并不认为自己是错的。

但压力越来越大。"我最多再给你半小时。"大会秘书长——美国著名法医梅乐斯严肃地对蕾蓉说,"半小时之后,如果你找不出证据,博尔顿先生的遗体将被运走。"

半小时!只有半个小时!尽管蕾蓉一向沉着镇定,此刻也心急如焚。

万般无奈之下,她考虑求援,但只有半个小时,必须尽快!

她毫不犹豫地拨通了他的手机号码,国际长途。

电话接通,听他那嘟嘟囔囔的声音,肯定是又喝高了。

她本想批评他两句,但一听他悲伤地叫她"姐姐",不免又心软了。

"听我说,我遇到大麻烦了!"蕾蓉紧皱眉头站在落地窗前,从这里向东北望去,能看到洛杉矶市的 City Hall 那著名的白色尖端。"除了你,谁也不能帮我,所以,拜托你给我清醒一些!"

她把案子的前前后后讲了一遍。

"姐,如果他真的是被毒杀的,那凶手也太愚蠢了。"

"嗯?"

"法医云集的国际大会上,罪犯给大会执行主席下毒,无论他下的是什么毒,都一定会被检测出来的啊!"他说,酒还没有醒,所以有点大舌头。

"你的意思是说,我判断他被谋杀是错的了?"蕾蓉焦急地说。

"那倒不一定……你对浴缸扶手的推理还是说得过去的。"他说,"不行了,姐姐,我喝多了,天旋地转的……反正,如果真的有凶手，那他下的不会是毒……"

也许是信号原因，电话断了。

蕾蓉再打过去，怎么也打不通了。

她愣了半晌，漫步在洛杉矶市法医检验中心外的广场上，有一些穿着墨西哥民族服装的棕色皮肤的孩子在嬉闹着喂鸽子。

时间一分一秒过去，她的影子随着心情徘徊。

"凶手下的不会是毒，那是什么？那是什么？难道是……"

猛地，广场上的鸽子呼啦啦展翅，仿佛灵光般闪耀出一片雪白！

"难道……是药？！"

她立刻拨通了博尔顿秘书的电话："博尔顿先生平时注射药物吗？"

"药物？哦，他患有糖尿病，每天都要注射胰岛素。"

即便是糖尿病病人，胰岛素注射过量，也会导致胰岛素大量分解葡萄糖，造成低血糖，从而导致昏迷。但是蕾蓉记得，检验中心出的血液鉴定结果显示，博尔顿体内的血糖水平并不低，甚至超过正常含量。

但是……

丰富的专业知识仿佛洄流，在蕾蓉的脑中盘旋。她想起了世界法医科学史上的著名案件：一九五七年发生在英国布拉德福德的肯尼斯·巴洛杀妻案，那个案子，与眼前发生的一切是何等相似。

突发死亡，往往会导致人的肝脏内涌出含有高浓度血糖的血液，这是人体面对死亡的应激反应……

也就是说，低血糖导致的昏迷是死亡前的事情，而死亡后肝脏涌出含有高浓度血糖的血液"掩盖"了真相。

那么，想证明这一切，唯一的办法就是……天啊！要赶快！

蕾蓉飞快地奔回检验中心大楼，在一层大厅，她看到载着博尔顿尸体的担架正要往外面运，连忙拦住。

旁边的梅乐斯冷漠地说："半个小时，已经过了。"

蕾蓉诚恳地说："梅乐斯先生，请再延缓几分钟，我再进行最后一次检验。"

"对不起，蕾，我的信条是，做人一定要严守承诺。"

担架已经抬到大门口了，再一步就将运上车，火化，从此博尔顿死亡的真相还有凶手的罪行，一切都将彻底被湮灭。

难道就没有一个人意识到，在国际法医学大会上谋杀执行主席，是对全世界法医的侮辱吗？

蕾蓉扬起头，喊了一句："梅乐斯先生——我怀疑，就是您谋杀了博尔顿先生！"

梅乐斯猛地转过身，目瞪口呆，仿佛刚刚遭遇了雷击："你……你说什么？"

"我说，我怀疑是您谋杀了博尔顿先生！"蕾蓉一字一句沉静地说，"否则您为什么一再阻挠我给博尔顿先生验尸？"

梅乐斯愤怒地叫道："我提醒你，你说的这些话，是对我个人的攻击和严重污蔑！"

蕾蓉微笑着说："反正您没有胆量再给我几分钟，让我做最后一次尸检。"

中国人的激将法，外国人到底没有见识过，所以梅乐斯说："好，我就让你再做最后一次尸检，不过我奉劝你最好先找一位优秀的律师，因为无论尸检结果如何，我都将以诽谤罪起诉你！"

蕾蓉快速在博尔顿胳膊上的注射针眼部位的皮下脂肪肌肉组

织内，提取了注射物的微量成分，送交化验室检验。

片刻，化验室主任飞快地跑了过来，脸色苍白。

"胰岛素——是不是？"蕾蓉紧张地问，声音有些发抖。

"不是……"化验室主任咽了口唾沫，"不是少量胰岛素，残留剂量非常惊人，人的胰腺绝对不可能分泌这么多！"

蕾蓉凝视着梅乐斯，眼睛中充满了胜利的喜悦。

博尔顿的随身医生立刻被逮捕。调查结果是，他和博尔顿的妻子有染，便在给博尔顿注射胰岛素时加大了剂量，造成低血糖昏迷后，将博尔顿浸泡在浴缸中溺死。

本届国际法医学大会闭幕式上，在梅乐斯的提议下，全体与会法医起立，用热烈的掌声向蕾蓉致以崇高的敬意。

载誉归国的蕾蓉更加谦和，不久，年纪不过二十八岁的她就任市法医鉴定中心副主任。

刘思缈心里有数，如果不是为了尽快侦破眼下这起案件，压一压林香茗的"气焰"，杜建平不会轻易请她出马。

蕾蓉本来要坐在边位，杜建平不允，执意要她坐到自己身边。

会议室安静下来，等待蕾蓉发言。

蕾蓉说："我刚刚从医院过来，给受害人进行了初步的检查，目前有下面几点结论可以供专案组参考：首先，受害人的皮肤有大片的瘀伤和剥脱，可以肯定这些伤害是她被囚禁在那个毛坯密室中挣扎造成的。

"其次，尽管受害人的皮肤有大片的瘀伤和剥脱，但是她的外阴部没有撕裂伤，大腿内侧、腹下部没有发现皮下出血、表皮剥脱、抓痕等，也就是说，受害人应该没有遭到强奸。"

"那么，她有没有可能和罪犯发生过性关系？"林凤冲问。

"阴道检查和肛管检查的结果，都没提取到精液。"蕾蓉说，

"但是如果犯罪分子采取了预防措施,这也不是没有可能的。"

"最后,切割乳房的凶器应该是手术刀,创伤检验显示,刀是从右乳的右侧切入,在乳沟处切割完毕,手段非常残忍。"

林凤冲说:"犯罪分子切割她的乳房做什么?"

"不知道,这个我还没有想明白。不过我昨天晚上和香茗通电话时,他有一个意见,我认为很有参考价值。他说从世界犯罪史上看,连环变态杀人狂在作案完毕后,一般都会切割受害者的器官留作犯罪的纪念品,目的是在未来的日子里回味犯罪时的快感,比如美国的 Jerry Brudos,他在俄勒冈州犯下多起强奸杀人案,每次都将受害者的乳房割下,还做成石膏模欣赏……"

一听林香茗的名字,杜建平就感觉头大,连忙转移话题:"你觉得,受害人究竟和犯罪分子认识不认识呢?"

蕾蓉皱起眉头说:"这是我很困惑的一个问题,犯罪分子往她嘴里灌进硫酸,把她的手指掰断,明显是不想让她表达信息,所以很有可能是认识;但是又不把她杀死,或者弄瞎她的眼睛,仿佛又并不在乎她是否认出自己……"

林凤冲说:"有没有可能是罪犯知道自己和陈丹再次见面的机会很小,割掉她的右乳,觉得仇恨已经消解,没必要再施加更大的残害或者置她于死地?"

"罪犯的手段非常残忍,而且在我进行检验时有这么个印象,罪犯的所作所为非常有'章法'。换言之,他无论在犯罪现场还是在受害人身上,都最大限度地避免了留下任何物证。这样的罪犯有一种理性的疯狂,一切都在他的计划之内、掌控之中。他的犯罪计划一旦启动,就仿佛用手指推倒多米诺骨牌,不到最后一块倒下,决不会中断……"蕾蓉停顿了一下说,"我个人的意见是,这个案子可能牵涉到很复杂的犯罪心理学的问题,所以建议你们早一点让行为科学小组介入,共同应对……另外,我想谈一谈那根大腿骨。"

屏幕上,幻灯打出了大腿骨的照片。

用普通镜头配合大底片拍摄出的照片十分清晰,那块大腿骨旁边摆放的刻度尺上标注着长度,骨头上面有血迹,还有一些没有剔除干净的组织。

"毫无疑问,这确实是成年女性的大腿骨,根据血迹色泽和组织形态判断,切割时间不是很长。我听说火柴盒的事情了,看来,这很可能是那'第一根火柴'。"

杜建平有些不耐烦地说:"我依然不认为这是什么连环变态凶杀案,不过是一起普通的相识者之间的谋杀,那盒火柴纯粹是犯罪分子想干扰我们警方的思路才留下的!所以,思缈、凤冲,你们马上去受害人所在的学校了解一下情况。现在的大学生,依我看都是 A 型血,遇事冲动,这姑娘模样又很漂亮,保不准是情杀,杀到一半又停下来了!"

蕾蓉知道自己的话不对杜建平的胃口,微笑着站了起来说:"也好,那我先回鉴定中心了。"

蕾蓉、刘思缈和林凤冲一起走出会议室,电梯前等候的人很多,他们便一起沿着步行梯往楼下走。

"思缈,我一直很好奇,你是怎么判断出受害人是大学生的?"林凤冲问,"要不是你一下子锁定了她的身份,没准儿我们又得展开大规模摸排了。"

"没什么了不起的。"刘思缈说,"如果我们把受害人的年龄锁定在二十岁,上下浮动在两岁以内,女性,在本市生活,那么主要有三种人:妓女、学生、低端职业者或待业者。从照片上看,她的指甲油和染发的色调都淡而不腻,有一定的品位,不可能是低端职业者或待业者所有；杜处的观点也很正确，妓女多数都长期注射毒品，胳膊上针眼密集的地方皮肤会呈现纤维化，她们空虚无聊时又喜欢用烟头在胳膊上烫疤玩，这些她都没有——那她八成是大学生。"

"那你问呕吐物，还有那灰色沙子……"

"我只不过是想看一下从她的呕吐物里能不能发现学校食堂里最常见的饭菜，没想到走运，竟真的有。"

"啊？你是说灰色沙子？"

"是啊。"

林凤冲还是搞不太懂："灰色沙子怎么就能确定她的学生身份？"

"你想一想，什么食物里可能有沙子，而在吃的时候又不容易咯到牙？而且，无论是妓女、低端职业者和待业者，吃到的概率都比大学生低得多？"

林凤冲恍然大悟："粥！你说的是粥！"

"尤其是绿豆粥，天气越来越热了，各个大学食堂都免费供应……"透过楼道的窗户，刘思缈看到一片白花花的光芒，"咱们得抓紧时间，学校很快就要放暑假了，过几天学生一回家，咱们再想找到什么线索，可就难了。"

"思缈。"蕾蓉说，"其实你也挺幸运的。"

"何以见得？"刘思缈停下脚步，盯着蕾蓉问。

"本来她的呕吐物里是不会出现那些'证据'的。"蕾蓉微笑着说，"一个人吃进的食物通常在两个小时之内就可以从胃部排空到小肠，受害人胃内的食物没有消化净尽，我认为是因为过分强烈的精神刺激和激烈的身体对抗，导致她的消化功能停止活动。"

"你的意思是，我的推断正确，纯属撞大运喽？"刘思缈目光如冰。

蕾蓉摇摇头说："你想多了。"

走出市局办公楼，迎面袭来一阵热浪，三人的汗毛都竖了起来。

这时，一辆挂着市局车牌的警用"巡洋舰"停在他们面前，车窗落下，林香茗坐在驾驶座上微笑着向他们招手——这是许瑞龙特批他使用的。

"你们是去华文大学吗？我也去，一起走吧。"林香茗说。

蕾蓉回法医鉴定中心，不同路。林凤冲拉着刘思缈上了车，问："你去那里做什么？"

林香茗笑了笑，没有回答。林凤冲心里有了数，知道许局长肯定授予了他参与调查的特权，所以多言无益。

刘思缈有心事，林香茗向来深沉，所以一路上车厢里异常安静，CD机里传出一个中年男人忧郁的吟唱：

　　每个人可以活着，
　　每个人也可以死去，
　　你好，我的爱，
　　再见，我的爱……

歌声宛如午后天边悄然浮起的阴霾，茶色车窗外的世界似乎阴暗了下来。

"谁的歌啊，唱得这么沧桑？"林凤冲问。

"Leonard Cohen……加利福尼亚修道院里的老男人，我在美国时就特别爱听他的歌，谁都无法回避的爱与残酷。"林香茗歉意地一笑，"是不是有点太伤感了？"

　　林凤冲的余光一瞟，惊讶地发现：身边的刘思缈紧紧咬着嘴唇，眼角竟凝着一滴亮晶晶的东西……

　　她怎么了？

　　林凤冲不敢问。

　　　你好，我的爱，
　　　再见，我的爱……

　　"巡洋舰"停在校门外。林香茗锁车的一瞬，刘思缈经过他的身边，两个人都有意无意地看了对方一眼，目光甫一碰撞，就立刻闪开，装成什么都没发生过似的。

　　三个人一起往学校里面走，他们都穿着便装，所以不少男生直勾勾地盯着刘思缈看，有个骑黑色山地车的，还在一驶而过的瞬间伏身朝她打了个呼哨。

　　刘思缈视若无睹。

　　走进乳白色的行政楼，他们先在传达室亮明身份，然后问保卫科在哪里，传达室的老头说："四楼，四〇五办公室……哎，刚才不是已经来过一个女警察了吗，现在可能还在保卫科呢。"

　　三个人都是一愣，然后不约而同地向四楼冲了上去。

　　保卫科的门是关着的，林香茗一把将门推开，看见几个人正神情紧张地跟一个背朝着门而坐的"女警"说话。

　　背对着门的"女警"听见响动，回过头来，秀发掩映下，是一张俏丽可爱的面庞。

　　"郭小芬？"林香茗不禁叫出声来。

第三章　白色布娃娃

那雪白而纤细的手指，仿佛弹钢琴一般在那排 CD 盒上拨弄了很久，才不经意地从中抽出了一盒。

黑的底色上，一张死去的女人苍白的脸，浮在一架同样苍白的钢琴上，二者都像是在福尔马林溶液中浸泡了很久，刚刚才拿出来似的。

"Black Sunday。"林香茗轻轻地念着 CD 的名字。

"《黑色星期天》？"从他的肩膀上探出了郭小芬的脸庞，"这可是导致一百多人自杀的世界禁曲，陈丹是怎么搞到的啊？"

"什么世界禁曲，莎拉·布莱曼开演唱会的时候，我还听她唱过呢。"刘思缈一声冷笑。

郭小芬寸步不让："莎拉·布莱曼唱的那个是改编版的，原版是长达四十三分钟的钢琴曲，这个你知道吗……"

"郭小芬。"林香茗低声说，"你给我安静点儿。"

郭小芬调皮地吐吐舌头。

就在刚才，林香茗向保卫科的同志解释，这个"便衣女警"是分局的，来调查前没有和市局打招呼，因此才发生了"撞车"。

"你胆子也太大了！"从行政楼出来，前往女生宿舍楼的路上，林香茗忍不住批评郭小芬。

郭小芬满不在乎地说："我是记者嘛，为了抢新闻，难免要使些小手段。"

旁边的林凤冲不免一噱。

现在，他们就在陈丹居住的二〇二宿舍里。宿舍是北向的，所以十分阴暗。

宿舍里的两个女生在他们刚刚进来时都显得十分紧张，尤其是保卫科老师严肃地说"市公安局的同志向你们了解一些情况，你们必须好好配合"之后，她们几乎不约而同地畏缩在靠窗的一张床边。

但是不久她们就放松下来，主要是因为林香茗。

"她们看你的眼神都带着钩子呢！"

郭小芬一脸坏笑地跟林香茗耳语，林香茗却懒得理她，问清楚哪张床位是陈丹的，走过去仔细查看。

宿舍里一共四张床位，都是棕色的木制品，上面是床，下面是柜子和带抽屉的桌子。

林香茗把目光落在桌子上，上面除了几本《瑞丽》《伊人风尚》《BAZAAR》之类的时尚杂志，就是放满了光碟的架子、白色塑料饭盒。简易书架上胡乱堆放着M.A.C的粉底、Dior的五色眼影、娇兰的kisskiss唇彩等化妆品。一个小小的白边镜框里有张略微发旧的照片：一个小女孩依偎在妈妈的怀抱里。

"这是陈丹和她妈妈？"林香茗根据那小女孩的脸型辨识道。

"嗯。"一个名字叫孙悦的女生说，"她妈妈早就死了，她就把这张照片搁在这里。"

"哦？"林香茗眉毛一动，"那她现在跟谁住在一起？"

"她有个继父……"孙悦接着说，"不过，她几乎不回家。"

"为什么？"

孙悦突然反问："陈丹到底出什么事了？"

"你认为她可能出什么事？"林香茗问。

"她是不是被人给杀了？"孙悦扬起头问。

林香茗神情如常地问："你凭什么认为她会被人给杀了？"

"不是凶杀案，你们市局才不会一下子出动这么多的警察呢！"孙悦的眼睛里放射出狡黠的光芒。

"出动这么多警察是吗？也有可能是她杀了别人啊，可你却直接认定她是被人杀。"林香茗盯住孙悦的眼睛，温和但又犀利地说，"同学，咱们都别兜圈子，好吗？"

孙悦娇媚地一笑："好啊……不过，我有什么奖励吗？"

"好好说话！"保卫科的老师实在看不过去，呵斥道。

孙悦耸耸肩膀，对林香茗说："陈丹属于那种换男人比换内衣还勤的主儿，保不齐玩儿大发了，被谁给捅上一刀……"

"看得出，你跟她的关系不太好。"刘思缈插了一句。

"谁稀罕和那种人关系好。"孙悦突然意识到了什么，"喂，你们不会怀疑到我头上吧？"

"到目前为止，我们并没有说她发生了什么事啊。"林香茗说，"假如她真的出了什么事，比如像你说的那样被人给杀了，你觉得谁的嫌疑最大呢？"

"我没法说。"孙悦摇摇头说，"这种事情怎么好瞎猜……不过，习宁前一段时间和陈丹打架时，扬言要找人来把她宰了。"

"习宁？是不是你们宿舍现在除了陈丹外的另一位缺席者？"郭小芬说，她见林香茗瞪着自己，指了一下四张床，又指了一下眼前这俩学生，最后从旁边一张床位的桌子上拿起一个饭盒，上面贴的胶布上用碳素笔写着"习宁"两个字。

"对。"孙悦说，"她们俩上个礼拜吵架，差点儿动起手来。"

"因为什么？"林香茗问。

"是不是为了抽烟的事情？"郭小芬插了一句。

林香茗有点生气，这个郭小芬也太不像话了，冒充警察获救连个"谢"字都没有，还可以先不计较，办案子的时候她老插嘴算怎么回事！

正要发火，孙悦一句"是啊，你是怎么知道的"，让他吃了一惊。

郭小芬指了指陈丹桌底角落里的一堆烟头，又指了指房间天花板上崭新的烟感器，最后指尖定位于贴在墙壁的一块塑料板上，上面有一张卡片，卡片上写着"室长－习宁"。

林凤冲望着郭小芬，不无欣赏地一笑。

孙悦也对郭小芬投以佩服的目光："她俩的确是为抽烟的事打起来的。陈丹烟瘾太大，一不留神就会弄响烟感器，宿管老太太骂陈丹时，少不得牵连到室长习宁。所以上个礼拜三——要不就是礼拜四，陈丹一根接一根地抽烟时，习宁批评她，俩人就吵起来了，吵得特别凶。"

"为了抽烟，习宁就至于要找人宰陈丹？"郭小芬眯起眼睛，"恐怕还有别的原因吧？"

孙悦犹豫了片刻说："习宁怀疑陈丹撬她男朋友。"

"怎么回事？"林香茗说，"你详细谈谈。"

"习宁有个男朋友，交往半年多了。有一次来找习宁，习宁不在，陈丹就下楼和他搭讪……后来怎么回事我就不清楚了，不过要我说，陈丹这个人是做得出来的，她天生就喜欢勾搭男人。"

郭小芬对这个话题兴趣不大，她打开陈丹的柜子，花花绿绿的许多衣服，柜底的各种皮凉鞋、拖鞋堆了膝盖高，高跟的居多。衣服发腻的香味和鞋子的胶皮味掺杂在一起，散发出一种格外呛鼻的怪气味。

"陈丹平时用什么香水？"郭小芬皱着眉头问。

"一般用Chanel No.5，不过最近一段时间她很喜欢迪奥的'毒药'。"孙悦说。

"这几天她一直没回宿舍，穿的什么衣服？"郭小芬问。

孙悦翻检了一下柜子，肯定地说："应该是她最喜欢的一身打扮，戴着TIFFANY的项链，上身是白色T恤，下身是锥裤。"

"能不能再仔细地描述一下。"刘思缈说。

孙悦说："T恤是白色的，前面用水钻缀着Angel的字样，后面是用尼龙拉扣粘的一对小翅膀。"

"翅膀是什么颜色的？"

"也是白色的。"

"锥裤是什么裤子？"林香茗不是很懂。

孙悦说："牛仔裤的一种，小腿地方的裤脚比膝盖宽的叫微喇，比膝盖窄的叫锥裤。锥裤比较紧，有小腿塑形的作用。"

"皮带呢？"郭小芬问。

"宽的银白色的时装带。"孙悦回答。

"上面有什么装饰吗？"郭小芬又问。

"也缀着一溜水钻。"

刘思缈冷笑一声："庸俗的小女生。"

"我倒觉得她是个挺矛盾的女孩。"郭小芬说，"别忘了，T恤上的水钻缀着的字样是Angel。"

林香茗知道这两人的暗战才刚刚开始，他一向不是很善于处理和女性的关系，索性自顾自地继续观察陈丹的桌面，确认没有什么新发现之后，拉了一下抽屉，上着锁。

"这个抽屉平时就上着锁吗？"林香茗问。

"是。"孙悦说,"她看得很严的。"

"这也就是自欺欺人,一拽不就打开了。"郭小芬笑嘻嘻地说。

林香茗知道她是在暗示自己把抽屉拽开,冷冷地说:"我们来这里是调查,不是搜查。"

郭小芬耸了耸肩膀,抬起头,脸上浮现出困惑的表情:"怎么你们挂的都是蚊帐,只有陈丹挂的是布帘?她也不嫌热?"

林香茗这时才注意到郭小芬说的情况。的确,其他三个女生的床上挂的都是白色蚊帐,唯独陈丹的床上挂的是黑白点相间的布帐子。布帐子显得很厚,从外面根本看不出里面有些什么。

"这屋里有空调。"孙悦轻蔑地说,"她秘密多嘛!晚上回来,很少和我们说话,躲在里面不知道搞什么东东。"

"看一眼不就全都知道了。"郭小芬不管三七二十一,踩着床梯就攀了上去。刚刚把布帐子掀起看了一眼,就惊叫一声,叽里咕噜地滚了下来,好在林香茗反应快,一把将她扶住。

刘思纱瞟了她一眼,踩着床梯攀了上去,一望之下,不禁也是一愣:阴暗的布帐子里面,贴着枕头边的床上摆着一个雪白的大布娃娃,但格外骇人的是,布娃娃的胸口部分被挖了一个又黑又圆的大窟窿,一如陈丹被害的惨况。

郭小芬玉面溅朱,显然是又气又恨,她咬咬牙,一把将陈丹上了锁的抽屉"咔啦啦"拽开,锁口处的木头被锛出了一个口子,仿佛是门牙被打掉了一般。

令人震惊的事情再次发生了——锁得严严实实的抽屉里竟空无一物!

林香茗的脸色立刻就变了,他没来得及训斥郭小芬,严厉地问孙悦:"抽屉里的东西呢?"

"我……我不知道啊。"孙悦结巴起来。另一个女生更是胆小,吓得直摆手:"我也不知道。"

"这个娃娃是怎么回事?"刘思缈把布娃娃从布帐子里拿了出来,举在手里问。

"这个……"孙悦说,"也许是陈丹自己挖的?"

"自己挖的?"刘思缈冷笑一下,"那她可真是挖得恰到好处,说!到底是谁挖的!"

"我真的不知道啊!"孙悦都快要哭出来了,"要不是她自己挖的,就一定是习宁干的……一定是!"

"习宁现在在哪里?"刘思缈一面问,一面扫视了一遍习宁的床铺,没有发现任何逃跑的迹象。

"她昨天晚上没回宿舍。"孙悦说,"可能是在男朋友那儿过夜了。"

正在这时,突然从外面匆匆走进来一个人,年龄在四十岁上下,白净的面庞,戴着眼镜,气质十分儒雅,一望即知是位教师。他扫视了一眼宿舍里的情状,马上判断出林香茗是领导,走到他面前边握手边说:"您是市局的同志吧?我叫吴佳,是陈丹的班主任。"言罢指指孙悦和另一个女生:"她们也是我的学生……您的调查结束了吗?如果结束了,就到我办公室去坐坐吧,这两天没有陈丹的消息,我也非常着急。"

林香茗点点头,把手机号留给孙悦:"习宁一回来,就和我们联系。记住,无论任何人问我们刚才调查的事,你们都不许泄露!"

从幽暗的学生宿舍走出,乍然来到阳光明媚的校园,林香茗他们的眼睛有些不适应,只觉得一切都显得迷眩,唯有风卷树叶的"哗哗"声和篮球击打在篮板上的"哐哐"声清晰可闻,花草的香味也与别处不同，带着几许纯真和淡雅。这份毫无车马喧哗、独属校园的静谧，对他们而言那样熟悉，又仿佛已经陌生了很久。

"刚刚大学毕业的那会儿，白天、晚上，脑子里全是教室、宿舍、图书馆、树林，连最讨厌的同学也盼着再见一面，那时总想有朝一日干出点儿模样再回到学校看看。"林凤冲感慨道，"可是渐渐地，工作一忙就忘得一干二净了，再说也一直就没什么出息。最近几年倒是动不动就到大学里串游，每次都是办案：诈骗的、投毒的、跳楼自杀的、群体卖淫的……每次都感觉校园这块净土越来越不干净了。"

"相比之下，这里比外面的世界还是要干净许多。"吴佳笑着说，"好些毕业后混得不好的同学，经常回来，把这里当精神家园。"

"哦。"林香茗怔了一怔，仰起头，望了望湛蓝的天空上那一朵悠闲浮荡着的白云，不禁微笑起来。

"你笑什么？"郭小芬好奇地问。

"想起一个人来，我的中学同班同学。"林香茗说，"他就是这所大学中文系的毕业生，那个家伙很喜欢看推理小说，特别狂妄，总自称是推理的天才。"

"呵呵！"刘思纱用眼角余光一瞟郭小芬，冷笑，"倒让我想起某个人。"

郭小芬正要反唇相讥，可惜已经到了吴佳的办公室门口，这才把涌到喉头的一口气咽下。

"陈丹出什么事了？"吴佳请他们坐下，给每个人都倒了一杯水，问道。

"您是她的班主任，我们想了解一下陈丹的学习和生活情况，越全面越好。"林香茗说。

据吴佳介绍,陈丹的母亲在她上初中二年级时,在家中不慎滑倒,后脑撞在暖气片上死去。后来她就和继父生活在一起,不过上大学后,包括周末和假期在内,她很少回家。"至于学习,你们也知道,现在的大学生,除了打网游、炒股票就是搞对象,哪里还有什么学习可言,每年期末考试前突击一下混个及格就算完事,陈丹也不例外。"吴佳苦笑着说。陈丹是全校有名的美女,私生活非常随便,除了在校内频繁更换男朋友之外,在校外也经常用自己的姿色"谋生",所以尽管花钱大手大脚,但似乎从来没有经济上窘困的时候。

"陈丹有个很古怪的习惯,别看她经常在外面混到很晚,但一定要回宿舍过夜。宿舍锁门的时间是晚上十一点,她总是超时返回,为此宿管老师对她意见很大,经常找我告状。赶上假期,她也不回家,就在学校住。"

"哦?"郭小芬大感兴趣,"您知道是什么原因造成的吗?"

吴佳摇摇头:"现在的大学生,每一个的心上都关着无数扇门,每一扇门都上着无数道锁,每一道锁的锁眼都浇铸了铁水死死封住,任谁也打不开……"

郭小芬突然站了起来,在书架前边浏览边说:"您这里的英文期刊很多啊!而且都蛮时尚的。"

"大多数都是我自己订阅的,带到课堂上给学生们看,一方面提高他们的英语阅读能力,一方面拓展他们的视野。"吴佳说,"你要看上哪本可以拿去。"

衣角倏然一动,郭小芬的身影已到门前,攥住把手一拧,"呼啦"将门拉开。

一张惨白的、略施脂粉的瓜子脸,一双惊慌失措的眼睛,一张唇彩涂抹得过重，因而显得异常鲜红的嘴唇——

这却是个年轻的男生，就站在门口，显然是一直在听屋里面的动静。

"白天羽？"吴佳讶然，"你在这里做什么？"

"我……我来找您借杂志，原来您屋里有人，那我等一会儿再来吧！"白天羽嗫嚅完这几句，转身匆匆走掉了，屁股一扭一扭的，活像一只鸭子。

"这人是做什么的？"郭小芬一脸厌恶地问，"居然偷听我们说话。"

"学生会主席，我们班的学生。"吴佳叹道，"陈丹的前男友，后来分了，但一直对她紧追不舍，陈丹拿他耍着玩儿，时间一长就弄得有点神经兮兮的，其实他学习还是蛮不错的。"

"怎么，现在的学生会都是这路货当主席？"林凤冲皱着眉头问道。

"花样男人嘛！他是学生们选举上去的。"吴佳苦笑道，"这个时代，我是越来越看不懂了……"

郭小芬半个身子在门里，半个身子在门外，明亮的办公室，阴暗的楼道……白天羽以及他那扭来扭去的瘦屁股渐渐消失。郭小芬感到头脑正如视野，也是净浊交糅、明暗参半。短短的时间，她仿佛已经触摸到了什么线索，但这些线索太细太轻，犹如蜘蛛丝一般，一阵风——

甚至一口气，就令其飘然而逝。

手机响了，短信提示音，林香茗一看，起身就走。"孙悦发来的，习宁回来了！"

几个人迅速往女生宿舍楼赶去，快到楼门口的时候，看见一个戴眼镜的、年纪在三十岁上下的男人一手夹着根香烟,一手拎着电脑包迎面走来,他双眼无神,神情像被502胶水黏住了一样呆滞,也许是两条腿太短,上半身又太僵硬的缘故,走起路来直打晃,仿佛是漂在水面上的一块木头。

擦肩而过之后,林香茗向这男人轻轻一指,林凤冲是办老了案子的,立刻跟了上去。

刘思缈和郭小芬心知肚明,刚才在女生宿舍,习宁的桌子上摆着的小相框里,正是她和这个男人亲密无间地搂抱在一起的照片。

再次走进宿舍的一瞬,林香茗感觉里面比刚才更加阴暗了,时近傍晚,红日西斜,一个又瘦又高的女生坐在角落里,穿了一身黑衣服,苍白的脸上唯有鼻子是红的,嘴巴有点往外凸,两道眉毛拧在一起,眼睛里放射出凶狠的光芒,怒气冲冲但又无可奈何,活像一只争宠失利的母猴子。

林香茗摆摆手,让孙悦和另外一个女生离开了宿舍,向穿黑衣服的女生表明了自己的身份后问:"你叫习宁?"

穿黑衣服的女生很惊惶,不由得站了起来,点了点头。

林香茗觉得她的情绪很不稳定,一时不知道该怎么发问才好。到底是刘思缈狠,直截了当地说:"陈丹出事了,你知不知道?"

"啊?她出事了,出什么事了?"习宁迷茫地问。

"你不是一直特想找人把她给宰了吗?"刘思缈说,"这回你如愿以偿了……她死了。"

林香茗知道,刘思缈突然抛出这个假信息,目的是想看一下习宁的应激反应是什么样子。

"陈丹……她死了吗?"习宁呆呆地看着刘思缈,半晌,嘴角突然抽搐了一下,接着狞笑起来,满脸的肉碎了一样颤抖着。

笑声越来越大,在狭小而阴暗的宿舍里显得十分可怕,仿佛一只手在将一块布撕成一条条的,撕的速度越来越快。

郭小芬有点害怕,后背靠在了门上。

刘思纱却很镇静地问:"同班同学,她死了,你至于高兴成这个样子吗?"

"我就是高兴,那又怎么样?"习宁嘴角喷着白沫,"那个骚货、烂货!活该活该!老天有眼,哈哈哈哈!"

空气中有一些被扭曲的东西,郭小芬觉得。

"女人之间的仇恨,除了为孩子,就是为男人……"刘思纱拿起她桌子上的那张合影,"你是为了他?"

习宁盯着那张照片,目光像正在调整焦距的镜头,时而模糊,时而清晰,嘴里念叨着一些莫名其妙的话:"跟我抢?跟我玩?玩死你个王八蛋,玩死你个王八蛋!"

"习宁同学!"林香茗突然大叫一声,习宁电击一般打了个哆嗦,抬起头,看到的却是两道责备而又带着同情的目光。

"无论怎样,陈丹——你的同学,现在出事了,你们之间有什么恩怨,都可以了结了,现在我问你几个问题,希望你能好好回答。"林香茗严肃地说,"第一个,陈丹出事,你此前知不知道?"

习宁情绪稳定了一些,翻着眼皮说:"我不知道,她那些乱七八糟的事情我从来不管,我管不着。"

"第二个问题……对不起,我还是要提你的伤心事,看来你男朋友可能和陈丹有染,你恨她,这是毋庸置疑的,那么你有没有找人报复她,我不是指大的伤害,比如小小地教训她一下之类的,也算。"

"没有。"习宁回答得很痛快,"我倒是起过这个念头,不过后来一想觉得不划算,她这种破鞋早晚不得好死,我犯不着为了她犯法!"

林香茗点点头:"那么,咱们随便聊聊,请你帮我们分析一下,在陈丹周围的人之中,你认为谁最想置她于死地?"

习宁想了半天,才慢慢地说:"硬要我说,就是白天羽。"

林香茗想了起来,就是刚才在教师办公室门口偷听的那个学生会主席。

"我听说陈丹在校内、校外的男朋友可不少啊,你为什么最怀疑他呢?"林香茗问。

"那些人大多和陈丹差不多,都不过是随便玩玩。白天羽对陈丹倒真的是很痴情,交往了几个月,就以为能和她过一辈子,被陈丹甩了,还对她纠缠不休,搞得自己神经兮兮的,我看他没准由爱生恨,一冲动就把陈丹给弄死了。痴情的人都没好下场。"

"第四个问题。"林香茗问,"陈丹平时记日记吗?往日记本上写的,在电脑上写的博客、微博都算。"

"她很少用电脑,没写过博客,好像也没开微博,一般也就去网吧打打游戏什么的。"习宁想了想说,"日记本……她倒是有一个,硬皮的,白色封面,偶尔会在上面写一些东西,不过每次写完就锁在抽屉里,从来不让别人看。"

林香茗一把拉开陈丹空空如也的抽屉问:"那么,这里面的东西,你知道去哪儿了吗?"

习宁看了一眼就愣住了:"我不知道……"

刘思纱将陈丹床上的布娃娃拿了下来:"这个布娃娃被谁挖的窟窿,你也不知道是吗?"

"哎呀!"习宁不禁惊叫一声,"这个布娃娃怎么被搞成这样?这可是陈丹最喜欢的东西啊,她半夜经常搂着它哭个不停呢。"

一直沉默的郭小芬突然问:"半夜搂着布娃娃哭?你知道是什么原因吗?"

习宁摇摇头。

"谢谢你,今天我们先问到这里,工作上有什么需要你配合的地方还会再来找你。"林香茗说。

他们一起走出宿舍的一刻,林香茗看似不经意地问了句:"对了,我们来时碰到一个戴眼镜的男的,提着个电脑包,是你男朋友吗?"

习宁神情紧张地说:"不……不是!"

明知道她在撒谎,林香茗还是微笑着点了点头。

转过楼角,郭小芬问林香茗:"她说谎,你怎么不拆穿?打乱她的心理防线,没准儿能一下子问出更多东西呢。"

"你懂什么!"刘思缈说,"香茗刚才的一问,目的是让习宁马上给她男朋友打电话。"

郭小芬正一头雾水,只见林凤冲匆匆走了过来。林香茗问:"那个男人是不是刚刚接到一个电话?"林凤冲点点头:"电话里的人一直在说,他只是听,最后好像安慰了对方几句,就把电话挂了。"

"他的神情怎么样?"林香茗盯住林凤冲的眼睛说,"这才是我最关心的问题。"

"他的神情……刚刚接听电话时有些惊讶,后来就一直很木然,可能有点紧张?我也说不好……总之没有什么大的起伏。"

郭小芬恍然大悟,原来林香茗派林凤冲跟踪那个男人的目的,就是查看他在接习宁电话时的表现,如果过分紧张、慌乱,甚至有逃跑的迹象，即可列为重大犯罪嫌疑人，必要时当场缉拿也是可以的。刑警们管这招叫"打叉子"。"打叉子"是捕鸟人的行话，意思是把抓来的鸟挂在网上，用它的啼叫吸引其他的鸟进网。搁刑警嘴里，就是通过惊动一个目标较小的犯罪嫌疑人，引"大家伙"上钩。

"尽管这样，我认为习宁和她男朋友依然有重大嫌疑，毕竟陈丹抽屉里的东西被人盗窃一空，她的布娃娃被人用刀挖掉胸口，这些事情无论如何也不像是宿舍以外的人做的。"刘思缈说。

"是吗？"林香茗轻轻地说了一句，就紧锁眉头，不再说话。

"如果说把陈丹的抽屉盗窃一空，是为了销毁她的日记或其他可能跟案情有关的文字记录，那么挖掉布娃娃的胸口，目的又何在呢？"林凤冲说，"这个是我无论如何也想不通的事情。"

已是傍晚，铺着一地昏黄色光芒的校园里有些嘈杂，饭盒叮当声、自行车铃声、球场上的喧嚣声、服装暴露的男女情侣的调笑声混杂成一片，让人心乱。不知道为什么，来来往往的学生们在郭小芬的眼睛里都有些异样，女的面貌都像习宁，连笑都带着一缕神经质；男的面貌都像习宁的男朋友，神情麻木而呆滞……渐渐地，这些面孔终于都在夕阳的光芒中模糊起来，个个脸上笼罩着一层黄色，肝炎未愈似的。

空气中有些扭曲的东西，郭小芬再次产生这种感觉。

迎面，吴佳匆匆地走了过来："我正想来问问情况，怎么样，习宁那边问出什么来了吗？"

林香茗摇摇头："吴老师，谢谢你支持我们的工作，我们先回去了。"

吴佳一直把他们送到校门口。打开车门，林香茗、刘思缈和林凤冲上了车，郭小芬却原地不动地思索着什么。

白色T恤，前面缀着Angel的字样，后面是一对小翅膀……在外面混到多晚，也一定要回宿舍过夜，假期也不回家，也不敢单独在宿舍住……半夜经常抱着布娃娃哭……线索，我就要抓住线索了吗……

"小郭，一起走吗？"林凤冲问。

郭小芬摇摇头说："你们先走吧，我再和吴老师聊聊……"

"砰"！车门关上，一路远去。

吴佳凝视这个娇美的女孩，半开玩笑道："有什么需要我效劳的，请吩咐。"

"吴老师，我只想问您一个问题。"

就一个问题？吴佳没想到。

"什么问题，你说。"

"我想问，陈丹没有回宿舍，也没有上课，学校感觉反常后，是否通知了她的继父？"

"电话通知了，但她的继父应付了两句，就匆匆把电话挂上了，后来再也没有消息。"

郭小芬道了声谢，转身缓缓离去。

昏暗的街心花园。一个梳着刘海的小女孩坐在一棵大槐树下，抱着一个布娃娃，拿着小勺子往它嘴里喂："你吃啊，吃啊，好孩子要听妈妈的话。"然后抬起头来稚声稚气地对旁边看书的妈妈说："妈妈，小米不乖，我喂她吃饭，她就是不吃。"妈妈甜甜地笑着说："小米不是好孩子，妞妞不跟她学，要好好吃饭，才能身体好……"

话音未落，小女孩扔掉布娃娃，扑到妈妈怀里大喊起来："妈妈，大虫子，大虫子！"

妈妈仔细一看，原来是一条青色的槐蚕从树枝上牵着丝吊落在半空中，像一根剥离的血管。

妈妈抚摩着小女孩的头发："妞妞不怕，要做勇敢的孩子，你看小米还躺在地上没人照顾呢，她多可怜啊。"

小女孩瞪圆了湿漉漉的眼睛，看看妈妈，看看躺在地上的布娃娃，又看看那条槐蚕（天啊，大虫子还吊在那里一动不动，它会不会突然掉下来咬小米一口），终于半闭着眼睛，冲过去，抓着布娃娃的腿就跑，眨眼的工夫又回到妈妈的怀里，气喘吁吁的。

"好孩子，真勇敢！"妈妈表扬小女孩。

小女孩紧紧地抱着布娃娃说："小米不怕，小米不哭，听妈妈唱歌。"

接着就哼起一支不成调的曲子。

不远处，坐着一个美丽的姑娘，一直呆呆地看着这对母女，还有那个布娃娃。

天色犹如涂墨一般，一点点黑暗下去。

突然，她的身子微微地颤抖了一下，从挎包里拿出手机，拨通。

"吴老师，我是郭小芬，打扰了，您能把陈丹的家庭住址告诉我吗？"

电话那边查询了一会儿，才告诉她答案，她道了声谢，又看了一眼妞妞、妞妞的妈妈，还有那个布娃娃，她叫什么来着？

对了，小米。

走出街心花园，整个都市已经完全被黑暗淹没，她招手打了一辆出租车，坐上去："师傅，椿树街。"

车子一直向椿树街驶去，司机也一直沉默着。

无声无息……她感觉越来越冷。

第四章　噩梦

多年以后，提起位于椿树街果仁巷胡同最里端的那栋建于二十世纪五十年代的四层灰楼，郭小芬依然心有余悸。

灰色的楼，在夜幕下显得发青，像在水中浸泡得过久似的，一块块剥落的墙皮犹如白癜风，无论是一座城市、一栋楼，或者一个人，得需要多少日积月累的伤害才能变得如此病态啊！每扇窗户都闭得紧紧的，偶尔有一些微弱的灯光，也一律病恹恹的，让人想起快要死掉的狗吐出的铅红色的舌头。

还有，就是阳台，那些枯萎的藤蔓，裂掉的花盆，生锈的晾衣钩……天啊，这栋楼里到底有没有活着的人啊？刚才穿过胡同时，一个窗口里飘出的炸鱼味儿腻得有点呛人，可是现在她居然怀念起那股气味儿了，因为那毕竟还能证明有生命在活动。

四单元，四层，四〇二房间。

她望着黑黢黢的楼门，像看着一张没有牙齿的嘴。犹豫了很久，还是迈进了楼门。

感觉，与外面的世界有着明显的区别。

冷？有点。

一步步向四楼走去，这该死的楼道里居然一盏灯都不亮，完全靠脚下的感觉，试探着往上爬。好久好久还没有到，她有些焦急，甚至开始怀疑这栋楼是不是有八层或者十层甚至更高。

好了，终于到顶层了。

一左一右两个门，她打开随身携带的小手电筒，眯起眼睛照了照，终于在左边门上发现浅得几乎看不见的"401"的字样。那么对门就应该是陈丹的家——四〇二房间了。

敲门，居然立刻闻到一股呛人的土腥味儿，难不成是指头轻微的触碰激起了烟尘？这门多久没人开了？

再敲。

"砰砰砰，砰砰砰……"

声音很空洞，而且在这伸手不见五指的楼道里，竟全无回音，一切，像被一只无形的手突然掐灭。

这栋旧楼怎么跟棺材似的……

再敲三下，如果没人来开门就下楼！

停在半空的手指不停地颤抖，黑暗中她搞不清自己究竟是站在棺材里面，还是棺材外面。但是，反正，她要最后一次敲打这该死的棺材板了！

那就……敲吧！

"砰砰砰！"

好了，没有人，我得赶快逃了！

"吱呀"一声。

她全身的汗毛都竖了起来！我的天啊！四〇二的房门纹丝未动，那么是哪里来的声音？

她回过头！吓得后背"哐"地撞在四〇二房间的门板上！

腾起一股更浓重的尘土味儿。

黑暗中，凸现出两颗又大又圆的眼珠子，眨也不眨一下，像被剜掉后挂在了四〇一的门前。

"你找谁呀？"

这声音气若游丝,仿佛从泥土深处缓缓冒出来的……

手一抖,手电筒掉在地上,骨碌骨碌顺着楼梯滚了下去,最后是"啪"的一声,听也知道已经粉身碎骨!

完了!

"你找谁呀?"

眼珠子向她逼近了一点,现在,又看见了一张瘪瘪的嘴,一开一合的,上下各有一颗牙齿样的东西。

不知道是黑暗变浅了还是眼睛适应了,她终于看清楚眼前苍老不堪的脸孔——那简直不能算是人的脸孔,只能说是皱皱巴巴的皮肤包裹下的几个行将废弃的器官。这个老人像她住的楼一样,灰而发青,满脸的老年斑正如褪掉的墙皮。

"我找住在四〇二的人,他姓贾,他有个继女叫陈丹,你知道他去哪里了吗?"她放开胆量问。

瘪瘪的嘴唇几乎没有动,不知道怎么就发出了声音:"我们这里没有妓女。"

遇上了货真价实的黑色幽默,郭小芬无奈地说:"不是妓女。我是问,您知道这家的男主人去哪里了吗?"

"他早就不在这里住了。这房子出租,你租吗?"大眼珠子稍微动了一动。

"不,我就是想找姓贾的。"一股沤烂了的墩布臭味从四〇一打开的房门里飘出,熏得郭小芬想吐,再说这个老太太的五官在黑暗中时隐时现,实在有一种难以言喻的恐怖……她为什么不把屋里的灯打开?

郭小芬侧了一下身子,准备下楼,但老太太嘟囔出的一句话让她僵在了原地。

"这闹鬼的破房子,谁也不肯租。"

"您说这房子闹鬼？"郭小芬声音发颤。

"嗯，半夜三更的经常听见有个女人在哭，传了出去，就再没人租这房子了。"

又是"吱呀"一声，四〇一的门关上了，老太太的五官沉没于黑暗中。

郭小芬僵硬地转过身，面对着四〇二的房门，心中忽然浮起一种古怪的感觉，那就是游荡在这间房子中的某个鬼魂正在伸出长长的，长长的……不断延长的手臂，宛如蟒蛇一般，将她一点点绞缠入死亡的怀抱。而她，居然无法抵御这个鬼魂的诱惑，被蛊惑一般，渴望投入……她雪白的手掌已经贴在了四〇二的门板上，耳畔不断地回响起一个妖异的声音：

"推开吧，推开吧……这门没有锁啊……推开吧，推开吧……"

手掌轻轻地一用力，门，居然真的没有锁。

无声地开了……

诱惑是吗？我不能抗拒是吗？那么，我就进去吧！

神情恍惚的郭小芬刚要迈出第一步，从漆黑一团的房间里"呼"地刮出一股寒彻骨髓的阴风！

这股阴风，蜇得郭小芬一激灵，她像从梦中惊醒一般，尖叫了一声，转身飞快地向楼下冲去。

出了楼门，依然是无边无际的黑暗：铅色的黑暗，灰色的黑暗，血色的黑暗，黑色的黑暗……她狂奔着，仓皇间，一次次地撞在了莫可名状的物体上。快要跑出胡同口的时候，她分明感到一只手突然搭在了她的肩膀上，本能地从兜里掏出防身用的微型电棍，昏头昏脑地朝身后戳去，于是听见了一声惨叫，还有一连串的咒骂，不过她已经统统顾不得了，只剩下跑！跑！跑！

她醒了。

睁开眼睛，透过长长的睫毛，她看到窗外阴沉的天空，天空很低，仿佛坏掉的电视荧屏一样闪动着无数的雪花，正如她此刻的头脑一般，嘈杂而混乱。

浑身酸痛，不想起床。昨天晚上她真的吓坏了，打车回家的时候，司机问了好几遍，她才哆嗦着说出正确的住址。进了房间，她把毛巾被往脑袋上一蒙，而且破天荒地将自己的爱猫贝贝（她从不让这只总喜欢偷看自己洗澡的色猫跟自己睡一个被窝的）搂在怀里，仿佛是要从这毛茸茸的小动物身上吸取一点生命的热度。

现在她醒了，只觉得自己像恐怖片里劫后余生的女主角，奄奄一息。

贝贝已经站在窗台上，不断地把脊背抻成桥的形状。

脖子硬得像冻住一样，昨天晚上那个房间里的鬼摄取了我多少魂魄？难不成我正在一点点变成石头？她慢慢地转动着脖子，房间里简陋的陈设一点点映入眼帘，写字台，电视，椅子，发着怪味的塑料布衣柜，二手冰箱……这间墙皮都快掉光的破房子每个月要吃掉我两千元租金，那可都是我没日没夜写稿子挣来的血汗钱啊！

那个家伙，从大学一年级就追我，等把我追到手了，决心和他过一辈子了，他却独自去上海淘金了，把我孤零零地留在这乌烟瘴气的城市里，在我吃苦受累、担惊受怕的时候，连个可以依偎的肩膀都没有。

想着想着，她哭了起来。

哭着哭着，她感到胸口一暖，原来是贝贝钻进了怀里，喵呜喵呜地叫。

她破涕为笑,揪着贝贝的胡须:"小色猫,你就不能学点儿好吗?"

枕边的手机响了,刚刚接听,里面传来总编辑冷峻的声音:"小郭,马上来报社。"

顺着银灰色的铁梯盘旋上到三楼,入眼便是一个个矩形的巨大房间,朝着楼道和室外的两侧安着灰蒙蒙的玻璃幕墙和落地窗,此外的墙壁统统是黑色的,三角形的铁灯高低不一地从天花板吊下,放射出有点诡谲的暗黄色光芒,所有的装修更像是一座巨大的艺术工作室,而不是一家报社。

法制时报社的装修方案是总编辑李恒如亲手制订的,这个孤言寡语的瘦子,一脸苦相,四十出头就因为工作劳累过度而满脸褶子,也许是因为心情阴郁的缘故,整个报社的装修都是以灰黑色为主打的冷色调。

郭小芬走进总编办公室,里面有四个人:李恒如、总编助理赵华、市局新闻处处长李弥,还有一个是和自己同一个采访组的记者张伟。也许是窗外天空太阴沉,室内墙壁又太黑暗的缘故,每个人的面色都难看得像死人。

"我觉得事情根本没有那么严重,而且你们管得也有点儿多了吧。"张伟扬着脑袋说。

"张伟!"赵华皱起眉头说,"好好和市局的同志说话。"

"我们不干涉新闻自由。"李弥生气地举着一张今天出版的《法制时报》对张伟说,"但你的稿子这样写很不合适。我以前也做过多年的法制新闻工作,写案子时要格外注意尺度,尽量减少对犯罪细节的描写,减少对侦破细节的披露。否则都像你这么写,一味追求猎奇,追求刺激,会引发群体模仿心理效应,造成其他不法分子按照你文章中叙述的内容模仿犯罪，使侦破工作失去正确方向！"

张伟跷着二郎腿，满不在乎地说："稿子写出来，就是要好看才对嘛，在日本，新闻自由是受到绝对保障的……"

又是日本！这个浅薄的家伙仗着自己在日本留过几年学，眼睛就长到脑袋顶上去了，在报社里经常喷出几句不伦不类的日语，还把头发和胡子都染成了浅黄色，活像个基因突变的洗剪吹。郭小芬厌恶地瞪了他一眼，把李弥手里的《法制时报》拿过来翻开一看，二版头条就是张伟写的《女大学生惨遭割乳真相大起底》，文章中对陈丹遭遇割乳的细节做了详细的描写。

"稿子怎么能这么写？"郭小芬惊讶地说，"这不是教人怎么犯罪吗？还好……"

本来她想说的是"还好火柴盒没有写进去，不然如果有人模仿就糟了"，但她的话没有说下去。一来是她想起，火柴盒的事情警方严格保密（连她自己都是从"内部渠道"得知这一消息的），张伟根本不知道，一说出来反而捅给他了；二来是她发现，李恒如盯着自己的目光越来越冷。

"坐！"李弥等人走了以后，李恒如把郭小芬单独留在办公室，关上门，指了指沙发。

郭小芬知道没好事，坐下后一直低着头装可怜，办公室里沉静许久，她偷偷地往上翻了一下眼皮，发现李恒如正目不转睛地盯着她，目光依然没有解冻。

"我让你来，本来是想借助你和市局的关系大事化小。"李恒如冷冷地说，"胳膊肘不能往外拐，懂不懂？"

"可是，张伟那么写确实不合适啊，真的会诱发模仿犯罪的。"郭小芬一面说一面习惯性地噘了噘嘴。

郭小芬的容貌本来就姣好,而她这噘嘴的习惯,更是有"香唇一翘百媚生"的意境。

"唉!"李恒如叹了口气,摇了摇头。在新闻圈里,他是有名的"冷面老总",下属见到他两腿都打战,大概敢当面顶嘴的只有这一个郭小芬。没办法,纯粹是惯坏了。

李恒如这一声叹息,在郭小芬耳中不啻大赦,她最会顺坡下驴:"李总,那我先出去干活儿啦?"李恒如挥了一下手,把这小姑奶奶请出了办公室。

郭小芬刚刚回到自己的座位坐下,张伟那张发黄的脸就伸了过来,咧嘴一笑,龇起被烟草熏得焦黄的大板牙:"小郭妹妹,晚上我请你吃饭,怎么样?"

请客?是炫耀自己的胜利,还是一直以来垂涎自己的美貌,借机会下套?郭小芬斜睨着他,这个蠢货为什么就不能把手掌抵在嘴巴上哈口气,闻闻自己那满嘴的烟臭气!

刚好来了短信,郭小芬一看,是条天气预报。她眼珠子一转,笑眯眯地指着手机对张伟说:"出了个案子,分局的一位朋友向我爆的料,我得马上赶过去。这样好不好?咱们晚上七点整,在西山游乐园旁边那家西蜀豆花庄吃饭。先说清楚,是你请客哦。"

张伟的大嘴巴差点儿咧到耳根去。郭小芬活泼可爱,但因为有男朋友的缘故,极少和异性单独约会。张伟顿时觉得自己的魅力在情场上真是无往而不胜。唯一的遗憾,就是约会地点有点远,报社位于城东,从这里到城西的西山游乐园,等于横穿整座城市,不过,为了泡到这个千娇百媚的小美人,只好委屈一下腿脚了。

"没问题,当然是我请客喽!小郭妹妹指定的地点,天涯海角我也得去耶。"

明明是北京人,却要咬着舌尖说广东腔,那感觉好像在奶油冰棍上淋了一层咖喱酱,不伦不类还恶心。郭小芬却依然笑容灿烂:"那说定了,晚上七点整,西蜀豆花庄,要是我迟到了你多等我一会儿,打我手机我要不接就是不方便接听,关机就是没电了,总之一句话——不见不散!"

说完,她把包往肩膀上一挎,朝楼下走去,背后传来张伟得意的、带有几分炫耀意味的笑声。

下了楼,打车回家。在车上,她感觉脑袋越来越沉,估计是昨天一夜没有睡好觉,上午来报社又太匆忙的缘故。进家之后,她把手机一关,躺在床上就睡,小猫贝贝又蹿上床往她怀里钻,被她一巴掌胡噜了下去。

"喵……"贝贝不知道行情变了,委屈地叫着。

"色猫!"她轻轻地骂了一句。一分钟以后,房间里响起了她细切的鼾声。

梦,很怪。

灰色的,不知是天还是地,有雾,很浓。

一步一步地登上台阶,但感觉又仿佛是在往下面走,越来越高也就越来越深,灰色的雾有点呛人,她的脚抬不起来了,太沉重,但还是要走,被莫名的驱动力拽着的脚步无法停止,直到她看到那扇门。

雾散了,唯余黑色,稳定而恒久的黑色。

那扇门也是黑色的,只是黑得更浓一些,门里传来一种很古怪的声音,仿佛是在召唤她。

然而仔细一听,她又毛骨悚然,那分明是哭声。

她想逃，但逃不脱，她惊异地发现自己居然长了一双后眼，看到身后浮着一张脸，灰而发青，布满了老年斑，瘪瘪的嘴巴，两只眼珠子像死鱼一般惨白，竟与眼眶脱离，独自漂浮着，只有几根黏黏的血丝与眼窝牵连，正是这两只眼珠子，死死地盯着她，下了诅咒一般，使她的双脚再不能挪动半分……

门，开了。

她没有推，门就开了，自己开了。

她被一股力量推进了门里，逐个房间经过，看到的景象相仿，都没有窗户，黑色而空无一物。然而哭泣声也越来越大了，凄惨得像刚融化的雪，往骨头缝里渗，渗得她瑟瑟发抖，渗得她也想哭。

就在这时，她看到了那个哭泣的女人。

女人坐在一个房间的墙角，从口型上看，她的声音本来应该是呜呜的，但她嘴里发出的却是猫叫一样尖细的声音。房间也是全黑的，女人是灰色的一团，看不出穿着，看不清面孔。郭小芬梦见自己一点点地走近她，她却全然没有理睬，依旧只是哭……

"你……你怎么了？"郭小芬战栗着问，手不自觉地扶了一下女人的肩膀。

梦中的所有情境，都是模糊的，唯有下面的一幕，清晰得仿佛就在眼前，真的发生：

女人太脆弱了，脆弱到经不起郭小芬这一扶，只听清脆而略有撕裂感的"咔嚓"一声，女人的脖子断了，从白色的骨骼和韧带中间喷涌出了大量的鲜血，溅得郭小芬浑身都是。耷拉的人头嘴巴却还一动一动地发出哭声，郭小芬吓得大叫着往房间外面跑，但门已经消失了，四面都是铁一样冰冷的墙，她死命推那堵墙，完全没有用。身后的哭声越来越大，越来越凄厉。天花板像闸门一样往下压，而脚下不停翻滚着的血水却越涨越高……

终于，她被牢牢地卡在天花板和地板的狭小缝隙之间，仰面朝上，血水已经漫过了她的耳际。

就在这时，她看见了一把雪亮的尖刀！

拿刀的人与黑暗融为一体，无声无息，看不见容貌，分不清男女，他或者她只是很优雅地将尖刀一点点伸向自己的胸口。她拼命地喊，声嘶力竭地喊，没有任何作用……刀尖终于触及肌肤了！那疼痛的感觉，清晰得完全不像是在梦中！

猛地，她惊醒了，大口大口地喘息着，梦境太真实了！

"喵呜……"

她定睛一看，贝贝居然就站在自己的身上，用爪子挠着毛巾被。

原来是这个家伙压迫自己的心口，才导致噩梦连连。她气得一把揪住它的脖子，按在床上就是一顿打。

挨打的时候，贝贝无所谓地哼哼着，打完，它滚下床就不见了。

窗外，天空已黑如锅底。没想到自己竟睡了这么久，远处写字楼顶的霓虹灯将一串光芒远远地投射进来，使屋子里闪烁着令人迷惘的银色。郭小芬打开手机，已经是晚上十点了。张伟发来的一连串短信像"打地鼠"游戏中的老鼠一样在屏幕上蹦跳出来，一开始是问还有多久能到，然后是不断提醒点的菜全都凉了，最后问"你是不是玩我呢"。郭小芬在手机那小小的屏幕上，分明看到一张气急败坏得变形的黄脸，不禁笑出声来。

然而，最后一条短信不是张伟发来的。

"如果方便，请马上到故都遗址公园，发生割乳命案。"

发送时间是半个小时之前，发信人是林凤冲。

郭小芬把装有笔记本电脑的包往肩膀上一拎就冲出了家门，没半分钟又冲了回来，往小食盆里一面倒伟嘉猫粮，一面气哼哼地对着盘坐在床上的贝贝说："下次再敢好色，饿死你！"

半小时后，透过模糊的出租车车窗，郭小芬看到了夜色中的故都遗址公园，尽管川流不息的汽车将机动车道装饰得挂了流苏一般，但构成公园主体的长长的土城，依旧黑黢黢、苍莽莽，沉寂如死，仿佛是卧在光怪陆离的都市中的一条随时准备吞噬一切的巨蟒。

远远望去，一排排警车上的警灯像吃了摇头丸一般闪烁不停，附近蚁聚着大量的围观者，郭小芬下了车，接近黄色隔离线时，听见一个愤怒的声音："你们在警校有没有受过最最基本的训练！"

一看，原来是刘思缈蛾眉倒竖、杏眼圆睁地在训斥三个巡警。郭小芬满不在乎地挑起隔离线就往里面走，被刘思缈一眼看见，厉声呵斥道："站住！这是犯罪现场，你怎么能随便进来？！"

林凤冲匆匆走了过来打圆场："思缈，是我叫小郭来的，上午她帮了我们很大的忙，这个案子我想让她独家报道，别的媒体都没通知。"

刘思缈毫不客气地说："那三个巡警已经把现场搞得乱七八糟的了，我不想再让些莫名其妙的外行人裹进来添乱！"

"啪！"

清晰的拍打声，把大家都吓了一跳。定睛一看，原来是郭小芬拍了自己的胳膊一下，嘴里还嘟囔着："这讨厌的花脚大蚊子，我又没得罪你，你凭啥咬我？"

除了刘思缈，在场的警察全都笑了，尤其那三个巡警格外开心。他们接到报案后，因为急着查看受害人还有无救活的可能（这是《刑事侦查学》要求到达犯罪现场的警员首先考虑的事情），就没顾得上保护现场，结果挨了刘思缈一顿呲儿，又搞不清她什么来头，不敢申辩，窝了一肚子的火，郭小芬指桑骂槐，帮他们出了一口恶气。

郭小芬眼尖，发现蕾蓉也在，上前打招呼，一张小甜嘴，姐姐长姐姐短地叫个不停，蕾蓉知道她有心气刘思缈，微笑不语。

刘思缈冷冷地看着郭小芬，然后上前对蕾蓉说："你做尸检，我勘查现场，咱们各做各的工作。"说完径自向密林中走去。

郭小芬冲着她的背影撇撇嘴，接着压低声音问蕾蓉："林香茗没来吗？"

蕾蓉摇摇头。

由于陈丹遭遇割乳的前前后后有诸多诡异之处，所以接手这一案件的刑侦总队一处一直把弦绷得很紧，早就跟各个分局打好招呼，有什么新的情况要在第一时间上报。巡警在晚上九点二十分发现受害者，十分钟不到，杜建平就得知了案情，安排林凤冲和刘思缈马上出现场。

林凤冲一时却找不到刘思缈，打电话才得知，林香茗的老师——著名犯罪行为剖析专家John Douglas过几天要来中国讲学，局长许瑞龙十分重视这次中美警方的高端交流，特地安排林香茗和蕾蓉、刘思缈一起在局里做资料准备。蕾蓉让林香茗一起去现场看看，但林香茗牢记许瑞龙跟他提过的，自己虽然挂着行为科学小组组长的头衔，但不便介入刑侦一线，再有兴趣也只能是隔山观战，或者像去华文大学那样打打擦边球，所以拒绝了。临别时，蕾蓉特地跟他说"现场的情况我回来和你详谈"，刘思缈权当没有听见。

现场位于山凹一块树林环抱的空地上,四盏两千瓦的警用卤素灯将现场照得一片惨白,以至于那些树影都十分清晰,像是扭动着腰肢牵拉着手臂,围绕在这片死神刚刚光临过的地方,跳着妖异的舞蹈。

受害者躺在地上,身体几乎是全裸的,衣裳散落在附近,挂在树枝上的灰色裙子,被夜风一吹,飘来荡去。

位于雪白腹部上的致命伤,凝着红黑色的血块,仿佛是咧开的一张嘴。从地上斑驳的大片大片血迹,以及四肢异常的扭曲来看,死者断气前显然经过十分痛苦的挣扎。

"她的眼睛还没有闭上呢。"郭小芬躲在蕾蓉身后边看边说,"而且……她似乎并不漂亮。"

的确,死者的相貌并不出众,年龄应该在十六七岁上下,眼睛睁得又圆又大,像要爆出眼眶,满脸都是惊恐,看神情,她完全没有料到死神会如此突然地降临到自己的身上。

蕾蓉戴上塑胶手套,默默地在死者身边蹲下,轻移开死者半捂住伤口的手,检查伤口外观:"裂口很大,入刀很深,切断了腹腔大动脉,出血过多导致死亡。死者的双手和胳膊有许多切伤的痕迹,我认为应该是防御创……嗯?伤口深浅差异很大,像格斗创。"

"防御创"是法医们对防御创伤的简称,常见于被害人遭到杀害的案件,系被害人在激烈抵抗的过程中用手和前臂抵挡凶器造成,由于罪犯一心置受害人于死地,伤口一般比较深,而且以切伤居多。而深浅差异很大的伤口往往是"格斗创",指在斗殴过程中因为抢夺凶器造成的伤口,以割伤居多,伤口的长度往往大于其深度。

这个知识郭小芬也是了解的，所以好奇起来："这么弱小的女孩子，身上怎么会出现格斗创？"

蕾蓉没有回答，她凝视着死者的眼睛，观察角膜的浑浊情况——

人死亡六小时后会出现角膜浑浊。现在死者的角膜还很清晰，生命之光虽然已经褪尽，但仍旧有些幽幽的东西在闪烁着，鬼火一般，虽然明明知道这是卤素灯照耀的结果，但蕾蓉还是习惯性地认为，这是冤魂死死绞缠住了自己。

据说，第一个和被谋杀者的双眼对视的人——这个角色在世界各国一般都是由刑侦人员尤其是法医来承担——往往会被死者的冤魂纠缠住，案件一日不破，被纠缠者就要代替死者承受阿鼻地狱一般的怨苦。所以在美国一所名牌大学的刑事科学系的教学楼门口，被常春藤半遮半掩的青铜牌子上铭刻着这样一句话：

你注定是被冤魂附体的人——直到你把凶手绳之以法！

蕾蓉拿起死者的手臂轻轻弯曲，尸僵已经出现，但程度并不严重，结合角膜状态，死亡时间初步可以推断是在距离现在两个小时左右的晚上八点半到九点之间。

下面是……乳房。

她有意识地让自己的精神高度集中。

右乳被切掉。碗大的创口，乌黑的血液，粉色的组织，青白的肉絮……丝丝缕缕，黏黏糊糊，像被咬了一大口的豆沙馅粽子。

刀口从乳沟处切入，体侧切出，创缘整齐，皮瓣较少，凶器应该是普通的匕首。那三个接到报案的刑警，已经初步勘查过现场，没有找到被切掉的乳房，几乎可以肯定是被凶手带走了。

这起案子和陈丹的遭遇，相仿之处甚多，唯一的区别是，犯罪分子留了陈丹一命，却杀掉了这个更年轻的生命。

凶手是什么人？他为什么要这样残忍地对待受害者？他割走那一只乳房究竟要做什么用？

等一下。

蕾蓉仔细地观察着乳房被切割后留下的创缘，创口豸开的情况并不明显。如果是生前损伤，遇到如此残酷的切割，皮肤、肌肉等组织不会对外来刺激无动于衷，常见的应激反应就是竭尽全力地退缩，这样一来，创口应该在创伤的基础上又大大豸开才对。"也就是说，乳房被切割是她死后发生的事情。"她自言自语。

郭小芬说："当然啊，如果乳房是生前被切割的，那么死者的双手不会都捂在腹部的致命伤上，还应该分出一只捂住乳房……"

"更何况她在死后被奸污。"一直在附近勘查现场的刘思纱走了过来，用手中的紫外灯在死者的腹部一照，立刻出现一大片荧光，"死人的阴道没有收缩功能，所以性交不会有实体快感，为满足视觉快感和征服欲望，凶手往往会把精液射在死者身上，在犯罪心理学上叫'仿佛生前性交'——先杀后奸一般都伴随着体外射精。"

蕾蓉将三根手指轻轻插进死者的阴道，通过得非常顺利，点点头说："没错，是先杀后奸。女人死亡后，阴道肌肉就没有了紧缩的力量，一旦有异物侵入，就会松开，不再收缩。"

"就算她是被先杀后奸，这和证明她的乳房是死后被切割有什么关系？"郭小芬不服气地问刘思纱。

"我说你是不是'甲醇'(假纯)?"刘思缈不耐烦地说,"哪有把女人乳房切割后再性侵的男人?"

郭小芬吃了个大瘪,气哼哼地说:"我们在这里做尸检,你一直在旁边走来走去的做什么呢?"

刘思缈冷冷一笑,一指蕾蓉说:"是她在做尸检,你只是个看热闹的。"停了一停又对蕾蓉说:"那三个巡警把现场踩得像跑马场,不过我还是提取到了犯罪分子的足迹。另外,凶器已经发现了,就丢在山坡,一把大号的折刀,从刀把上已经提取到清晰的指纹。"

"凶手胆敢留下精液和指纹,就证明他以前没有犯罪记录,不怕我们做指纹和DNA的资料库比对。"蕾蓉沉思道。

"不过,"刘思缈自言自语,"我最感兴趣的,不是已经找到的东西,而是没有找到的东西。我在现场反复勘查,就是没有找到我最想得到的东西,让其他刑警扩大搜索范围,依然没有找到。奇怪,那个东西本来应该留在我们最容易发现的地方才对啊……"

"什么东西?"蕾蓉问。

"火柴盒。"望着黑沉沉的树林,刘思缈神情阴郁地说,"我没有发现凶手一定会留在现场的——火柴盒。"

第五章　碎尸

在犯罪现场附近，警方控制了几个嫌疑人，大多是表现比较反常的围观者。林凤冲正在树林外对他们在案发前后的行动做逐一的盘问，并留下他们的电话、住址等相关信息。刘思缈、郭小芬和蕾蓉勘查完现场出来，站在一边默默地观看。

最后一个嫌疑人怯生生地走过来，一只手拿着本书，另一只手不断抚摩自己纤细的肩膀，忸怩得像在课堂上被老师突然提问的小学女生。

郭小芬却吃了一惊："这不是华文大学学生会主席白天羽吗？！"

刘思缈定睛一看，果然是那个在吴佳办公室门外偷听他们谈话的家伙。华文大学离这里不远，不过即便如此，大晚上的他在这里出现也未免太巧合了一些。何况，刘思缈在白天羽的眼神中发现了一丝由紧张和恐惧结合起来的东西。

"这么晚了，你到这里来做什么？"林凤冲问。

"我表弟是高三学生，我给他买了本英语高考用的书，今晚约好了在这里给他。"白天羽说。

林凤冲把他手里的那本书要过来，一面翻一面问："你们约的是几点见面？"

"九点整。"白天羽说，"但他临时遇到了点急事，打电话给我，没有过来。"

林凤冲把书还给他，然后要来他表弟家的电话，打过去核实，确有此事。他的表弟是因为家里自来水管突然爆裂，只好留在家，找工人抢修，现在还没有修完。

"既然知道你表弟过不来了，为什么还不回学校？"

"这……"白天羽本来就涂了厚厚一层胭脂，一紧张，脸上顿时变成了猴屁股的颜色。

"说话！"林凤冲吼了一嗓子，声音大得把自己都吓了一跳。

白天羽一害怕，倒把真话说出来了："遗址公园小广场那里有许多女孩子，我想看看她们最新潮的装扮，多逗留了一会儿，听说这边发生了命案，就过来看热闹……"

"行了行了！"林凤冲挥手打断了他的话，"你在现场附近有没有看到什么可疑的人？"

"没……没有。"白天羽有点结巴。

"好了，你可以走了——"林凤冲的话还没有说完，后面就传来一个声音："等一下！"

刘思纱走了过来，白天羽望着这个面若冰霜的女警，顿时瞪圆了眼睛。

刘思纱总觉得白天羽在这个时间和地点出现，是一件非常蹊跷的事情。她知道自己的眼神比李莫愁的冰魄银针还冷，所以如果白天羽真的做了什么亏心事，应该闪避她的盯视，却没想到白天羽如此好色，直勾勾地盯着自己看，心里不禁又好气又好笑。

"麻烦你跟我来一趟。"刘思纱说，"看一下你认不认识死者。"

"哎呀呀，这可不行！太可怕了，我心脏一直不好。"白天羽一只手摇晃着，一只手捂住了自己的心口。

刘思缈目光一凛,把白天羽吓了一大跳,他嗫嚅道:"要不……我跟你去就是。"

认尸程序仿佛一出闹剧,白天羽一看尸体就怪叫一声,翻着白眼往后面倒,见没人扶他,才趔趄了几步站稳当。刘思缈以为他认出死者是谁了,谁知一问,白天羽一面揉搓自己的心口一面嘤嘤地说:"可吓死我了,我怎么会认识她啊?"

刘思缈只好挥挥手,让他走人了。

这时,现场证物提取得也差不多了。勘查人员用单独的袋子分别套在尸体的头、脚和手上,用胶带固定之后,再用黑色的裹尸袋把尸体装进去抬走。

刘思缈和郭小芬、蕾蓉也慢慢地往树林外走,围观的人群仿佛看到荧屏打出了"谢谢观赏",渐渐散去。

到底是当记者的眼尖,郭小芬突然叫了一声:"吴老师,这么巧,您也在这里啊!"

陈丹的班主任吴佳果然也夹杂在人群之中。他穿着一身雪白的休闲装,左手拿着羽毛球拍,右手把玩着一个雪白的羽毛球,发红的脸上直冒热气,额头上全都是汗水:"哦,原来是你们在这里办案啊,我经过这里,听说有个女孩被人杀死了,是真的吗?"

郭小芬点点头,问:"您每天晚上都来这里打羽毛球?"

"只要没有特殊的情况,我都会找朋友打上一两个小时。"吴佳笑着说,"现在的大学教师,教学负担越来越重,要是再不注意锻炼身体,真怕哪天会下不了讲台呢!"

郭小芬看着他那健美的身材,尤其是两条粗壮得像小檩条般的胳膊,笑道:"怎么会?您这体格可结实得像运动员啊!"

又闲聊了几句,吴佳告辞了。蕾蓉说:"思缈,你觉得这起案子和陈丹案件能否并案?"

刘思缈想了想说:"从割乳的做法来看是相仿的,但是其他地方——比如杀死受害人、奸污、在现场留下大量的指纹和足迹甚至凶器,既显示出凶手的残忍,又或多或少地暴露了他的无知,缺乏陈丹案件中那种'理性的疯狂',所以又似乎不是一个人所为。尤其是没有找到火柴盒,更加令我不解,如果是同一个凶手,为什么这一次他没有给警方留下挑衅或提示性的信息呢?"

"当务之急——"蕾蓉说,"不是找到凶手,而是确认死者身份。"

死者的身份在第二天一早得到了确认。她的名字叫柳杉,是高中二年级的学生,案发当天的晚上,她由于和男朋友吵架,加之最近一次考试成绩不太好的缘故,心情烦闷,跟家里人打了个招呼,说是到外面散散步,谁知就此踏上了不归之路。柳杉的父母自然是悲痛欲绝,但她的男朋友——也是她的同班同学,只在听到噩耗的一瞬间象征性地怪叫了两声,就再无其他,以至于林凤冲怀疑他就是犯罪嫌疑人。

但调查之后才知道他没有作案时间,柳杉被杀的时候,他正和同班的另外一位女生在小旅馆里做着床上运动。望着他对柳杉之死一副无所谓的神情,林凤冲真想削他两个耳光。

"现在的年轻人,怎么都像冷血动物一样!"林凤冲愤愤然地说,"死人这么大的事情,居然也麻木不仁!"

其实,当死亡接二连三地发生,凶杀变成了一件习以为常的事情的时候,麻木不仁,也就不见得比死亡本身更加了不起。但是对于享久了太平盛世、闻惯了窗头一缕槐花香的市民而言,对这一系列异常恐怖的凶杀案表现出麻木不仁，还是很久以后的事。柳杉案件发生的时间是六月二十一日，在此后的六月二十三日及六月二十五日，又相继发生了两起先杀后奸，受害人被割掉右乳的命案。受害人的年龄都在十六岁到十八岁之间，案发地点分别位于学苑桥附近的学苑公园和智新桥以北的一座非常偏僻的、正准备拆迁的居民小区内。郭小芬对这两起案件的报道都篇幅短小、下笔谨慎，却被总编辑李恒如认为"火力不够"，派张伟重新采写。经过张伟笔下一番添油加醋，案情被渲染得异常血腥和恐怖。稿子在《法制时报》上连续刊登之后，该报的销量大增，超过了其他几家都市报的总和。围绕这数起案件的各种流言不胫而走，一些市民像地震前的老鼠一样惶恐不安起来，有人在这天中午经过一个停车吃饭的路边摊时，清楚地听见一个把臭脚丫子搭在车窗外晾着的出租车司机给老婆打电话："吃完饭让她老实在家学习！要是再到外面野去，不用别人，我先把她给宰了！"

在这两起命案的现场，同样没有发现火柴盒。因此，市局刑侦总队内部围绕是否与陈丹案件并案的问题展开了激烈的争论。当有人提出应该让林香茗马上介入侦办工作中的时候，杜建平顿时火冒三丈，坚决反对，挥动手臂叫嚷着："我们有决心、有能力迅速侦破这起案子，不劳外人操心！"

但是有决心、有能力，并不等于一定会破案。刘思缈的现场勘查不可谓不细致，蕾蓉的法医工作也认真之至，林凤冲带着手下一干精兵强将，在分局、案发地派出所干警的配合下，展开拉网式的排查，对本案所有的关系人，都围绕是否有不在场证明和作案动机进行了严格的讯问，嫌疑人的名单越拉越长……但是所有这些努力，都一无所获。为了预防新的犯罪发生，各个分局派出了不少便衣，没日没夜地在案发现场一带巡查。尽管如此，六月二十八日晚上，又一起血案在独秀公园发生了。这一回与前面几起案件的唯一区别是，凶手在杀死受害者时，刀子扎得太深，将那姑娘的肠子带了出来，缠绕在她雪白的小腹上，血肉模糊的一团，致使他没有实施奸污，只把她的乳房割走了。

尸体在第二天早晨被一位遛早的老人发现，由于现场过于惨烈，这位老人登时就被吓得昏死过去，醒来后高高扬着两只枯干的手臂，一面狂奔一面大叫着，声音凄惨得像裂了一样，警方赶到时，才发现他已经完全被吓疯了！

刘思绺和蕾蓉赶到后，依旧一个勘查现场，一个验尸，一直忙到下午四点左右才结束。坐上警车往回返时，蕾蓉发现刘思绺的脸蜡黄蜡黄的，嘴唇干裂，这才想起她一天都没有吃喝，连忙打开一瓶矿泉水递给她。刘思绺接过，一小口一小口地慢慢抿了下去。

"你注意点身体。"蕾蓉说，"这段时间你太累了，这样下去可撑不了多久。"

"你还不是一样。"刘思绺漠然地说。

"我不一样。"蕾蓉说，"我至少还正常吃喝，坐在车上就打个盹儿，可你，除了工作就是思考，眼圈都是黑的。"

"我不想再有新的受害人……"刘思绺沉默了片刻说，"对了，香茗是不是要到警官大学去讲课，讲座之后，他能不能——"

她欲言又止。蕾蓉听得出，她的意思是想问林香茗能不能参与到侦破工作中来，但又不愿意说得太直接，于是笑笑说："他本来就是警官大学的特聘教授嘛，最近要给学生们讲一讲基础的犯罪行为剖绘理论，给他的老师 John Douglas 来中国讲学打前站……至于之后他能不能介入，还要看局领导的意思。不过有一点可以肯定的是，连续发生这样的恶性案件，我估计部里很快就要下达督办令了。"

她停了一停，接着说："我还想起一个人来，也许有用，香茗的高中同学，一向管我叫姐姐，你也认识的……"

话还没有说完，警用呼叫器响了！刚一接听，里面就传来了林凤冲急促的声音："思缈，你和蕾蓉马上到四汇建材批发市场这边来！通汇河的北岸，快！发现了一桩分尸案！"

一刹那间，刘思缈突然想起了"万劫不复"这个词。她看了看窗外灰蒙蒙的天空，觉得自己像是一个苦役犯，杀人者的行为像拴在她脖子上的绳索，牵着她一路跟跑，苦不堪言。

蕾蓉看出，刘思缈已经疲惫得就在病倒的边缘，于是拿过呼叫器说："我们太累了，能不能让分局的同志先初步勘查一下现场？"

呼叫器那边，林凤冲的声音顿时平缓了许多："好吧，你们先回去休息一下吧，都太辛苦了，主要是在分尸现场发现了火柴盒，所以我才想叫你们……"

刘思缈一把夺过呼叫器大声说："林科长，我们马上就到！你千万保护好现场，任何人不得擅入！"

如果把位于城东的兴旺路和兴旺桥比喻成一个十字，那么，在十字划开的格子里，究竟发生了什么？

这个十字格的东北角是赫赫有名的华茂中心，尽管名字响亮，但青白色的，略嫌方正的楼宇透露出掩盖不住的寒酸气，仿佛一块块撒了葱花的豆腐；西北角的宏洋公寓通体暗红，如同猪血豆腐一般；西南角那高高矮矮，上下起伏而又通体相连的

SOSO中心，白得发污，又令人不禁想起这是一份只洒了酱油却忘了放皮蛋的皮蛋豆腐……

但是，东南角，就是另一般光景了。

没有豆腐，没有葱花，没有酱油，没有皮蛋……总之，那些为了掩饰丑陋、虚弱的本质而故弄玄虚的设计、造型、装饰、美化，在这个十字格的东南角通通没有。存在于此的，仅仅是质朴的真相，比如柏油般黏稠的通汇河水，比如市城建道路工程有限公司外皮开裂的楼房，比如路口混乱不堪的塔吊和形状古怪的地基，还有从这个格子兴起，并弥漫于整个十字格的尘埃，一遍遍地提醒着人们：这里的所有浮华无不根基于腐烂和肮脏，并且早晚还要归结于腐烂和肮脏。

警车由西向东行驶到兴旺桥，向南拐去，河水那腐臭的气息立刻涌进半开的车窗里，东郊水果花卉批发市场外面的小贩还嫌味道不够浓重，把小炉子上的毛鸡蛋翻了又翻，令人有天翻地覆的作呕感。而就在这熏天的臭气中，蠕动着无数灰败的人：坐在马扎上，脚下踩着印有麻衣神相的黄色破布的算命老头；售卖的物什不一，但面目大多猥琐的各类小贩；像厨房里觅食的蟑螂一般在行人和机动车间狡猾地钻来钻去的三轮车夫……所有人的脸色都是黄里透黑，肝炎未愈似的，神情中流露出对环境、对周围的人，甚至对自己的极度厌倦和憎恶，但仔细看去，这厌倦和憎恶中，又多少有那么一点慵懒的舒适感。一个穿着花衣服的小女孩，站在由塌陷路面构造成的水坑里，拖着长长的浊鼻涕，神情呆板，像是出殡时的纸人，很快就要被烧掉似的……

"你说……"刘思纱想要说什么，又没有说下去。

"什么？"蕾蓉问。

刘思纱看着车窗外那一张张不同而又相同的面孔，茫然地说，"你说他们活得有意思吗？"

"你怎么会这么想？"蕾蓉惊讶地问。

刘思缈却不说话了。

远远地看见一座长满了野草和灌木的土丘下面围满了人，虽然已经挂上了黄白相间的隔离线，但是那些看客依然像胆小而又贪婪的鬣狗一样，小心翼翼地往前蹭，警察们不时呵斥着，收效却不大。

刘思缈她们刚一下车，林凤冲就迎了上来："尸体就埋在这个土丘上，上面覆盖的草木相当蜇人，一般情况下人还真不会上去。"

一个棕色皮肤的小男孩正在抽泣着跟警察做笔录："我上去找球，看见地里有个黑色的角儿，一揪，是个袋子，我就撕拉开了，妈呀，吓死我了！"

几个警察围在孩子旁边议论："分尸案一般都是熟人做的。""这孩子可给吓得不轻啊。""不知道今天这起案子能不能和最近的系列奸杀案并案。""法医和刑技还没有来，不知道尸体有没有缺少乳房……"

刘思缈快步走了上去问道："你们几个在做什么？！"

警察们都愣住了，不知道她是谁，但她身后跟着的林凤冲，大家可都知道来头。

"现场勘查的无语原则，你们知道不知道？"刘思缈生气地说，"严禁在有围观人群的现场附近议论案情！万一犯罪嫌疑人听着了怎么办？你谈足迹，他回去烧鞋；你谈伤口，他回去毁凶器，咱们这案子还办不办了？"

"这里离人群挺远的啊，哪里有什么犯罪嫌疑人。"一个警察小声嘀咕了一句。

刘思缈一指那孩子："万一是他家里人作的案呢？报案者中，百分之三十都和案件有或深或浅的关系，这个你们难道也不知道？"她转身对林凤冲说："这样不行，我要求杜处授权，由我担任现场指挥长！"

林凤冲点点头，给杜建平打了个电话，然后郑重地说："杜处已经同意由你担任现场的指挥长，全权指挥犯罪现场勘查的一切工作。"

警察们都非常震惊，指挥长不啻犯罪现场的钦差大臣，权力极大，一般都是由分局副局长以上级别的人来担任，现在却让这么个年轻的冷面女警来当，有些人就在心里嘀咕她是不是警界高层人物的"小秘"。

刘思缈果断地下达命令：首先是扩大了现场保护区的范围，把围观者都赶得远远的，然后是设立岗哨，禁止包括警察在内的任何人进入现场中心——土丘。

"上过土丘的，除了罪犯和报案的孩子，还有谁？"准备登上土丘的刘思缈一面往皮鞋的前掌上贴不干胶，一面问林凤冲。

"接案的一位警察，还有我，没有别的人。"林凤冲有些好奇，"你往鞋底贴不干胶做什么？"

"这样可以把刑侦人员与罪犯的足迹区分开来啊……你把报案的孩子的足迹样本给我一份，你的和那个接案警察的样本也给我，你就不用再上土丘了，我和蕾蓉两个人上去。"说着，刘思缈也递给蕾蓉一块不干胶。

林凤冲尴尬地笑了笑。

"思缈。"蕾蓉跟着刘思缈往土丘上走，对她说，"你留学归来，确实掌握了很多先进的现场勘查技术，但是不要因此就看不起咱们的刑警，他们的辛苦和才能，有许多你并不了解。"

"我没工夫去了解他们。"刘思缈冷冷地道,"保护现场是当刑警必须具备的基本素质。导致犯罪现场破坏的主要原因有四种:气候、罪犯、受害人家属、案情第一发现人,可是有些时候,警察比这四种原因都更善于破坏现场!与其让鉴证专家在事后费劲地辨析一地脚印哪个是警察留下的,哪个是罪犯留下的,为什么不事先就用标记物区别清楚呢?"

"那你也没必要把林科长排除在现场勘查之外啊,他一向很支持你工作的。"蕾蓉说。

"你误会了。"刘思缈站住说。

没有太阳,土黄色的天宇,她站在土丘的斜坡上,身体两侧簇拥着无数落满了尘埃的暗绿色灌木,蜡黄的脸上满是不驯。

蕾蓉凝视着她,目光茫然。

"勘查犯罪现场时,勘查人员的数量有个TWO法则:人太少了会疏漏证物,人多了有可能不小心揿坏证物,而两名勘查人员则刚刚好,这就是为什么我叫上你的原因。咱们俩,够了,叫上林科长,就变成了三个人,没必要。"刘思缈说完,又补了一句:"这和他支持不支持我工作,无关!"

说完,她就提着银灰色的现场勘查工具箱登上了土丘。

说是土丘,倒不如说是草丘更合适,坑坑洼洼地覆满了高矮不齐的野草和灌木,像是一锅沸腾的水,怒放出无数绿色的蒸汽。其间也有几处光秃秃的黄土地,如同鬼剃头似的。尽管不远处就是躁动的运通快速路,但这个土丘却如此阴险和冷酷,仿佛是蹲在草丛中,随时准备在都市的动脉上狠狠咬上一口的怪兽。

刘思缈和蕾蓉,一个从东到西,另一个从南到北,各自勘查了一遍,经过抛尸中心点时也不停留,目的是勘查足迹和寻找除尸体外的其他证物。土丘虽然很小,但她们弯着腰,低着头,拨开蜇人的荆棘，小心翼翼地使自己的足迹不与嫌疑足迹相混合，不时拿镊子，按照"一切不属于现场原始环境的存在皆可视为证物"的原则，将疑似证物——装进证物袋。

但是，装有碎尸的黑色塑料袋旁边的那个火柴盒，两个人却暂时都没有动，有如达成了默契一般。

走格子结束，两个人都感到腰酸背痛。蕾蓉捶着腰说："你有什么想法，现在可以谈谈吗？还是按照无语原则，咱俩继续保持沉默？"

刘思缈把缠绕在头发上的那些草粒慢慢地摘下来："附近又没有围观者，当然可以交流，除非，你我之间有一个是凶手。"

话太冷，以至于蕾蓉的身子轻轻一颤道："你说的这是什么话啊！"

刘思缈也觉得自己说得不合适。"对不起。我谈谈我的看法。首先可以肯定的是，这里仅仅是埋尸现场，而不是凶杀现场，因为没有任何搏斗痕迹。现场可疑的足迹一共有三趟，都是有进有出。足迹均为皮鞋造成，规格也一致。所不同的是前两趟足迹的鞋底花纹呈横向波浪形，而第三趟足迹显示的鞋底是圆点横条花纹……"

"这么说，前两趟是一个人留下的，第三趟是另一个人留下的？"

刘思缈摇了摇头说："现在还不能肯定。鞋底花纹虽然不同，但鞋的规格一致，所以更可能是同一个人换了双鞋导致的。这三趟足迹，我按照新旧程度推断，为三个不同的时间进入现场形成。其中，第一趟的残留最为密集，范围也最大，显示这个人是把整个土丘仔细走了一遍，目的可能是寻找哪个地方更适宜埋尸。"

刘思缈一面说一面按照足迹，像小鹿一样在草丛间模仿着走动，又道："第二趟足迹，我认为是凶手在埋藏尸体时留下的。"

"为什么呢？"

"每个人的行走都有自己的习惯，形成一定的步幅特征。步幅特征体现在左右脚运动之间的关系上，包括步长、步宽和步角。"刘思缈说，"正常行走条件下，人的步幅特征有一定的稳定性，但人的心理因素、地面条件和负重等，都会引起步幅特征的改变。

"你看，这第二趟足迹，走向埋尸地点的与离开时的相比，在步幅特征上出现了明显的差别。"刘思缈指着地面对蕾蓉说，"幅度缩短了、宽度加大、步角明显缩小了，步行线有变成曲线状的特征。另外，此人的步态特征①也变了。第二趟足迹中，走向埋尸地点的步态特征，有压痕加重、重压部位前移、擦痕和挑痕加大、抠痕加重等改变，这说明了什么？"

蕾蓉摇了摇头。

刘思缈弯下腰，一边做着背包袱行走的动作一边说："你看，只有在背负重物的情况下，步幅特征和步态特征才会出现这样的改变啊，而离开时没有了重物，步幅特征和步态特征就恢复了正常，和第一趟足迹完全一致了。"

"还有，根据鞋印长度、步长、压痕等推断，凶嫌的身高应该在一米八左右。"刘思缈沉思道，"但是，第三趟足迹就非常古怪了，我现在还搞不太明白两点……"

蕾蓉并不喜欢太骄傲的人，但是她由衷地感到，刘思缈的高傲是有道理的。作为法医，她经常和刑警一起出现场，但是从来

---

①步态特征是指行走时每只脚在起脚、碾脚、落脚过程中的运步规律特点。

没有见到刘思缈这样，专业知识如此丰富，而对待现场又如此认真的人。"她办案时有如热恋，不顾一切，心无旁骛，痴到极点也聪明到极点。"蕾蓉想。

"哪两点你还搞不太明白？"蕾蓉问。

"第一点：第三趟足迹与第一、二趟足迹到底是不是同一个人留下的？"刘思缈说，"它们的步态特征的确非常相像。步态特征有一个三步原则，就是无论怎么伪装成另一个人行走，从第三步开始，一定会暴露出自己的步态特征，除非长时间练习……但是，第三趟足迹的边沿呈现轻微的不完整，而且出现了擦挑痕……也许是我多心了？"

"这些又说明了什么呢？"蕾蓉听得一头雾水。

"这些都是小脚穿大鞋的表现，不过也难说……"刘思缈嘀咕着，"我更想弄清楚的是第二点困惑：既然他已经在第二趟足迹中把尸体掩埋了，那么为什么还要走这第三趟？他应该从此远离埋尸地点，避免嫌疑才对啊！"

远方，尽管没有太阳，但原本灰涩的天宇正在一点点地阴暗下去，仿佛一张正在慢慢合拢的嘴巴，即将把这座兽脊般的土丘吞掉。蕾蓉心里突然一沉，感到自失起来，于是对刘思缈说："趁着天还没黑，赶紧给尸体做初步勘验吧。"

两个人走到装有碎尸的两个黑色塑料袋旁边，先观察掩埋塑料袋的土坑：坑挖得很浅，面积却很大，掘痕混乱，形状也极不规则。刘思缈观察了一下说："这是外行挖的坑，用的工具是……探路者小号三折锹，型号EK1101，规格是 $25cm \times 16cm$ 的那种。"

两个黑色塑料袋再普通不过，大凡在小商品批发市场逛过的人都会熟悉，现在都已经从形状不规则的土坑里挖了出来。其中一个袋子被撕开了一个口子,是那个发现尸体的小男孩造成的,从里面露出一截断肢,是胳膊的上段……

灰白色的表面很皱,完全像猪肘子,大片大片的血迹将断离处渲染得一片乌黑,仔细看才能辨出是红色……

旁边就是那个火柴盒,说来也巧,发现黑色塑料袋的男孩子当时一撕,就刚好把它和断肢一齐撕了出来。蕾蓉拿起火柴盒,打开,和刘思缈一起看了很久,眼睛里都浮起无尽的迷惘。

刘思缈紧紧咬着干裂的嘴唇,蕾蓉像默哀似的沉默着。

"呼!"

一阵风,每个草尖都在颤抖。

蕾蓉把火柴盒装进证物袋,指着黑色塑料袋对刘思缈说:"咱们打开吧。"

刘思缈点点头。两个黑色塑料袋,蕾蓉分别进行了编号,装有火柴盒的是A,另一个是B。刘思缈用一把软制毛刷往袋口附近刷细铝粉,希望能发现指纹,但是失败了,很明显,凶手是戴着手套往袋子里装填碎尸的。

B塑料袋里面除了断肢外,主要是躯干腹段,尸段上穿有粉色针织短裤,一条卫生护垫附于阴部。

A塑料袋里面也有一些断肢,还有躯干胸段,尸段上穿有一件黄色的无袖背心,黑色乳罩。

两个塑料袋里都没有发现死者的头颅。蕾蓉一直存着心,所以把断肢稍稍一数,就用极冷峻的声音说:"少了一条右大腿!"

仿佛一股电流霎时间流过全身,刘思缈压抑不住内心的激动:"可以和陈丹的案子并案了!"

陈丹案件中的那条大腿骨,总算在这里找到了出处。再加上那个火柴盒,可以初步断定,眼下这起分尸案的凶手,很可能就是残害陈丹的人。尽管案情至今依旧扑朔迷离,但是在千头万绪中,总算接上了一根线头!

就在这时,突然听见土丘下面一阵喧闹,而且声音不断接近。刘思缈对蕾蓉说:"你继续验尸,我下去看看出了什么事。"

刚刚走下土丘,刘思缈就看见一个长着黄脸的人正在和几个警察撕扯着,一个劲儿地想往隔离线里面冲。

"怎么回事?"刘思缈走上前问。

"这个人说他是新闻记者,非要到犯罪现场去采访和拍照。"一个警察气愤地说。

黄脸看到刘思缈,眼睛登时就有点发直,然后把脑袋一歪,很牛气地说:"我是《法制时报》记者张伟,现在想进去采访一下,放心,犯罪现场的规矩,我懂,你们别只给郭小芬开绿灯。"

"郭小芬?"刘思缈冷冷一笑,"她的绿灯,电压也不见得比你更稳。"她猛地想起,就是这个张伟,最近在报纸上连篇累牍地对割乳案进行"详细报道",文字血腥得几近变态,字里行间对警方的办案能力充满了讽刺和挖苦。

"好吧,你不是要看现场吗?跟我来就是。"刘思缈递给张伟一块不干胶,让他贴在鞋底,然后朝土丘走去。

警察们面面相觑,不晓得这位一向把现场视若闺房般严密保护的警官,到底打的什么算盘。

蕾蓉正在把A塑料袋中的躯干胸段小心翼翼地搬到一张白色背景布上拍照,张伟跟着刘思缈走到跟前,刘思缈一指道:"看你的报道,就知道你其实并没有见过尸体,也搞不清楚杀人究竟是怎么一回事,你看看真实的吧。"

已经腐败的尸体胸段上,离断处一片血污,由于腐败气体中所含的硫化氢的作用,乳房变成了绿色,像发霉长毛的两个馒头,上面有许多又肥又白的蛆虫,不停地翻滚着……

"呕——"只看这一眼,张伟就感到中午吃下的还未消化净尽的饭菜,汇成一股酸流,如喷泉般涌上喉头,即将吐出的一刹那,刘思缈狠狠一推他:"要吐下去吐,别污染了我的现场!"

他跌跌撞撞地往土丘下面走,快到底时,被一块石头一绊,以标准的狗啃泥姿势向地面摔去,要命的是一直在他喉头汹涌的东西,借着势头,先行一步狂喷到了地上,然后,他的半张脸都埋进了自己酸臭无比的呕吐物中!

"蠢货!"刘思缈轻蔑地说,"我就知道这帮耍笔杆子的都是银样镴枪头!"

蕾蓉无奈地笑笑,说:"初步尸检结束:全身断面切割整齐,创口较锐利,骨面锯痕、断端整齐,分尸工具是高速度电锯。"

"死因是什么?"

"骨骼未见骨折,所有脏器未见锐器损伤,怀疑是机械性窒息死亡——勒死。"蕾蓉说,"部分断肢经过高温处理——拿锅煮过,这样做的目的是遮蔽尸臭,煮过的肢体不易因为腐败发出臭味。"

刘思缈点了点头。

"此外,死者的职业……"蕾蓉说,"胳膊上有密集的注射痕迹,虽然皮肤显示她还很年轻,但两个乳房的乳头和乳晕已经因色素沉淀,变成了黑褐色,而且她的乳房发育本来很好,却整形做了硅胶填充。还有……"她用镊子从塑料袋中夹起一根毛发,"这应该是死者的头发,虽然是棕黄色,但发根底为黑色,结合她的上述体征,我觉得是妓女的可能性相当大。"

停了一停,蕾蓉接着说:"可惜没有头颅,鉴别她的身份有点困难……思缈,你没事吧?"

之所以有此一问，是因为刘思缈一直在揉搓眉骨。"没什么，可能是太累了，头有点晕。咱们先下去吧。"

下了土丘，天空已浅浅地刷上一层墨色。刘思缈正在吩咐几个刑警上土丘，把现场照片再详细拍摄一遍，给足迹制作石膏模型，林凤冲匆匆走了过来："思缈，现场勘查还需要多长时间？"

刘思缈一愣："还要一个小时吧……怎么了？"

"马上停止！"林凤冲说。

"为什么？"

"等会儿有领导要到附近考察一个房地产项目，二十一世纪房地产公司的总裁徐诚陪同，都是大人物。这么多群众围在这里，有碍观瞻。告诉全体刑侦人员，先撤离现场。"林凤冲说。

一听"徐诚"这两个字，刘思缈的脑海中顿时浮现出一个形象：谢顶、矮胖、像蛤蟆一样宽阔的嘴巴里一口黄牙，细小的眼睛似乎有点呆滞，甚至不乏忠厚，只有在眨动的一刹那，才闪放出异常贪婪和残忍的光芒。尽管国家这几年为了避免泡沫经济，从控制期房交易、提高首付、加强土地审批手续到增加贷款利率，想方设法抑制房价攀升，但这位房地产界的大鳄照样"囤地、捂盘、抬价"一个也不少，并公开宣扬自己的行为"符合市场规律"，招致网友一波又一波的痛骂，以至于心理医生怀疑他只有在与公众为敌的状态中，才能获得某种病态的快感。

"不行！"刘思缈毫不客气地说，"现场的证据还没有提取完全，不能撤离。"

林凤冲身后站着的一个戴金丝眼镜的男人，一脸阴沉地看了看表说："领导很快就要到了。"

"我马上办，马上办！"林凤冲很为难地应承着，对刘思缈说："思缈，快点儿让大家撤吧……"

话没说完，刘思缈立刻硬邦邦地顶了回去："至少还要一小时，勘查工作才能彻底收尾，在这段时间里，谁也不能进犯罪现场！"

"你是哪个分局的？太不像话了！还想不想干了！"金丝眼镜气急败坏地说。

"这里出人命了，你知道不知道？人命关天，你知道不知道？"刘思缈怒目圆睁，压抑了几天的怒火从干裂出血的双唇间喷薄而出，"什么房地产项目，什么领导，都给我离犯罪现场远一点儿！这里，我是指挥长，没有我的命令，就是只苍蝇也休想越过隔离线半米！"然后她对着几个目瞪口呆的刑警厉声说："还愣在这里干什么？回到现场去，把刚才我交代你们的工作做完！"

"是！"几个原来疲疲沓沓的刑警，都像换了个人似的，精神抖擞地响亮回答。

金丝眼镜盯住刘思缈，毒毒地点了点头，转身离开。

"高秘书，高秘书！"林凤冲一路追了下去，没劝住高秘书，返了回来，无奈地对刘思缈说，"这回麻烦可大了……"

刘思缈没有理他，双眼望着暮色中的土丘，似乎看到它动了一动，正如酣睡的野兽渐渐醒来。

第六章　中国的开膛手杰克

"啪!"

位于市政法委综合办公楼六层的特别会议厅里,鸦雀无声。原木色的桌椅和有些斑驳的厚重白瓷杯子,使人恍惚有种时光停滞的感觉。一切都那么凝重,就连西墙上那幅"翠柳图"上的两只黄鹂,也显得呆头呆脑的。

一份厚重的剪报,此刻被狠狠地甩在桌上,腾起的尘埃在一柱昏黄的阳光里漂浮着,久久不落。剪报上粘贴了世界各国主要媒体对连环割乳命案的报道,其中不乏揶揄、挖苦之词。

"侦破毫无进展……那座城市简直变成了一八八八年的伦敦东区。"

一家英国报纸在评论文章中给凶手冠上的称号,后来被认为是年度最热门的网络词汇之一——"中国的开膛手杰克"。

一八八八年八月七日至十一月九日之间,英国伦敦东区白教堂附近连续发生了五起妓女被谋杀并毁尸的案件。白教堂一带向来鱼龙混杂,犯罪频发。第一起案件发生于八月七日,中年妓女玛莎·塔布连受害,身中三十九刀。紧接着,八月三十一日凌晨三点四十五分,妓女玛莉·安·尼古拉斯被发现死在白教堂附近的屯货区里,她不但脸部被殴成瘀伤,部分门齿脱落,颈部还被割了两刀,但最残忍的是腹部被剖开,肠子被拖出来,阴部也遭到利刃严重戳刺。八天后的九月八日凌晨,四十七岁的妓女安妮·查普曼被发现死在一所出租公寓的后方篱笆里,她被割开喉咙,并惨遭剖腹,肠子被甩到她的右肩上,部分子宫和腹部的肉被凶手割走。九月三十日,发生了第四起命案,死者名叫伊丽莎白·史泰德。

十一月九日,二十六岁的妓女玛丽·凯莉在自己的住处遭杀害,尸体惨遭剖腹,体内器官被掏出散布在房间内,景象宛如人间地狱……

其间,在九月二十七日,一家新闻社接到了一封用红墨水书写,并盖有指印的信件,写信人以戏谑语气表明自己是连续命案的凶手,并且署上那个日后被世界犯罪史永远铭记的大名——"开膛手杰克"(Jack the Ripper)。

玛丽·凯莉命案发生后,"开膛手杰克"销声匿迹,伦敦未再出现类似犯罪手法的命案。为侦破这一案件,英国警方动用了空前庞大的人力、物力,几乎是举国缉凶,却一无所获。一八九二年,警方宣布停止侦办此案。

世界上第一起连环变态杀人案就这样落下了帷幕。警方与犯罪分子交手的结果是"道高一尺,魔高一丈",这在某种意义上似乎是一种预示。此后,从世界范围看,变态杀人案在各类刑事案件中是最难侦破的一种,绝大多数犯罪分子都是背负十几甚至几十条人命后才落入法网,而且相当一部分则干脆逍遥法外,和"开膛手杰克"一样,永远被时间的阴霾所掩盖……

"我不知道诸位看完这份剪报是什么感受。"市政法委副书记李三多是个小个子的干瘦老头儿,可是他发脾气时,满脸的皱纹像树根一样扭曲变形的样子,只能用"狰狞"这个词来形容。

满满一屋子穿着黑色制服的与会者,都是市公安局总局、分局、刑侦总队的头头，平日里面对犯罪分子，一个个都有如虎豹，此刻却无不噤若寒蝉。

"诸位没有感受？一点儿都没有吗？"李三多冷笑了几声，指着自己的红鼻头大声说，"那么告诉诸位，我有一种强烈的感受，那就是——羞耻！非常非常地羞耻！"

所有人，除了坐在李三多左边的市局局长许瑞龙，都低着头，连眼皮都不敢翻一下。

许瑞龙凝视着窗外那雾蒙蒙的天空，脸色铁青。

"面对那些嘲讽，我们一声也不敢吭，因为什么？因为直到此时此刻，死了那么多人，我们连凶手的影子还没有踩到！"李三多用拳头哐哐哐地擂着桌子，力气之大，使所有的瓷杯都嗡嗡作响。

"鉴于这个案子已经在国际上造成了广泛的，极其恶劣的影响，上级领导研究决定，将此案定为今年公安部督办的一号大案，要求市局的同志们必须以坚定的决心和高度的责任感，把这一案件的侦破工作当成一项重大的政治任务，迅速、干净、果决地将犯罪分子绳之以法！"李三多的声音犹如铁一样冰冷而坚定，停顿了片刻后，他稍稍舒缓了一些口气，接着说，"同志们，任由犯罪分子这样对手无寸铁的无辜群众屠戮下去，是我们公安人员的奇耻大辱啊！请大家表表态吧！"

偌大的会议厅，坐得满满的人，竟在五分钟左右的时间里死一样寂静。李三多也真沉得住气，滋儿滋儿地一口一口地喝着茶，两只半眯的眼睛像鹰透过枝叶窥伺猎物一样，从茶杯沿儿上探出，放射出钩子一样的光芒，剜着会议厅里的每一个人。他清晰地看到，不少人的额头上沁出了一层汗珠……

十分钟过去了，整整十分钟，没有一个人"表态"，除了李三多，所有人都有濒死般的窒息感。

李三多看了看手表后说："没有人说话？面对依旧逍遥法外的凶手，我们这些当公安的同志，连个敢负责的都没有吗？"

向来脾气火爆的杜建平实在坐不住了，"腾"地站了起来："李书记，我是这个案子的专案组组长，案件到现在都没有侦破，而且持续恶化，我应该负主要责任！撤职、查办，我都认了！"

李三多歪个脖子，扬起脸看着他："撤职的事情，不着急，我现在着急的是案子怎么能尽快侦破？你能不能给我个准确的侦破时间，一周？半个月？一个月？总不能拖到二十二世纪吧？"

就是个傻子都听得出李三多话中的揶揄，杜建平的脸涨得像在火炉子上烤过一样通红。这段日子为了破案，他连家都不回，天天在办公室打地铺，指挥各路刑警出击，协调分局之间的工作配合，累得昏天黑地，现在眼睛和喉咙都是肿的，但是公安工作就是这样，出工出力未必出活儿。现在，李三多逼着他立军令状，杜建平心里有数，自己实在已经黔驴技穷，就连一直寄予厚望的刘思纱，眼下也一筹莫展。

如果再打肿脸充胖子，立下军令状，万一到期不能破案，多年来栉风沐雨在刑侦一线拼出的这点名望，可就全毁了！

"我，我……"杜建平一时竟说不出话来。

"建平。"李三多看他这副模样，摆摆手，"你休息一下吧！"

"哐！"杜建平像塌方一样倒在座位上，虽然被免了专案组组长的职务，但一瞬间，他却感到分外的轻松。

李三多对已然铩羽的杜建平不再感兴趣，把目光投向一直端坐的许瑞龙，视线有意在许瑞龙的身上停留了半分钟，好让会议厅里的人都看见。然后他把歪着的脖子"扶正"，一面扫视会场，一面冷笑着说："建平不易，为了这个案子没日没夜地奋战，不过咱们当警察的，血流干了，汗淌尽了，辛劳苦劳拿算盘噼里啪啦算一大把也没用，我要的是功劳！要的是破案！在这里，我把丑话说在前面，一个月之内，案子破不了，我一准儿要摘掉几顶乌纱帽！"

散会了。

这些平日里趾高气扬的警察头头，此刻，一个个灰头土脸地鱼贯而出。李三多斜睨着门口，人都走净了，他摆了摆手，身高一米七五的女秘书识相地将门轻轻关闭。

空荡荡的会议厅里，只剩下了他和许瑞龙两个人。

"许局长。"李三多冷冷地问，"今天开会，你怎么一言不发？"

"李书记。"许瑞龙依旧端正着目光，"我觉得和你没什么可说的。对了，你不是说案子破不了你就要摘几顶乌纱帽吗？我等着呢！"

"老驴头……"李三多瞪了他半天，嘴里咕哝着，突然从椅子上蹿了起来，一面伸手戳他的肋条骨，一面恶狠狠地叫道："反了你了，敢这么跟领导说话？不怕我专你的政吗！"

许瑞龙大笑着左躲右闪，冷不丁拽住李三多的胳膊反拧过来，把他按倒在桌子上，一面笑一面问："老猴子，服不服？还敢摘我的乌纱帽，还敢专我的政？信不信我把你裤子扒下来，让你那漂亮秘书看看你屁股蛋子是不是红的！"

"哎哟哎哟！疼死我啦！"脸贴在桌子上的李三多，龇牙咧嘴地说，"我投降，我投降……"

在市公安系统中，很少有人知道李三多和许瑞龙的渊源。

新中国成立之初，许瑞龙的父亲——一向深谋远虑的侦缉队总队长许天祥，认为新政权动向不明，深浅莫测，为个人安全之计，抽身避祸才是明智之举，留下一句"一仆不事二主"便挂印而去，回家后足不出户。

谁知，一九四九年十月召开的第一次全国公安会议期间，时任公安部部长的罗瑞卿发表了"放下思想包袱，为人民政权立功"的讲话，希望那些曾经供职于旧政权的警察，只要对人民没有犯过严重罪行，并已经把历史问题交代清楚的，积极投身到新中国的公安事业中，并点名希望许天祥这位"京津第一名捕"出山，会后还亲自登门拜访，要他"不要有顾忌，当好祖国的钟馗"。许天祥非常感动，遂出任市公安局刑侦处处长。

许天祥的儿子许瑞龙，打小就认识李三多，因为他俩住一条胡同。

整条胡同的人都知道，李三多的父亲曾经当过军统的大官，一九四六年三月十七日，在陪同戴笠从青岛回南京的途中，乘坐的飞机在江宁板桥镇岱山所失事罹难。由于家庭的"特务背景"，新中国成立后，一家人从一栋四合院里被清出，搬到许瑞龙家隔壁一栋低矮的平房里。

五十多年过去了，许瑞龙依然记得，年幼的他每到傍晚，蹲在胡同口的包子铺窗根儿下面闻那一缕肉香时，经常能看到鼻青脸肿的李三多摇摇晃晃地走进家门，然后门里面就传出几个女人的惊叫声和哭泣声。原来，李三多溜回了故居，站在门口大喊："你家住的是我家的房子！"结果遭到新房主儿子的痛打，但是没过几天，他照旧溜回去，照旧大喊，照旧挨揍……

不管被揍得多么重，许瑞龙却从来没有听过只大他两岁的李三多的哭声。

也就是从那时起，许瑞龙经常被妈妈灌输："你别跟姓李的那小子一起玩儿。他们家是特务，咱们家是警察；他爸爸是坏人,你爸爸是好人;他是坏孩子,你是好孩子,所以——"

所以黑、白,善、恶,好、坏,邪、正,注定是泾渭分明,你死我活。

从童年时代开始,许瑞龙就和李三多划清了界限。尽管住一个胡同,抬头不见低头见,但许瑞龙很少搭理他,甚至当李三多挂着油滑的笑容主动向他点头哈腰打招呼时,他也昂首挺胸一走而过,视若不见。

"李三多,你给我老实点儿!"

这句话,每次赶上政治运动——三反五反、反右、四清……许瑞龙都要严厉地警告李三多。随着时光流逝,训斥者的脖子系上了红领巾,胸前挂上了团徽,后来成为一名光荣的公安干警。而被训斥者从面黄肌瘦的孩子,变成了尖嘴猴腮的成人,靠收破烂养活自己和一大家子。

起初,身穿雪白警服的许瑞龙,根本没有把这个小混混放在眼里,但是,当他有一次下夜班经过文化宫,看见李三多居然西服革履地和一个烫了"大卷"的漂亮女子搂搂抱抱走出来时,顿时目瞪口呆:这个平时破衣烂衫的家伙,怎么混进了交际场?而且,他哪里来的钱置办这一身行头?

莫非这个家伙"子承父业",当上了特务?本来他就是国民党特务的儿子啊!

从这一天开始,好几年的时间里,许瑞龙都秘密追踪着李三多的一举一动,发现他经常根据环境的不同"变"成各种人:在古董店他是买卖字画的"李老板",在大学里他是夹着书本插班听课的"小李",在舞会上他是技倾群芳的"李先生"……但是只要回到胡同里,他照样是那个收破烂的李三多,点头哈腰的李三多,破衣烂衫的李三多。许瑞龙越发觉得他深不可测,但又没有抓住他任何犯罪的把柄。而李三多仿佛早就洞悉了他的追踪，见面的一笑诡异而狠毒。

"文化大革命"初期，许天祥被打倒，神秘失踪。许瑞龙和其他几百名公安干警也被定为"叛徒、特务、反革命分子"，集中到西郊农场关押。

来到农场的当天，所有"犯人"都被押到一个大晒谷场听领导训话，他们的性命都攥在这位新上任的领导手里。许瑞龙做梦也没想到的是，站在他面前的"领导"竟是自己多年来一直追踪的李三多！

李三多的确是"子承父业"，但他不是国民党特务，而是我党高级情报人员。新中国成立后，考虑到国民党特务将不断向大陆渗透，中央调查部秘密发展了一批觉悟高的国民党官员家属，负责与特务接头，并一举破获之。年轻的李三多足智多谋，屡建奇功。"文化大革命"中，随着市里整个政法系统被打倒，这些被关押到西郊农场的公安干警无人监管，身份特殊的李三多被临时抽调到这里当起了农场"场长"。

许瑞龙以为自己落在李三多手里，必然不得好死，但是李三多表面上对这些"犯人"整天吆五喝六，声色俱厉，其实动不动就给他们放探亲假、改善伙食，对怠工行为也睁一只眼闭一只眼。特别是有一次许瑞龙重病，躺在牛棚里就剩下喘了，李三多来这儿一看，一面大骂他装死一面对医务人员说："我养的那只鸡今早刚死，去炖锅鸡汤给他喝！看他还能喘几天！"

两年后的一天深夜，许瑞龙睡得正香，牛棚门哗啦啦打开了，他揉着惺忪的眼睛一看，竟是李三多走了进来，身穿一身蓝灰色的衣服，胳臂底下还夹着被褥，在他身边一躺，大大咧咧地说："嘿，腾个地儿！"

"你怎么进来了?"许瑞龙十分惊讶。

"这农场是你们家开的?就兴你住,不让我住?"李三多满不在乎地说,"往右边点儿,别挤着我!"

许瑞龙还待再问,竟听到了李三多的鼾声——从没有哪个家伙能在进牛棚的第一天睡得如此之快、之香,李三多简直创造了一个奇迹。

后来许瑞龙和其他被关押的干警才知道,李三多被人告发"与犯人勾结,在政治上与毛主席相对抗,反对无产阶级文化大革命",经过调查,"证据确凿",因此被打倒,下放农场接受劳动改造。

但是,李三多的"囚徒生涯"过得十分滋润,平日里受他关照的公安干警们,见他替大家落难,把他捧得跟宋江似的,自己挨饿受冻也要让他吃饱穿暖。

"我从小到大,一直欺负你,你当场长那会儿,为什么不报复我?"有一次,许瑞龙问李三多。

"你是猫,猫就该抓耗子,这是你的职责,可我并不是耗子,而是假扮成耗子的猫,咱们都是同类,报复个狗屁!"李三多说。

还有一次,干活儿累了,有人就跟李三多开玩笑:"大家都说你那'三多'是钞票多、女人多、鬼点子多,真的假的?"

"扯你妈淡!"李三多嬉皮笑脸,"我那三多是屎多、尿多、屁多!"

农田里顿时响起一片笑声。

发小儿、邻居、对手、难友……数十年沧桑,恍然一梦。在西郊农场那些相濡以沫、患难与共的岁月里,许瑞龙和李三多成了刎颈之交。

一个深秋，哥儿俩在农场里劳动时偷了几个地瓜。傍晚时分，西山一抹斜阳，暮云如血。他俩找了个背风的地方，许瑞龙烤地瓜，李三多蹲在不远的柴火垛子边拉屎，火不知道怎么的就烧到了他的屁股底下，燎得他呲儿哇乱叫，背到医务室一看，右屁股蛋子全红了，从此许瑞龙就给他起了个外号叫"老猴子"。李三多也不客气，回了脾气倔强的许瑞龙一个"老驴头"的外号……

"文化大革命"一结束，农场的几百号人复职的复职，升官的升官，遍布整个市政法系统。没过几年，李三多就当上了市公安局的副局长。等到许瑞龙坐上副局长的位置，官运亨通的李三多成了市政法委副书记。

现在，老驴头和老猴子打闹累了，坐在会议厅里点上烟，一面吞云吐雾，一面聊起眼下的案子。

"说到底，你还是得谢谢我。"李三多一脸坏笑，"要不是我，杜建平绝对不会乖乖地让出专案组组长的位置。"

"你这老家伙，都快成了精了。"许瑞龙笑着说，"不过，当务之急是必须任命一个新的专案组组长。"

"任命个啥！你亲自兼任不就得了。我就不信，你个老刑警对付不了这么个案子。"李三多说。

"我不行的。"许瑞龙摇摇头，神情凝重。

李三多没有想到这个从来不认输的人会如此沮丧，不由得严肃起来："老许，你老实告诉我，案子真的有那么难破吗？"

"火柴盒的事，你听说了吧。这次的犯罪分子，无论智商、胆量、反侦查能力，都远远超出我们过去面对的那些，采用传统、陈旧的办案方式，恐怕根本不能应对。杜建平就是一个例子。"许瑞龙说，"老李，我到美国、英国和日本考察了一圈之后，局里很多人都议论我变了，这话不假，因为我发现，发达国家的刑侦工作，早已经摒弃了那种通过寻找犯罪嫌疑人与被害人的关系，揣测出犯罪动机，然后按图索骥的单线侦破模式，而是先通过行为科学对犯罪嫌疑人进行个性剖绘，同时运用犯罪现场勘查、法医学，取得犯罪嫌疑人的涉案证据，并辅之以各种高科技手段，形成立体化的现代刑侦格局，从而大大提高破案率。假如犯罪分子已经完全智能化，而我们却循规守旧，依旧只会摸排、卡点、发动群众，那我们就像在茫茫黑夜里缉捕一个戴着红外夜视仪的人，也许闹腾得天翻地覆、鸡犬不宁，但永远也休想抓住他！"

李三多大笑起来："许局长讲得天花乱坠，想必心中一定早就有了合适的专案组组长人选。"

"你下午有事没有？"许瑞龙突然问。

李三多一愣，然后摇了摇头。

"那正好，跟我走一趟，带你开开眼。"许瑞龙换上便衣，拉着他下了楼，从后门出了市政法委的院子，拦了一辆出租车。两人坐上去，许瑞龙对司机说："去警官大学。"

老哥儿俩都是公安系统势可灼天的头面人物，为了不被认出，惊动校领导，竟然贼头贼脑地溜进警官大学，一进多功能报告厅，不约而同地吓了一大跳：原本可容纳三百人的报告厅，足足挤了有五百人，连过道都站满了，而且多半是女学生，虽然穿着黑色的警服，但都目盼神飞，仿佛是夜色中的一片霓虹。

"这是怎么了？"李三多懵懵懂懂地小声问，"我哪次来这里视察，也没见到这么多警花啊！"

"嗤！"许瑞龙不屑地说，"你老小子现在要是站到讲台上去，姑娘们立刻都冲到洗手间去卸妆，你信不信？"

这时，坐在头排的一个女生站起来，向后面打了个肃静的手势，整个报告厅像沸腾的火锅被加了一勺汤，"哗"地安静下来，无数双眼睛都凝视着讲台左边的入口，炽热得简直能把帷幕燃烧起来。

接着，一位上身穿浅灰色衬衫，下面是亚麻长裤的青年从入口走进报告厅，步履从容。他在讲台后站定，略微低垂的头轻轻扬起，所有人都看到了他那张俊美的面容，粉唇贝齿，新月样的眉宇下，有一汪湖水般平静而深沉的眼睛……

报告厅里响起轻轻的叹息，犹如刮过一阵风。李三多清楚地听到身后一个女学生把牙咬碎般的呢喃："太帅了！"

讲台上的青年却仿佛对这一切全无察觉，他向听众们微笑着点了点头，然后转过身，在黑板上写下了一个英文单词：

  Profile

"同学们好，这就是今天我要给大家讲的题目——犯罪个性剖绘。"

第七章　犯罪个性剖绘讲座

嚓嚓嚓嚓，白色粉笔在黑板上接连写下了四个词：

足迹、指纹、笔迹、齿痕。

"我们先来做一个 MENSA 游戏。"林香茗微笑着，"哪位同学能告诉我，我刚刚写下的这四个词，其共同点是什么？"

"什么是闷杀啊？"李三多压低了声音问许瑞龙。

"不是闷杀，中文叫门萨。"许瑞龙嘟囔着，"好像是一种智力竞猜游戏……"

这时，前排传来一个轻细而柔软的声音："这四个词汇的共同点是——它们都具有唯一性。"

林香茗不由得看了那声音一眼：单眼皮，一双眼睛有如刚出水的黑樱桃，闪烁出晶莹的光芒。

他点点头："对，我今天要给大家讲的犯罪个性剖绘，就是一种根据犯罪现场、犯罪形态以及被害人特性等方面搜集、归纳出凶手特征的犯罪调查技巧。简而言之：寻找凶手的唯一性。

"进入二十世纪八十年代，随着改革开放的深入，公民自由化程度逐渐提高，贫富差距和城乡差距迅速加大，我国进入了一个刑事犯罪的高发期，一些前所未有的犯罪形式不断涌现，连环变态杀人案就是其中最恶性、最有代表性的一种，而最具典型性的两个案件就是黄勇案件和杨新海案件。"

黄勇是河南省平舆县玉皇庙乡曾庄村的村民。他将自己家中的面条机改制成杀人器械，取名"智能木马"。之后，从二〇〇一年九月至二〇〇三年十一月，他先后从网吧、游戏厅、录像厅等场所，以资助上学、外出旅游和介绍工作为诱饵，将青少年骗到家中，然后以"智能木马"测试为由，将受害人捆在木马上，用布条勒死。案发时，惨死在他手里的冤魂一共有十七个。

杨新海是河南省正阳县杨陶庄人，他在河南、安徽、河北和山东四省相邻的农村地区疯狂杀人、强奸，用斧头砍，用锤子砸，从来不留活口。无论从杀人的数量还是残忍程度上来看，在世界犯罪史上他都算得上是"顶级魔王"，连美国赫赫有名的"绿河杀手"加里·里奇韦也甘拜下风，因为里奇韦只杀了四十八人，而杨新海杀死六十七人，伤十人！

"在整个二十世纪，中国的连环变态杀人案数量很少，原因在于'土壤'不够——连环变态杀人案与现代社会的畸形程度是成正比的，而黄勇案件和杨新海案件从发生到结束，都在二〇〇〇年到二〇〇三年之间，我想这两起案件的最大意义在于，它们标志着连环变态杀人案件不再只是西方发达国家的专利……"林香茗停顿了一下，声音突然变得十分沉重，"它们仿佛是病毒一般，悄无声息地随着现代化进程，潜入到我们的身边，深深地隐藏起来，不知什么时候，就会来一次无比血腥的大发作。"

所有听讲的人都不由得身上一凛。

窗外，一些阴晦的光芒悄然浮游进了报告厅，弥漫开来。

"一般来说，无论犯罪表现是什么，变态杀人者的背后都有性心理畸变的情况存在。到底是什么样的力量,使社会中的一部分人走上了心理变态,以屠戮为乐的黑色歧路?是感情生活不健全?是对童年时代遭受凌辱的疯狂报复?是在现实与幻想的巨大矛盾之间不得解脱而人格分裂?是罕见的染色体或者肾上腺素分泌过旺?"林香茗说着,目光突然有些迷离,仿佛喃喃自语一般,手中的粉笔轻轻捻动。"至今,无论刑侦专家还是性心理学家都没有找出准确的答案,但有一点可以确认无疑的是:连环变态杀人案所造成的社会危害,远远大于以往任何一种传统犯罪。"

报告厅里静静的,所有人都屏住呼吸,仿佛与他一起沉溺思绪。

突然,林香茗意识到自己出神了,歉意地冲着听众们一笑:"对不起,我现在向同学们提出第二个问题:根据我刚才讲的黄勇案件和杨新海案件,谁能回答:变态杀人和传统意义上的情杀、抢劫杀人和报复杀人相比,最大的区别是什么?"

"是动机!"前排,轻细而柔软的声音再次响起,"无论是抢劫杀人、报复杀人还是情杀,都有鲜明的动机,而变态杀人缺乏明确的动机。"

又是那双美丽的眼睛,仿佛在无数黯淡的星辰中,放出了耀眼的光芒。

林香茗不去看那两颗忽闪忽闪的星星。"这位同学回答得很对。传统犯罪往往动机明确,为了报仇,为了劫财,等等。案件发生后,只要准确地寻找到犯罪动机,就能顺藤摸瓜,锁定凶手。"林香茗说,"而变态杀手则不一样,他们往往没有明确的动机,犯罪手法也似乎毫无逻辑可言。这就导致那些习惯于应对传统犯罪的警察,面对变态杀人案件时往往一筹莫展。黄勇是因为心理状态不稳定,放走了几乎被折磨至死的受害人张亮,才暴露出来；而杨新海的被捕，则是沧州市新华分局的刑警发现他没有身份证，且形迹可疑，带回局里进一步讯问才查出真相。可以说，这两件案子的最终破获在一定程度上都有'运气'的成分。

"那么，是不是说刑侦人员在变态杀手的暴行面前，注定无计可施，只能甘拜下风了呢？"林香茗把目光在听众席中缓缓扫视了一遍，转身在黑板上写下了六个字——

行为反映个性。

接着，林香茗指着这六个字说："看起来很玄虚的一句话，其实说起来非常简单。一个害羞的人，说话会不自觉地揪动衣角；一个邋遢的人，尽管穿上新衣服，也常常会忘记系文明扣；干洗店的工人，看看送来的衣服上有几块污渍，就能大致判断出顾客的生活是整洁，还是邋遢……有些东西是与生俱来的，或者因为习惯养成，逼迫我们以一种特定方式去做某些事。变态杀手也一样，他也许能掩盖犯罪动机，但是他不能掩饰自己的行为方式。只要分析犯罪现场中透露的行为线索，就能够找出代表凶手个性的因素，从而过滤嫌疑人，缩小侦查范围，从而提高破案率。

"犯罪与打击犯罪，犹如两台齿轮相连的永动机，只要犯罪这台机器不停止转动，打击犯罪的国家机器就必须比前者更高速、更有效地运转下去。"林香茗说，"从一九七八年开始，美国联邦调查局行为科学组开始了简称NCVCA的'理解疯狂犯罪者行动'，以我的老师John Douglas为首的小组成员，对被判刑入狱的三十六位变态杀人狂展开大规模访谈工作，从而更加了解这些变态杀手的人格形成、思考模式与行为特征，并终于在变态杀人案件的侦破中收获成效。"

林香茗讲述了犯罪个性剖绘历史上的经典案例——法兰馨·艾芙森（Francine Elveson）案件。

法兰馨·艾芙森是个二十六岁的老师，白种人，在纽约布隆克斯的一家看护中心教导残障儿童。她身高不到一米五，患有轻微的脊柱侧弯，个性害羞，不喜欢交际，和双亲一起住在公寓。

一九七九年十月的一天，法兰馨在早晨六点半出门去上班。八点半，一个少年在楼梯上捡到了她的皮夹。下午三点左右，她的家人接到看护中心打来的电话，说她今天没有来上班。经过寻找，在她所居住的公寓顶楼，发现了一幕极其恐怖的景象：

法兰馨全身赤裸，已经断气，死亡原因是遭到重击后勒毙，其力量之猛，把她的下颚、鼻子和脸颊都打碎了，牙齿也被打掉。她的手腕和脚踝被用自己的皮带和丝袜绑起来。她的乳头被割下，放在胸上。内裤也被脱下，套在头上，罩住了脸。她的大腿和膝盖有咬痕。她的伞和笔被插进阴道，梳子则放在阴毛上，耳环以对称的方式被放在头部两侧的地上。在她的大腿上，凶手用插入阴道的那支笔写着"你没法阻止我"。而在她的腹部，写着"FUCK"。

据家人说，法兰馨脖子上本来戴着一个金坠子，做成希伯来字母的形状，但是不见了，而法兰馨被绑缚的姿势就是模仿这个形状。

尸体上有精液反应，但是验尸结果反映法兰馨并未遭到强暴。

犯罪现场的另一重要特征是，凶手在现场大便，并用法兰馨的一些衣物盖住粪便。

由于这起案件的作案手法非常凶残，引起了公众的极大愤怒和关注。纽约警方查问了超过两千名可能的目击者和嫌疑人，也过滤了纽约都会区所有已知的性犯罪者，但是一个月过去了，案件侦破工作没有任何进展。

背负着巨大压力的纽约警方，带着这一案件的档案、报告、案发现场照片和验尸报告，找到了John Douglas。这时，行为科学组的"理解疯狂犯罪者行动"刚刚开始一年。John Douglas在一家餐厅里接待了来自纽约的几位警察，在看过所有的资料之后，他给警察们做了针对犯罪者的个性剖绘：凶手是个长相平凡的白种男子，年纪在三十岁左右，外表蓬头垢面，没有工作，主要在夜间出没。他和父亲或年长的女性住在一起，单身，平常和女性没有往来，也没有很好的朋友，读高中或大学读到一半就辍学了，自视不高，没有车子，也没有取得驾照。这个人曾经以勒绞或窒息的方式尝试自杀，现在应该还在医疗机构接受治疗。

"你们不必找得太远。"John Douglas告诉警察，"凶手住的地方肯定在命案发生的那所公寓方圆半里之内，甚至就在公寓里面。"

几位警察面面相觑，搞不懂John Douglas玩的什么把戏，怎么能在这么短的时间得出关于凶手的这么多信息，而且都是如此详细、具体的结论。不过还是按照他描述的特征，把那两千多人的嫌疑人名单过滤了一遍，然后找出了一个各方面都"符合条件"的人——卡敏·卡拉勃（Carmine Calabro）。

卡敏·卡拉勃，三十二岁，白人。他的母亲已经去世，现在和父亲一起生活，高中时代他就退学了，没有工作，完全靠父亲养活。他性格孤僻，没有朋友，也因为和女性交往存在障碍，所以没有结婚。由于有上吊和通过其他方式窒息自杀未遂的记录，现在在一家心理疗养所里接受治疗——这个"不在场证明"，是警方早先没有对他特别注意的原因。

由于 John Douglas 的剖绘，警方重新对卡敏的"不在场证明"进行调查，发现他所在的那个心理疗养所门禁很松，在法兰馨遇害的前一天晚上，卡敏曾经没有办理任何手续，擅自离开了疗养所。

警方提取了卡敏的齿模，与法兰馨大腿和膝盖上的咬痕进行了比对，结论是完全吻合——他就是凶手！

更令警方震惊的是，卡敏与法兰馨一家就住在同一栋公寓，想起 John Douglas 对凶手的剖绘，警察们觉得不可思议的精准。纽约警方在接受记者采访时，也对 John Douglas 赞叹不已："早知道他这么厉害，还不如让他把凶手的电话号码直接告诉我们算了。"

林香茗讲到这里，听众席一片惊叹："竟然这么神啊！"

"我在美国留学期间，曾针对法兰馨案件多次向老师讨教，这不啻请魔术师透露魔术的秘诀，老师毫无保留地把这一案件的剖绘手法详细教给了我，今天我就讲给大家，希望能够引起同学们对犯罪个性剖绘及其赖以为存的基础——行为科学的兴趣。"林香茗说。

John Douglas 首先认定，这一案件是个临时起意的偶发案件，并无明确的动机，属于变态杀人。因为用于攻击的每一样东西都属于受害者所有，凶手没有携带任何武器。也就是说，凶手来到公寓时并没有犯罪意图。他把法兰馨带到顶楼实施犯罪，却并不担心有人会发现，证明他对这栋建筑非常熟悉，凶手应该就住在这里，或者这附近。

从少年捡到皮夹的时间上分析，法兰馨遇害应该是在八点左右，这个时间，上班族都在上班的路上，而凶手却在公寓附近晃荡，说明他没有全职工作。由于犯罪有性的本质，所以推断凶手与受害人年龄相仿,在三十岁上下。凶手在尸体上进行了手淫,却没有发生性行为,说明他是个没有安全感,在性方面非常不成熟的人,和女性缺乏交往,甚至由于生理或心理原因,根本没有过性生活,用雨伞和铅笔插入阴道不过是一种替代行为而已。

而且,凶手把尸体绑缚成希伯来字母的形状,并将受害者的乳头、耳环摆放在特定位置,在凶杀现场的狂乱失序环境中,居然有这样的"仪式"行为,说明凶手存在严重的精神问题,他很可能企图自杀,采用上吊或其他窒息方式——这正是他用以杀害法兰馨的手法。这样的人一般对自己的外表不那么在意,比较邋遢。他不会和朋友同住,由于没有工作,也负担不起独居生活,所以他应该与家人住在一起,既然他和女性缺乏交往,表明他和父亲生活在一起的可能性最大。

对于凶手在现场留下粪便,John Douglas 指出,如果粪便是暴露在外面的,或许可以解释成是凶手仪式幻想的一部分,但是他却将之覆盖起来,唯一合理的推论就是:凶手无法自控,才在现场排便,便后又没别的地方可去,停留了很久,不想让粪便的臭气熏着自己。所以,他很可能是个在医疗机构接受治疗的人,正是服药的作用使他不能控制大便,而杀人后既不能回家,也不想回医院……

"哦!"听众席上不约而同地发出了恍然大悟的声音。

"听到这里,同学们是不是对犯罪个性剖绘有了一个大致的了解?"林香茗微笑着说,"我们从这一案例可以看出,凶手有无明确的犯罪动机,对于进行犯罪个性剖绘的专家来说并不重要。重要的在于,凶手只要实施了谋杀,他的行为就一定会暴露出他的个性!行为越疯狂,越不能掩盖潜意识作用下的个性因素,从而为刑侦人员留下大量的线索。"

"当然，犯罪个性剖绘是一项融合了多学科知识的刑事实践，只有具备精湛的学术知识和大量的专业训练，才能在实际的刑侦工作中得以正确应用，今天我仅仅是泛泛而谈。"林香茗把粉笔轻轻地放进黑板下的细框里，"我给同学们做这个讲座，并不是指望一堂课下来，就能培养出几个剖绘专家，这不现实。我只希望，听完我的课，同学们能够在头脑中形成这样一种认识：现代意义上的刑事侦缉，需要法医学、刑事鉴识科学、行为科学等共同协作来完成，当犯罪分子已经嬗变时，一个优秀的刑侦工作者决不能墨守成规，只满足于学习传统的办案手法……"说到这里，林香茗的目光又有些迷离，"否则，道高一尺，而魔高一丈——"

猛地，他又醒悟过来，嘴角轻翘，贝齿一绽："我的讲座就到这里，谢谢大家！"

瞬间，报告厅里爆发出一阵热烈的掌声，尤其是女学生们，目不转睛地盯着林香茗，把手掌都拍红了。

"那么……推理呢？"

一句轻轻的提问，仿佛在火一样的掌声上，泼了一盆凉水，报告厅里慢慢地安静下来，所有人的目光都投向前排一个容貌清秀、皮肤有点黑的女生身上。

"就是啊，法医学、刑事鉴识科学、行为科学……为什么没有提到推理呢？"女生犹在嘟囔。

林香茗有些发呆，他看着这个长着一双美丽的眼睛的单眼皮女生，没错，就是她，两次回答出了自己的问题。

现在，她给我提了一个问题——

"那么……推理呢？"

推理？

推理……

推理！

嚓的一声，电光火石一般，他的思绪便风驰电掣般地回到了许多年前，高中时代，那个阳光明媚的下午……

"哐——唰！"

篮球击打在篮板上，反弹进了篮筐，擦网而下，仿佛是毛笔在空中行云流水般的一撇。

篮球和他的脚尖，同时，稳稳地落在了地面上，而他的手臂还高高扬起，手腕保留着抛出时弯曲的姿势。

蓝天，白云。

林香茗长长地吁了口气。

擦擦额头上的汗水，抱起篮球，向操场边的那片草地走去。

碧绿的草地，那个家伙就躺在中间，闭着眼睛，脑袋枕在向后勾起的两只手上，腿一跷一跷的，温暖的阳光洒在洁白的脸上，一副怡然自得的样子。

林香茗在他身边坐下，仰起头看那云天，阳光有点刺眼，刹那间他有一种眩晕感。

低下头，发现那个家伙的身边放着一本小说，埃勒里·奎因的《希腊棺材之谜》。

"呵呵，又是推理小说啊！你这个推理迷。"林香茗皱着眉头说，"难道你不知道，现实中的刑侦和小说根本不是一码事吗？"

那个家伙没有说话，嘴角的微笑永远是那样的狂妄。

"快要填大学志愿了，我打算去警官大学读书，你那么喜欢推理，不想和我一起报考吗？"林香茗说。

"正因为我喜欢推理,所以才不去——我不想让自己这天马行空的思维被装进罐头盒里批量出售。"

林香茗的神情充满了落寞。要知道,他是他最好的朋友啊。

"你总在说推理,推理,仿佛你的一个推理就能拯救全世界似的……到底什么是推理啊?"林香茗问。

"现在,你是看不到推理的。"

"嗯?"

"现在,天蓝,云白……"不知什么时候,那个家伙睁开了双眼,凝视着天空,一朵雪白的云,缓缓流过他的眼际。"没有阴霾的时候,是看不到推理的。推理,那是智慧的闪电,那是一种梦想——一种可以发现真理、破解真相的梦想啊!"

一个寒战。

打了一个寒战,所以从回忆中苏醒过来。

曾经,当他坐在匡蒂科联邦调查局学院图书馆的二楼,一次次地翻阅那些变态杀人案的卷宗时,感到颤抖的指尖鲜血淋漓,美国这个国家简直是恶魔的天堂。回国之后,耳闻目睹的一切,让他不能不感叹,原来魔鬼没有国籍,就像兽行没有止境一样。

孰能免祸?

他不禁想起王蒙的自传《大块文章》中的这一句话。不过,眼下,他更想问的是——孰能拯救?!

摸排?刑讯?法医?刑事鉴识?还是他从美国带回的世界刑侦最尖端、最前卫的行为科学?

真的……有用吗?

那么……推理呢?

"仿佛你的一个推理就能拯救全世界似的……"

他想起了自己说过的话。是啊,那个一直就很狂妄的家伙,现在不是也……等一等,此刻,我在报告厅里,在讲座中,我还有一个问题需要解答,我不能放纵自己的思维这样漫无边际地驰骋。

他定定神,微笑着对那个单眼皮女生说:"推理仅仅是一种思维方式,对于刑侦工作者而言,它对案件的侦破可以起到一些辅助作用,然而现实不是小说,想通过单纯的推理来破案,特别是对没有明确犯罪动机的变态杀人案,是不可能的。"

单眼皮女生不满地噘起了嘴,还想说什么,但在掌声中,林香茗已飘然而去。

林香茗是开车来的,车就停在南门,可他这位特聘教授平常很少来上课,几位校领导特地过来作陪,一直簇拥着他往外送,边走边聊,出门才发现居然是送出了北门,他索性沿着护城河一直漫步,打算绕到南门去取车。

白色的石栏下面,河水汩汩地流淌,宛若一匹匹绿色的绸缎,翻涌出清新的腥气。

突然,他听见身后传来一阵脚步声和喘息声,回头一看,不禁大吃一惊!

竟是市公安局局长许瑞龙,后面还跟着一个提着裤子的小老头,不正是市政法委副书记李三多嘛,这两个平时走到哪里都是前呼后拥、八面威风的警界高层人物,现在怎么跟逃避城管的小贩一样,跑得满头大汗?

林香茗赶紧停住了脚步。

"哎哟哎哟!老了老了,不中用了!"许瑞龙呼哧带喘地跑到他的面前,"你走得也太快了,我们俩一个劲儿地追你,李书记的裤腰带都跑断了。"

李三多也龇牙咧嘴地说："好嘛，我们老哥儿俩演了一出'萧何月下追韩信'！"

三个人一面溜达，一面聊着今天的讲座。当夕阳在护城河上洒下一片碎金时，林香茗主动提出请他俩去附近的帕米尔食府吃新疆菜。李三多的哈喇子当时就流了半尺长，许瑞龙却不愿意让他破费，就在路边找了个牛肉面馆用餐。这里桌旧椅瘸，碗破勺缺，好多食客都是出租车司机，一面呼噜呼噜地唆啰面条一面天南海北地神侃。馆子里，酒香和膻气搅在一起，浓浓地飘荡着。

李三多一向是食不厌精，脍不厌细，见享受一顿美食的机会被许瑞龙剥夺了，一脸的不高兴。

"嚯！"吃到半路，李三多开始找麻烦，他从牙缝里揪出一根肉丝，"这牛肉可真够老的，估计牛得八十多岁了！"

许瑞龙看看尴尬的林香茗，皱起眉头用筷子捅李三多的胳肢窝："老东西，你也不嫌恶心？挺大一领导，剔牙连遮都不遮！"

李三多怕痒，咯咯地笑着躲闪。过了一会儿，他又板起面孔说："林老师，今天听了你的讲座，我大受启发，看来这行为科学在侦破变态杀人案上还真有一套。"

林香茗点点头。

"那么，你觉得市里最近发生的一系列割乳命案是否属于变态杀人案呢？"李三多问。

林香茗看着一脸坏笑的李三多，知道他在给自己下套，于是谨慎地回答："我并没有参与到这个案件的侦破工作中，仅仅是看了许局长给我的一些材料，因此不敢妄下评判。"

李三多一愣，没料到林香茗居然看穿了自己的诡计，眼角余光一瞟，发现许瑞龙在偷笑，不由得恼羞成怒，把筷子往桌子上一拍:"我并没有让你评判!直说吧,既然你在课堂上讲得天花乱坠,我就给你一个在实践中证明的机会——任命你为连环命案的专案组组长,怎么样?"

林香茗早就料到会有这么一天,所以微笑着说:"李书记,您大概对我讲的行为科学有一个误解,那就是犯罪个性剖绘专家,只是针对犯罪分子的行为模式,为警方提供剖绘和分析,缩小可能的凶嫌范围,集中精力去找出真正的凶手,我们不负责抓捕。即便是在联邦调查局,我的老师也属于'调查支援组',不会直接去撞门缉凶。再说了,我又不是警察,说白了就是一挂靠在市局搞犯罪学研究的自由学者。"

李三多愣住了,怕林香茗唬他,看看许瑞龙,许瑞龙冲他点了点头。

想拜将,却拜出个相。李三多的匪气上来了:"我不管!你当专案组的组长,就这么定了,提什么条件我都答应你!"

林香茗等的就是他这句话:"好,我可以接受任务,但下面的几个条件,您必须答应。"

条件不多:枪械提供、信息共享、情报分析、分局配合之类的,李三多自然是满口答应。但林香茗真正想说的是专案组的人员组成问题:"这个专案组,成员必须由我来选。我选谁,就是谁,行不行?"

李三多也很好奇,想看看林香茗究竟"看上了"谁。

"说说,你要选谁。"

"第一个,蕾蓉。"

"嗯,可以。"

"第二个,刘思纱。"

李三多眯着眼睛笑了:"我就知道,你和杜建平都看上了这个大美女。行,我把她也配给你。"

林香茗不理会他的疯话:"第三个,林凤冲,他一直在跟这个案子。"

"没问题。"

"第四个,郭小芬。"

"郭小芬是谁?"李三多一愣,市局里但凡稍有名气的人物,都在他肚子的账簿里,这个名字却闻所未闻。

许瑞龙却知道。"《法制时报》的记者,小姑娘的观察力很敏锐。"

"记者?"李三多犹豫了,"让一个记者加入警队,有点儿不合规矩吧?"

"就是因为不合规矩,才需要您的特批。"林香茗说,"再说只是临时的,案件一破,她接着当她的记者去。"

"好吧。"李三多点点头。

"最后一个,恐怕才真要让您为难。"林香茗看着李三多,一个字一个字地说,"杜建平。"

"什么?"李三多和许瑞龙不约而同地发出惊呼。

沉默半晌,许瑞龙道:"香茗……得饶人处且饶人。"

"许局长,您误会了。"林香茗正色道,"我绝对没有丝毫奚落杜处长的念头。我是这么想的:一来这个案件一直是杜处长在侦办,我一下子全接过来,案件破了,杜处长脸上会很不好看;二来我毕竟不是警察,指挥您手下的干警,很可能指挥不动,再说,犯罪现场包括好几个区,需要分局配合的时候,如果有杜处长坐镇协调,就会便利很多;三来也是最重要的,我希望借这个机会能让杜处长深入了解一下行为科学,不要再固守传统的办案方式,这样,对市局整体刑侦水准的提高,将是非常有利的。"

许瑞龙的脸上渐渐露出了笑容，李三多揪着下巴上的一根胡子："好，我给杜建平下命令，让他当你的副手。"

林香茗建议还是由杜建平当专案组组长，自己给他当副手，李三多坚决不同意。无奈之下，林香茗只好说："那明天一早在市局开个会，宣布专案组成立，我们就正式开始工作……"

"不行！"李三多摇摇头，"你给他们打电话，让他们现在就到这里，专案组马上成立，然后立刻开始工作！"

半个小时后，牛肉面馆里多了三副碗筷，蕾蓉、刘思渺和郭小芬一边吃，一边听林香茗讲述专案组成立的目的和即将开展的工作。杜建平的手机打不通；林凤冲正在办一起儿童诱拐案，路远赶不过来。刘思渺觉得无非是专案组换了个领导，没什么其他变化，所以表情很冷漠；郭小芬以记者的身份加入警队，等于冲到了刑侦工作的最前线，眼看着大把大把的新闻选题就握在了手中，兴奋得不得了，脸蛋红扑扑的；蕾蓉则低着头，沉默不语。

李三多把三个姑娘看了又看，眼睛眯成了一条缝儿，悄悄对许瑞龙说："林香茗这小子眼光不错啊，选的全都是漂亮的。"

林香茗耳朵尖，听见了，立刻说："欢迎李书记给咱们讲几句话。"

说着带头鼓起掌来，三个姑娘也跟着鼓掌。面馆里的人们都好奇地往这边看。

李三多嘿嘿一笑："我没什么要说的，就想问一句：你们什么时候能破案？"

林香茗没想到反被这个老狐狸将了一军，微微一笑："给我们一个月，行吗？"

李三多摇摇头："现在是七月初，半个月内，必须破案！"

李三多和许瑞龙吃饱喝足，打出租车各回各家去了。

望望不知何时亮起来的街灯，一时间，几个年轻人的心中都有些迷茫，这么大的案子，该从哪里入手呢？

片刻，刘思缈提议："我觉得，咱们能不能回到案子的原点，到发现陈丹的那栋别墅的地下室里去看一看呢？"

大家都觉得这主意不错，于是坐进了林香茗的那辆"巡洋舰"，一直向城东驶去。

街上，车辆如织，时而像流动的火，时而像凝住的胶，都在不断深浓下去的暮气里搅拌着。

一直沉默的蕾蓉望着窗外，突然说："香茗，咱们这专案组，好像少了一个人。"

"谁啊？"正在开车的林香茗有些惊讶。

"他。"蕾蓉只说了一个字。

但是，林香茗已经知道指的是谁了。

蓝天，白云……

躺在草地上，腿一跷一跷的，温暖的阳光洒在白皙的脸上。身边放着一本推理小说。

"喂……到底什么是推理啊？"

林香茗的耳畔，清晰地响起了自己提过的问题。

高中时代最好的朋友——那个狂妄的家伙。

"蕾蓉，他现在……还行吗？"林香茗的语气分外沉重。

"不知道。"蕾蓉慢慢地说，"但是我想，唤醒他的才能，也许是拯救他的最好办法。"

林香茗点点头，从怀中掏出手机，拨通了一个电话号码。

"巡洋舰"在一家郭林家常菜饭馆的门口,稳稳地停了下来。

夜色已经完全降临。所以用霓虹灯装饰的"郭林家常菜"五个大字,以及作为饭馆标志的那两只抱着元宝的小猪,显得分外耀眼。

等待。

半天,饭馆门口穿着红色旗袍的服务员迎来送往,却没见到哪个人朝这辆车望上一眼。

林香茗和蕾蓉一言不发,就那么静静地等待着。

坐在后排的郭小芬有些不耐烦了:"我说,咱们到底等谁呢?这么大架子,半天还不来。"

刘思缈冷冰冰地说:"是啊,别又等一个连警察都不是的人,弄得专案组一堆外行。"

"嘿!"郭小芬瞪圆了眼睛,"我可没惹你——"

"哐!"

车身犹如被炮弹击中,猛地震动了一下,吓得郭小芬把后面的话生生咽了回去!定睛一看,原来是个醉鬼没留神撞在右侧的后排车门上。

郭小芬气得正要骂,谁知林香茗已经打开车门,探出身子回头喊:"呼延,你没撞坏吧?"

醉鬼站都站不直了,扶着车子,身子扭得水曲柳一般,连脑袋带肩膀一起僵硬地摇晃了几下。

"没撞坏就好,快点上车吧!"林香茗说。

然而醉鬼蹲在地上哇哇地呕吐起来,黄绿色的胃容物,刹那间喷了一地,一股浓烈的酸臭气,呛得郭小芬捂住了鼻子。

蕾蓉一动不动。

林香茗绕过来,拍着醉鬼的后背,等他不吐了,又用纸巾帮他擦干净脸上的污物、鼻涕和泪水,扶他慢慢站起。醉鬼拧着身体,摆脱林香茗的搀扶,想自己打开车门,但指头抠了好几下,就是抠不到门把上,活像一条挠门的狗。

林香茗苦笑着打开车门,醉鬼才连滚带爬地钻了进去。

周围黑乎乎的,郭小芬看不清醉鬼的相貌,只觉得他长得很丑。

但是醉鬼一看到郭小芬,耷拉的眼皮一下子支撑起来:"哟!美女!哈哈,我还真有艳福!"

"呼延!"

醉鬼像被速冻一样僵住了。

冻住他的,是来自坐在副驾上的蕾蓉的两道目光——愤怒而哀伤。

"姐……"醉鬼一下子畏缩了,在座位上乖乖地坐好。

这时林香茗已回到驾驶座上,关好车门,向醉鬼介绍道:"你身边的这两位,一个是思缈,你认识,还有一个是《法制时报》的记者郭小芬。"

然后他又指着醉鬼说:"这位是我最好的朋友——呼延云。"

听到这个名字,郭小芬大吃一惊。

林香茗这才想起,自己忘了介绍最重要的内容:"呼延云……他擅长推理。"

简简单单一句话,郭小芬想笑:推理?你举起两根手指头,他现在能数得出来都是奇迹!

林香茗启动了车子,边开边说:"呼延,我之所以找你,是因为市里最近发生了一系列变态杀人案。凶手手段残忍,案情扑朔迷离,此案已经被定为今年公安部督办的一号大案。我刚刚被任命为专案组组长,蕾蓉她们都是这个小组的成员,我们需要你的加盟和帮助……"

"喂,别说啦!"刘思缈冷冷地说,"你的听众早就睡着啦。"

林香茗抬了一下眼睛,车内后视镜里面,呼延云歪倒在座位上,闭着眼睛打起了呼噜。

他已经完全凝固在了黑暗之中。

然而,林香茗没有中断:"我现在来给你大致陈述一下案情。六月十九日傍晚,我接到一个奇怪的电话,对方问是不是行为科学小组的办公室,得到我肯定的回答后,他一阵怪笑,告诉我,有一个女子,就躺在莱特小镇二十四号别墅的地下室,她的乳房被割掉,快要死了……"

第八章 "莱特小镇"里的鬼魅

车在莱特小镇的西墙外停下,车灯熄灭后,久久地,没有任何动静。

倒塌的一段墙体,在黑暗中像被打断的门牙,碎裂的砖头乱七八糟摊了一地,仿佛从张着的嘴巴里流淌出的一摊乌油油的血。

血已经凝固了。

车里的人们也凝固着,确认没有人会打扰后,车门开了。

林香茗和蕾蓉走在最前面,刘思缈和郭小芬居中,踉跄着跟在最后面的,是那个名叫呼延云的醉鬼。

尽管大家都蹑手蹑脚,避免惊扰到驻守在这里的保安,但是穿过断墙的豁口时,呼延云一个趔趄,稀里哗啦地踢翻了一片碎砖头,惹得众人都不免心惊肉跳。

还好,整个莱特小镇依然死一样寂静。

"温斯洛克"。

奇怪。林香茗的脑海中突然浮现出了这个词汇,就像一颗钉子突如其来地扎在了他的囟门上,而且就此开始,粗暴而残忍地一点点深入他的脑髓,直至每一根神经。

这颗钉子来自哪里?何处是它锥刺的终点?一时都无迹可寻,但是有一点是清晰和分明的:他感到很痛。

"新墨西哥州洛斯阿拉莫斯郊外……"

钉子很长。

但是他把美国留学时的记忆搜刮净尽,也没想起自己什么时候到过新墨西哥州那个叫洛斯阿拉莫斯的地方,更别提"温斯洛克"了。

且不管它,先往前走吧。

陈丹被囚禁的二十四号别墅离西墙不远,加之林香茗亲自指挥了对她的解救行动,所以路很熟。站在这栋灰色的、冰冷的、一切尚属毛坯状态的别墅面前,林香茗忽然觉得,墙壁上的一道道刀疤似的裂痕,早就预言了后来的宰割。

林香茗掀起尚未撤除的黄白相间的隔离线,推开二十四号别墅的大门走了进去。

非常黑,黑得像深深地埋在土里一样。

"啪"地打开手电筒,孱弱的光柱照射着刷了耐水腻子的墙壁和水泥地面,墙角的预留插孔里裸露出的电线活像是老鼠尾巴,令人怀疑墙里面是不是塞满了死耗子。

"这栋别墅地上两层,地下一层,房顶有一个很大的阳光露台。"林香茗向大家介绍,"六月十九日傍晚,我们来到这里时,立刻展开搜索,在地下室里发现陈丹。"说着,他打开客厅北边的一道已经被打碎的玻璃门,沿着楼梯往下走。"这里通向地下室,大家跟着我走。呼延,你扶着墙,别摔着。"

地下室,迎面一股呛人的土腥气。四面墙上没有窗,仅仅在南和北的楼梯上方各装了一扇玻璃门——南边那道门通向别墅的后花园。

噼里啪啦,噼里啪啦……

突然,林香茗的每一步都发出奇怪的声响。

"我踩到了玻璃碴子。"他解释道,"很可能是罪犯挟持陈丹到了这栋别墅,想把她带到地下室,发现玻璃门是上了锁的,所以才打碎它,再从里面拧开。"

林香茗手中的手电筒一转,光柱投射到了西墙。

一个宽和高在六十厘米左右的正方形石洞展现在众人的面前,里面矿井一般黑暗,用手电筒一照,洞壁也像矿道一样嶙峋而斑驳。如果把打开的石门合上,严丝合缝,几乎看不出墙上会有这么个密室。不过门上有呈圆形分布的一堆气孔,否则,陈丹被关在里面早就闷死了。

"陈丹就是被封闭在这里的?"郭小芬站在石洞前问。

声音有些颤抖。

林香茗什么都没有说,用无声表达了肯定。

这个洞的深度其实也就一米五左右,但郭小芬站在洞口,却清晰地感到有一股阴风扑面袭来,吹得她浑身发抖。她突然想起在故乡上小学时,校园里的那口井,井水清凉沁人。有一年,同班一位女同学不知是失足还是被人推下去的,总之尸体浮在井里了,而她是第一发现人。当时她看着那具在井水上漂啊漂的尸体,也是觉得一股阴风从井底不断地向上涌,仿佛一只冰凉的手,一面抚摩着她的脊背,一面轻轻地把她往井里按下去,按下去……

陈丹,当她被囚禁在这个逼仄的密室中,等待着被宰割,那是一种什么样的感觉?

如果换成是我……

这个念头刚一冒出来,郭小芬就想起,不久前的那个晚上,自己到陈丹家去受到惊吓之后,回家做的那个噩梦。梦里,自己被牢牢卡在天花板和地板的狭小缝隙之间,仰面朝上,血水漫过了耳际……

然后是什么来着？然后是……对了，然后是一把雪亮的尖刀。

一只手，猛地搭在了她的肩膀上！

"啊！"

她发出了一声尖叫！把地下室里的几个朋友——除了醉鬼——都吓了一大跳，包括她身后的林香茗。他苦笑着说："我看你太紧张了，拍了拍你想问问有没有事，没别的意思。"

"没什么。"郭小芬很勉强地笑了笑，"可能是我太累了。"

林香茗用手电筒的光指着地上一处用白线勾勒出人形的地方："我们冲进地下室后，发现陈丹就躺在这里，血流了一地。我们马上叫了救护车，同时也提取了证物，最重要的就是放在石洞里的一根人的大腿骨，还有那个火柴盒……"

"火柴盒"三个字，让在场的所有人都心头一凛！可以说，这是整个案件中最古怪、最令人匪夷所思的地方。

只有呼延云烂泥一样瘫坐在地下室的一角，耷拉着脑袋，似乎又睡着了。

请这个醉鬼来，到底有什么用？刘思缈想。

但是林香茗走到呼延云面前，慢慢地说："呼延，关于火柴盒的情况，我想要向你特别说明一下。火柴盒就放在陈丹的身边，上面的字迹已经被罪犯磨蚀得看不清楚了，所以一时无法确定其来源。里面总共有五根比较粗的火柴，其中三根是没有燃烧过的。剩下的两根，一根从头燃烧到尾，另外一根只燃烧到一半……"

停了停，林香茗接着说："一开始，我们只是觉得很古怪，因为犯罪现场没有需要燃烧的东西，也没有燃烧过的痕迹，对于犯罪而言，火柴盒属于'不必要证物'，它被留下的更大意义，很可能在于向警方挑战。我之所以把这起案件定义为变态杀人案，原因也就在于此，因为只有变态杀手才会把一些有提示意义的物品留在现场，而当警方依旧束手无策时，他就会获得胜利的快感，并成功地将犯罪压力转嫁到警方身上——'我留下线索了，你们却不能破案，所以你们才是真正要对死者负责的人'。在美国加州首府萨克拉门托市犯下多起命案的约翰尼·乔斯就是这么干的。

"让我一直困惑的是，犯罪分子究竟想用火柴盒提示我们什么。直到六月二十九日，通汇河北岸的分尸案中，在现场发现凶手留下的另外一个火柴盒。那个火柴盒里面，也有五根火柴，但是四根是没有燃烧过的，只有一根是从头烧到尾的。所以，凶手是在用火柴告诉我们，他已经做的和还要做的。通汇河分尸案应该是第一起，杀死一个人，所以烧尽一根火柴；陈丹案件应该是连环命案的第二起，这回的火柴盒里，除了用烧尽的那根火柴提示我们第一起命案之外，由于他对陈丹只是割乳，没有杀死，所以第二根只烧了一半，剩下的那三根，提示我们他还准备杀死或者杀伤三条生命！"

"但是到目前为止，这个家伙杀死杀伤的，可不止两条人命。"蕾蓉说，"而且他并不是在每个现场都留下火柴盒啊？"

林香茗点点头说："我对此有个不成熟的想法……回头再说吧！"

从始至终，呼延云连动都没有动一下。

刘思缈皱着眉头说："陈丹被囚禁、遭到割乳，都可以确认是在这里发生的，但她是在其他地方失去人身自由后运到这里的，还是被带到这里之后才失去人身自由的？"

"这个不太清楚。"林香茗说。

刘思缈四下里看了看:"除了这一地玻璃碴子,我也看不出什么新鲜的东西了。"

"那咱们走吧。"蕾蓉说,"这儿太黑了。"

语气中,她掩饰不住自己的失望,很明显,这失望是对着那个没有起到任何作用的呼延云来的。

"等一等……"

声音很低,呓语一般,所有人都以为是呼延云,但其实是郭小芬。

这么半天了,郭小芬一直盯着那个石洞,两眼发直,似乎在发呆,又像是思考着什么。她说等,大家就陪着她站在黑暗里等,可是等到什么时候,等待一个什么样的结果,可就没人知道了。

大约等了一分钟,或者更长时间,郭小芬打了个寒战,像从梦里醒过来一样,一把从林香茗的手中抢过手电筒,蹲在地上一寸寸地查看,对那些玻璃碴子看得尤其仔细,简直可以说是一片片地摸索,手指头被划出了口子也毫不在意,查看完毕,就蹲在地上发呆。蕾蓉走过来想问她怎么回事,她却像脚底下安了个弹簧似的"砰"地蹦了起来,顺着北边的楼梯冲到了别墅一层,脚步声窸窸窣窣的,显然是在一点点地查看地板,没多久,又是一阵脚步声向二层冲了上去……

"她到底在干什么呀?"蕾蓉莫名其妙。

"谁知道。"刘思缈冷冷地说,"当记者的都神经兮兮的。"

"得了,咱们也别在这里等着她了,都上去吧。"林香茗说。

几个人刚刚上了一层,正好赶上郭小芬从二层下来,只见她满面喜色,双目放光,跟刚才的呆滞判若两人。

"哟,发现新大陆啦?"刘思缈揶揄道。

"嗯!"郭小芬大声说,"我锁定凶手的大致方位啦!"

此言一出,所有人都大吃一惊,在刑侦工作中,锁定犯罪嫌疑人的藏身地点,其意义丝毫不亚于逮捕,捕鼠先摸耗子洞——从古代的公差到今天的刑警,没有不知道这道理的。

林香茗一边往别墅外面走一边问:"凶手的大致方位在哪里啊?"

"这个嘛,我要暂时保密……"郭小芬狡猾地眨着眼睛,然后故意把脸撇向刘思缈说,"这么简单的一件事情,难道你们都没发现?"

刘思缈一向心高气傲,怎么能容忍郭小芬占上风:"你知道什么就直说,少在这里卖关子!"

郭小芬笑了。

林香茗知道,像郭小芬这种人,你不能催问她,越催问她越来劲,还不如不搭理她,没准儿过一会儿她忍不住自己就说出来了。

现在他走出了二十四号别墅,在地下室的黑暗中沉浸了那么久,来到地面依然感到无比的压抑。眼前这一切算什么呢?除了二十四号别墅之外,其他的别墅也一样,虽然门窗已经一应俱全,但是还没有装修完工,乍一看像是一大群裸体的侏儒,匍匐在寸草不生的土黄色地面上,已经失明的眼睛瞪得老大,绝望地张着嘴巴,向路人乞讨着什么。

的确,所有建筑在毛坯阶段,尤其是立在一片残破、荒凉的工地上,都很难分清它是将要被修缮还是损毁。

钉子,猝然,敲击得凶狠而急促!

"甚至远从几百米外就可以确定这里是一座废墟……"

剧烈的疼痛中,林香茗一下子想起"温斯洛克"的出处了!

那是日本著名作家铃木光司在"午夜凶铃"系列小说第三部《永生不死》中,描述主人公阿馨为了找到战胜"转移性人类癌病毒"的方法,赶赴位于美国新墨西哥州洛斯阿拉莫斯郊外的"温斯洛克",因为这个沙漠中的久已荒废和被人遗忘的小镇,据说埋藏着人类永生不死的秘密。很久以前,林香茗读过这部小说,被其中那些描写小镇的死寂和荒凉的句子深深震撼,没想到触景生情,竟回忆了起来。不过他印象最深刻的,还是小说在一连串的景物描写之后,阿馨脑海中浮现出的那句话——

"这里什么东西都没有,只留下人类曾经居住过的遗迹,静静等待着腐朽,然后化为鬼蜮……"

鬼蜮。

几近鬼蜮。

还有就是,真实的、有形的,从墨汁一样的黑暗中慢慢浮现出的许多鬼……

鬼!

那么多!

林香茗定了定神,才发现那灰黢黢的渐渐逼近的一群,前面一排是驻守在莱特小镇的保安,后面是拎着铁锹的一大群民工。

神情全都紧张得像见了鬼似的。

林香茗、刘思缈和蕾蓉站好了等着他们,郭小芬胆子小,缩到林香茗的身后。呼延云贴着墙根蹲下了。

距离有五六米远的地方,那群像鬼又怕鬼的人不约而同地站住了。

"你们是干什么的?"领头的一个保安问,小小的眼睛里放射出警惕、狡黠而凶狠的光芒。

林香茗一看，认识。这个保安名叫潘大海，是驻守在莱特小镇的保安队队长，上次来这里解救陈丹时，他还接受过林香茗的问询。

"潘大海，是我。"林香茗说。

声音不大，但非常有力量。

但是，潘大海把右手中的手电筒一抬，刺眼的光芒直直地激射到林香茗的脸上。

刹那间，林香茗觉得不对头。

尽管这里漆黑一片，但是林香茗毕竟在美国做过FBI探员，自有一股威严和英气，往那里一站，仅凭身形和说话的声音就与众不同，潘大海这号人就指着察言观色混日子，以他的胆量绝对不敢直接拿手电筒跟林香茗"照眼"！

所以这道光绝不是为了照人，而是为了用强光造成对方短暂性失明，意图——

意图明确，潘大海已经蹿上来，抡起手中的橡胶棍冲林香茗的面门狠狠地砸下！

"咔嚓——嗷！"

一声凄厉的惨叫，像是黑夜被生生地撕裂成了两半！

林香茗的衣角似乎只是轻轻飘了一下，潘大海却已经口鼻喷血，捂着脸在地上打滚。

那一大群保安和民工都惊呆了，他们根本就没有看明白林香茗是怎样把潘大海打倒在地的。

静了五秒钟左右。

"上啊！往死里打啊！"

在保安和民工身后，传来一个凶残的怂恿声——凶残得简直有点绝望。

这就对了,林香茗想,如果后面没有一只操纵的手,潘大海这样的傀儡是绝对不敢袭警的。

怂恿者的命令生效了,保安们抽出腰里的棍子,呼啸着扑了上来。

林香茗神情平静,犹如波澜不惊的湖水。在他面前一米远的地方,上帝仿佛是铸了一道铜墙铁壁,所有冲到近前的保安,都是"砰"的一声被崩飞出数米远,顷刻间尘埃落定,地上歪七扭八地躺倒了一群,都痛苦地呻吟着。

谁都知道是林香茗出手了,但是谁也不知道林香茗是怎么出手的,不过从这群保安的伤势可以看出,林香茗对他们已经是手下留情,没有像对潘大海那样一击见血。

一直观战的民工们,原本是作为"预备队"使用的,但是现在,一个个都呆若木鸡。

躲在他们后面的那只"黑手"知道大事不妙,把身一转,想要遁形在茫茫的黑暗中。

晚了。

"黑手"感觉到太阳穴上一凉,不用多想,是枪管,冰冷的枪管顶在了他的太阳穴上。

持枪的就是那个冷艳的女警。她怎么来得这么快?而且没有一点点声音?!他把牙一咬,狠狠甩了一下头,想摆脱枪管以及从枪管里往外不断发出冷笑的死神,但是枪管向前一顶,像种在他的太阳穴上一样坚实,生疼生疼的。

刘思缈没有任何表情,显然,她连"不许动"三个字都懒得说。

"黑手"不敢再动了,他心里明白,这个女警绝对是那种开枪的时候连眼皮都不带眨的人。

刘思缈把目光投向林香茗，略带挑衅，仿佛是说，我的身手，未必比你差。

这时，从不远处急匆匆地跑来一个小个子，尖嘴猴腮的像只耗子，一看眼前的情形，瞪圆了眼睛，呲呲呲地直嘬牙，然后来到林香茗跟前，点头哈腰地问："敢问您是？"

林香茗还没说话，刘思缈掏出警官证，在他眼前一晃，小个子立刻满脸堆笑："自己人，自己人，市局里有我很多朋友……"

"那个——"林香茗打断他，一指被刘思缈用枪顶住太阳穴的家伙，"是什么人？居然指挥手下的人袭警！"

小个子上前一看那"黑手"，愣了一下，本来就有点佝偻的腰弯得更低了，低声细气地说："我认识，他叫王军。"

"我问他是什么人。"林香茗说。

"他……"小个子有些犹豫，"他是我们二十一世纪房地产公司的。"

"看来是我没说明白。"林香茗说，"我问他是什么人？！"

最后三个字带有不容分说的沉重，像手指扣在了扳机上。

小个子咬了咬嘴唇："他是……是我们老总的司机。"

"原来是徐老板的司机。"林香茗说，"那你又是干什么的？"

小个子满脸堆笑："我叫侯林立，也是徐总的手下，直接负责'莱特小镇'这个项目的开发……"

"那就烦劳你告诉徐总，他的司机袭警，所以我把他带走了，想领人就亲自到市局来一趟。"林香茗对侯林立说，"我叫林香茗。"

然后他走到躺在地上痛苦呻吟着的潘大海身边，抓住他的后脖领子，把这个看起来无比壮实的家伙像拎小鸡一样拎起，然后冲刘思缈点了点头，刘思缈把枪口在王军的太阳穴上轻轻一划，意思是"走",但就在这一刹那,王军突然把头一低,胳膊肘在刘思缈的小腹上狠狠一撞,疼得她"啊"地叫了一声,向后趔趄了几步,险些坐倒在地。

王军撒腿就跑,他早就瞄准了前面那个墙角,只要拐过那个墙角,子弹也拿他没有办法,然后他就可以迅速地消失在深浓的夜色里……

但是,他听到了一声冷笑。

究竟是谁在冷笑,他冷笑什么?

去他妈的,反正我距离那个墙角,只剩一步了!

现在,半步!只剩半步了!

林香茗,很随意地,将脚边一块石头向上勾起。

石子在半空,

流星似的飞起一脚——

"啪!"

子弹出膛一般!银白色的石子划过一道直线,又准又狠地击打在王军左腿腘窝的委中穴上。王军"哎哟"一声跪倒在地上,刘思缈飞身上前,右手在他肩膀上,看似无力地一按,王军像杀猪一样惨叫起来——他的肩关节已经脱臼了。

铐上,带走,经过林香茗身边时,刘思缈只说了一个词:"两次。"

郭小芬和蕾蓉都有点莫名其妙,只有林香茗明白什么意思,刘思缈是说,在枪管顶在太阳穴上的时候,王军有两次试图逃脱。如果不是背负极其严重的罪行,他一定不会先是教唆袭警,然后又在枪口下行此亡命徒般的疯狂举动——

他一定有问题。

先是黑色的一个点,渐渐地,黑色的点不断地扩大扩大扩大扩大,日全食一般,逐渐逼近,突然裂解成乌鸦似的一群,密密麻麻地盘旋着,仿佛在寻觅腐尸。当发现躺着的他已经奄奄一息,丧失任何反抗能力时,就扑到他的身上,用它们尖利的嘴开始了疯狂的咬噬。

肉,一寸一寸地被撕下,活剐一般。

没有血,只有疼。

剧烈的疼痛。他醒了,拼命睁开胶住似的眼睛,呆呆地瞪着天花板。雪白的天花板在他看来却是灰色,这种情况已经有好几个月了。

意识是混乱的,思维不能进行,只有痛楚,才那么真实,且不得解脱。

动了一动,动不了。

不让我死,留我一口气,让我活着,因为要吃鲜肉,要喝鲜血……

"呼延,呼延!"

一个声音不停地叫他,并轻轻摇着他的肩膀。

有人要救我!要帮我脱离苦海!呼延云用尽全力,终于翻了一个身,却差点儿摔落在了沙发下面,如果不是旁边的林香茗扶了他一把,非把他摔坏了不可。

"你……"林香茗忧伤地看着他,半天才说,"少喝点酒吧。"

呼延云像鸟一样,眯起眼睛看着林香茗,从来不认识他似的:"我这是在哪里啊?"

"你在市公安局的休息室里。"林香茗说,"昨天晚上把那几个袭警的家伙带回来,我看你已经醉得一塌糊涂,因为要连夜突审,不便把你送回家,就让你在这里忍了一晚上。现在怎么样,你感觉好一点了吗?"

呼延云木然地坐在沙发上,一动不动。

林香茗叹道:"你接着休息吧,我还要继续审讯王军。桌上那杯茶是我刚刚沏的,你喝。"然后走出了休息室。在楼道里,他靠在墙上,嘎吱嘎吱地揉搓着眼眶和太阳穴,整整一夜没睡,他实在是太疲惫了。

连夜审讯,基本可以认定的一点是,潘大海的袭警行动纯粹是受王军指使的。

"他给我一大把钱,让我把你们往死里打,出了什么事情有他担待,所以我才敢……"潘大海在预审室里是这么说的,脸上的血污虽然洗净了,但鼻骨骨折的缘故,说话声音像从塌方的井里发出来的。

而王军,从进预审室那一刻开始,就"表现不俗"。

初次接受审讯的人,无论是否作案,多少都会产生神经系统上的紧张,生理上表现为脸色发白、腿部打战、说话结巴、出虚汗等,但是王军显得非常镇定,坐在椅子上,腰部挺直,两手很自然地搭放在腿上,神情中充满了倨傲和不屑,与在莱特小镇时的殊死反抗,判若两人。

"知道为什么把你带过来吗?"

"不知道。"

"你有没有指使潘大海袭警?"

"我指使潘大海抓贼,我不知道来的人里有警察。"

审讯员把笔往桌子上"啪"地一拍:"王军,你放老实点!潘大海已经交代了,你明知道是警察还指使保安队往死里打,说出了事有你担待。这是怎么回事?"

王军看了看手表,冷笑一声,从这一刻起,任凭审讯员怎么审问，他始终是徐庶进曹营——一言不发。

林凤冲建议，可以在审问中突然插入陈丹案件的内容，打破王军的心理防线，但被林香茗否定了。目前王军仅仅是涉嫌人，而不是罪犯，因此在审讯上必须把握住火候，不可操之过急。否则轻易暴露底牌，让王军发现警方并没有掌握他犯罪的任何实际证据，那对下一步的刑侦工作将是非常不利的。

"更何况我们必须冷静。"林香茗深沉地说，"尽管这个浑蛋唆使人想把我们的脑袋砸烂，但是不能因此就认为，任何试图把警察脑袋砸烂的家伙，都在陈丹的胸口上割了一刀。"

"但是时间拖得越长，对我们越不利。"林凤冲有些焦躁。任何审讯都不是无休止进行的，刚开始主动权掌握在警方手里，但是几个回合下来，嫌疑人就会适应压力，反而将主动权掌握在自己的手里。更何况从某种程度上说，袭警事件的起因，还是林香茗他们趁着夜色"暗访"，如果王军一口咬定是抓贼导致的误会，那么警方反而有点理亏。当然可以拿出潘大海的供词，质证王军纯粹是故意袭警，但是假如王军死不认账，只凭潘大海的一面之词，还真拿他没有办法。

"时间不会拖太久了。"林香茗说，"王军不是一直在看表吗？他在等待，等待幕后人物来救他……"

林香茗在楼道里踱来踱去，思索着什么。冷不丁一看表，发现已经九点整了，按照计划，新组建的专案组要开会分析案情，给每个人布置具体工作，他连忙向会议室走去。

刚到门口，突然听见响雷似的一声吼："不行！"

他吃了一惊，往里面看去，只见李三多和许瑞龙两个人坐在椅子上，对面站着一脸铁青的杜建平。刘思缈、郭小芬和蕾蓉三个人不知所措地看看这边，又看看那边。

杜建平愤怒地说:"我昨天上午已经在会议上表态,案件到现在都没有侦破,我负主要责任!撤职、查办,我都认!哪怕回派出所当片儿警,我也不给他林香茗当什么狗屁副手!"

"这是命令!"许瑞龙声色俱厉地说,"你服从也得服从,不服从也得服从!"

杜建平气得满脸通红,身体像湍流中的石头一样颤抖着,他哆哆嗦嗦地把手伸到了头顶上,眼看就要掼警帽了。

掼警帽在公安系统是不得了的事情,一掼之下,等于宣布退出警队,连片儿警都做不成了。

"杜处,请等一等!"

身后传来一个略显沙哑的声音,是林香茗。他走到杜建平面前,站定,凝视着他那双像斗牛一样发红的眼睛,慢慢地说:"杜处,案子至今破不了,责任并不在您,越是大案,侦破的时间越长,工作越需要缜密,即便我带的专案组将来把案子破了,也是您先前的巨大努力铺好了路。"他停了一停,接着说:"而且昨天您虽然提出辞职,但许局长和李书记认为这个案子必须有一位经验丰富的警官坐镇,但是又不便朝令夕改,所以才让我当专案组组长,您表面上给我当副手,实际上整个专案组的指挥权还是在您手中,不信您可以问问二位领导。"

林香茗这一番话,虽然半真半假,但入情入理,不仅给足了杜建平面子,于许瑞龙和李三多也是妥为周照,蕾蓉不由得暗暗叹息,难怪许局长这么欣赏他,他确实在做人上很有一套。

杜建平的手慢慢放了下来,真让他掼警帽,他也舍不得,当下虎着脸一言不发。

一波刚平,一波又起,局长秘书周瑾晨匆匆走进了会议室,低下头跟许瑞龙耳语了几句。许瑞龙惊讶地瞪圆了眼睛,然后皱紧眉头对林香茗说:"香茗,高秘书来了,要把王军带走,你看怎么办?"

"哟,拔秧起萝卜,出来大家伙。"李三多笑嘻嘻地说,"怎么样,用不用我出面让那姓高的滚蛋?"

林香茗摇摇头说:"哪里用得着麻烦您。我去见一见高秘书。"

高秘书坐在接待室里,斜吊着眼睛,对那些来端茶倒水的服务人员连正眼都不看。那个叫侯林立的小个子就站在他身边。林香茗进来,谦和地报上了自己的名字。一听"林香茗"三个字,高秘书愣了一下,慢慢站起,虽然依旧端着架子,但言语间很客气:"久仰大名,没想到这么年轻。"

"听说您百忙之中专程赶来,是要把王军带走?"林香茗说。

高秘书尴尬地嘿嘿一笑,说:"这个王军是二十一世纪房地产公司徐总的司机。徐总和我的私交一向非常好,听说他和警方闹了点误会,就托付我来把人带回去,严加管束。就是不知道老弟肯不肯给我这个面子?"

"言重了。"林香茗微笑道,"您可以把王军带走了,并代我转告徐总,改日我一定登门拜会。"言罢一转身,翩然而去。

本来以为要大费周章,没想到寥寥数语,就把问题解决了。高秘书望着林香茗的背影,发起呆来。

"昨天夜里,就是他带着人进到'莱特小镇'二十四号别墅的。"侯林立低声说,"这是个非常厉害的角色。"

回到会议室,林香茗把情况向李三多和许瑞龙汇报完毕,一直负责审讯王军的林凤冲很诧异:"这么容易就把他放掉了?"

林香茗笑着说:"留着他也问不出什么新鲜东西了。既然我们用这个鱼饵已经把幕后的大鱼钓出来了,为了防止断线或脱钩，不妨遛遛鱼，看准时机再绷竿起鱼吧。现在，我来谈谈专案组每位成员下一步的具体工作……"

"等一下。"杜建平打断了林香茗的话，"既然我承蒙林组长的大恩大德，被召回了专案组，是不是有权说两句话？"

大家都看着他，不知道他要说什么。

林香茗点了点头。

"好，那我就照直说了。凤冲、蕾蓉和思缈都是局里的精英，郭小芬，那也是咱市局的老熟人了，这些人加入专案组，我什么意见都没有。"说着，杜建平的手一指墙角，严厉地说，"我不知道平白无故的，干吗把这么个醉鬼召进专案组里来，请问林组长有什么特别的用意？"

墙角，呼延云畏缩在一张很矮的木头椅子上，闭着眼，身子微微颤抖着，像一只发了瘟的鸡。

"杜处，他是我的朋友呼延云。"林香茗平静地说，"他有非常强的推理能力，所以我才请他来助一臂之力。"

杜建平一愣之下，放声大笑："哈哈哈哈！就他？就他这个样子？推理能力？还非常强？哈哈哈哈哈！"

刹那间，那个乞丐一样颓唐潦倒的呼延云，抬了一抬眼皮，将一道浑浊的目光投射在杜建平那张笑变了形的脸上。

蕾蓉感到无比的辛酸。

"杜处！"林香茗突然提高了声音，"他是我的朋友！"

杜建平的笑声戛然而止，干刑警的最重视朋友义、兄弟情。一向儒雅的林香茗，两次强调呼延云是他的朋友，不由得杜建平不收敛。

林香茗说："那么好，现在我来对连环变态杀人案做一个初步的剖绘，我要提出一个很重要的观点……"

"等一等。"杜建平觉得胸中一股鸟气还没有出够,所以再次打断了林香茗的话,"我始终不明白,林组长凭什么从一开始就把这件案子定性为变态杀人案,而不是仇杀或者情杀呢?"

林香茗苦笑了一下说:"目前并没有发现几个受害人之间存在着任何关联,所以不太可能是出于同一动机的连续杀人。另外很重要的一点是,凶手在两个犯罪现场都留下了火柴盒,这是典型的变态杀人凶手的特征,通过里面的火柴来提示警方,他还要——"

"他还要再杀几个人,对不对?"杜建平冷笑道,"林组长还真拿那火柴盒当个宝贝了,您怎么能断定那是凶手刻意留给我们的'线索'呢?您怎么就知道那不是凶手顺手一划,然后吹灭了,装进盒子里逗弄您的呢?"

林香茗愣住了。

犯罪现场的火柴盒,从一开始就显得不同寻常,按照他在匡蒂科联邦调查局学院研修多年的经验,马上认定这是凶手有意遗留的"犯罪提示物"。但是,他有经验,别人没有,他可以"马上认定",别人却需要证明这一"认定"。

出于会议需要,证物袋已经放在了桌子上,杜建平从里面取出火柴盒——是在陈丹案件现场发现的那个。打开,里面有五根火柴,其中三根是没有燃烧过的。剩下的两根,一根从头烧到尾,另外一根只烧到一半。"林组长,您能马上把凶手的'刻意'证明给我看吗?"

会议室里所有人都看着林香茗。

"刻意"——谁能证明"刻意"?

杜建平得意地笑了起来:"如果不能,那么您关于整个案件是变态杀人案的推断,也是靠不住的……"

话音未落，一只手，伸过来，把他手上的那只火柴盒拿了过去。

李三多愣住了，许瑞龙愣住了，林香茗愣住了，杜建平愣住了，蕾蓉愣住了，林凤冲愣住了，刘思缈愣住了，郭小芬愣住了……

所有的人，都愣住了。

是呼延云。

醉鬼靠在桌沿上，手指颤抖着，半天才从火柴盒里摸出一根没有燃烧过的火柴。然后——

"嚓——哗！"

火柴头在黑色磨边上一擦，火苗像金黄色的精灵一样蹿起。

他究竟要干什么？

火苗一点点地向下，吞噬着火柴杆。

呼延云呆呆地看着火苗逼近自己的手指，像无家可归的人在街头烤火，用眼睛汲取着温暖。

直到火苗烧到指尖，他才猛然把火柴甩掉，可笑地吹着手，显然是被烫疼了。

火柴在空中翻着滚儿……

刹那间，刘思缈反应过来，冲上前一把推开呼延云，愤怒地大喊："你这个疯子！你居然毁坏证物！"

呼延云退了几步，后背"哐"地撞在墙上，慢慢蹲了下去。

火柴轻轻地落在地上，最后的光焰挣扎了一下，熄灭了。

"等一等！"郭小芬一声惊呼，把所有人都吓了一跳。

郭小芬盯着地上那根火柴的余烬，整整十秒，抬起头来，注视着呼延云，满眼都是震惊！

紧接着，刘思缈也明白过来，她看了看呼延云，又看了看蕾蓉和林香茗。

只见林香茗脸上绽开了欣慰的一笑。

而蕾蓉的笑容中，带着酸楚。

剩下的人依旧莫名其妙，杜建平勃然大怒："这个家伙居然毁坏证物，林组长，你推荐进来的人……"

"杜处，你还不明白吗？"郭小芬用一种略带讥讽的口吻，"呼延云已经证明了你想要的'刻意'。"

"什么？"杜建平瞪圆了眼睛，"我怎么不知道？"

郭小芬指着火柴盒里那根从头烧到尾的火柴："如果凶手只是顺手一划，那么他的手拿在哪里？"

"啊！"李三多和许瑞龙也恍然大悟。

无论火柴杆怎么燃烧，绝对不会从头烧到尾，总要留下一个地方是烧不到的——那就是手指捏着的底部。

"这样的火柴，绝对是凶手刻意制作的，比如整体放在炉灶上，然后点燃炉灶；或者将两根火柴杆的底部用胶水粘在一起，直立起来点燃一头，才能既从头烧到尾，又保持火柴碳化后的整体性。"郭小芬说，"凶手正是用这种方式告诉我们：他已经夺取了一条完整的生命！"

第九章　两个凶嫌

火柴盒是凶手"刻意"留在犯罪现场这一观点得到了证明，杜建平一时间无话可说，狠狠瞪了一眼那个依旧蹲在墙角的呼延云，然后拖过一把椅子坐下。

"刚才，我要陈述一个重要的观点，现在可以说了。"林香茗接上被杜建平打断的话头。他拿起荧光笔，在会议室的白色写字板上一边写一边讲："我来把截至目前发生的几起案件，按照发生的时间顺序，进行一个简单的排列。"

（A）通汇河北岸发现的无名女尸分尸案，犯罪第一现场不详。这起案件虽然是在六月二十九日才发现，但根据尸体腐败程度和火柴盒中只有一根火柴呈现燃烧状态来推论，它很可能是系列命案中的第一起。

（B）陈丹案件。六月十九日发案。犯罪现场位于莱特小镇二十四号别墅的地下室。

（C）柳杉案件。六月二十一日发案。犯罪现场位于故都遗址公园的一片小树林里。

（D）六月二十三日的命案，犯罪现场位于学苑桥附近的学苑公园内。

（E）六月二十五日的命案，犯罪现场位于智新桥以北的一座正在准备拆迁的居民小区内。

（F）六月二十八日的命案，犯罪现场位于独秀公园。

"我建议，大家一起来分析一下，这六起命案的区别是什么，就会发现一个我们不能不正视的答案。"林香茗说。

专案组的成员们看着写字板上的字，各自陷入了沉思。半晌，郭小芬首先发表了意见："A 和 B 两起案件的犯罪现场或者埋尸地点，集中在城东的兴旺桥附近，而 C、D、E、F 这四起案件，犯罪现场则集中在城北的学苑桥一带。凶手怎么会跨越这么远的区域连续作案？"

刘思纱说："在 A 和 B 的犯罪现场或埋尸地点，凶手都留下了火柴盒，而 C、D、E、F 这四起案件提取的证物中，都没有火柴盒。而且，A 和 B 案件中，凶手的反侦查工作做得很好，在现场几乎没有留下什么有利于警方侦破的证物，而 C、D、E、F 这四起案件中，凶手作案后，对现场不加任何掩饰和伪装，比如在柳杉一案中，甚至连凶器都扔在距离现场不远的山坡上，而且还留下了大量的直接身体证据，比如精液、指纹等，这些直接身体证据，经过鉴定，属于同一个人……"

林香茗点点头说："那么，大家能不能得出一个共同的结论呢？"

郭小芬抢着说："A、B 这两起案件的凶嫌，和 C、D、E、F 这四起案件的凶嫌，不是同一个人！"

这句话犹如电灯的开关，"啪"的一声，每个人都心头一亮。

蕾蓉说："我同意香茗的观点。思纱早就有了一个想法，觉得这一系列案件中，除了 A 是分尸之外，剩下的五起虽然都出现了割乳，但 C、D、E、F 案件的现场既表现出凶手的残忍和疯狂，也暴露了他在反侦查方面的无知，和陈丹案件中那种'理性的疯狂'根本不是一码事。在A案的分尸袋中发现尸体缺少一条大腿之后，A和B可以并案了，而C、D、E、F非常像另一个凶手实施的连续犯罪行为。但是，这一推论缺乏明确的证据。"

"直接证据是没有的，但通过行为科学的分析，可以使我们像在黑暗中戴上了夜视仪，窥知事情的真相。"林香茗道，"我现在就来对A、B案件的凶手和C、D、E、F案件的凶手，分别进行一个最初级的剖绘。"

会议室里的所有人都集中起了精神，仿佛看到舞台上的幕布徐徐拉开。

"暴力犯罪可以分为两种：一种人事先对罪行实施有着详细的规划，头脑冷静，做事有条理，称之为'有组织力罪犯'；另一种人与前者正好相反，行事莽撞，缺乏起码的自控力，想到什么就干什么，不按常理出牌，这种人叫'无组织力罪犯'。"林香茗说，"两者之间区别非常明显：有组织力罪犯通常拥有较高智商，能言善辩，他们对被害人经过刻意的挑选，不惜花费大量的时间来寻找合适的目标，绝不'滥杀无辜'。因此如果仔细分析，被害人往往具备某些共同的特征；而无组织力罪犯在对被害人的选择上，没有任何逻辑可言，碰上谁就是谁，对被害人的人格毫无概念，也没有任何兴趣，只想早点儿把对方杀掉了事。概括说，尽管都属于变态杀人犯，但有组织力罪犯往往是为了目的而杀戮，而无组织力罪犯完全是为了杀戮而杀戮。"

林香茗停了一停，接着说："由此可知，在有组织力罪犯的心中，充斥着各种幻想或'仪式'，作案后对现场处理得非常'整洁'，尽量不留下任何线索或证据，如果留下什么，一定是幻想或'仪式'的重要组成部分；而无组织力罪犯都是仓促作案，事先没有规划，事后也无从妥善处理以逃避警方侦查，现场往往是一团凌乱，凶手的指纹和足迹随处可见，给警方提供大量的线索和证据。"

林香茗接着说："还有，在性行为上，二者也有巨大的差别。对于有组织力罪犯而言，强奸是事先计划好的犯罪情节，是通过使受害人产生某种反应，如恐惧、哭叫、曲意迎合等，来满足自己控制欲的一种手段，所以在次序上一定是先奸后杀，否则就会丧失乐趣；而无组织力罪犯遇到受害人的时候，往往会趁对方不备之际，以'闪电战'的方式进行偷袭，一击毙命，至少是让受害人完全丧失知觉之后，再实施性凌虐，在次序上往往是先杀后奸，换言之，他们即便是想性交，也大多是和死尸或奄奄一息的人'搞'。"

这些知识，专案组的成员们大多很少了解，因此觉得新奇，都瞪圆了眼睛认真地听。

"那么，我们来尝试着对制造A、B案件的一号凶嫌和制造C、D、E、F案件的二号凶嫌进行比较，能得出什么样的结论呢？"林香茗一双眼睛炯炯放光，"一号凶嫌，无论是割乳还是分尸，对犯罪现场的处理都相当干净，使我们的取证相当困难，他也遗留了火柴盒，但目的是提示警方他还要连续犯罪；而二号凶嫌，在犯罪现场留下了凶器以及大量的指纹、足迹，尽管他连续作案，却没有留下任何提示物。一号凶嫌把陈丹禁锢在地下室里，割乳之后还给警方打电话，整个犯罪行动步步为营，有条不紊；二号凶嫌则每次都是在僻静地方用刀突袭受害人的要害部位。一号凶嫌是否对受害人进行过性凌虐，现在还不知道；二号凶嫌则几乎每次都是先杀后奸，第一次对柳杉犯罪时，还出现了体外射精这样典型的无组织力罪犯的特征。所有事实都指明一点，一号凶嫌是有组织力罪犯，而二号凶嫌是无组织力罪犯，他们绝对不可能是同一个人！"

对此杜建平有异议："难道不会是同一个凶手，为了扰乱警方的视线，故意做出两种行为吗？"

林香茗拿起一支笔，在纸上签了个名，然后把纸推到杜建平面前："杜处，请您在这张纸上签上我的名字，尽量模仿我的笔迹。"

杜建平皱着眉头，拿着笔摹写了半天，却总也不像。

"同样的道理。"林香茗平静地说，"行为反映个性。您摹写我的签名，可能某一笔很像，但每个字都像，是非常困难的事。犯罪比起签名要复杂得多，在这个过程中，想刻意改变自己的行为模式，混淆警方的视线，就如同让一只狼像狗一样把尾巴向上卷起，偶尔也许可以，不可能这么长的时间，这么多次犯罪，那条'狼尾巴'还不垂下来。"

"还有，从时间上推理，一号凶嫌和二号凶嫌也不可能是同一个人。"郭小芬说，"因为一号凶嫌作案在前，二号凶嫌作案在后。种种迹象表明，二号凶嫌暴露出的破绽比一号凶嫌多得多。如果说是二号凶嫌模仿一号凶嫌割乳犯罪，还说得过去；如果说是一号凶嫌突然刻意变成二号凶嫌的行为模式，从不在犯罪现场留下任何破绽，变成留下凶器和大量的指纹、足迹，他这不是找死吗？！"郭小芬说。

这个推理很精彩。

在大家钦佩的目光中，郭小芬扬起脸蛋，得意地笑着。

唯有呼延云耷拉着脑袋，垂着手坐在沙发上，仿佛又昏昏睡去。

可恶。郭小芬气愤地想：他根本就没在意我的推理。

专案组一致认定，系列命案的凶手为两个人，这就意味着侦办的思路和方向要做非常大的调整。

"当务之急，在于尽快决定先抓捕这两个凶嫌中的哪一个。"许瑞龙说，"一号还是二号？"

林香茗沉思片刻，说："从长远看，一号凶嫌可能更危险，因为他的犯罪水准和反侦查能力明显比二号凶嫌要高得多，但是从行为科学的角度分析，模仿犯往往比被模仿犯的社会危害性更大。这是因为，被模仿犯大多是有组织力罪犯，就像一号凶嫌，这样的罪犯目标明确、计划周详，按照术语来说就是有一定的'犯罪节奏'，他既要实施罪行又要避免被警察抓捕，所以谨慎小心，不会轻易出击，一旦达到目的，就会让犯罪行为停止或休眠。而模仿犯不一样，他们大多是无组织力罪犯，就像二号凶嫌，智商、情商都很低，是一群凭着兽性本能乱砍滥杀的嗜血狂，杀人没有明确目的，唯一能让他们终止犯罪的方法就是把他们缉捕或击毙。单单从眼下看，二号凶嫌的破坏性明显大于一号凶嫌，在很短的时间里他已经连续杀死四人。所以，我认为，我们应该把重点放在抓捕二号凶嫌上——"

话音未落，就被李三多打断了："那一号凶嫌咋办，留着他继续祸害社会？"

"我只说重点抓捕二号凶嫌，没有说对一号凶嫌放任自流。"林香茗神态自若地说，"我们这个专案组已经集结了市局最精悍的力量，必须承担起同时缉捕这两个凶嫌的责任。"

此言一出，每个人的心头都感到沉甸甸的，尤其是杜建平，过去他的专案组一直对付一个凶手，就已经精疲力竭，师老无功，现在要在短时间内抓捕两个凶手，谈何容易。

难,林香茗又何尝不知道,但他是个极深沉的人,于是很自信地分派起了工作:"当前的重中之重,是必须遏制住二号凶嫌的犯罪意图。无组织力罪犯一般都只在居住地附近作案,而且胆小敏感,所以——"

他用手指在地图上一划:"杜处和林科长,你们的工作是把布警监控的范围缩小在学苑桥附近的区域,声势越大越好,居委会戴红箍的大爷大妈、各个单位的保安,不分昼夜地轮班巡查,同时加强对可疑人员的排查,这样形成强大的震慑力,使二号凶嫌在短期内不敢轻举妄动。"

想到这和前一段时间自己主抓的工作有一定的延续性,杜建平很痛快地答应了,他的老部下林凤冲自然也没有问题。

"思缈,由于二号凶嫌的作案次数多,犯罪现场留下的证据也比较多,有利于你在鉴识中有所建树,所以你跟杜处他们一起,行吗?"林香茗问。

"无所谓,我跟着谁都行。"刘思缈说。

林香茗看了她一眼,接着布置:"蕾蓉,我认为,一号凶嫌目前留给我们的所有物证之中,最有意义的两个:一个是火柴盒,一个是那具被肢解的尸体,案件的突破口很可能从这二者上打开。所以我建议你下功夫,把火柴盒'剥皮抽髓',找到凶手疏漏掉的线索;给那具碎尸'穿衣洗澡',让她亲口告诉我们,凶手到底是谁!"

蕾蓉点了点头。

"郭小芬,你的工作是——"

"等一等。"林香茗刚说了不到半句,就被郭小芬打断了:"我加入专案组给你们帮帮忙,指点一二的,当然没问题,但是我毕竟是《法制时报》的记者,希望能够独立地开展调查……"

"这不行！"林香茗断然拒绝，"你一个人太危险。"

"所以，我要你给我派个搭档。"郭小芬狡黠地笑了。

林香茗一愣，哪里还有什么人手可派？

莫非——

林香茗猜对了，郭小芬一指呆坐在沙发上的那个呼延云："你让他当我的搭档，负责保护我的安全！"

这就是纯粹的胡说八道了。傻子都看得出，别说当保镖，你现在让这个家伙能站直溜了，怕都是个奇迹。所以郭小芬这一举动出于什么意图，大家就都未免云里雾里。不过，林香茗让郭小芬和呼延云加入专案组，就是想让他们起到参谋作用，眼下任其"自由发挥"，是无可无不可的事情，于是点点头答应了。

"至于我自己。"林香茗说，"虽然这个案件我此前有所关注，但是现在，我想从头把相关案卷、资料仔细研读一遍，争取早点对两个凶嫌做出准确的个性剖绘，所以我先在局里'看家'，大家有什么情况，随时向我这里汇总，便于我及时向领导汇报。"

于是各赴"战场"。杜建平带着林凤冲、刘思缈去分局，谈布警监控的问题；蕾蓉拿着证物袋回法医鉴定中心，做进一步的检验；林香茗和两位领导则留在会议室里，研究案情。

郭小芬宛如刚刚升了官，不客气地给呼延云下命令："你，跟我走。"

呼延云站起来，摇摇晃晃地跟着她进了电梯。郭小芬摁下"1层"和"CLOSE"键，门正要合拢的时候，楼道里一个身穿警服的矮胖子冲上来就往里钻，只听"哐"的一声，被门狠狠地卡了一下，张口就骂："我操！"

郭小芬大怒："你骂谁呢？！"

"嘿！"矮胖子扒着门，本来就有点歪的嘴巴，撇得老高，

"见过捡垃圾的,没他妈见过捡骂的!"

郭小芬一瞄他的肩章,嘴茬子更刻薄了:"不过是个三级警司,你横什么?!"

"我就横,你能把老子怎么着!"矮胖子扒着门不松手,郭小芬也下不去,两个人就在电梯门口对峙着,你一言我一语地吵,惹得许多人都聚了过来看热闹。

在会议室的许瑞龙听见楼道里吵吵嚷嚷的,很不高兴地对秘书周瑾晨说:"去,看看怎么回事,菜市场开到办公楼里来了吗?越来越没规矩了!"

周瑾晨一溜小跑来到电梯间,一看,立刻喝道:"马笑中!你撒什么野?"

"哎哟,这不是周大秘书吗?"矮胖子立刻摘下那顶歪戴着的警帽,皮笑肉不笑地给周瑾晨鞠躬,"小的是乡下人,没进过城,不懂规矩,给您请安,给您赔罪……要不我给您磕一个,带响儿的?"

犹如风拂过水面,围观人群响起一片笑声。周瑾晨知道他是存心捣乱,要是和他纠缠下去,围观的人势必会越来越多,动静也会越来越大,到时候局长一句"这么点事情都摆不平",吃亏的还是自己。于是对郭小芬说:"郭记者,我有点事找您,您先从电梯上下来吧。"

这是要明白人给浑蛋腾地儿。郭小芬也知道和马笑中这号人掰扯不出个是非,就从电梯上下来了,呼延云跟在她身后。马笑中戴上警帽,大摇大摆地进了电梯,满脸都洋溢着胜利者的笑容。

电梯门关上,下去了。

周瑾晨亲自陪着郭小芬步行下楼,一边给她赔不是,一边解释："这个马笑中，是全市公安系统出了名儿的刺头儿，又浑又赖，入行好多年了，还在派出所里当片儿警。他们所长成天忙得四脚朝天，倒要拿出一半的精力用来摆平他惹的是非，一个头变成两个大。"

"一个片儿警，怎么会到市局来办事？"郭小芬很好奇。

"他前两天闯了个大祸。"周瑾晨哭笑不得地说，"一个精神病，拿着把西瓜刀，冲进幼儿园，劫持了一个班的孩子。警察赶到了，他是精神病人，又不能开枪击毙，想冲进屋子又怕混乱中伤到孩子。谈判专家也来了，好说歹说，一点儿用也没有，反而把他激怒了，对着警察破口大骂！马笑中生气了，开始回骂，祖宗十八代骂了一溜够，大概是从鸦片战争开始一直骂到'文化大革命'结束，总之中国近现代史上那点儿破事，都是精神病人的爸爸妈妈爷爷奶奶七大姑八大姨干的，两个钟头愣没骂重样儿。精神病人骂不过他，气得直吐白沫。可笑的是，这时候接近中午了，那些被劫持的小朋友饿了，看那精神病人隔着窗户，专心致志地和马笑中'论战'，就排着队出屋子吃饭去了。警察冲进去，把精神病人弄上警车，马笑中还追着车轱辘骂，终于大获全胜。"

郭小芬笑得肚皮疼："这是立功了啊，怎么叫闯祸呢？"

周瑾晨摇头叹气："也怪这小子骂得实在是太难听了，有个围观的拿手机录了视频，在网上发出去了。局长大发雷霆，要求严厉处置。这小子今天是来领处分来了，可你看他那副二百五的样子，不知道的还以为立功受奖了呢！"

到了一楼，郭小芬让周瑾晨留步，自己和呼延云走出大楼，刚来到被太阳晒得白花花的院子，就听见身后有人吹了个极响亮的口哨。

郭小芬回头一看，真个冤家路窄，竟是刚刚"别过"的马笑中。原来这姓马的有个嗜好，甭管打架骂街跳房子，只要胜利了，为庆祝兼纪念，必然要"来一泡"。他刚才大败郭小芬，自鸣得意之余，坐电梯下到一楼上了趟厕所，这工夫郭小芬和呼延云下了楼，自然就走在他的前面了。

"你又想干吗？"郭小芬瞪着他问。

"不干啥，看你牌儿靓，就管不住嘴了。"马笑中无耻地笑道。他把郭小芬上上下下打量了半天，突然皱起眉头来："我怎么觉得在哪里见过你？我想想啊……"

"不用想！咱们从来就没见过。刚才看了你一眼，现在我得赶紧回家上眼药去！"郭小芬不客气地说，拉着呼延云就走。

"站住！"马笑中的声音，突然变得异常严厉，"前几天，你是不是晚上去过椿树街果仁巷胡同？"

夜，灰色的楼，没有灯的楼道，落满灰尘的护栏，一步步走上顶层，四〇一，那个眼球凸出、行将就木的老太太……

还有四〇二，陈丹的家，手掌轻轻一用力，没有锁的门开了，从漆黑一团的房间里"呼"地刮出一股寒彻骨髓的阴风！

光天化日之下，郭小芬回忆起这些，倏地起了一身的鸡皮疙瘩："你怎么知道我去过？"

"好啊！我可算逮着你了！"马笑中凶相毕露，一把抓住她的手腕，疼得她大叫起来："你放开我，臭流氓！"

"我还流氓？"马笑中挽起袖子，胳膊上露出一块圆形的青黑色，"我是那里的管片儿民警，那天晚上正巡逻呢，看你跌跌撞撞地从胡同里跑出来，想问问你遇到什么困难，手刚刚搭在你肩膀上，嘿，就挨了你一电棍！"

郭小芬猛地想起来，是有这么回事，心里有点歉疚，嘴巴却很硬："大晚上的，我知道你是好人还是流氓？"

"那么晚了,你去果仁巷胡同做什么?"马笑中好奇地问。

"我为了一件案子,去找一个姓贾的,没有找到……"郭小芬不想和他多说,含糊其词,准备开溜。

"你要找的人是不是叫贾魁,"马笑中说,"他有个继女叫陈丹?"

郭小芬十分惊讶:"你认识陈丹?"

马笑中放开了攥住她腕子的手,神色凝重起来:"岂止认识……我正要去医院看望陈丹,你们和我一起去吗?"

二十分钟后,马笑中把他那辆警用普桑停在仁济医院的停车场上,郭小芬和呼延云下了车。三个人一起往医院里面走,只见许多穿着白大褂的医生、护士和面容憔悴的患者,在青灰色的门诊楼门口,来来往往地走动着。绕过去,便看见因为建筑年代较近,虽然也是青色,但没有门诊楼那么陈旧的住院部大楼了。

然而陈丹并没有住在这里。由于住院部大楼床位比较紧张,住院患者成分又非常复杂,所以市局跟医院做了工作,将她安置在旁边一栋小白楼的一层。小白楼本是提供给特护病人的,医疗设备很完备,难得的是非常清静,摄像头等安保设备也比较齐全。

有了摄像头,就没再安排保安。马笑中一行三人进了楼门,迎面一股浓重的来苏水味儿,走不出几步,便看见两扇对开的玻璃门。马笑中径直朝里面走,手刚要推右边那扇门,从旁边米黄色的值班护士台探出一张脸蛋:"别碰!"

郭小芬吓了一跳,一看,原来是个很标致的小护士,手里还拿着镜子和眼线笔,显然是在补妆。

马笑中朝那小护士眉毛一挑,咧嘴一笑:"哟,乔妹妹知道我要来,特意梳妆打扮呢?"

"见过不要脸的,没见过这么不要脸的。"乔护士轻蔑地说,"里边躺着的那个是你什么人啊?老相好?看你来得这叫一勤。"

"瞧瞧,这话说得,多让人寒心!"马笑中说,"吃醋可以,别拿醋浇我啊!"

"我呸!"乔护士唾道,"甭跟我耍贫嘴,看你那相好的去吧!右边那扇门坏了,别推啊,一推该倒了,摔碎了你又赔不起。"

马笑中笑嘻嘻地推开左边那扇门,带着郭小芬和呼延云走了进去。

楼道不长,洁白的地砖亮可鉴人,右边是化验室、B超室、心电图室,左边是ICU(重症监护室)以及标号为一〇八和一一〇的两个供患者住的病房,现在都空着。陈丹住的病房,在楼道尽头左手的一一二病房,一一二的对面是洗手间。

往一一二病房门口一站,马笑中就变了。

郭小芬确实是这么感觉的。站在一一二门口的马笑中,神情犹如铅一般沉重,与刚才那个流里流气的家伙判若两人。他轻轻地用粗糙的大手推开门,只见一个护士正伏在陈丹的病床前,给她拔掉注射点滴的针头。

时间已是下午,这间窗户朝东的病房有些昏暗。陈丹躺在病床上睡着了,面庞如雪,尽管眼睛闭着,长长的睫毛却时不时颤动一下,惹起人无限的爱怜。

病床左边床头柜上的长颈玻璃花瓶里插着一束花,右边床头柜上摆着一台小巧的CD机,苹果型的,特别可爱。

马笑中目不转睛地凝视着陈丹;郭小芬是第一次见陈丹,心中浮起一丝怜悯;呼延云只往里面瞟了一眼,就靠在楼道的墙上发呆。

护士一手拿着空的吊瓶,一手拎着输液管走了出来,对马笑中说:"你又来啦?"口气不无揶揄。

马笑中不好意思地嘿嘿笑了两声,然后压低了声音问:"于护士长,陈丹她怎么样了?"

"嗯,每次来都要问这个问题。"于护士长把吊瓶和输液管收好,摘下口罩,露出一张圆圆的脸庞。"她已经没有生命危险了,就是非常虚弱,需要静养。"

言外之意是责备马笑中的行为构成了"打扰静养",马笑中耷拉着脑袋不吭气。

"于护士长,"郭小芬问,"我看见花瓶里插着的花还很鲜艳,上午有人来探视过陈丹吗?"

"有啊。有个叫白天羽的大学生比马警官来得还勤,三天两头就要来看陈丹,花就是他带来的。"

"还有人来探视过吗?比如她同宿舍的同学——我在她宿舍里看见过那个苹果型的CD机。"

于护士长想了一想说:"你一说我想起来了,确实有一两个女生来探视过陈丹,带来了那台CD机,不过陈丹自己没法操作,我怕打扰她休息,很少放音乐给她听。此外,还有两个人来过:一个四十岁左右,很儒雅,据说是陈丹的班主任;还有一个也在四十岁左右,面孔黄黄的,头发稀疏,嘴巴尖尖,耳朵上有一撮黑毛,鬼鬼祟祟地摸到病房门口往里面看,被我发现了,让他在来宾登记簿签字,他只签了个'贾'字,就匆匆溜掉了。"

案子已经发生了一段时间,势必早就在学校里传开,同学、老师来探望陈丹,都是很正常的事,但是这个耳朵上有一撮黑毛的家伙是谁呢?郭小芬正在想,马笑中已经给出了答案:"这个人是贾魁,陈丹的继父,耳朵上那撮黑毛是他的标志。"

"可怜的姑娘,乳房被切掉一只不说,嘴里被灌入硫酸,双手的指骨也被全部掰断……凶手为什么要这样残忍地折磨她?"于护士长叹了口气说。

"哼!"

一声冷笑。

笑声是那样单纯,只包含了一种情绪——不屑。

于护士长、郭小芬和马笑中不约而同地将目光投在了呼延云的身上。那不屑的一笑还清晰地留在他的嘴角。

马笑中问:"你笑什么?"

"不过是一只鸡,玩儿大了,被褪了毛,何必大惊小怪?"呼延云歪着肩膀说。

马笑中的脸,仿佛"砰"地打着了火的灶台,一下子涨得通红!他一把抓住呼延云的脖领子:"你丫再说一遍我听听!"

呼延云眯着眼睛看了看他,然后慢慢地说:"我说,那不过是一只玩儿大了的鸡,根本不值得怜悯,所以你们也不用假惺惺的……"

马笑中抡起拳头就要揍他,郭小芬手疾眼快,一把拽住他的胳膊,于护士长也连拉带劝:"小马,不能吵到陈丹!"

这句话见了效。马笑中恶狠狠地瞪了呼延云一眼,转身往楼外走去。郭小芬去追他,呼延云整了整脖领子,慢吞吞地跟在后面。

马笑中走得极快,一眨眼就不见了踪影。郭小芬来到医院门口,正在张望,发现呼延云已经站在了身后,生气地说:"看也看得出来,马笑中很喜欢陈丹,你怎么能当他的面那样讲话?多伤人啊!"

这时,忽然听见几声又响亮又霸道的喇叭声,接着便看到了马路对面的白色普桑，以及坐在驾驶位置上狠狠地嘬着烟卷的马笑中。

上了车，三个人都沉默不语。马笑中那张被烟雾缭绕着的面孔仿佛沼气升腾的池塘，晦暗极了。很久，他才把烟头丢到车窗外面，一踩油门，车向西驶去。

要去哪里，郭小芬和呼延云都没有问。

车，停在了胡同口。

下车后，郭小芬觉得眼熟，但又有些茫然。已经是下午四点左右，夏天的阳光依旧有些刺眼，洒在胡同里，给路边那开裂了的青色条石、暗红色的砖墙、房顶上几蓬青里夹黄的衰草，都漂了一层病恹恹的白色。电线杆子歪得要倒似的，一个男孩子把皮筋的一头拴在上面，另一头套在自己的脚腕上，让一个穿着蓝白相间的校服的小姑娘"踩一踩二"地跳皮筋，影子随着脚步一起蹿动。

远处是一栋四层的灰楼，阳台上，枯萎的藤蔓，裂掉的花盆，生锈的晾衣钩……哦，这不就是果仁巷胡同吗？

郭小芬认出来了。

马笑中从上衣口袋里抽出一支烟，拿打火机"咔"地点燃，一面看那两个孩子跳皮筋，一面无声地抽烟。

天气毕竟有些热，没多久，两个孩子跳累了，收了皮筋，进了胡同口的小店。出来时，小姑娘手里拿着和路雪，男孩子叼着红豆沙。

"跟我小时候一样。"马笑中凄惨地一笑，"身上就带一块五，买根一块钱的塔糕给她，我自己吃五毛钱的大红果。"

"陈丹？"郭小芬小心翼翼地问。

"嗯。"马笑中点了点头。

男孩子和小姑娘回家去了，可马笑中还是怔怔地望着胡同许久，忽然自言自语起来："那么好的一个姑娘，后来怎么就变成那样了呢？真让人想不通啊！"

"陈丹？"郭小芬依旧问得小心翼翼。

"嗯。"马笑中说，"认识她那会儿，我上初中，她上小学，都住这附近，放了学老在一起玩。我是这一片有名的闹将，属于鞋底子抽坏三双也不好好学习那种。她妈妈不让她跟我在一块儿，她才不在乎，她知道我只是淘气，并不坏。那时候真好啊，见天盼着放学，放学了就往家奔，吃饭都没这么积极。远远地，总能看见胡同口有这么个小小的人在等我，然后就骑着个自行车，带她满世界转……其实我一直没觉得她多漂亮，等她上初中了，忽然有一天，发现她变漂亮了，特害怕，因为我知道我长得寒碜，可是她好像一直也不在乎……"

马笑中一边念叨着，一边朝灰楼走去。"她爸爸死得早。不知道她妈妈后来怎么把那个姓贾的带回了家，一看就是个人渣。陈丹上了初二之后，突然就和我疏远了，总躲着我。有一次我就在她家楼下截住她，问出了什么事，结果姓贾那孙子下楼给了我一大嘴巴，就把她带上了楼。那会儿我就发誓，早晚有一天，要把这个大嘴巴抽还给姓贾的王八蛋！"

推开四单元的楼门，三个人一起往楼上走。回忆起上次摸黑上楼吓得半死的情景，郭小芬不禁觉得有点好笑。

"陈丹的妈妈死得很突然，据说是滑倒了，脑袋撞在暖气片上。"越往上走，马笑中声音越低沉，"但我总觉得没这么简单，工作后我还调过案件卷宗，上面说是意外死亡，我没学过法医，看不出什么。妈妈死后，陈丹经常和一群流氓混在一起，成天叨个烟卷,大半夜参加群体斗殴,还被我们拘过。在派出所里,她蹲在墙角,看见我就叫哥,我一下子就想起站在胡同口等我的那个小小的人,眼泪差点儿没掉下来……"

马笑中的脚步放缓了,仿佛一些沉重的东西压在他那原本就又矮又胖的身子上,抬腿,很吃力。

"后来呢?"郭小芬问。

"后来……后来她总算考上了大学,我也参加工作了,就很少再得到她的消息了。"马笑中愣了一愣,突然狠狠甩了一下头,就像潜泳太久,浮到水面上来一样,然后换上一副满不在乎的神情,笑嘻嘻地说:"不提啦,我都快把这些事情忘光了。"

郭小芬没有说话,她的目光已经被楼道拐角处的一个小小的东西吸引住了:黄色的圆柱形,头端是裂开的玻璃片。这不就是我那个失手摔落的小手电筒吗?

抬起头,原来再上一层台阶,就到顶层了。

看见了四〇二的房门,土黄色,布满了裂纹;对面四〇一房门老旧的情形也差不多。这回,那个面容可怖的老太太不会再冒出来了吧?

冒出来我也不怕,我身边毕竟还站着两个人呢!

等来到四〇二房间的门口,郭小芬才惊讶地发现,自己的心就像被生生地摁在了冰河里,有一丝恐惧的悸动。当马笑中信手推开房门时,一股夹带着灰尘味道的气息扑面而来,令她身子一颤。

不是阴风,不是寒意,但……就是有一种无法言喻的异样。

"这屋子怎么不上锁啊?"她一面往里面走,一面装成很随意地一问。

"陈丹的妈妈死后,贾魁把这房子的产权转到了自己的名下,后来不知道为什么就不在这里住了,房子交给对面的老太太帮着出租,他偶尔回来收一趟租金。但是靠一个老太太坐等房客上门,毕竟不容易。时间一久,房子就空下来了,赶上小偷小摸的把门撬坏,就再也没有人来修这锁了。"马笑中解释道。

房子是两居室,南北各一间。厕所和厨房都在中间的过道上。地板、木板床和人造革沙发上都覆盖了厚厚一层土。别的就再也没有什么家具了。墙皮大都剥落了,墙角结着肮脏的蜘蛛网。阳台上除了几双坏掉的鞋和开裂的花盆,倚着墙还有一些黑灰色的软"棍子",仔细一看才发现是几棵早就烂掉的大葱。

马笑中手一指北边的小屋说:"陈丹当时住在这间屋子里,她妈妈也是死在这里,呶,就是那扇暖气片旁边。"

站在暖气片前,郭小芬再次感受到了那种无法言喻的异样。

就是这么一排冰冷的、锈迹斑斑、片与片之间充满着灰絮的东西,夺走了一个人的生命?时间流逝,血迹当然是不会再有了,但是看着看着,郭小芬分明感到:视线里泛起一片鲜艳而惨烈的红色。

"我听说,这屋子闹鬼?"她问。

"哪里有鬼!八成是陈丹有时晚上来这里哭她妈妈,街坊听到了就胡猜。"马笑中说。

哭声……萦绕在耳朵里,很凄切,也很清晰,就像那天夜晚曾经诱惑她推开房门的妖异,不断延长的手臂,宛如蟒蛇一般,将她一点点绞缠入怀抱,而她拼命挣扎,却始终无法解脱……

"不!"郭小芬突然大叫一声,把马笑中和呼延云都吓了一跳。她意识到了自己的失态,定定神说,"马笑中,你能不能把陈丹母亲当年意外死亡的卷宗给我找到,我想和专案组的各位高手们好好研究一下。"

"研究？"马笑中有点紧张，"难道那不是意外死亡？"

"对！"郭小芬坚定地说，"我感觉，这屋子里……真的有冤魂！"

第十章 人与兽

分局，档案室。

时间已经是晚上七点，宽敞的办公平台上灯火通明，却只有郭小芬、马笑中、呼延云三个人的身影。

一份厚厚的牛皮纸卷宗摆在了桌子上。和电影里常见的那种落满了灰尘的景象完全不同，眼前这份卷宗相当整洁干净。足以证明，公安系统对档案资料的管理和保存是相当规范的。

打开卷宗，现场照片、现场调查报告、审讯记录、死亡鉴定等资料，展示在了郭小芬的面前。

她一张一张认真地看。

"死者系自行滑倒后，后脑触暖气片，致颅骨骨折，颅内大出血死亡。"法医在死亡鉴定上是这样写的。

郭小芬心里叹息，一个人的生命凋亡，不过就这么一句话而已。

警方对贾魁的审讯记录，几乎可以用"无懈可击"四个字来形容。据他陈述，当天下班后他约了几个朋友去喝酒，回到家时，发现妻子坐靠在暖气片下，流了许多血，人已经咽气了。他没有破坏现场，立刻报警。

陈丹的陈述只有寥寥几句，当天晚上她不在家，到街上闲逛去了，回来后才知道母亲的死讯。

然后，就是那几张现场照片。闪光灯下，背景异乎寻常的惨白，死者坐在地上，背靠着暖气片，圆睁着一双死鱼似的青白的眼睛，歪着脖子，嘴角挂着暗红色的痕迹。暖气片上，一大摊鲜血淋漓着。

她的毫无生气的眼睛里，有一种狰狞的厉色。

左脚上穿着一只拖鞋，右脚则是光的，那只滑掉的拖鞋在脚尖的前方。照片下面还附着说明："鞋底在地板砖上留下的擦痕证明，死者系右脚滑出导致身体失控。"

还有一些照片，是室内的情形。陈丹的床上，被子叠得好好的，确实是没人睡过的样子，可以佐证陈丹所说的当晚不在家的证词。

"看出什么来了吗？"马笑中小声地问，紧张得眉毛直哆嗦。

郭小芬咬着嘴唇，缓缓地摇了摇头。

马笑中沉默半晌，才嘟囔出一句："也是，毕竟都这么多年了，不可能再……"

"一无所获。"郭小芬想。时间的尘埃真的可以把一切都掩埋掉啊！

说什么推理多么多么厉害，还不都是小说、电影中的虚构。

郭小芬心有不甘地重重将卷宗合上。眼前不禁浮现出躺在病床上的陈丹那不时翕动的睫毛。

痛心，而且无奈。

卷宗就要合拢的一瞬间，她听到一声轻轻的叹息。

是呼延云发出的，他一直手插着裤兜站在她后面。

郭小芬惊讶地回过头，呼延云伸出手，把卷宗重新掀开，用手指点了点其中一张现场照片上，那只滑出的右脚拖鞋。

郭小芬看了看照片，又看了看呼延云。

呼延云面无表情。

郭小芬站了起来，对马笑中说："你，扶我一把。"

马笑中蒙头蒙脑地，不知道她要干什么。

郭小芬把右脚的鞋脱下，趿拉着，然后身体向后倾倒，右脚一顺，把鞋滑了出去，马笑中连忙将她一把扶住。

然后，至少试验了十次以上。先开始郭小芬是"假摔"，后来是真的后仰倒下，把马笑中这堵"靠山"累得一头汗。

到最后一次，鞋几乎是踢出去的，碰到一条桌子腿，翻了个滚儿……

"好了，不用再试了！"郭小芬单腿蹦着把鞋够回来，穿上，"姓马的，看出问题来了吗？"

马笑中搔着后脑勺，一脸的困惑。

"滑出去的鞋，由于地板摩擦力的缘故，有可能出现一些角度上的偏差，但只要不碰到障碍物，在形态上永远是保持一致的，更何况报告上写得很明白，鞋底擦痕是连贯的，也就是说，鞋在滑出时没有跳起或抛出的现象。"郭小芬指了指照片，"这样一来，就绝对不会出现这张照片上的情况——鞋底冲上！"

马笑中惊讶地张大了嘴巴："那……会不会是贾魁在发现死者时碰的呢？"

郭小芬一愣，觉得他说得有道理，但对照片细看之下，又摇了摇头："你看，门在死者身体的左侧，即便贾魁进来发现死者，查看也好抢救也罢，都不需要绕到死者的右侧，不会碰到那只拖鞋。更何况审讯记录上，贾魁两次强调，他'没有破坏现场'。那么照片上的鞋底冲上，很可能是后来贾魁在伪造现场时，不小心碰翻的。"

马笑中有些激动："这么说，姓贾那王八蛋还是有问题？"

郭小芬没有回答，看了一眼呼延云，拿出手机拨通了一个号码。

电话通了。

"喂，我是郭小芬。"

"什么事？"

"据说你是犯罪现场的刑事鉴识专家，有个悬案，六年前的，有现场照片，说是意外死亡，我看了看，觉得有些可疑，却又拿不出更强有力的科学证据，你能不能看一下？"

"我没时间。"

"跟陈丹案件有关，她妈妈六年前意外死亡……"

"你把卷宗放回原位，我有时间去看。"

然后，那边电话就挂上了。

郭小芬有些生气："这个刘思缈，怎么总是这样！"

她刚刚要把手机放回口袋，却突然铃声大作，接通之后，听到的是林香茗那沉着中透露出一丝兴奋的声音："小郭，你等一下，蕾蓉要和你说话。"

"小郭，我是蕾蓉，我有个发现。那两个火柴盒上的印刷字迹不是都模糊了吗？我在实验室对国内火柴盒生产厂商的资料进行了类比，发现火柴盒可能属于'特供品'，即专门为某一客户生产的，这种特供品上的字迹大多不是印的，而是模压的，具备一定凹凸度。在纸张上写字，会在后面一页纸上留下微弱的压痕，静电压痕探测仪能使这些痕迹变得清晰可见，我就对其中一个火柴盒进行了探测，结果发现了一个标志：一个同心圆里有两个大写的'T'字。"

郭小芬吃了一惊："那不是天堂夜总会的标志吗？"

"是，这就是特供天堂夜总会的火柴，从一个侧面可以证明，凶手应该是个经常去这家夜总会娱乐的人,所以我和香茗想让你和呼延去一趟,了解一下这种火柴的使用人群、使用目的,看看能不能从中发现一些线索。"

郭小芬还没有回答,电话里传出了林香茗的声音:"小郭、杜处、林科、我和思纱都是经常跑案子的,天堂夜总会里的内保、Waiter恐怕天天拿着我们的照片往脑子里印,我们去了摸不到什么情况。所以只好拜托你们俩了,我要强调的只有一句话——千万注意安全!出现什么意外情况,随时和我联系。"

挂断电话,郭小芬神色凝重,KTV舞厅什么的倒是常去,但夜总会,她可从未涉足过。

"怎么了?"马笑中问。

"上边有任务,派我们暗访天堂夜总会……"郭小芬回答了半句,突然茅塞顿开,"你小子肯定老去那种地方吧?"

马笑中嗑着牙花子:"那是个有名的销金窝子,我一小警察,消费不起。不过,路数跟窑子应该差不多吧?"

郭小芬笑了起来:"就是个花哨点儿的大窑子。"

马笑中说:"那好办了,我道儿画得笔直。"

"哼,那你跟我们一起去,出了事儿你扛!"郭小芬说完又有点犹豫,"路有些远,不耽误你事情吧?"

"近赌远嫖嘛!"马笑中咧着大嘴乐道,"哥哥现在最大的事情,就是给小郭妹妹当一回护花使者!"

一道门,两个世界。

门,玄铁色的门,用霓虹灯装饰得流光溢彩,"TT"两个鲜红的字不停耸动,像毒蛇对天空吐着信子。

门的外面,是暗夜,路上的行人、自行车上的骑者、打车的小职员,像蚂蚁一样卑微地于沉默中涌动。

门的里面,迈进去,哪怕半步,立刻就——轰!音乐声和鼓点声犹如瀑布一般,席卷着迎头砸下,令人晕头转向。神志恍惚地沿着红色地毯步入 Disco 大厅,就像食物沿着食管被吞咽进了胃。震耳欲聋的声音,分不清是音乐还是人的嘶叫,在激光灯、摇头灯光芒的扫射下,所有人的脸上都鬼一样狰狞。自由升降式舞台的正中,一个丰乳肥臀的长发裸女,伸出长长的舌头,舔吮着那根银色的钢管,一手摸乳一手抚臀,胯部活塞般剧烈地前后耸动,玻璃舞池下迸射出妖异的光芒,舞池里无数的影子,一面痉挛一面伸出手,冲裸女张着嘴号叫,活像一群在抽水马桶里翻卷向下的秽物……

先是失聪,而后失明,只觉得感官被无数因绚而烂的东西咀嚼着,向前的每一步,都成了自我崩解的过程。

"你说什么?"郭小芬冲着马笑中大喊。

"啊?你说什么?"马笑中冲着郭小芬大喊。

两个人喊了半天,才知道对方其实什么都没有说,跌跌撞撞到了吧台。坐下,马上有 Waiter 上来问他们要什么,郭小芬刚说了半句"三瓶啤酒……"就被马笑中一把捂住嘴巴,对那 Waiter 说:"半打科罗娜。"

然后在她耳边说:"你是盘子啊?没听说夜总会点啤酒按瓶的!"

郭小芬有点不好意思:"我怕这里酒太贵……"

"这里一杯白水也要三十!"马笑中斜睨着她,把腿一伸:"想省钱甭来这儿,街边小摊儿,啤酒三块钱一扎,冒顶还带沫儿。"

一边喝着啤酒,一边看着吧台调酒师扭动腰肢,杂耍一般将五颜六色的酒瓶凌空抛掷，腾挪飞转，不由得眼花缭乱。檀木饰金的巨大欢喜佛构成DJ台后景，无论是毗那夜迦还是观世音化身的美女，坐姿交媾的表情都有着一种狰狞的兴奋，给人格外妖魅的感觉。

两个穿着低胸紧身装、超短裙，裹着黑色丝袜，散发出诱人肉香的小姐凑了上来，眼皮上贴着的金纸被镭光一照，像两只叫春的猫。

"帅哥，不请我们喝杯酒吗？"其中一个嘤咛道。

马笑中歪着嘴问道："白喝？"

"当然不啦！"那小姐笑着伸出纤纤食指，在他微微隆起的裤裆上画了一个圆圈，"喝完酒、推油、BODY MASSAGE、双飞……看帅哥中意哪种啦，出场也可以，不过要灌单的哦……"

"中意？"马笑中大笑，"我最中意的是百家乐和大满贯，可惜里子太薄，弟弟没劲，消受不起二位。"

两个小姐一看郭小芬，似乎明白了什么，笑得更淫靡了："原来帅哥自带酒水啊，那我们就不打扰了。"说完双双翩然而去。

艳福难享，眼福却可以大饱。马笑中看着花枝招展的小姐们在大厅里莺回燕转，酒喝得非常惬意，边打嗝边飞哨，一副老行子的架势。

瞧见他这副色眯眯的样儿，郭小芬打心里腻味，转头一看呼延云，又不由得愣住了。

出于本能，所有人——无论是跳舞的、站立的还是坐着的，无不伴随着音乐和鼓点，共振着肢体的某个部分。唯独他，唯独这个呼延云，就那么冷若冰霜地静坐，一口口啜着啤酒，钢一样且冷且硬，不受任何诱惑，和整个夜总会的人都大异其趣。尤其令人不解的是，他的目光像是一把冰冷而锋利的解剖刀，无情地划过在舞场中肆虐着的每一具肉体，终于化为嘴角一丝极度蔑视的冷笑。

这个怪物！郭小芬想。

趁着这个当儿，她仔仔细细地观察着舞厅的每一台酒桌，每一只手，每一张吞云吐雾的嘴巴，甚至每一柱仿佛烟火的光芒，但没有看到任何火柴盒的形迹。

"走，跟我下场子去！"马笑中抓住郭小芬的手，就要拉她下舞池。

郭小芬毫不客气，一把甩开："你喝多了吧？"

马笑中嘿嘿嘿地笑，他是借酒"发情"，半打啤酒，郭小芬喝了一瓶，他只喝了两瓶，呼延云倒是闷声不响地喝了三瓶，于是又点了半打。谁想不过片刻，呼延云又咕嘟嘟三瓶下肚，双眼迷离着要去小解。

"你陪他去。"郭小芬对马笑中说。

马笑中很不情愿地跟着呼延云往洗手间走。呼延云一路跟跄，经过包厢区时，稀里糊涂推开厚厚一道门，入眼是一个脸孔尖瘦、头发稀疏的男人半裸着下身，有个穿着橘红色OL套装的长发女郎跪在他两腿之间，一下一下地点着头。还没弄明白是怎么回事，那男人大怒，一个烟灰缸就砸了过来！多亏身后的马笑中，一把将呼延云拽了出来："我靠！你丫惹大麻烦了！没看见门上封着包吗？"

门重重地关上，门把上挂着一条毛巾。

包厢门上挂毛巾，行话叫封包，表示里面正在行事，绝对禁止打扰！如果打扰，有个说法叫"掰棒子"，另一种观点是这三个字应该写成"掰蚌子"，总之是强行断春的意思，在风月场所是大忌！

呼延云还懵懂着:"我……我要上洗手间。"

这个时候,那包厢的门"呼"地拉开了,脸孔尖瘦的男子提着裤子走了出来,凸出的眼珠子简直要爆裂一般:"操你妈的,是哪个王八蛋敢坏老子的好事?"

马笑中暗暗叫苦,这种事,按照道儿上的规矩,剁手都是轻的。谁知那男子只和他对视了一秒,转身就跑!

警察的本能,马笑中拔腿就追!在群魔狂舞的Disco大厅里,很快就都消失了踪影。

呼延云本来就迷糊,这时也管不了许多,扶着墙找到洗手间解完了手,晃悠着回到大厅。看了看依旧High得高潮迭起的那一群,拣了个空着的座位就瘫了下来,也不去找郭小芬了。

这时,卡座那边出事了。

王军被高秘书从市局里领出来之后,先找了个骨科医院把被刘思纱卸掉的膀子扶正,然后满世界找"撒火"的地方,就来到了大堂夜总会。他是常客,也是贵客,所以夜总会老总——道上绰号"大疤"的董豹,在人满为患的大厅里,特地为他切出一个卡座,亲自陪他喝酒。

酒岂无花?可惜这天不巧,超A级和A级的小姐都已经满活儿了,竟抽不出一朵,B级的小姐大多是飞台的,为防她们钓客,董豹不肯用,跟几位妈咪一商量,只好把刚刚进来的几个还正在培训中的小姐临时调来充场。

其中最美的一个叫娟子,虽然涂脂抹粉,艳若霞蔚,但是毕竟还是个雏儿,紧张得眉毛直哆嗦,一个劲地闪躲王军的猥亵。王军的手在她双腿之间越插越深,她却越并越紧,把王军的火一下子拱起来了:"操!洗个手都他妈不痛快!"

董豹面无表情地说:"跟王哥赔不是。"

"对不起……王哥!"

"对不起就完啦?"王军指指她的乳房,"来个鸡胸堡给哥吃。"

娟子咬紧牙,慢慢地摇了摇头。

董豹抬了抬眼皮:"妈咪没教你?"

娟子一下子站了起来:"董哥……当初我来的时候说好的,我只出素台!"

"操!"话音未落,王军一脚把她踹倒在了沙发上。

董豹挥了一下手,Waiter知道这是要照规矩行事,端着盘子上来了,上面十个椭圆形的马儿樽,都是盛得满满的龙舌兰酒。

"喝。"董豹指着酒杯说。

娟子拿起一杯,金黄色的液体在灯光的扫耀下,闪烁着烈性的光芒,她一闭眼一仰脖,把一杯酒喝了下去!

从嘴到喉咙,顿时像火烧一样,痛苦得她捂着脖子不住地咳嗽。

"喝。"董豹说。

第二杯酒下肚,娟子实在是忍受不了龙舌兰酒的辛辣了,用手掩口的当儿,伸出舌头在指缝间舔了一下。

喝龙舌兰酒,照习惯,是一杯下肚后,舔一口涂在虎口上的盐,再嚼一口柠檬,以冲淡酒的烈性。但是客人戏耍小姐,常常逼其喝"无料酒",小姐为了对付,便琢磨出个花招,出场前把手在极浓的盐水中洗过一遍,这样即便是不刻意涂盐,只消舔一下手就能让口舌好过一些。

这套把戏,王军岂能不知道,抢起粗糙的巴掌,给了娟子一个大耳光,鲜血顿时渗出了她的嘴角。"臭婊子,敢撬面儿?好,我让你丫撅！你丫撅！"说着打开盐罐，把盐往她流血的伤口上撒，疼得她嗷嗷大叫，挣扎中咬了王军的手一口。

王军大怒，一个耳光接着一个耳光，扇得娟子两边脸顿时肿了起来，从嘴里往外喷血，喷到最后竟吐出一颗牙来。她拼命挣扎，摔倒在地上，在酒桌下面乱爬，王军用皮靴踩她的腿，踹她的后腰，她一面爬一面大哭，嘴里还呜噜呜噜地不断喊着："妈妈，妈妈……"

场景极其凄惨，然而围观的人们一阵阵地大笑，还有鼓掌的。

音乐仿佛骤然提高了八度，鼓点也更急促了，不远处，一些俊男靓女疯狂地摇摆着脑袋和屁股……

"王哥您消消气，消消气……"带娟子的妈咪上来拉着王军的胳膊苦苦哀求，"都怪我没调教好，芬妮已经丢了，您得给我留棵摇钱树不是？董哥，您也帮我说说话……"

董豹冷笑一声："王哥飙了，就让他败败火吧。"

有了董豹这话，王军更加肆无忌惮了，一把揪住娟子的头发，抡圆了朝她脸上狠狠地扇……

但是这回，一只铁钳似的手，将他的腕子死死地钉在了半空！

然后，他打了个哆嗦。

王军真的害怕了，因为面对他的这个人，火燎一样蓬乱的头发下，一双眼睛放射出仇恨的光芒——刻骨的仇恨！

夜总会里，为了小姐磕锛是常事，头破血流，闹出人命也不稀罕。但眼前这个家伙，无论衣着、气质都完全不像是道上的人物，甚至可以说，他和这花团锦簇的夜总会格格不入。王军定了定神，恶狠狠地说："你丫他妈哪条道儿上的？敢替她拔份儿？"

"我哪条道儿上的也不是！"呼延云一个字一个字地说。

不是道儿上的，居然公然和道儿上的头面人物叫板！围观的人都目瞪口呆,然而也就是两秒钟的事情,一个酒瓶就"啪"地砸在了呼延云的头顶上!

玻璃碴子、酒、鲜血,顺着呼延云的额头就哗啦啦地流淌下来,呼延云眼前一黑,倒在了地上。

"操!"董豹攥着剩下那半拉酒瓶,狞笑道,"小兔崽子也敢到这里来耍横儿,给我打!"

一声令下,夜总会的内保们像鬣狗一样围着呼延云拳打脚踢,疼得呼延云抱着脑袋在地上打滚。

坐在吧台的郭小芬从呼延云挺身而出开始,就看见了他的一举一动,见他被暴揍,冲上来连拉带扯:"不要打人!不要打人!"然而她只被那些膀大腰圆的内保们一搡,就倒退出老远,然后又冲了回来。

也就是因为她的出现,王军一下子就认出来了,她和呼延云,正是昨天晚上抓他的那些人中的两员。

他的眼里顿时冒出一股杀气!对着董豹,中指和大拇指一捻,董豹会意,铁一样硬冷的声音:"狠狠打!让他有出的没进的!"

这是要内保们下杀手。一个内保抬起皮靴,对准呼延云的心窝就要做致命一踹!

"停!"竟是王军叫了暂停!

内保们都愣住了,齐刷刷看着王军,才看到,一片锋利的玻璃片,准准地压在了他的颈动脉上!

接着,从他的身后,露出了一个矮胖子得意的笑脸。

"朋友!"王军喘着粗气,"想出这道门,就别让我出血。"

"你丫,哪儿的?"董豹问。

马笑中掏出警官证在他眼前一晃。

"操！"董豹骂道,"小小一个警司,敢跑我们这儿龇屁！"

马笑中不慌不忙地把警官证塞好,拎起一瓶酒,猛地抢起,狠狠地砸向董豹的脑门！

董豹哪里料到这个矮胖子会突然发狠,躲闪不及,只听"啪啦啦"一声巨响,董豹捂着满脸鲜血的脑袋躺在地上嗷嗷地惨叫！

"豹哥！豹哥"的呼叫声顿时乱成一团。

郭小芬知道,马笑中是在给呼延云报仇。

内保们想去打马笑中,又不敢。黑道上有所谓三不惹,头一个就是条子。万一混乱之下杀了警察,那整条道儿上都不得消停了。

"我让你操！操啊！你妈了个屁的,敢跟老子撒野！"马笑中骂着董豹,另一只手上的玻璃片可是一刻也没离开过王军的颈动脉分毫。

王军知道这是个心狠手黑的主儿,所以一动也不敢动。

"你！"马笑中指了指郭小芬,"扶着那个大侠,先走！"

郭小芬扶起呼延云离开了夜总会。

"朋友,可以撤火了吧?"王军对马笑中说。

"少他妈的废话！"马笑中喊道:"拿酒来！"一个Waiter连忙端上一瓶Baileys,马笑中冷笑一声:"糊弄娘们儿呢！换Vodka。"

王军心里一沉。

酒拿来了。马笑中从王军的头顶往下浇,然后掏出ZIPPO,"啪"地打着,点了根儿烟,叼着烟,用ZIPPO的火苗在王军耳垂上一扫,"滋啦"一声,吓得王军一激灵。

马笑中笑了:"走。"

王军为了不被烤全羊，乖乖地在他前面走。

出了夜总会大门，马笑中突然听见有人叫他的名字。一看，原来是郭小芬打了辆出租车，正等他。

马笑中照王军屁股狠狠一脚，把他踹趴在地上，蹿上车，司机立刻把车开走了。

"你们还不走？等我做什么！"马笑中责备郭小芬。

"废话，怎么能扔下你不管！"郭小芬说，"司机，赶快去附近的医院，我们这儿有个人需要包扎伤口。"

在医院，医生给呼延云的脑袋上裹了一层又一层的纱布。

"你干吗去了？"郭小芬在诊室外面问马笑中，"让你陪呼延云上洗手间，你倒好，把他一个人扔下，你看看他惹的这祸！"

"我追人去了。"马笑中使劲嘬了两口烟。

"追谁去了？"郭小芬问。

马笑中沉默了一下，才恶狠狠地吐出两个字："贾魁！"

"啊？"郭小芬非常惊讶，"他在天堂夜总会？"

马笑中把事情的经过讲了一遍，然后说："呼延云这小子误闯封包，倒是立了个大功，我在整个夜总会都没有发现火柴盒，却在贾魁所在的那个包厢的桌子上看见了，虽然只一瞬，但我敢肯定，绝对是同一个火柴盒。"

郭小芬低头沉思，马笑中突然叫了一声"坏了"，把她吓了一跳："又怎么啦？"

"我不是拍了董豹一酒瓶子吗？咱们把呼延云送到离夜总会最近的医院来包扎，董豹那些小弟一定也会把他往这里送啊。"说完，他跳起来就往电梯间跑，刚到拐角，隐约听到一片"慢点抬豹哥"的叫喊声，连忙回来，和郭小芬一起，搀扶着刚刚包扎完的呼延云出了诊室，正慌不择路，一个俏丽的身影闪了过来："跟我走！"

正是刚刚被呼延云搭救过的娟子。

顺着步行梯下了楼，已近子夜，街道漆黑，如泼墨一般。

"我常来这家医院看病，你们一出夜总会，我就打车跟着你们。"娟子指着呼延云问，"他……没事吧？"

声音发颤。

呼延云本来就喝了不少酒，又被酒瓶砸了脑袋，现在处于半昏迷状态。郭小芬说："他没事。倒是你一身的伤……赶紧进医院诊治一下，然后回家休息吧。"

娟子一听，眼睛里顿时泪光莹莹："我……我没有家。"

一时间，几个人都陷入了沉默。

片刻，郭小芬突然想起了什么："有种火柴盒，一个同心圆里有两个大写的'T'字，是你们天堂夜总会专用的吗？"

娟子点了点头。

"做什么用的？"郭小芬追问，"我在Disco大厅里没看到啊。"

娟子说："那是在包厢用的，客人要玩冰火九重天，点酒精炉加热茶水的时候使用。"

郭小芬一愣："什么是冰火九重天？"

娟子不再说话。郭小芬料想是不便深讲的事，便和马笑中一起扶着呼延云打了个车，与她告别了。

"他怎么办？"在车上，马笑中指着呼延云问道："你知道他住哪儿？"

郭小芬摇了摇头："看他这样子，连句话都说不全了，先让他到我家住一晚上吧，你另外打个车回家。"

马笑中吹了个口哨:"这小子,好艳福!"

"你说什么?"郭小芬瞪圆了眼睛。

"我说,他这顿打挨得值!"马笑中哈哈大笑起来。

进了家门,摸黑开了灯,把一团烂泥似的呼延云放倒在床上,郭小芬长长地吁了一口气。她看着这个四仰八叉的家伙,突然觉得他好古怪好矛盾:似乎很聪明,可是又笨到在夜总会里公开拔份儿,挨了顿臭揍;看望陈丹时,说"那不过是一只玩儿大了的鸡",恶毒入骨,可是刚才又为了一个素不相识的小姐挺身而出,险些把命搭上……

他的嘴角,还挂着一些挨打时吐出的污物。郭小芬把毛巾浸在热水里泡了泡,然后拿毛巾轻轻地将他的嘴角擦净。

突然,她看到呼延云紧闭着的眼睛里,慢慢地沁出了泪水。

醉鬼轻轻地抓住了郭小芬的手腕,嘴里不停地念叨着什么,听了半天,竟是翻来覆去的一句话:"我不是疯子,不是疯子……"

郭小芬把他的手放下,怔怔地看着他,然后关上灯,却继续坐在他身边,于黑暗中发着呆,一时间心事浩茫。

远处写字楼顶的霓虹灯,闪着扑朔迷离的光芒。

很久很久,她才在沙发上坐下,也许是太疲累的缘故,脑袋一偏就睡着了。

他。

躺在床上的他,眼皮偶尔一动,于是沉重的天花板在倏忽的一视中,变成了淹没他的海水,他如浮尸一般起起沉沉,渐渐地陷入了彻底的大黑暗……

"呼延云,呼延云!"

有人一面叫他的名字,一面敲着什么。

在半梦半醒的状态中,他茫然地抬起头,发现自己正坐在高中课堂里,语文老师用指头敲着他的课桌:"叫你回答问题,怎么傻呆呆的不说话?又溜号了吧?想什么呢!"

满教室的哄笑声。

窗外,阴沉沉的,密云不雨。

他才转过味儿来,想把平摊在桌子上的本子掩起来,可是已经晚了,老师一把抢了过来。

"我就知道,你又在写小说,又在想那些稀奇古怪的事情!"老师把本子拿在手里,"下课去我办公室!"

下课了。敲门,走进年级组办公室。

办公室里,聚集着所有的老师,脸一律冲着他,可惜面容都是模糊的,像贴上了一层厚厚的玻璃纸。

每次都是这样,为了对付他一个,几乎要倾巢出动,犹嫌兵力不足。

"为什么你总是写这些阴暗面?!"年级组长扬着他的本子,不停地在半空甩动,"什么被城管逼疯了的修鞋女人,什么在商场门口拉二胡的瞎乞丐,什么用跳楼自杀来索要拖欠工资的民工,什么拒绝拆迁而被殴打的老头……"

他冷冷地说:"我只写我看到的。"

"那只能说明,你的视线是偏激的、狭隘的!"年级组长瞪圆了眼,"我们周围充满了温暖和光明,你怎么就统统没有看到!"

他放声大笑起来!

于是老师们的脸孔都扭曲、变形,仿佛是被天堂夜总会的满天星扫耀过一般。

然而，一切一切，都在他那狂放不羁的笑声中消失了。

学校，五层实验楼，外舷梯，最上面一层。

晚风，撩拨着一个俊美少年的头发。

肤如凝脂，红唇贝齿，两道柳叶眉下是一双晶莹如洗、顾盼神飞的眼睛。多年以后呼延云看动画片《千与千寻》，才发现他好像千寻的男友小白。

"香茗！"呼延云大声叫道。

"哎！"林香茗一笑，"你上来吧！"一面说，一面不自觉地用手轻轻梳理着鬓角那一丝被风拂乱的长发。

呼延云上了去，两个朋友坐在台子上，望着浸在晚霞里的那一泓斜阳，很久很久。

"怎么了？"林香茗问。

"还不是老一套，把我当成异端！"呼延云冷笑道，"一群帮凶！"

"帮凶？"林香茗一愣。

"帮凶！"呼延云断然重复，又缓慢而深沉地续道，"帮着杀人，或者帮着阉割……"

"也许，你想多了……"林香茗说。

呼延云看着他，慢慢地摇了摇头。

林香茗刚刚转学过来那会儿，和呼延云同桌，整日沉默寡言，后来有个同学打听到，他的父母离婚了，跟着奶奶过，便欺负他。

呼延云听说了，放学之后，把那个男生狠狠揍了一顿。

"你是什么脏东西，也配欺负香茗！"呼延云揪着他的脖领子，"今后再敢，揍死你！"

"脏东西"滚蛋了，呼延云转身要回家，才发现不远处，林香茗羞怯地看着他。

从此,他俩便成了形影不离的好朋友。整所学校都在用最肮脏的语言描绘他俩的关系,但他俩不屑一辩,君子由来便是鹤,他俩的友情是那样的真挚和纯洁,何必跟那些"阉人"浪费唾沫星子!

"阉人"这个词,来自呼延云在全校大会上的讲演。

铁青色的大幕下,演讲的一个接着一个,神情都萎靡不振,口里满是歌颂、感激、赞美、宣誓……

轮到他了,跳上台,开口便是:"学校,只培养出两种人——死人或阉人。"

台下顿时骚动起来,一双双耷拉的眉眼都撑了开来,放射出毒毒的目光。

他才不在乎,因为他讲的是事实。沉重的课业负担、僵化的教育体制,学生们早就被家长、老师以及整个社会捆缚进了蚕室,一刀阉掉灵魂上的阳具,从此除了吃饭、睡觉、做功课,就是扑克、台球、游戏厅,即便偶尔感到两腿之间有点空虚,只要叼起烟卷,那些空虚就与烟雾一并缭绕到九霄云外去了。

中学如此,上了大学,也一样。

随便扒着某个教室的后窗往里面看,映入眼帘的都大同小异:一群无法再矫正的弯曲脊梁,托着一个个半张着嘴的脑袋,痴呆一般听着老师们一成不变的训示,神态和晚清以来那些皇城根下的遗民没什么两样。中午就蛆一样集体蠕动到食堂,留下一片狼藉,碎馒头、剩米饭、肉末儿、菜叶子,一起漂浮在泔水缸里——谁知道在其间倾倒了多少嚼得无味的麻木灵魂。

抽烟、喝酒、滥交、吸毒、打群架……打输了像猪一样嚎,打赢了像狼一样嗥。

"我们总得做点什么啊。"一天，呼延云对林香茗说，"这样下去，死的人越来越多了。"

于是办起了个杂志，内容就是：怎样不被人杀，而又决不杀人；怎样不被阉割，而又决不把同类缚住手脚，吊起双足，抬到特制的木炕上，借此邀功请赏。

保命和保住生殖器，是这个时代最热门的两个话题。一时间对杂志的好评如潮，宛如死水微澜。

系主任专门找呼延云谈话，翻来覆去只有一句："做人，最重要的是安分守己。"

最后，他实在没的说了，对一直沉默的呼延云说："你，表个态吧。"

"但丁的《神曲》，您读过没有？"呼延云平静地问。

系主任愣住了。

"里面有这么一句话：人不能像走兽一样活着，应该追求知识和美德。"呼延云说，"安分守己固然重要，但如果不追求知识和美德，那只配做走兽，谈不上做人。"

系主任发出一阵阵冷笑。

时光如梭，马上要大学毕业了，办杂志的同仁都未免成熟起来，不愿再活在梦里，于是经费和人手都日渐其少，终于偃旗息鼓。

原本就走在布满荆棘的道路上，需要彼此搀扶，现在，同路的人越来越少，他不禁感到举步维艰。

屡战屡败，呼延云听懂了一首名叫《江湖行》的歌：

> 见过许多我这样的年轻人，
> 走啊走啊停下来那么伤心，

这个曾是他们想要改变的世界，
成了他们不可缺的一部分。

他感到前所未有的抑郁：莫非我最终也逃脱不了被这个世界同化的命运吗？

学校注意到他的情绪反常，通知他体检。

进了医务室，才发现偌大的房间里只有一个穿着白大褂的医生。

他在医生面前坐下。

医生扒着他的眼皮看了半天，突然问："听说，你总看到杀人？"

他一愣。

见他没有回答，医生接着问："你还有其他幻觉吗？"

幻觉？

见他还是没有回答，医生掏出一个小瓶子，里面装满了白色的药片："一天三次，每次两片……"

"然后呢？"呼延云问。

"然后你就不会再有幻觉了，不会再为了幻觉而痛苦了。"医生很有信心地说。

拿着药瓶出来，他呆呆地站在校园里。

有一个曾经一起办杂志的同仁，现在搂着一个女孩子，笑逐颜开地走了过来，看见他，像躲避瘟疫一样走开。

"怎么啦？"那个女孩子问她的男朋友。

"你还不知道？全校都传开了，他精神有问题，学校已经专门请医生来给他诊治了。"声音远远地飘了过来。

头顶阳光灿烂，晃得他眯起眼睛。

"难道我二十年来所见的杀人,仅仅是幻象?"他想着自己是何等愚蠢,何等虚妄,咧着嘴傻笑起来。

那瓶药,他开始按时、按量地吃。

同班同学李芷清,被学生会主席强奸后,从楼上坠落,死了。

把李芷清的骨灰安置到墓地那天,呼延云也去了,吃药的缘故,傻呆呆的。

大学四年,他和这个同学没什么交往,只记得她是个相貌清秀、很老实的女生,脑子有点慢,平时不爱说话,总躲在教室的角落里,默默地看书。她很小的时候,父亲就患尿毒症去世了,母女俩相依为命,日子过得很苦。

淫雨霏霏,李芷清的母亲哭得几次昏厥过去。

不知为什么,呼延云脑海里突然浮起一幕情景。有一天,李芷清突然来找自己,眼圈黑黑的:"你……你会破案?"

"没有,我只是比较喜欢看推理小说。"

"有个案子,你能不能帮我破破?"她的声音很低,"我……我很害怕。"

呼延云很吃惊,详细一问,才知道她的书包、课桌里平白多了许多纸钱,圆形的,中间挖着方孔。

"我看书里说,路上踩到这个都会让鬼缠上,死掉的,更别说是……"她说的时候,身子微微发抖。

呼延云看了纸钱一眼,径直找到班里的团支部书记,把纸钱"啪"地拍在他面前:"为了争一个就业名额,把人往死里整?"

"你凭什么说是我干的?"团支书正气凛然地说。

呼延云冷笑一声:"纸钱上的大拇指和食指拿捏的印痕显示,这是右手捏纸,左手持剪子剪出的东西。一个人,做什么都可以左右手交换使用,唯独剪东西,必须按平时的习惯,才能操作完成。全班就你一个左撇子。你要不承认,我这里还有磁性刷,可以检测纸钱上的指纹——料想你办这个事的时候,不会戴手套。"

团支书愣住了,半响,悻悻地转身就走,呼延云厉声说:"别放着人不做,做鬼!"

呼延云把真相告诉李芷清,她吁了一口气,笑了:"那太好了,我妈妈身体不好,要吃许多药,每天上学前,我都得把药片给她分好,中午吃的,下午吃的……"说着说着她神情黯然起来,"我不能死的,我死了,我妈妈就没人管了。"

从墓地回到学校,就听说学生会那一群俊男靓女,信誓旦旦地替主席作保,是李芷清主动勾引的他,为了要挟才自杀的。而且,"也是受害者"的学生会主席动用了家里的关系,加上校领导的庇护,竟然无事。

呼延云有点发蒙。

一个人,一个女孩子,死了,就这么……完了?

他感到很冷,坐在座位上,浑身发抖。

团支书走了过来,关心道:"你是不是没吃药啊?赶快吃吧!"

说着还特地给他打来一杯水。

旋开瓶盖,倒出两片小药片,白色的,掌心里。

"我不能死的,我死了,我妈妈就没人管了。"

耳畔突然响起李芷清的话。

他大喊起来:"李芷清不是自杀的!绝对不是!她是被那个王八蛋推下楼的!"

团支书吓了一跳:"你……你快点把药吃了吧。"

他把药摔在地上。"我没有病!你给我滚!"然后对着同学们说:"有血性的,跟我走!替李芷清申冤去!"

没有人回答，都远远地和他拉开距离，形成一个扇形。怕他的疯癫，又想看他怎样疯癫。

呼延云沉痛极了，指着李芷清的课桌："这个地方，不久前，还坐着一个活生生的姑娘，她和我们朝夕相处了整整四年啊！你们怎么能这样冷漠和麻木！"

"死了就死了呗，人都是要死的。"一个同学面无表情地说。

他看着他们，一个，一个地扫过，还有，地上那两片药。

"你——们——这——些——凶——手！"

他轻蔑地说。

他一个人，走过长长的、黑暗的楼道，手里拎着条棍子。

进了教室，他把那个曾经被评为"感动市民公德人物""市志愿者先进个人"的学生会主席一脚踹倒在地，然后抡起棍子痛打，无论学生会主席怎么哀号，他也不停止，一时间鲜血四溅。

外面围聚的看客们，看着他血红的眼睛，不约而同地大喊起来："疯子！疯子！"

结果，在毕业的前一周，疯子被学校开除了。

从前这个书痴一读就是一夜，书房的灯常常亮彻通宵。但是那天晚上，林香茗来看望他时，发现窗户是黑的，门一推即开，接着就看到了坐在窗台上的他。

他把自己沉浸在融融的月光里，从侧面看，仿佛一尊冰雕。

"有一游魂，化为长蛇，口有毒牙，不以啮人，自啮其身，终以殒颠……"

他在喃喃些什么啊？林香茗不清楚。但是看他头发蓬乱、目光如裂，知道他心中是何等的煎熬。

"抉心自食，欲知本味，创痛酷烈，本味何能知……"

"呼延……"林香茗听他念得格外凄怆，不禁在黑暗中毛骨悚然,"你……你可别吓我。"

"我没有疯,他们杀人。"呼延云慢慢昂起头,面上浮着青白的光芒,"他们让我吃药,他们污蔑我发疯,其实是怕我碍着他们的手脚,他们还要杀人,还要杀人……"

沉默良久,林香茗才说:"我来是告诉你……我要走了。"

呼延云怔住了:"去哪里啊,你要?"

林香茗说:"我在警官大学拿不到毕业证,所以要去美国留学,美国的行为科学非常发达,我想学会怎样读懂心灵……"

"对一群已经根本就没有心灵的行尸走肉,你学到的又能有什么用呢?"他悲愤地说。

林香茗走的那天,呼延云去送他,两个朋友,坐在候机大厅里,居然整整沉默了一个小时。

"前往纽约的乘客,请在登机口排队办理登机手续。"候机大厅里,突然回荡起声音。

"我要走了。"林香茗的声音有些沙哑。

呼延云身子一震,仿佛从梦中惊醒。

"你走吧!不要再回来了!绝对不要再回来了!"他对林香茗大声说完这句斩钉截铁的话,转身就走。

林香茗呆呆地望着他的背影。

他看不到,呼延云满脸的泪水……

林香茗走后,呼延云感到分外的孤独。被开除的大学生,工作不好找,他就在报社、杂志社打工,几年时间换了许多地方,所见的,无非是更多的阉割和死亡。

疲惫时,他经常独自站在大桥上,看着桥下那神情麻木的一群,于熙熙攘攘中无可奈何地涌动着,像从下水管道排出的一汩汩黑色腐臭的污水。

"他们是将死,还是已死呢?"他想,"他们想过这些问题吗?"

仰头,都市。上空,流云。

少年时代的慷慨激昂越来越少了,取而代之的,是周而复始的绝望。绝望是一种最痛苦的折磨,所以他掉头发,神经痛,整夜整夜地失眠。睡不着觉,就瞪圆了眼睛,凝视着头顶的黑暗,看长夜怎样把自己一点点消磨净尽……

看了太多的死亡,而又尽力不使双眼蒙上荫翳,所收获的,除了无穷无尽的痛苦之外,就是一项特殊的才能——无论多么复杂、离奇、凶残的杀戮,他也能一眼就看破真相。

曾经,青梅竹马的好朋友蕾蓉,把那些最难侦破,最没有头绪的案件的卷宗拿给他看。

而他,片刻即解。

别人感到震惊,而他只无限悲凉。每一次侦破成功,就其本质,都是杀戮越来越多,越来越频,才成就了他那所谓的天才推理能力。

杀人者,充溢于周围;而他,只有一个人。这样下去,他知道,他早已成为大黑暗的死敌。

他甚至清楚地看到黑夜中渐渐逼近他的,无数刀锋林立般白森森的牙齿。

他已经被鬼魅包围。他听说吸血鬼的牙是有毒的,凡被咬者,一定会化为新的厉鬼——更加凶残和可怖的厉鬼!

这是比死亡更加可怕的事情!

他无路可走,所以长啸、狂歌,像魏晋那些自我放逐于竹林中的人们一样,试图用癫狂的行径掩盖自己还活着的真相,但是有什么用呢?那些鬼魅,还是扑将上来,用尖利的牙齿咬住了他的咽喉,撕开了皮肉,拼命啜吸他滚烫的热血……

疼醒了。

他睁开眼,黑暗。

头像要裂开。

躺了许久,半梦半醒,浑浑噩噩……

他坐起来,渐渐地,眼睛适应了浓重的黑暗。

他看到了坐在沙发上沉睡着的郭小芬,看清了她雪白的腿,还有丰满的胸脯,在呼吸间诱人地起伏着。一种原始的欲望,一种基于黑夜的本能,在他身体里涌动起来。

旁边,电脑桌上,有些亮得耀眼的东西,看清楚了,是一把锋利的水果刀。

他狞笑起来。

他从床上站起,抓起那把水果刀,用舌头舔了一下刀刃,冰凉。

慢慢地,偏过头,墙上,挂着一面镜子。

他盯着那面镜子。

镜子里面,清晰地映出了一张野兽的脸。

第十一章 浴血

王军和天堂夜总会的人一起把董豹送到医院,刚刚包扎完毕,就接到侯林立的电话,说是徐总要找他"谈谈"。心里不由得一阵发毛,匆匆赶到徐诚在内城的私邸——贰号公馆,发现停车场上并排停着一溜豪车,仅仅看车牌号,就知道市里房地产界一等一的豪门都聚集在这里了。

走进公馆,古色古香的云石灯把用佛家典故做浮雕墙面的大厅照得有些迷离。迎面几个人走了过来,都是各位老总的司机或保镖,平时喝酒、赌博、泡夜场都混在一起的,最是相熟不过,此刻一个个面色凝重,虽然都叫"王哥",但声音压得很低,仿佛是把一块块石头咽下了喉咙。王军故作镇静地捏了捏其中一个的肩膀,坐电梯上了二楼。

公馆二楼的会议室,黄花梨大门关闭得严丝合缝,听不到里面一丝声响。侯林立正在门外低头踱着步子。王军有些惊讶,公司上下都知道,自己和侯林立是徐诚的文武两条臂膀,自己在外面负责打打杀杀也就罢了,侯林立在内部出谋划策,一向被徐诚视为可共机密的人,怎么现在也只能在会场外徘徊?

"老侯,里边商量什么,连你都不让进?"王军很紧张,也很好奇。

"你没看报纸吗?上面发文了,严禁捂盘惜售。今天市里的几大房地产公司都遭到停止销售半年以上的处罚，无一漏网，所以聚到这里开会，从下午一直开到现在，想找高秘书透透风，可是他傍晚才过来……"侯林立神色冷漠地说。此刻的他，全无在莱特小镇应付林香茗时的卑躬屈膝，蜡黄的脸上像蒙着厚厚一层桑麻纸。"你也是，这个时候还不停地闯祸，惹徐总心烦。"

你他妈装什么孝子贤孙！王军心里腻味得像吃了死苍蝇，可又不敢得罪这个阴沉的家伙。徐诚拿侯林立当谋士，拿自己却只当一条会叫会咬的狗。况且他也知道，昨天晚上在莱特小镇袭警被捕，虽然徐诚拜托高秘书出面把自己捞了出来，但也可以证明他对此事的重视。原以为出来会挨一顿臭骂，谁知徐诚忙得没有时间见自己，偏偏刚才在天堂夜总会的那一番冲突，中间又牵涉到警察，这样连着番儿地捅娄子，他能轻饶了自己吗？

"老侯，我闯的祸，徐总什么态度，你给透个风呗。"他低声下气地说。

侯林立还没说话，会议室的大门突然开了，从门里涌出的不仅是一群大腹便便、红光满面的富豪，还有一股浓重得呛人的烟气。被众人拥着走在正中间的是高秘书，他身边的徐诚朗声大笑："那么，我们今晚都可以睡个踏实觉了？"

在电梯前，高秘书扶了扶金丝眼镜："徐总您可以放心，不过最近一定要低调些，特别是在接受媒体采访时……"

"老弟，放心，我心里有数。"徐诚说，"甘愿受罚，甘愿受罚！"

其他的开发商们也都应和着一片"甘愿受罚"的哄笑声，仿佛是看完了马戏后，心甘如饴地散场。

老总们上了电梯，徐诚看着门关上，显示器上的数字"2"变成了"1"，依然站立着，嘴保持着咧开的形状。

"徐总，看得出，不是个事儿了。"侯林立笑得很媚。

徐诚点了点头："高明，上面真的是高明！"

"哦？"侯林立显得很讶异。

"小侯，你说咱们捂盘惜售的目的是什么？"徐诚问。

"这个……"侯林立嘻嘻笑着，"尽量延迟，拖得越久，房价涨得才越高啊。"

"那么，上面给咱们的处罚又是什么？"徐诚问。

"停止销售半年以上……啊！我明白了！"侯林立恍然大悟，"敢情上面是帮着咱们捂盘呢！"

"对啊，我本来想捂三个月的盘，到时候再想办法拖一拖，结果上面一下子'罚'我半年不许销售，你说高明不高明？"徐诚大笑起来，"小高把窗户纸一捅破，等于给我们吃了定心丸。那帮穷鬼和记者们肯定以为我这回倒了大霉呢，让他们高兴去吧！什么叫玩弄于股掌之上？就是玩弄他们，他们还得为被玩弄而鼓掌！哈哈哈哈！"

侯林立赔着笑。

这时，徐诚头一偏，发现垂立在墙角的王军，笑声戛然而止，向着会议室走去。

侯林立和王军跟在后面。

会议室有个套间，徐诚走进去，坐在沙发上，闭起了眼睛。

沙发旁的立灯，把淡蓝色的光芒照在他那张扁扁的、皮肤粗糙的方脸上：巨大的眼袋、稀疏的眉毛、宽大的嘴巴，还有发泡石一样鼓鼓囊囊的鼻子，一切都像被浸泡在福尔马林溶液中，显得有些恐怖。

侯林立面无表情地侍立在他的身边。

房间里，静得只能听见红木落地自鸣钟的嘀嗒声。

王军耷拉着脑袋站在徐诚面前。徐诚闭着眼一言不发,足有三分钟,可王军觉得有仨小时那么长,他清楚地感到额头上沁出了汗水,仿佛是等着枪决,行刑队却迟迟不肯开枪一样。

"呵呵呵呵呵……"突然,徐诚的喉咙里发出了夜猫子一般的怪笑,声音越来越大,逐渐变成"哈哈哈哈哈",一边笑一边指着王军,仿佛是戳破了什么,然后一挺腰,从沙发上站起,大步走出了会议室,笑声却久久地回荡在套间里。

"我,我……"王军吓得浑身哆嗦,像一只发现自己已经无路可逃的田鼠。

侯林立看着他,摇了摇头,也走了出去。

王军呆呆地站了很久,脑海里忽然浮现出前不久发生的一幕,也是晚上,也是在这里,也是徐诚坐在沙发上,侯林立站在他身旁。

"那个女人有点儿烦……"徐诚说了这么一句。

"我马上去办。"当时,自己毫不犹豫地说。

徐诚顿时狂笑起来,一面笑一面指着他,不住地点着头:"呵呵呵呵呵……哈哈哈哈哈!"

那天晚上的立灯,灯光也是蓝幽幽的,在徐诚的笑声里一颤一颤的,仿佛坟地上的磷火。

现在,他为什么又指着我笑……我被警察盯上了,尽管他让高秘书把我保了出来,但谁知道他真正的用意是什么?我给他做了这么久的司机和保镖,我给他做了那么多的事,是不是我像那个女人一样,让他觉得"有点儿烦"了?

这么想着,他踉踉跄跄地离开了贰号公馆。

天气本来就热,他开车居然忘了开空调,等到了自己所居住的"花藤园"小区,才觉得后背一片黏湿。

"妈的!"他咬咬牙,再这么下去,不用别人动手,自己就把自己吓死了。他定了定神,往楼门口走,刚刚从裤兜里把门禁卡拿出,突然发现树后面闪出一个影子,他将皮带扣上藏着的手刺"嚓啦"一声拔了出来。那影子被唬得一愣,倒退了三步,传来一个沙哑的嗓音:"王哥,是我!"

小区的路灯照出了一个脸孔尖瘦,耳朵上有一撮黑毛的家伙。

"贾魁?你怎么来了?"王军愣住了。这个贾魁是做毒品生意的,自己刚刚从部队复员来到这座城市时,曾经跟他一起倒腾过白粉,后来仗着能打会杀,被徐诚收入门下,便很少来往了。偶尔见到,也是在夜总会里,只知道他依旧做着老本行,贩毒的钱都用来买春,这在黑话上叫"出痘儿",意思是跟天花一样,入的靠毒,出的是"花",两下一抵,他也就始终是个做不大的"老混子"。

"王哥……"贾魁低声下气地叫着。尽管他年龄比王军大得多,但道儿上有道儿上的规矩,自从王军跟了徐诚,地位早就比自己高得多了,所以不能不叫哥。"我好像被条子盯上了,想跟您借一笔钱,先找个地方躲躲。"

"怪了。"王军斜眼看着他,"你他妈的坐地拉屎,凭啥让我给你轰苍蝇?"

"您看,我那闺女,您不是也睡过吗?"贾魁赔着笑脸,"说来,您还得算我半个女婿不是?"

"放你妈的狗屁!"王军一口痰唾在他脸上,"你他妈也配和我攀亲?"

贾魁任由脸上那口痰往下淌,连擦都不擦,眼睛里划过一道极其歹毒的光芒:"那您就别怪我多嘴了,芬妮……"

话还没说完,他的脖领子就被王军一把抓住,勒得他喘不上气来。"王哥,我开个玩笑,我开个玩笑……"

王军狞笑着龇出白森森的牙齿,像要把他生吞活剥:"贾魁,你他妈的敢在背后搞我的鬼?!"

"我没搞鬼啊,我什么都不知道……"贾魁不住地哀求着,"您看我都一把年纪了,也蹦跶不了几天了,跟您借点钱,就是想买把镐头,找个没人的地方,刨个坑儿把自个儿埋了。"

王军慢慢松开了手,贾魁一边咳嗽一边恐惧地看着他。王军眯着眼睛说:"好吧,看在老交情的份儿上,我给你一笔钱。你给我滚得越远越好!"

"是是是!"见王军有拿钱封口的意思,贾魁很高兴,"那,钱……"

"钱,我现在没有。"王军果断地说,"我凑笔现金给你,你等我的消息。"

虽然有些失望,但是想想刚才差点儿被他卡死的一幕,贾魁觉得还是走为上策,所以一溜烟跑掉了。

王军望着他的背影,有点儿后悔放走了他,不如把他哄到个没人的地方,一刀结果了来得干脆。不过,反正他也要找自己来拿钱,到时候再下手也来得及。

贾魁回到家——这个家并不是位于椿树街果仁巷胡同的灰楼四〇二房间,而是他在碓子楼租的一套房子。这里总说要拆迁,但政府和居民谈不拢价格,所以一直又拖着没拆,由于不稳定的缘故,租金很便宜,附近的六里屯、洗马河一带都是烟花繁盛的地方,正利于他"做生意",所以他早就搬到这里住了。进了房门,上了锁,没有开灯,他点上一根烟,坐在黑暗里,一口一口狠狠地嘬着。想起夜总会里撞见马笑中,刚才被王军卡住脖子这一连串的事，不禁心有余悸。王军那笔钱，拿吧，保不齐要送掉一条老命，不拿吧，一想就心痒痒。还有马笑中，当年自己一个大嘴巴就能把那小子打得顺着嘴角淌血，现在可不是他的对手。他警校毕业后，据说一直在查陈丹她妈妈那起案子，摆明了是要和自己过不去——这也正是自己从椿树街搬到碓子楼的原因之一。

"那个……还是毁掉的好。"想到这里，他把烟掐灭，走到床边，掀起床板，把一包东西拿了出来，看了又看。方方正正的，硬邦邦的，想一下子烧掉，还真不是件容易的事。况且自己现在手头又没有打火机，从天堂夜总会里拿的那几盒火柴，又都用光了……

"算了，再留一个晚上吧，明天一定要销毁它！"他这么想着，扣上床板，躺在床上翻来覆去就是睡不着，总觉得自己像被吊在半空中似的，迷迷糊糊地，直到天蒙蒙亮，才想明白吊着自己的绳子是哪一道——那个女的，真的把所有东西都给我了吗？

"妈的！"他坐起身，愤愤地骂着。

还是得去一趟，不然放心不下。

下楼，打车，到了华文大学。他顺着墙根儿溜到女生宿舍楼的附近，像一只老猫蹲在一丛灌木后面，瞄着楼门口。

不一会儿，她走了出来，独自一人，往食堂那边走去。贾魁远远地跟着她，看她进了食堂，就又缩到树后。约莫一刻钟，她吃完饭出来了，慢慢踱进了小花园，一面消化食儿，一面想着心事。

好吧，就是现在！贾魁刚要上前，只见假山石的后面突然飘出一个身影，先他一步拦住了那个女生。

虽然这个半路杀出的"程咬金"也是个女子,但是仅仅从她那冷若冰霜的表情就可以感觉出这绝对不是个善茬儿。贾魁飞快地转过身,沿着一条岔道溜掉了。

"你好,我们见过面,我叫刘思缈,市局的。我想和你谈谈。"

女生惊慌地看着她,在她眼里看出了一种不容分说的严厉,虽然很不情愿,也只好点了点头,跟着她坐在了一张长椅上。

从被杜建平招进专案组开始,刘思缈便决心要在这个连环变态杀人案中和林香茗一决高下,看看谁能先一步抓住罪犯。作为一位优秀的刑事鉴识专家,她一直认为:只有脚踏实地地在犯罪现场取证,依靠扎实的人证和物证,才能顺藤摸瓜抓住罪犯。行为剖绘这种推测罪犯心理的玩意儿,玄玄乎乎的,在刑侦工作中,充其量只能算是干冰制造的云雾,给舞台增加点气氛罢了,根本唱不了主角。至于那个呼延云以及他的什么推理能力,更是看小说看坏了脑子的明证,亏得林香茗还煞有其事地把他介绍进专案组来,简直太儿戏了!

但是现在,林香茗成了专案组组长,又分配她去和杜建平、林凤冲一起布置警力,防止二号凶嫌再次犯罪,这在她看来纯粹是个力气活儿。当时虽然接受了,但心里是非常不满的。所以,昨天她虽然去分局忙了一天,但脑子里一直在"走私",把整个案子反反复复地思考了几遍,并没有什么新发现。

沮丧之时,突然想起老师李昌钰告诫过的一句话:"当案件的侦破陷入僵局,与其指望发现新的线索,不如想想有没有疏漏旧的东西。"

于是她想起:刚刚接手这一案件时,她和林香茗、郭小芬曾经一起到华文大学的女生宿舍里,向室长习宁和另外一个叫孙悦的女生查问过陈丹的生活起居。有两件怪事引起了他们的注意,一个是陈丹床上的大布娃娃,胸口被挖了一个大窟窿;另一个是陈丹的抽屉虽然上了锁,但打开后里面居然空无一物。但是由于"割乳命案"不断发生,把警方的视线引向"外线",这两件明显有"内因"的怪事就被搁置到一旁了。现在,"割乳命案"是由两个不同凶嫌犯下的可能性被林香茗论证成立后,这两件怪事就有被重新审视的必要了。

疏漏的又岂止是这两件怪事,还有一个人。

就是身边这个有些肥胖的女生。

"你叫程翠翠吧?当时在宿舍里,你一直非常害怕,没有说话,所以我们也就一直在跟习宁和孙悦说话,没有问你任何问题。你不可能什么都不知道吧?"

程翠翠不停地揪着自己的衣角。

刘思缈盯着她的眼睛:"你紧张什么?"

虽然是七月,可是早晨并不太热,况且这张长椅被一片茂密的绿荫覆盖着,但程翠翠一张圆脸上沁出了汗珠,仿佛是一只刚刚洗完的白瓷盘子。

程翠翠低着头不说话,刘思缈也不再问。沉默往往是一种无形的、随着时间的推移不断增大的压力。

得找准时机。

太阳在天空悄然攀升,树影也随之挪移,当热辣辣的阳光直射到程翠翠眼角的一刹那,刘思缈突然厉声说:"你把它烧掉了?!"

程翠翠像被灼伤般一哆嗦,做出了两种本能的反应:闪躲着阳光,也逃避似的说了一句——"没有!"

"那你把它交给谁了？"刘思缈步步紧逼，"说！"

"我，我……"程翠翠反应过来，一下子从椅子上站起，愤怒而惊惶地甩着胖脸："你凭什么这样问我？我什么都不知道！"

"晚了。"刘思缈冷笑一声，"你问我凭什么问你？因为你无论是把东西烧了、藏起来了，还是交给什么别的人了，我都可以认为你涉嫌包庇公安部督办的一号大案的犯罪分子。你还是大学生吧，卷进这个大案里，你的学历、前程可就全都没了。我只给你半分钟考虑的时间，讲出来，我可以帮你洗脱罪名；如果半分钟之后还不讲，那么我只能说对不起了。"

"你凭什么认为是我把……那东西收走了？"程翠翠结结巴巴地问。

刘思缈看了看她，又低头看了看手表，一言不发。

程翠翠盯着刘思缈手腕上的那块表，秒针一下一下沉稳地跳动着，透露出一种讽刺意味。

"我……你不能……"程翠翠的脸涨得通红。

时间到了，刘思缈平静地站了起来。

一瞬间，程翠翠的心理防线垮了，她拉住刘思缈的胳膊，苦苦哀求着："我说，我说还不行吗？"

刘思缈摇了摇头："我说话算话，半分钟的时间已经过了。"

"我说，我都告诉你，陈丹出事的前一天，她的继父找到我，让我把她抽屉里的所有东西都给拿出来。我以前跟陈丹关系不好，怕她写日记骂我，就配了一把她抽屉的钥匙，所以才……"程翠翠一连串说了出来。

配陈丹抽屉的钥匙，目的分明是窥人隐私，刘思缈却懒得拆穿她。

那天在宿舍里，郭小芬把锁着的抽屉拉开，发现里面是空的，林香茗立刻问孙悦抽屉里的东西的去向时，刘思缈敏锐地发现，畏缩在墙角的程翠翠下意识地把手插到了裤兜里，并传出非常轻微的金属磕碰声。正是这个动作，让刘思缈怀疑她用配或偷的钥匙取走了抽屉里的东西。

"你给陈丹继父的东西中，就有她的日记，对吗？"

程翠翠点点头。

"日记里都写什么了？"

"我每次都是趁她不在，匆匆翻翻，看不大明白。大约就是记跟谁谁又好上了之类的，还有，她总在咒骂一个男人，骂得非常恶毒。"

"这个人是谁？"

程翠翠支吾了半天，才说，"她在咒骂的时候，总是说要给死去的妈妈报仇。"

这只要稍微一动脑子，就能想明白咒骂的对象是谁。刘思缈顿时变了脸色："那你怎么还能把日记给她继父！"

程翠翠耷拉着脑袋不住地哀求："是我错了，他给我一大笔钱，是我错了……"

"陈丹的大布娃娃的胸口那个窟窿，也是你挖的？"刘思缈问。

程翠翠带着哭腔说："是我挖的……她在宿舍总炫耀她身材好，胸大，我就来气，就用刀把那个布娃娃的胸挖了一块儿。"

刘思缈看看她那从脸到小腿差不多一般粗的煤气罐身材，又看看她瘪瘪的胸脯，叹了口气："你还有什么要说的没有？没有，就先回宿舍吧。"

程翠翠一时不敢相信，就这么便宜把她放了，还站在原地不动窝。

刘思缈挥挥手，打发她走了。

陈丹出事前，她的继父匆匆取走了她的日记，目的只有一个，日记里有些东西必须掩藏，不能让它随着警方的搜索大白于天下。

雪白的阳光从树叶间洒到地上，像一片流泻的白沙。刘思缈沉思着如何才能聚沙成堆：陈丹的继父疑点越来越大，必须马上找到他。

对了，昨天晚上，郭小芬打过一个电话给我，提到了六年前陈丹妈妈的意外死亡。

她很不情愿地拨了郭小芬的手机。

居然是关机。

都几点了，她怎么还不开机？

刘思缈站起身，突然看见不远处，一个儒雅的男子望着她微笑，正是陈丹的班主任吴佳："刘警官，好久不见，您怎么来学校了？"

刘思缈冷冷地说："有点事情。"

"我刚才好像看见我们班的程翠翠从花园里走出来了，您是在找她谈话吗？"

"哦，是，她拿走了陈丹的一些东西。"

"什么东西啊？"

刘思缈不想多说，话题一转："陈丹出事到现在，她的父亲来过学校没有？"

"没有。我们打电话把事情告诉她继父，但对方匆匆就把电话挂了。"吴佳说，"案件还没进展吗？前两天我带着几个学生还去医院看过陈丹，不知道她什么时候才能恢复语言能力，指证真凶……"

刘思缈还没说话,手机响了,接通一听,声音陌生,有点痞气:"我叫马笑中,是郭小芬的男朋友。她叫我今早电话通知你,让你到分局来一趟,咱们在档案室碰面,有事儿,你快点儿过来!"

然后电话就"咔"的一声挂断了。

这口气,这态度,比城管催小商小贩缴管理费还要蛮横,真是岂有此理!刘思缈被气得七窍生烟,表面上却不动声色,跟吴佳说了声"再见",转身离开。脚步越来越快,准备到分局,好好跟郭小芬以及她"男朋友"算账!

一进分局档案室,只见一个矮胖子正坐在桌子上,冲一帮围着他坐的警察们吹牛:"那孙子对着几十个打手说'给我上'!话音还没落,我一酒瓶子砸在丫天灵盖上,就听'哗啦'一声,当时丫就鲜血直流。然后我以万夫不当之勇在天堂夜总会里杀了个七进七出!到最后,除了我之外,就没有两条腿站着的了,我才大摇大摆地走了出来……"

那帮警察一个个嘴巴半张着,目光里充满了崇拜,活像王胡听阿 Q 讲怎样杀革命党。

听声音就是这人。于是刘思缈站到他身后:"你叫马笑中?"

马笑中一回头,舌头登时伸了出来,眼睛都不会眨巴了:乖乖,这个妞儿比郭小芬漂亮一百倍都不止!

"你是郭小芬的男朋友?"刘思缈问。

马笑中咽了两口唾沫,才能正常发音,嬉皮笑脸地说:"嘿嘿,暂时的,暂时的……"

"我就是刚才你打电话找的人,郭小芬不是有事,派你来差遣我的吗?我来了,她人呢?"刘思缈越说越来气,嘴茬子像刚在磨刀石上开过刃似的,"拿破仑说男人六点起床,女人七点起床,笨蛋八点起床——她在家给你孵蛋呢?"

话是损透了。谁知马笑中自封为郭小芬的男朋友,"孵蛋"二字在他听来,不但不以为忤,反而一个劲儿地点头:"她是起晚了一点,让我先来这儿等你……"

"你少胡扯!"档案室门口传来一声怒喝,正是姗姗来迟的郭小芬。

马笑中立刻迎上前去。"都怪我,不该这么早说出去。"然后朝那几个警察挥挥手,"都散了吧!"警察们一面往外走一面朝他挤眼睛,一副心知肚明的样子。

"都给我站住!"郭小芬气急败坏地把大家拦住,指着马笑中说,"这个人,根本不是我男朋友。"

"对对对,我不是她男朋友,出去别乱说啊!"马笑中将警察们请出档案室,转身一脸坏笑。

"呸!"郭小芬狠狠地啐他,"我男朋友在上海,你少动歪心眼!"

"我看你们俩倒挺般配的。"刘思鄹冷冷地说。

"谁是郭小芬?"从门外走进一个四十多岁的警官,瘦高个子,半闭着眼睛,由于脖子向后扬得过分,显得喉结特别大,活像是扳机。

"您就是司马凉警官吧?"郭小芬走上前去,伸出手,"昨天晚上是我给您打的电话。"

司马凉却没有和她握手,依然背着手问道:"谁让你们查档案的?"

郭小芬见他毫无善意,把陈丹母亲一案的卷宗在他面前一拍,不客气地说:"当年的这起案件是你负责的吧?我们认为死者不是意外死亡，而是被谋杀的。"

司马凉扫了一眼那卷宗："不错，是我负责的，不过，死因是什么，不是你上下嘴唇一碰随便说的。你有什么资格翻出以前的案子？你只是记者，不是警察！"

"她不是警察，我是。"马笑中插话了，"这案子跟公安部督办的连环变态杀人案有关，需要重新侦办。"

"马笑中！"司马凉轻蔑地说，"从你工作那天开始，就一直拿这个案子跟我纠缠不休。今天我把老话重新给你讲一遍：想翻案，门儿都没有！你再不老实点，我让你片儿警都当不成！"说着，他拿起卷宗，对目瞪口呆的档案室工作人员说："收好，别再让不相干的人随便查阅。"

档案室的工作人员刚要从他手里接过卷宗，刘思缈上前一步，抢在手里。

司马凉勃然大怒，想冲她发火，但刘思缈只瞟了他一眼，目光中那一丝冰冷竟把他生生冻住了。

刘思缈一页一页翻过卷宗中的文件，长长的睫毛一忽扇一忽扇的，节奏很慢。最后是现场照片，看得更加认真。

郭小芬走到她身边，指着其中一张照片低声说："这上面的拖鞋有问题。"然后把自己的推理和实验过程讲了一遍。

"推理不能代替证据。"刘思缈面无表情地说，"我只相信证据。"

马笑中突然想了起来，对郭小芬说："怎么没有看到呼延云，还有你的手机早晨一直关机是怎么回事？"

"手机没电啦。"郭小芬说，"至于呼延云，我早晨醒来，就不见他的身影了，不知道什么时候溜走的，连个招呼也没打。"

马笑中笑嘻嘻地说："我还怕他欺负你呢，这肥水可不能流外人田。"

郭小芬懒得搭理他,见刘思缈把照片放下,凝视着天花板出神,便问:"你有没有发现什么问题?"

这一瞬间,马笑中和司马凉,两个人的目光同时集中到了刘思缈那雪白的面庞上。

刘思缈沉重地叹了口气,慢慢地说:"我要回到现场。"

椿树街,果仁巷胡同,灰楼,四〇二房间。

郭小芬、马笑中、司马凉,还有分局的一位副局长带着两位干警,以及一位现场摄像人员,都集中在这并不宽敞的两居室里。

确切一点说,是集中在发生命案的北向小屋里。

之所以聚集了这么多人,是因为事情闹大了。在分局档案室里,郭小芬和司马凉发生了激烈的争吵,一个说案情有疑点应该回到现场重新勘验,一个说案件铁证如山就是意外死亡无须回到现场!

争吵的声音越来越大,惊动了许多干警围观,包括分局主管刑侦工作的副局长。

赶巧这位副局长曾经和刘思缈一起参加过市公安局的一次业务培训,一见之下,惊为天人,是她的铁杆粉丝,所以支持回到现场。司马凉虽然老大不愿意,也没有办法,瞪着刘思缈,嘴里不住地嘀咕:"这么多年过去了,我看你还能发现什么!"

这也是包括郭小芬在内的所有人心里的疑惑。

再一次走进四〇二房间,马笑中突然一阵紧张,粗糙的掌心渗出汗来。六年了,他一直想弄明白,少年时代深爱过的那个单纯、善良的小妹妹,为什么突然堕落?她妈妈的死,究竟有没有冤情？今天，这一切真的能破解吗？

人都齐了，刘思缈才走进这间小屋，步履从容，神色平静："我仔细看了卷宗里的文字资料和照片。案子发生在六年前，想重新审查，有一定的难度。毕竟现场已经发生了很大的变化，当事人中，贾魁不知去向，他的女儿陈丹又躺在医院里，手不能写，口不能言。仅仅从审讯记录上看，并没有什么问题，死者的死因确实是意外死亡。"

小屋里一片沉静。

司马凉的脸上浮现出得意之色。

刘思缈问司马凉："你是这一案件刑侦工作的总负责人，我想问，卷宗里的文件和图片是否都是真实的记录？"

司马凉拍着胸脯保证："绝对没有问题。"

"那么，你呢？"刘思缈把身一转，问那个现场摄像人员，"卷宗的照片拍摄这一项上，有你的签名。"

"是我拍的。"他点点头，"我百分之百保证这些照片的真实性。"

"那么好。"刘思缈把照片递给那位仰慕她的副局长，"请您看看这张照片，告诉我，上面显示死者的血迹集中在哪些地方？"

副局长看了看，谨慎地说："集中在四处：暖气片的顶部，就是死者头部磕撞的地方；暖气片的下方，死者歪着头靠在那里，血从她的后脑流出，淌了一地；还有墙壁上和天花板上喷溅的血迹……"

刘思缈打断副局长的话，问司马凉："你有没有学习过刑事鉴识科学的基础知识，比如血迹学？"

司马凉愣住了。

"血液占人体重量的十三分之一，人体每公斤约有八十毫升血液，根据血液在现场的形态、形状和大小，可以准确推测出犯案经过。这方面的知识如果不具备，是没资格做刑侦工作的。"刘思缈看了他一眼，继续说，"暖气片的顶部和暖气下面的血迹，没有什么问题，我感兴趣的是墙壁上和天花板上的血迹。这两块血迹到底是怎么来的？"

"审讯记录上说得很明白，那是死者撞击暖气片后，血液从伤口喷出，或者短暂挣扎的时候摇头导致的。"司马凉说。

"死者受到创伤，由于心脏的持续跳动，在大血管里形成巨大的压力，将体内的血液从伤口泵出，喷溅，这的确是有可能的。"刘思缈说，"但是，当血液撞击物体表面，因物表结构和吸附性的不同，血迹会呈现出不同的形态。"

她指着照片说："如果是从伤口泵出形成的喷射型血迹，那么血滴的分布应该非常广泛，形成喷雾状的一大片血点，跟用高压水管射击墙面留下的痕迹一样。但是这张照片上的血迹，尤其是天花板上的，却更像一个个惊叹号。这不是喷射型血迹，而是飞溅型血迹，是由于血液在空中飞溅一段后，以一定角度碰撞到平面形成的。"

"我学过一点血迹形态学。"那个现场摄像人员说，"飞溅型血迹也可能是头发比较长的人，受伤后摆动自己浸上血的脑袋形成的……"

"对对对！"司马凉连忙说，"我就说嘛，也有可能是她短暂挣扎的时候摇头甩上墙的。"

"我现在的发型，跟死者是不是很像？"刘思缈指着自己的脑袋问郭小芬。

郭小芬看了看现场照片上的死者，又看了看刘思缈，点点头说:"都是过耳垂肩的发型,怎么了?"

虽然是正午,但窗户向北,天色又有些阴晦的缘故,屋子里有一种诡异的凝重。

刘思缈慢慢地从手提包里拿出一个白色的塑料袋,用剪刀打开,抬起胳膊,塑料袋的开口冲着自己的头顶,倾倒——

血液!

竟然是血液!

血液一下子将她那乌黑的头发和雪白的面庞,染成一片淋漓的鲜红,红得异常恐怖!

浓重的腥气,刹那间在这小小的房间里弥漫开来。

所有的人,都吓得倒退了一步。

她到底要干什么?!

一步,两步,三步,刘思缈走到暖气片旁边,站定。

然后,她由慢到快地甩动起头发来。

无论她的头发甩动得多么剧烈,血点也顶多是甩在墙上,呈十字形交叉纵横,根本飞不上天花板一滴!

然后,她又走到门口,从地上拎起一只早准备好的布娃娃,放在暖气片上,接着从手提包里掏出另一袋血浆,倒在盆里,四下看了看,从墙角拿过一把笤帚,把笤帚柄在盆里浸过,拎着走到暖气边。

她抡起笤帚,发狠似的不断击打起那个布娃娃来!

随着她手臂的抽甩,笤帚上的血点立刻飞溅到墙上和天花板上,形成的轨迹,与陈丹妈妈"意外死亡现场"的照片几乎一模一样!

"这个疯子!"郭小芬看着刘思缈,目光中充满了敬意。

房间里一片寂静。

过了很久……

"马上抓捕贾魁。"副局长对手下的两位干警说。

马笑中"扑通"一声坐倒在床板上。

"好啦,好啦……"他嘴里不住地嘟囔着,"我得告诉陈丹去,告诉那个小丫头去……那个可怜的小丫头。"

"你先停职。"副局长严肃地对呆若木鸡的司马凉说,"对这起案件侦办过程中的失职,写一份报告交上来,等候局里的处理。"

厨房,刘思缈把脸和头发洗干净,自来水管里流出的无色透明的水,在落入池壁时,都变成了鲜艳的红色。

所有人都离开了四〇二房间,郭小芬是最后一个。

即将关上门的一瞬,她侧耳倾听,曾经的噩梦里,那个坐在墙角的女子的哭声,一点都听不见了。

好啦,我不用再回到这里啦。

她放心了。

一步一步,她走下楼梯,结束了吗?似乎还没有。许多年前对一个母亲的谋杀破解了,但新的戕害却在女儿的身上继续,而且迄今为止,似乎还没有任何关于凶嫌的头绪。

猛地,她发现其他人都已经消失在楼道中了,她走得太慢,被甩在最后了。

孤单单,只有她一个人。

她的心突然收缩了一下,仿佛遇到了寒流一般,她又想起了自己的那个噩梦:

房间的门消失了,四面都是铁一样冰冷的墙,她死命推那堵墙,完全没有用……身后的哭声越来越大,越来越凄厉。天花板像闸门一样往下压,而脚下不停翻滚着的血水却越涨越高。她被牢牢卡在天花板和地板的狭小缝隙之间，仰面朝上，血水已漫过耳际。就在这时，她看见了一把雪亮的尖刀！拿刀的人与黑暗融为一体，看不见容貌，分不清男女，刀尖一点点伸向她的胸口，终于触及她的肌肤！

该死的！怎么梦境突然变得如此清晰？

她惊慌失措地跑下楼去。这个梦太可怕了，莫非它预示着什么？

你的冤，我已经帮你申了，你为什么还要哭泣？那个拿着刀的人是谁？

他或她的刀尖，为什么要刺向我的胸口？

冲出楼门的一瞬，郭小芬觉得自己的心快要跳出嗓子眼了，她拼命地跑啊跑啊，直到在胡同口追上马笑中他们，才渐渐喘匀了气。

第十二章　奇怪的三十秒

对贾魁的缉捕工作，从一开始就不顺利。由于他早就搬出了椿树街果仁巷的灰楼，而随着这些年本市人口流动的加快，对个人的管理，派出所和居委会都呈现某种程度的"失控"状态，所以一时间根本没有人说得出他现在究竟住在哪儿。

"要他妈你们有什么用？"马笑中气得朝居委会主任拍桌子，"妓院里的老鸨也比你有记性！"

居委会主任，一个五十多岁的老太太，也是个爆竹脾气，顿时火冒三丈："你嘴巴放干净点儿！瞧你长得跟个龟公似的！"

刘思缈在旁边冷冷地跟了一句："正好一对儿。"

"我倒想起条路来，也许能找到贾魁。"郭小芬说，"昨天晚上你不是在天堂夜总会看见过贾魁吗……"

"对了！"马笑中跳了起来，拉着郭小芬和刘思缈上了他那辆警用普桑，一踩油门向天堂夜总会的方向驶去。

一路上，马笑中一直铁青着一张脸，不说话。

在天堂夜总会附近的一个破破烂烂的胡同里，他们找到了昨天晚上搭救过的娟子。天气热，她上身穿着一件米黄色的衬衫，下身套了个灰色的大裤衩子，头发蓬乱地跟一群小姐们坐在屋里"拱猪"，门口支的小锅里咕噜咕噜炖肉的气味，与平房特有的霉味、铁丝上晾晒衣服的漂白粉味儿混合在一起，仿佛整条胡同就是一条浮荡着无数腐败物的阴沟。

看见马笑中一行,娟子连忙从屋里跑了出来,尽管素面朝天,但无论身材还是容貌,都令人眼前一亮。

"你们怎么来了?"娟子有些胆怯地问。

马笑中跟"小姐"说话,使惯了管教腔:"哪儿那么多废话,你认识不认识贾魁这个人?"

"贾魁?"娟子摇了摇头,"我……我不认识。"

"哦,我忘了你们的行规——只管点炮儿,不记炮手了。"马笑中轻蔑地说,"那个人,耳朵上有一撮儿黑毛,你再仔细想想。"

娟子的手捻着衬衫的衣角,慢慢地说:"那个人我有印象,他经常拿一些粉儿来卖,我有一个姐妹好像知道他住在什么地方,我问一下。"她拨通手机说了两句,然后对马笑中说,"那个人住在碓子楼四十六号楼二门五〇二……"

马笑中抬腿就走,娟子突然说:"等一下!"

"怎么着?"马笑中不耐烦地问,"你还有什么事?"

"我……"娟子支吾了好久才把脸扭向郭小芬,"昨天晚上救我的那个人,他……他还好吗?"

原来她是问呼延云。郭小芬说:"没什么大事,你放心吧。"

上了车,马笑中没好气地对郭小芬说:"你跟她啰唆什么?"

"你吃枪药啦?"郭小芬可不怕他,"我还想问问你,跟人家一个小姑娘凶巴巴地做什么?"

"什么小姑娘!"马笑中"啪"地狠狠一拍方向盘,"不过是一个小姐而已!"

"小姐也是人!"郭小芬立刻回击,"别忘了——"她刚想说"别忘了陈丹也做过小姐的",但是这句话最终没有说出口。

马笑中猜到了她要说什么，所以在前往碓子楼的路上，一言不发，脸色更加阴沉。

四十六号楼下，警察们已经实施了包围。马笑中他们一到，立刻冲上去破开五〇二的房门——房门没有锁。房间里空无一人，床板掀开、柜门打开，所有的抽屉都被拉了出来。被褥、书、碗、光碟、避孕套扔了一地。

总而言之，整个房间像被开膛破肚一般。

刘思缈从地上捡起一张照片，上面是一个脸孔又黄又瘦、耳朵上长着一撮儿黑毛的男人，手里拿着酒杯，怀里搂着个小姐，一脸猥琐的笑容。她问道："这个人，就是贾魁吧？"

马笑中看了一眼那张照片，横眉怒目地咆哮着："没错，就是这个王八蛋！"

"我看照片，怎么觉得这个人有点眼熟，好像在哪里见过啊……再搜一下，看还能不能发现什么。"刘思缈说完，戴上手套，蹲下身一点一点地翻检每一样东西，每一个角落。

马笑中暴躁地在屋里走来走去，像一只被困在铁笼子里的狮子，无论什么东西挡了他的走动，他都飞起一脚踢出老远，一时间屋子里丁零哐啷响成一片。

刘思缈说："你安静点儿，万一毁坏了证物，谁负责？"

马笑中瞪了她半晌，一屁股坐在椅子上，嘴巴紧紧地闭着。

半小时之后，刘思缈一面收拾现场勘查箱，一面对郭小芬和马笑中说："没有什么收获，咱们走吧。"

"我他妈早就知道找不到什么！"马笑中像一枚已经臭捻儿，又突然爆炸的二踢脚，从椅子上跳起来大喊，"那个王八蛋跑了，我们再也找不到他了！"然后狠狠朝墙上擂了一拳，冲出房间，滚雷似的脚步声在楼道里越去越远。

刘思缈饶有兴味地看着墙上被马笑中的拳头砸出的大坑："他怎么突然变得这么暴躁？"

"你不觉得，这屋子里的陈设很简单吗？"郭小芬忽然说。

"嗯？"刘思缈看了看她，"你什么意思？"

"而且，东西也很少……"郭小芬仿佛是在喃喃自语，"他如果是跑了，带上该带的东西就是了，有什么必要把陈设如此简单、一切都一目了然的家里弄得如此乱七八糟？"

"也许他跑得很匆忙，急于找什么东西。"刘思缈说。

郭小芬摇摇头："毒品贩子记性都好得像马一样，从来不会忘记把重要东西藏在什么地方。"

刘思缈说："那你的意见是？"

"我怀疑，这个把屋子翻得乱七八糟的人不是贾魁，很可能是另外一个人，他进入这个房间，找什么东西……"

"那么，贾魁很有可能并不知情，还会回到这里！"刘思缈想马上布置警力暗中监视，守株待兔，但是郭小芬认为为时已晚："咱们这么大动静，贩毒的都是靠嗅觉混饭吃的，他即便是没有回来过，也一定能觉察到我们的行动，不会再踏进这个房间半步。"

尽管如此，刘思缈还是让两名刑警留在这房间里蹲守四十八小时。

下了楼，郭小芬一直东张西望，刘思缈问她在找什么，她说："马笑中那小子跑到哪儿去了？"

两个人在砖红色楼群中绕来绕去，天苍欲暝，那些高大的杨树的茂密枝叶在风中摇摆，仿佛是宣纸上的泼墨。走到一片摆放着许多健身器材的空场，空场北端有一排石墙，上面写着"碓子楼社区健身中心"。马笑中背对着他们坐在一辆骑马机上，望着北边的大街。

郭小芬和刘思缈走到他身边，三个人都沉默着。大街上的车辆穿梭着，像是席卷着无数落叶的湍急的河流。

很久，马笑中突然痛苦地呻吟出了一句："她……为什么能这样活着呢？"

郭小芬和刘思缈都没有回答。马笑中喃喃道："她肯定被那个王八蛋凌辱了无数次，而且……我甚至怀疑出事那天晚上她就在房间里，目睹了她妈妈的死，可是她却选择了沉默，这到底是为什么啊？"

"我只是猜测：也许贾魁威胁她，也许她被辱后觉得无比羞耻，不敢说出一切。"郭小芬说，"那时毕竟她还太小。我还记得第一次到她学校的宿舍去，看到她的布帐子很厚，听习宁说她无论怎么放荡，从来不在外面过夜，夜里经常抱着大布娃娃躲在帐子里哭泣。也许这恰恰说明她的心里对黑夜有极大的恐惧，缺乏安全感，所以才会用抱娃娃来安抚自己，她既是抱着娃娃的妈妈，也是妈妈怀里的娃娃。她对母亲的死一直有着深深的歉疚，可是随着时间的推移，她已经越来越缺乏揭开真相，替母亲报仇的勇气和信心……"

"然后，就开始作践自己？"马笑中说，"一个人，作践、压抑自己整整六年！六年的时间啊，就是熬一锅粥也熬煳了吧……我想不出一个人怎么能在这样的煎熬中活下来。"

郭小芬走上前，拍拍他的肩膀，想说什么，又什么都说不出来。

"如果我是她，我宁愿去死，也不愿意这么活！"马笑中说。下嘴唇不知何时被咬破，渗出鲜红的血。"这六年来，每次看见她，我都发现她跟不同的男人搂在一起，我的心里疼得跟刀割似的。我想,她一定知道我仍旧像小时候一样喜欢她,可是她连正眼都不看我,跟旁边的人说说笑笑的,仿佛她的妈妈没有被人杀害,仿佛她没有承受过那些凌辱……她到底是怎样把那些痛苦忘掉的啊?到底哪个才是真实的她啊?"

他的宽厚的背影微微颤抖着。

"大概,她的心,从那个恐怖的晚上开始,就跟她的妈妈一起死了。"郭小芬说。

"心死了?"马笑中愣住了,"心死了……人怎么活?"

呼啦啦!

一阵狂烈的晚风,树摇枝曳,掀起一片苍茫的涛声。

"也许她现在躺在医院里倒是挺好的……"很久,马笑中长叹一声,"走吧,咱们走吧……"

"要走,也得把这个人带上。"刘思缈一指旁边的草丛。

那里坐着一个人,耷拉着脑袋,身前扔着几个空的易拉罐。

"呼延云!"郭小芬大吃一惊,上前一步,就闻到他一身酒气,双目更是呆滞无神。"你怎么在这里?"

呼延云斜睨着她,看了半天,突然像个傻子似的咧嘴笑了。

"别傻乐了,问你呢,你怎么在这里啊?"郭小芬突然有点可怜起这个相貌丑陋的家伙来。

"上次香茗带着咱们找到他,也是在这儿吧?"刘思缈一指北边,"郭林家常菜"五个霓虹灯的大字在暮色中一眨一眨地。"我猜,他也许就在附近的哪个单位工作吧。"

"走啦!"郭小芬拉住呼延云的胳膊往上拽,醉鬼的身子软得像面条一样,好不容易站起来,摇摇晃晃又要倒下去了。

"他怎么老是这副烂泥扶不上墙的样子?"马笑中皱着眉头,上前和郭小芬一起扶着呼延云往前走。

突然,一个神情呆滞的男人从后面搂着一个女人,像连体婴一样迎面走过来,不知男的说了句什么,女的嘎嘎笑了起来,都快要擦肩而过的当儿,那女的一眼瞄到呼延云,"噌"地一下跳到他面前,大声喊了句"哈喽"!

随着喊声,她举起一只胳膊,像是招手,但动作过于僵硬,让郭小芬想起了皮影戏。

女人看上去很年轻,二十出头的模样,但有点罗锅,皮肤皱得厉害,眉毛一提就一排抬头纹,又让人怀疑她有三四十岁。她的头发又黄又稀,圆圆的脸上,戴着一副镜片有点模糊的眼镜。

众人都不禁吓了一跳。女人看着醉醺醺的呼延云,得意地笑了起来:"又喝多了?你真行!"

她的笑容很怪:嘴角翘得很高,但脸上的肉却纹丝不动,活像放少了酵母的面团,死死板板的一坨,加上一只眼睛有点斜的缘故,看上去笑得很邪气。

"这俩个是谁啊?"这女人歪着脑袋,手指着郭小芬和刘思缈问呼延云,"你的新相好?"

站在她后面的那个男人突然像鹌鹑一样咕咕地笑了起来,上前一步揽住女人的腰,小腹紧紧贴上了她的屁股,不屑地看着呼延云,仿佛是在"示威",表明怀中的女人是他的"占有物"。

郭小芬觉得她和他都放肆得没边儿了,余光一扫,发现刚才还萎靡不振的呼延云此刻高傲地昂起头,侧着脸不看那女人,嘴抿得紧紧的,眉宇间充满了悲愤。

不知为什么,郭小芬心中激荡起一股同仇敌忾的感情,对那女人说:"你嘴巴放干净点儿!"

"操!"那个女人龇着有点黄的牙齿,朝郭小芬一抬下巴,"你丫跟谁叫板呢!"

呼延云上前一步，挡住郭小芬，压低声音对那女人说了两个字——

"你，走。"

刹那间，站在他后面的郭小芬觉得他有点儿酷。

那女人一看，对方四个人，自己无论是骂街还是打架都占不到什么便宜，悻悻地拉着那个男人走了。

"这女人是谁？"郭小芬气愤地问呼延云，"怎么跟流氓似的？"

呼延云又耷拉下了脑袋，不复刚才的傲然。

"你倒是说话啊！"

"算了，你别问他了。"刘思缈对郭小芬说，"虽然不知道那女的是谁，但那个男人，你不觉得眼熟吗？"

郭小芬稍微一想，顿时满脸的讶异："我想起来了，那个男人不是习宁的男朋友吗？"

刘思缈点点头。第一次去华文大学的时候，她们曾经撞见过习宁的男朋友，他的小短腿，僵硬的上半身，走起路来像水面上的木头似的打晃的样子给她们留下了深刻的印象。负责跟踪这个男人的林凤冲还发现，在警方问讯过习宁之后，他马上接到了习宁打来的电话……而这样一个人后来居然没有引起警方的重视，实在是一件不可思议的事情。

"这个人脚踩两只船。"郭小芬轻蔑地说，"对了，还不只两只船，不是说陈丹还和他有过关系吗？"

马笑中的神情一片黯然。

郭小芬有些歉意地拉着马笑中的胳膊："走吧，跟我们一起回市局，向上级领导汇报工作去！"

起初，马笑中以"我又不是你们专案组的人"为借口，拒绝跟她们一起走,但经不住郭小芬连拉带劝,终于答应跟她们回市局。呼延云却说自己胃里翻江倒海的,难受。马笑中开车,找了个公交车站把他放下,郭小芬一个劲儿地叮嘱他直接回家休息,不要再喝酒,他只是捂着肚子,蜡黄蜡黄的脸像要融化一样,沉默不语。

郭小芬偏着头,看车窗外呼延云那歪歪斜斜的身影,随着车子的发动而渐渐远去,不禁问:"他是个什么样的人啊?"

"你觉得呢?"马笑中说。

郭小芬想了半天,摇摇头:"我只是觉得,他……不像个坏人。"

回到市局。一进行为科学小组的办公室,只见林香茗正专心致志地在一块小白板上勾勾画画,开列出二号凶嫌的作案时间、地点以及在每个现场发现的物证,以对其犯罪人格进行剖析。

"杳茗!"郭小芬指着马笑中,"我做主,给咱们专案组添个人!"

林香茗吃了一惊。这个案件是"钦定大案",专案组的人选岂能当儿戏一样随意加减?所以还没等他说话,一向严谨的刘思缈当机立断地说:"你别胡闹!"

"什么胡闹!咱们这些人中,谁能像马笑中一样,既对残害陈丹的犯罪分子有刻骨的仇恨,又具备丰富的社会经验?"郭小芬抗辩道,然后把这两天发生的事情,尤其是马笑中在案件侦缉中的不俗表现,详细地向林香茗讲述了一遍。

林香茗沉思了一下,说:"好吧……"

刘思缈把他的话当腰拦住,严肃地说:"林香茗同志,我对你有意见。现在专案组里已经有了两个并不具备刑事侦缉经验的

'外人'，不宜再增添人手。尽管马笑中长期做民警，但他并没有做刑警的经验。他加入专案组，我认为完全没有必要。"

林香茗凝视着刘思缈的眼睛，说："思缈，我们……"

"请叫我刘思缈！"刘思缈把脸倔强地转开，不看他的眼睛。

瞬间，窗外路灯投射进来的光芒一闪，仿佛烛火，在风中一颤，欲熄，未熄。

林香茗一愣，尴尬地意识到，两个人这简单的对话，不经意间流露出了某些不为旁人所知的情愫。但他随即沉静下来，接着说："我们都从美国留学回来不久，办案还是要考虑到中国的国情，专案组确实需要增添一个社会经验更加丰富的人。"

"我觉得纯属多余！"刘思缈毫不客气地反驳，"这个案子，至少一号凶嫌的身份，我认为已经可以认定，剩下的只是缉捕。"

语惊四座。"你知道一号凶嫌是谁了？"林香茗问。

刘思缈点点头。

"谁？"

"就是贾魁！"

"这不可能！"郭小芬马上说。那种断然否定的口气又令在场所有人都吓了一跳。

刘思缈脸色一沉："你凭什么说不可能？"

"因为我对一号凶嫌也有一个认定。"郭小芬斩钉截铁地说，"和你的不一样！"

眼看这两人又要掐起来，林香茗连忙打圆场："对一个案件，在没有最后侦破前，每个人都有保留、发表自己的观点的权力。刘思缈，你说说，你为什么认定一号凶嫌就是贾魁呢？"

刘思缈说："我通过问询与陈丹住在同一宿舍的程翠翠得知，贾魁是在陈丹出事的前一天让程翠翠偷出陈丹的日记的，早不偷晚不偷，偏偏在陈丹出事之前偷，摆明了是要作案，提前销毁不利于他的证据。"

林香茗沉思片刻，又问郭小芬："你呢？你认为，谁才是真正的一号凶嫌？请讲出理由。"

"一号凶嫌具体是谁，我现在还无法认定，所以还不能讲出他的名字。但是已经有了一个范围。"郭小芬停顿了一下接着说，"其实，一切都很简单呀，只要稍微一想就能得出答案，还记不记得咱们一起去莱特小镇的那个晚上，那一地的碎玻璃——"

郭小芬还没说完，办公桌上的电话突然响了，林香茗听了没两句，神情猛地紧张起来："你们确认她的安全？已经报警了吗？好！好！我马上赶过去！"

林香茗放下电话，说："是仁济医院于护士长打来的，前不久我去调查时，把联系电话留给她了。就在五分钟前，有个形迹可疑的人闯进小白楼，似乎是要对陈丹不利。马笑中你不用紧张，值班的护工把那个人给吓跑了，陈丹很安全，咱们现在就一起去仁济医院。"

仁济医院小白楼外，接到报警的派出所民警正在附近巡视。林香茗他们赶到后，初步了解了一下情况，就进入小白楼，一直向前，当冲在最前面的马笑中将要推开那扇将一层楼道隔断为两部分的玻璃门时，站在门里面的于护士长把他推了出来："别进去了，咱们就在外面说吧。"

据于护士长介绍，今晚在小白楼里值班的是小乔护士和护工潘秀丽两个人。九点左右，一个用墨镜遮了半张脸的人走进楼里，当时小乔护士在洗手间，只有潘秀丽正拿着墩布擦地。那个人问她，陈丹住在哪个病房，潘秀丽指给他——一二，等那个人在楼道尽头拐弯了,反应迟钝的潘秀丽才觉得有点不对头,上去一看,那个人已经走进一一二病房,从怀里抽出一把刀,站在陈丹的病床前,潘秀丽一面大叫一面抡起墩布打过去,不知道为什么,那个人没有抵抗,而是一溜烟地跑掉了。小乔护士闻声从洗手间里出来,了解情况之后立刻报警,并给于护士长打了电话。

"现在,陈丹没事吧?"林香茗问。

小乔说:"陈丹一直在昏睡,中间骚动那会儿,她稍微醒了一下,但不知道发生了什么事,现在又睡着了。"

"我看看她去!"马笑中说完就往玻璃门里闯,于护士长要拦他,却被林香茗拉住。

"让他去吧,您把潘秀丽找来,我要问她一些问题。"

潘秀丽来了,她长着一张胖胖的大圆脸,一双小短腿撑起的身子也圆鼓鼓的。她的鼻尖红红的,眼睛小得像两颗绿豆,而如此"微型"的眼睛,眼角居然还布满了眵目糊。

在核实了于护士长介绍的基本情况以后,林香茗问她:"你还记得那个人长什么样子吗?"

潘秀丽使劲眨巴了半天眼睛,由于眵目糊太多,而眼睛又太小,眨起来特别费劲:"他戴着个老大的眼镜……"

"眼镜?"林香茗一愣,"于护士长说是墨镜啊。"

"哦,是黑的眼镜……"

林香茗糊涂了:"黑的眼镜?镜框是黑的,还是镜片是黑的?"

"镜片是黑的。"

"那不就是墨镜吗?"

"是墨镜,是墨镜……"

林香茗问了几句，饶是他平时涵养极佳，此时额头上也沁出一层汗来。这个潘秀丽是个彻头彻尾的"不够数"，思维混乱，记性奇差，她没有记清那个歹徒的长相，甚至连他穿什么衣服都说不出来。最可笑的是，问她歹徒手里的刀有多长，她居然拿自己的墩布一通比画："比这个还长呢，亮晃晃的，可吓死我了。"

"看来这个歹徒姓关。"郭小芬在一旁插话。

"啊？"林香茗非常吃惊，"你怎么知道的？"

郭小芬忍不住笑了起来："关羽嘛，要不然怎么随身带着这么长的青龙偃月刀呢？"

林香茗又好气又好笑，低声问旁边的于护士长："你们怎么用这么个稀里糊涂的人当护工，而且还在这小白楼里照顾特殊病号？"

于护士长无奈地低声说："她是院长的亲戚，手脚笨，脑子又不大好使……"

郭小芬一指玻璃门的上方："这里不是安着监控摄像机吗？把监控录像调出来看看，不就知道歹徒是谁了？"

于护士长摇摇头："那监控摄像机没有开，只是个摆设。"

"你们的工作是怎么做的！"林香茗生气地说，"这次算是万幸，陈丹没有受到伤害，万一歹徒真的行凶得逞了，监控摄像机连他的影子都没拍下来。马上把监控摄像机开启，保证其正常监控！"然后又给赶来的附近派出所的所长下命令："你派警员，二十四小时在这里值班，没有我的命令，这小白楼永远也不能撤岗！"

一直蹲在地上检查足迹的刘思缈站起身，长长地吁了口气。林香茗问："有什么收获吗？"刘思缈轻轻地点了点头："虽然这里的足迹非常多，但是由于地面事先被擦得很干净，所以每行足迹都很清晰，我从中提取了一组最有价值的足迹，并进行了步幅特征和步态特征的比对，结果是——"她停顿了片刻，接着说："和通汇河北岸无名女尸分尸案现场的足迹属于同一个人！"

"可惜，那个监控摄像机没有开。"林香茗惋惜地说。

"开不开都没什么关系，反正他也戴着墨镜，看不清他的脸。"刘思缈说，"脸可以整容、化装，变成另外一个人，而步幅特征和步态特征是很难伪装的。我相信，今晚意图谋害陈丹的，一定就是贾魁。我想起来了，我说看他照片的时候怎么感觉眼熟呢，我到华文大学找程翠翠说话时，曾经在小花园里撞见过他。他似乎是冲着程翠翠来的，但一见我就溜掉了。想必他偷听到我和程翠翠的对话，知道警方已经怀疑到他了，所以才赶过来，想杀人灭口！"

刘思缈说话的时候，郭小芬一直在看那两扇玻璃门。等她讲完了，郭小芬推开门走进去，化验室、B超室、心电图室、ICU……尽头，左拐，就是陈丹住的一一二病房，现在马笑中正在里面探望陈丹。

郭小芬突然问道："潘秀丽，从你把陈丹住在一一二病房告诉那歹徒，到发现他站在陈丹床前要行凶，经过了多长时间？"

潘秀丽嘟囔了半天，也没说出个三六九。

"这样吧，我来扮演那个歹徒。咱们把当时的场景重新表演一遍。"郭小芬说，"现在，我就是那个歹徒，当时他是在哪里和你碰上的？哦，是在楼道里，玻璃门的里面。你确定歹徒是自己推开玻璃门进入内治疗间的，不是你给他拉开门的？你确定，很好。我是歹徒，我拉开门进来了，当时你刚刚开始擦地，从外往里擦，就在这里，刚刚进门的位置，咱们碰上了。我问你陈丹住在哪个病房，你告诉我，一直往前，左拐，洗手间对面的那个病房，好，我往前走，你继续擦地，从这一刻开始，你就完完全全像当时一样做事。"

说完，郭小芬往前走，背影很快消失在楼道尽头。

潘秀丽愣了一下，从墙角边拿起墩布，一点一点擦地，擦到心电图室旁边，突然叫了一声："我想起来啦，擦到这里的时候，墩布干了，我要拿到洗手间的池子里涮一下，所以就也往里面走。"说着她拿着墩布，走到了楼道的尽头，往右拐。

洁白的墙壁，洁白的地面。

明晃晃的灯光下，一切都突然消失了。

所有人心里都一阵发毛，不约而同地跟了上去。

一一二病房对面就是洗手间。潘秀丽站在洗手间门前，嘀咕着："我刚要涮墩布，突然觉得一一二里面有点不对劲，太安静了，所以我就——"

潘秀丽一把推开了一一二病房半掩的门。

里面，黑暗。郭小芬站在门口不远处。马笑中坐在陈丹的床边，诧异地望着门外的人们。

"那个坏蛋就站在那里，手里拿着把长长的刀，他要杀人，他要杀人！"潘秀丽突然指着郭小芬，凄厉地叫了起来！

"安静！你安静点！"于护士长拉着潘秀丽的胳膊，手微微颤抖。

郭小芬走出一一二病房，把门虚掩上，看了看表，对潘秀丽说："四十秒，你居然用了四十秒。"

大家都莫名其妙地望着郭小芬。

郭小芬眉头紧锁："你们看，潘秀丽告诉我，陈丹住在一一二病房，我走进来，只用了十秒，然后剩下的漫长的三十秒，就在这里等她，漫长的三十秒！"

每个人的眼中依旧一片茫然。

"你们还不明白?"郭小芬尽量压低声音,"三十秒!歹徒拿着一把刀,目的明确、时间紧迫地来杀人,外面还有一个随时可能发现他的护工,而他居然在这个病房里整整站了三十秒,却没有任何作为,这到底是为什么?!"

人们面面相觑,不约而同地摇了摇头。

"那扇玻璃门,证实了我的一个推理,可是这个三十秒,却又把我搞糊涂了⋯⋯"郭小芬叹息道。

"我倒没觉得有多复杂。"刘思缈冷冷地说,"也许是贾魁在犹豫,杀了陈丹,会不会反而让警方加重对自己的怀疑。"

郭小芬苦笑了一下,没有说什么,往楼外走去。

林香茗推开一一二的房门,想叫上马笑中一起走,却看见马笑中捧着陈丹雪白的手,轻轻地亲吻着,像教徒在亲吻圣母玛利亚的画像一般,虔诚得让人辛酸。

而陈丹,一直在昏睡中,闭着眼睛。

林香茗轻轻把房门重新关上。

走出小白楼,派出所所长报告,值班警察已经排好岗,保证这里二十四小时都有人值班。林香茗点了点头,然后和郭小芬、刘思缈往医院外面走。

经过门诊楼时,突然,一个身影在楼的拐角处一晃,旋即消失。

"什么人?站住!"林香茗飞身便追。

但是转过楼去,除了医院里各种高矮不一的建筑,什么都没有。

林香茗站在黑暗中,目光扫射着四周。一切有形的物体都仿佛死去一般,沉寂而僵硬。"难道是我看错了?"他想着,摇了摇头，他认为自己的观察力不输给任何一只苍鹰。"那么，是他跑掉了？"他想着，又摇了摇头，他对自己的身手和速度，更有猎豹般的信心。

也许，应该仔细地搜查一下。

这时，刘思缈和郭小芬赶了上来："怎么了，你发现了什么？"

"没什么，咱们走吧。"想起专案组里还有一大堆的工作要完成，林香茗选择了放弃。

三个人的身影，消失在了茫茫的夜色中。

很久，门诊楼后门旁边，那块仿佛覆盖着杂物的一块大塑料布，慢慢地蠕动起来。

终于掀开。

站起一个人，额头上全都是汗水，他浑身发抖，连眼珠子都在痉挛，放射出宛若被逼到悬崖边的狼一样凶残而绝望的光芒。

他的手里，握着一把寒光凛凛的尖刀。

第十三章　大恐慌

林香茗一行上了"巡洋舰"，刚要开车，突然看见马笑中低着头从医院里走了出来，打开后门钻进了后座。

"你不陪陈丹了？"郭小芬问。

"嗯。"马笑中应了一声。

似乎还应该有一些话要说，然而却什么都没有说，就像一只突然坏掉的黑色听筒。

林香茗等了等，然后才一踩油门，按照每个人的住址，把大家分头送回家。

路上，坐在副驾位子上的郭小芬发了个短信之后，每隔一两分钟，就看一眼手机，最后实在忍不住了，干脆按了拨打键，放到耳边听了很久才慢慢地放下，一脸失望的表情。

"怎么了？和男朋友联系不上了？"林香茗觉得车里的气氛太压抑了，开了个小玩笑。

马笑中本来目光呆滞地出神，一听这话，立刻来了精神："怎么找不到？我不是在这儿吗？"

"去去去！"郭小芬皱着眉头说，"我是在和呼延云联系，发短信不回，打电话又关机，也不知道他回家了没有。"

"哎呀呀，你变心了！"马笑中嬉皮笑脸地说。

"小郭。"林香茗幽幽地说，"你谨慎点。"

"怎么了？"郭小芬瞪起眼睛，"我跟呼延云可没什么，你们别往歪了想。"

林香茗笑了笑，轻轻地点开了车内 CD，Leonard Cohen 那忧郁的歌声又如烛火熄灭后的烟一般，在这封闭的空间里缥缈起来：

> 每个人可以活着，
> 每个人也可以死去，
> 你好，我的爱，
> 再见，我的爱……

"能不能把音乐关上？"刘思缈突然生硬地说。

林香茗很平静地把 CD 关上了。

"呼延云……"不知道是不是被 Leonard Cohen 的歌（或者说是歌词）感染了，郭小芬突然又问起了那个一直萦绕于心的问题，"他到底是个什么样的人？"

车上的四个人中，能回答这个问题的，只有一个林香茗。

"他……"林香茗欲言又止。

郭小芬讲起了在碓子楼健身广场附近碰到的那个戴眼镜的女人的事情。

说完了，林香茗"哦"了一声，说："大概就是那个女人吧……"

"什么啊？"马笑中也挺好奇的，"这个女人是谁啊？"

"她叫章娜……"林香茗没说下去。

"你接着说啊，干吗吞吞吐吐的？"郭小芬说。

"我在想，怎么能够客观地讲给你们。"林香茗说，"因为我毕竟是局外人,出国留学了几年,回来后才断断续续从朋友们那里听说了呼延的事,我讲的不一定对,你们权且一听吧。

"呼延在一家杂志社当编辑。章娜是他的同事,市场部的。在那个杂志社里,呼延很孤独,他在哪里都很孤独,刚才小郭问,他是个什么样的人,我只能说他始终是个和现实格格不入的人,读书和推理是他唯一的乐趣。他长相一般,又恃才傲物,所以很不讨人喜欢,都二十六岁了,一直也没有个女朋友……

"章娜二十四五岁,她听说呼延家境不错,就天天往他身上贴,说自己家多么穷,父母对她多么不好。她早看透了呼延:表面上强硬得铁板一块,其实骨子里是个善良、单纯,读书读坏了脑子的傻瓜。这样过了两三个月,呼延傻乎乎地还真上了套,以为章娜生活在水深火热之中,非自己不能拯救。呼延这样的推理者,身上总有一种堂吉诃德式的东西,总想去帮助别人,或者拯救什么,尽管他自己才是最需要帮助和拯救的一个……"

在旁边静静听着的郭小芬,不由得点了点头。

"渐渐地,呼延发现,章娜不仅有男朋友,而且还不止一个,在性方面很随便,他感到非常震惊,在他看来,感情上的专一是一个人最基本的道德,是做人的底线。换句话说,如果连感情都可以玩弄,那么一个人也就不配称为人了,所以,他坚决地离开了章娜!

"章娜哭哭啼啼地对呼延纠缠不休,发誓要洗心革面,跟那几个交往中的男人分手。但是呼延是个非常有原则的人,坚决离去,她恼羞成怒,纠合了杂志社的一群同好,反咬一口,诬陷呼延品行卑劣,想搞情场 PUA,束缚她的自由。"

林香茗说得有些激动,把车停在了路边。

仿佛是一条船,在黑夜中,划到了湖的中心,忽然失却了船桨，只能任凭船身浮荡，漾出一轮浅似一轮的涟漪。

林香茗沉默良久，接着说："面对汹涌而来的污蔑，呼延感到手足无措。他惊讶地看到，周围的人竟大多认为，他要求的感情真诚、专一是'过时的'，人们谴责他'伪君子''反人性'，而章娜玩弄感情的行为，倒赢得一片喝彩……

"这个推理者，曾经无数次地发现真相，却无数次地被污蔑为疯子。现在，他连疯子都做不成了，因为人们说他装疯……他终于被击垮了，他既痛恨自己居然对这样一个女人投入过感情，更加困惑、悲愤的是，整个世界黑白颠倒，善恶不分，各种邪恶都可以打着各色的幌子招摇过市，而他从小所信奉的东西，却被呼啸的人们踩在脚下，一文不值！他感到了彻底的绝望，原来这个世界不需要真相，不需要推理，或者干脆点说，根本不需要他这样的人！

"他开始酗酒，想用酒精麻醉自己那不断痉挛的灵魂，他也放浪形骸，玩世不恭，但是他的内心深处，又知道这绝不是自己想要的……"

夜，黑得像铁一样。

"这个人好傻啊……"很久，郭小芬才嘀咕了一句。

"我从美国回来之后，知道了他的事，感到非常痛心，和他聊过几次，发现他变了，真的变了，以前他总想去帮助和拯救，但现在他的心中充满了仇恨，就像被谋杀的人化为了厉鬼……"

郭小芬沉思了很久，才慢慢地说，"我只想知道，他究竟还剩多少推理能力？"

黑夜过去，天却没有亮。

在这个七月的早晨，城市的上空浮动着一层浅灰色的雾气，仿佛被蒙上了一层塑料布，憋闷而压抑。

路边的长椅上，躺着一个昏睡中的人，闭着眼睛，半张着嘴巴，苍白的脸上毫无血色。

额头上，却沁出一层密密的汗。手和脚，像一只发瘟的，快要死掉的鸡，时不时地抽搐一下。

他正被噩梦绞缠。

他梦见那个戴眼镜的女人又来找他了。

她哭哭啼啼地说："你借我点钱吧，我得去做人流，都是我以前的那个男朋友造的孽，要是被我爸妈知道，非打死我不可。我向你保证，这是最后一次了，你看，你连手都没有碰过我，我知道你才是真正爱我的人……"

他默默地取出一沓钞票，递给她。

她接过钱，转身就走进一片黑色的瘴气中，整个身形往下沉，他大吃一惊，冲过去一看，她陷入了一片硕大的、暗绿色的沼泽里，不时泛起而旋即爆破的气泡犹如癞蛤蟆脊背上的一只只脓疱被戳破，恶臭熏天。泥沼已经快没过她的头顶，他连忙把手伸向她，就在她抓住他的手的一刹那，她那已经腐烂的身体，突然从泥沼中涌出来，用另一只手钩住他的脖子，使劲把他往泥沼里拉，她咧开猩红的嘴狞笑起来："呵呵呵呵呵呵……"

他被笑声吓醒了，险些滑下长椅。

旁边，一群背着书包的小学生走过，个个脸色灰败，却莫名其妙地张开嘴大笑着。

怎么现在的小学生也能发出这样狰狞的笑声了？

他坐在长椅上，一边挠着腿上被蚊子叮咬的大包，一边呆呆地看着在晨霾中游走的行人，骑车的人，还有被公交车一笼笼运输的人，他们全都神情麻木，仿佛殊途同归并同归于尽。

突然驶过一辆小汽车，速度慢的缘故，他在黑色车窗的倒影中，看到了自己那呆滞的面容。

我也快和他们一样了。

他站起身，觉得肚子有点儿饿，找了个小摊买了碗馄饨，坐下慢慢地吃着。

一个卖报的走过他身边，高声吆喝着今天报纸的头条新闻。

隆隆的车轮声已经够令人烦躁的了，再加上他那声嘶力竭的吆喝声，真讨厌！

等一等。

他在吆喝什么？

呼延云竖起被长椅的木栏硌得变了形的耳朵。

"爆炸新闻！昨天晚上，'开膛手杰克'再次出动，杀死一名女学生，割掉乳房……"

"卖报的，给我来一份报纸！"呼延云掏出一元钱。

"好的！"卖报的把报纸递给他，还有一个柱形物，也放在他面前的桌子上，"促销，买一张报送一瓶果茶。"

《法制时报》头版大标题极其醒目——"割乳变态杀手刀下又添冤魂"！副标题是"市公安局再次表示：这将是最后一起命案，凶犯很快将被抓获"。

主题和副题，构成了一种巨大的讽刺。

采写记者署名：张伟。

新的案件，发生在离故都遗址公园不远的月亮河南岸一片茂密的树林里，死者是一名女高中生，小腹中了三刀，当即死去。尸体被凶手翻转后，脸部冲下，在她裸露的臀部上发现大片的精液……

这篇报道中有一段充满煽动性的话，格外引人注目："新一起凶案的发生足以说明,尽管林香茗出任专案组组长,也拿残暴而狡猾的凶手无可奈何。道高一尺,魔高一丈,我们甚至可以清晰地听见凶手嚓嚓嚓的磨刀声,想象到他阴毒的目光在怎样窥寻着下一个猎物,还有比这更加令人不寒而栗的事情吗?在整个城市都被血色弥漫之前,市民们唯一的呼唤是,能不能出现一个真正的英雄,创造奇迹,用最快的速度将凶手绳之以法,拯救那些还没有被荼毒的生灵!"

呼延云的目光,从报纸慢慢移到桌上的那瓶果茶上。

酱红色的果茶,犹如一瓶凝固的血。

这一天是七月七日。据市公安局宣传部后来撰写的相关文献回忆,无论从哪个角度上讲,这一天都"将萦绕在市民心头的恐惧推向了顶点"。

这一天,整个城市像被人在动脉上突然捅了一刀,恐惧犹如血浆,从伤口激迸出来,喷射到每一个角落!市民们原就是一群耽于迷幻而又惯于遗忘的人:林香茗的出马,使他们以为犯罪分子已成瓮中之鳖;而整整一周没有新的案件发生,更让他们把连环割乳命案抛诸脑后。但现在,它又如鬼魂一样突然冒出,令他们不由得惊恐万状。西山附近一家据说出售防弹衣(这种以高性能纺织纤维为材料的衣服传说能阻挡刀刺,其实纯属胡扯)的小店,当天被挤破了门;各个学校准备提前放暑假,就是最懒惰的家长当天也亲自到校门口去接孩子回家;丰乳霜和其他胸垫类产品销量骤减,一家三甲医院的妇科医生只因为在给患者检查乳腺时多摸了两下,患者杀猪般大叫起来,家属冲进来,疯狂地殴打医生,等保安赶到,那医生已经血肉模糊……

这一天,城市里所有的人,无论男女,看别人的目光都是恐惧和凶残兼而有之：你是不是凶手？你是不是要杀我？我是不是可以为了防止你杀我而先杀了你？南方某都市报的评论像溺毙一样深痛："割去乳房，凶手想用这一行为表达什么？是性的糜烂，还是要断绝哺育，没人知道……"

这一天，市公安局面临着空前的压力。一一〇报警电话骤然增加了十倍，而且居然有许多人拨打的目的纯粹是为了"考察你们警察的应变能力"。违反交规的司机，突然变得底气十足，对交警嚷嚷"有本事你们抓那割奶子的去啊"。接听市民热线的十位警花，有八位被市民的痛斥骂得梨花带雨，一个酒鬼打来的电话，醉醺醺的口吻道出了全体市民的心声：

"你们警察个个都是他妈的废物！"

说完，他在电话那头儿呜呜呜地痛哭起来，哭得像个迷路的孩子。

整整一天，城市的天空都笼罩着一层阴晦，犹如裹了一块刚刚漂白的尸布。

然而，承担着巨大压力的林香茗却十分沉静。在早晨临时召开的专案组特别会议上，面对杜建平提出的种种质疑，他强调："侦办思路、方向都没错，现在需要的是坚持！"

"坚持？"杜建平怒气冲冲地说，"你说得倒容易！我和林凤冲带着分局的干警、保安、居委会的同志，已经坚持了一个礼拜，不分昼夜地轮班巡查，本来以为按照您布置的天罗地网，怎么着也能捞着点鱼虾，谁知狗屁收获都没有！"

"但是犯罪分子这次作案，距离上次隔了整整八天（由于现场没有发现火柴盒，林香茗断定这次是二号凶嫌作的案），不像前一段时间，每隔两到三天就犯一回案，这就证明，我们的布控确实给凶嫌带来了一定程度的震慑。"林香茗耐心地说，"明明知道四下里警云密布,他居然还敢动手,说明他控制不了自己嗜血的欲望。没有一只在狩猎季节还蠢蠢欲动的走兽能逃脱猎人的枪口,他快完蛋了!"

参会的许瑞龙打圆场:"香茗接手这个案子后,付出了很多辛苦,将一号和二号凶嫌进行了甄别……"

杜建平粗暴地打断了他的话:"我认为现在这个甄别的结论都值得怀疑,很有可能,一号凶嫌和二号凶嫌根本就是一个人!"

"这不可能。"林香茗慢条斯理地说,"因为我已经完成了对二号凶嫌的犯罪人格剖绘。"

会议室里的所有人都吃了一惊!

"在我看来,一号凶嫌和二号凶嫌虽然同样凶残,但是二号凶嫌作案的密集度、社会危害影响力,目前远远大于一号凶嫌。所以当务之急是先缉捕他。这几天,我研究了涉及二号凶嫌的系列命案的资料、卷宗,并到他制造的犯罪现场逐一进行了再次勘查。"林香茗说,"行为反映个性。现在我就向诸位对二号凶嫌的诸多行为做一个剖绘报告,让我们来看看这是一个什么样的人。"

李三多瞪圆了眼睛,虽然听过林香茗在警官大学做的犯罪个性剖绘的讲座,但是将行为科学实际运用到刑侦工作中,真的有那么神奇吗?

"首先,可以通过二号凶嫌的作案频率来锁定他的年龄。"看着人们诧异的神情,林香茗放慢了语速,"我注意到,他大约是每隔两到三天作一次案。请诸位不要被'作案'这个词汇迷惑,应该看到这个词汇后面的实质是,他每隔两到三天就射一次精,而且鉴识科出具的报告证明:精液质量很好,很稳定。古书上说'年二十者四日一泄,三十者八日一泄,四十者十六日一泄',

考虑到我们目前饮食中所含激素增加，以及色情类诱惑泛滥等要素，我认为，二号凶嫌的年龄应该在二十岁左右，是性需求和性能力最旺盛的时期。

"他的身体应该比较瘦弱。我得出这个结论，基于两个原因：一个是他属于无组织力罪犯，这样的犯罪分子，比较神经质，又长期处于精神高度紧张的状态，大多患有消化不良等病症。另一个是他犯罪的方式，先杀后奸，说明他对自己的体能并没有信心，必须让受害人彻底丧失抵抗力后才能实施性行为，而且在他犯下的第一起案件中，受害人柳杉是个高中二年级的学生，身材娇小，而在她的尸体上居然出现了'格斗创'，她不仅反抗了，还和凶嫌抢夺凶器，再次证明，凶手根本无法凭借体态震慑住受害人。

"我觉得他应该长得很丑，甚至脸上布满粉刺——他的精神状态极端不稳定，肯定和生理上的内分泌失调有关。他和女性交往一定有障碍，如果他长相还说得过去，完全可以约受害者到犯罪现场，然后再动手，但是从资料上看，受害人无一不是在散步或者回家的过程中突然受到的侵害，说明他是个隐藏在暗处，或者蹑手蹑脚地跟在受害人后面，以'闪电战'或突袭为作案手法的家伙，这样的家伙往往在现实中极端失败，没有自信。"

"二十岁上下，身体瘦弱，长得丑……本市至少能找出一百万个这样的家伙！"杜建平轻蔑地说，"你这样的剖绘有什么用？！"

林香茗看了他一眼，接着说："他的家庭住址应该在华文大学方圆五公里以内。看一下他的犯罪现场：故都遗址公园、学苑公园、独秀公园、智新桥附近居民小区、月亮河南岸，恰巧是以华文大学为圆心辐射出的一个区域。无组织力罪犯由于精神状态不稳定，往往无法远距离作案，所以他们制造的命案现场，往往就在他们居住的地点附近。"

"还有最重要的一点。"林香茗沉静而有力地说，"我认为他是个学生，而且极有可能是个高中生。"

"什么？"所有人都不约而同地发出了一声惊呼。因为林香茗的这句话，已经将二号凶嫌锁定在了一个非常狭窄的区域。

"我注意到这样一个现象，所有的受害者，年龄都在十八岁以下，受害时的服饰都能明显看出是个学生。可是，请大家看一看这张地图。"林香茗展开一张市局特备的市区详图，上面有许多用红笔勾出的圆圈，"这些圆圈是我勾出的，显示的是二号凶嫌作案现场附近的夜总会和大学，请大家看看有多少！如果单单论性的诱惑和魅力，那些小姐、女大学生们绝对比高中女生强上不知多少倍，而且我考察那些犯罪现场时发现，这些区域，小姐、女大学生们也经常在夜晚涉足，可是二号凶嫌却专门挑选明显是高中生的女孩子下手，这说明他对成熟的女性有一种畏惧，这种现象只在涉世不深的中学生身上才会出现，如果联系到我刚才关于他年龄的推测，那么诸位就能理解我为什么说他是个高中生了。"

会议室里轻轻地响起一片"哦"的声音。

林香茗的目光缓缓地扫过众人，语气坚定地说："因此，我们必须把华文大学附近的便衣力量再增加两倍！按照我的剖绘，加大对可疑人员的监控、盘查力度，二号凶嫌已经欠下太多的血债，老天不会容许他再肆虐下去了！"

"小伙子，我和许局长就恭候佳音了。"会议结束后，李三多跟林香茗开着玩笑，随即压低声音，"大概你在报纸上也看到了，舆论给我们的压力太大太大，而我们也说了大话，向全体市民保证，这将是最后一起命案。所以，绝对不能让二号凶嫌再杀人了，不然……"

他没有说下去，拍了拍林香茗的肩膀，和许瑞龙一起走了出去。

目送两位领导走出会议室，林香茗沉思了片刻，问郭小芬："你知道今天呼延云为什么没有来吗？"

郭小芬摇摇头。

"这个时候，我很需要他。"林香茗叹了口气，他看看郁郁不乐的郭小芬说，"你怎么了？"

"没什么。"郭小芬不想说。

但是林香茗却猜到了她的心事："跟我去一趟你们报社，我想找你们总编好好聊聊。"

局长办公室里，像大马猴一样佝偻着身子扒在窗口的李三多望见林香茗的"巡洋舰"出了市局大门口，忽然自言自语了一句："林香茗……他真的行吗？"

"如果他不行，就没人行了。"许瑞龙瞪了他一眼。

李三多指着茶几上的那份《法制时报》说："这上面写得多好啊：现在，所有人都在等待一个拯救者的出现。林香茗，他是FBI培养出的高才生，你的爱将，命运的宠儿，一切行为都循规蹈矩，有板有眼。而你我这样经历过世事沧桑的人都知道，真正的拯救者，往往同时也是一个最需要被拯救的人……"

穿过《法制时报》灰黑色的走廊，林香茗和郭小芬一起走进总编办公室。李恒如正在批改大样，翻起眼皮瞅了一眼，慢慢站起，与林香茗软软地握了一下手，指指沙发："请坐。"

"小郭，你先出去一下。"林香茗说。

郭小芬噘着嘴走出去了。

林香茗看房门关上，笑着对李恒如说："打扰李总了，我是想跟您说说贵报记者张伟今天的那篇报道……"

"我知道。"李恒如打断了他的话，"请问，那篇报道有什么失实的地方吗？"

林香茗说："是有一些……"

"哦？有失实的地方？"李恒如再次打断他的话，"这么说，市局已经把案件侦破了吗？"

林香茗一愣，才感受到对方的刻薄，不禁有些生气，但依旧很有涵养，控制住情绪："李总，我是客，您是主，是不是应该给我倒杯水喝？"

李恒如盯着这个俊美的小伙子，觉得他的笑容里有一丝疲惫，不由得站起身，给他倒了一杯水。

林香茗一边喝水，一边说："那篇报道很有文采。"

"文采？"

"是啊，描写的成分远远多于写实，所以显得很有文采，不过，并没有失实的地方。"

李恒如把后背往老板椅上一靠，头仰得很高。

"您觉得凶手是个什么样的人？"林香茗一副随便聊聊的姿态。

李恒如轻蔑地说："一个惨无人道的蠢货。"

"您说得很对，这样惨无人道的蠢货，在我们行为科学上有个词叫'无组织力罪犯'，他们智商和情商都偏低，社会适应能力极差，在其成长过程中，长期忍受着伤心、气愤、恐惧等不良情绪，往往觉得自己比别人矮一截，极端自卑。"

"那又怎么样？"李恒如的话外之音是"关我什么事"。

"您看，他就像是一个从来就被人看不起的懦夫，有一天，一时冲动,杀了一只鸡,旁边的路人都鼓掌叫好,他就一定会再杀第二只、第三只,以此证明自己的骁勇。报纸上一次次宣传凶嫌何其凶残,犯罪现场何其血腥,而警方却对其束手无策,就会让凶嫌产生一种成就感,觉得自己原本卑贱的社会价值通过惨无人道的杀戮得到了实现,就会不断地加大、加重犯罪力度……"

"对不起,我不需要你给我上课。"李恒如不耐烦地摆摆手,"我不相信张伟的报道会有那么大魔力,我只要最有轰动效应的新闻……"

"那么,我们谈点儿实际的。"林香茗幽幽地说,"独家报道如何?"

李恒如一愣:"什么意思?"

"市局新闻处那边我去协调。"林香茗说,"这个案件快要侦破了。我只是设想,比如某天早晨,报摊上的所有都市报中,只有《法制时报》的头版,刊登着捕获凶犯的现场照片……"

李恒如瞪圆了眼睛,片刻,他的嘴角浮起一缕不易察觉的微笑:"林组长果然名不虚传,说吧,什么条件?"

林香茗也笑了:"我的条件只有一个:立即中断张伟对这个案件的报道权,所有相关新闻的记者署名只能有一个——郭小芬!"

离开《法制时报》的时候,郭小芬还是愁眉不展。林香茗说:"怎么还是不高兴?"

"谢谢你帮我争取到了我想要的东西。可是,我觉得周围太病态了……"郭小芬咬了咬嘴唇,接着说,"我想独自走一走。"

"你要去哪里啊?"林香茗问,"你的脸色很不好。"

郭小芬很勉强地笑了笑:"还是注意点你自己的身体吧。我到月亮河南岸的命案现场去看看。"

"还是别去了。"林香茗说,"变态杀手有不少会在作案后二十四小时内,重返现场,回味杀人时的快感。"

但是郭小芬还是坚持要去,林香茗叮嘱她多加小心,两个人才分道扬镳。

七月的月亮河,臭得仿佛刚刚被呕吐出来,河面漂浮着一层绿得发黑的污物,河岸边的白色石栏、夭夭垂柳、郁郁草地也都像是血管被污染后,皮肤上生出的毒疮和烂疮。郭小芬走过小桥,望着眼前茂密的树林,有些犹豫。

——我真的该进去吗?

那些树活像一大群张开手臂、扭转腰肢的人,而这些人的面目却隐藏在它们绿色的头发里,也许是在掩饰一张张已经发霉、腐烂的脸。

抬头看看天空,病恹恹的灰色。

附近很安静,没有人,也没有声音。案发现场,密林深处,午夜,这里会是什么样子?会是怎样的狰狞?

算了,既来之,则入之。

她走进了那些绿色的"头发"里。

没走几步,回头时就已经看不见来时的路,只觉得鼻腔里有一股浓重的腥气,是河水的味道,还是昨晚抛洒在这密林某个角落的血液还没有凝结?

忽然,她愣住了。

右边一棵树后面,冒出一个人来,涂了厚厚一层脂粉的脸上白得好惨,是华文大学那个名叫白天羽的学生会主席。

他的右手揣在兜里,看着郭小芬的目光显得有些惊慌。

他的心理年龄有二十二岁,还是更小,比如,十八岁以下?

"你怎么在这里?"郭小芬问。

"我……我随便走走,随便走走。"白天羽怯生生地说,"你来做什么?"

郭小芬盯着他:"昨天夜里,这儿发生了凶杀案,你知不知道?"

白天羽打了个哆嗦:"我也是后来听同学们说才知道的。"

也不知他哆嗦是因为被吓得,还是心里有鬼。郭小芬明白,逼问他是没有用的:"犯罪现场在哪里?带我去。"

"我上午和看热闹的同学们一起去过,你跟我来吧。"白天羽说。

树林犹如入夜的坟场,越往深处去,越显得阴森。两个人一前一后沉默地走着。沉默给人一种无形的压力,所以郭小芬就有一搭无一搭地凑话:"你对这里很熟悉吗?"

"嗯,我和陈丹过去经常来这里散步。"白天羽说。

"你一定很爱她,对吧?"

"当然,我把她当成女神一样,就算她掉下一根头发,我也会精心收集好,放在贴身的口袋里。"

"她出事后,你也去仁济医院看过她不少次吧?"

"是啊,每次去我都给她买鲜花,带去她爱听的CD,她最喜欢听音乐了,无论什么曲调,听一遍就能哼唱,跟印在心里似的……"

"看着她躺在病床上,一定让你很痛苦吧?"郭小芬看着他痴痴的样子,叹了口气,"也不知她什么时候能好起来,指认残害她的凶手。"

没有想到,白天羽的喉咙里发出一阵怪笑。

笑得像哭一样。

"我痛苦吗?也许吧,谁知道呢?说不定我还很开心呢,那个婊子不是得到她应得的惩罚了吗？我是那么爱她，疼她，恨不得把命都给她，可她把我当成什么？无非是她的玩物之一，她对我还不如对一条狗！"白天羽越说越激动，脸上的肉扭曲着，干硬了的脂粉扑簌簌直往下掉，在这幽暗的树林里，给人一种格外狰厉的感觉。"这都是报应，那些玩弄感情的婊子应得的报应！"

他的右手，一直揣在裤兜里。

他一步步逼近郭小芬："有的时候，我真想把那些贪婪、虚伪、无情无义的婊子一个个全都用刀捅死！"

他瞪圆了眼睛，脸上那层薄薄的皮，一瞬间绷得像帆一样，也许会一下子全都爆裂，露出白色的头骨……

郭小芬吓得快要尖叫起来！

突然，白天羽像中箭一样，身子猛地一僵，他目瞪口呆地望着郭小芬的身后，仿佛看到了非常恐怖的东西。

郭小芬一回头——

在她身后的山坡上，坐着一个人，胡子拉碴，神情颓废。

是呼延云。

白天羽怪叫一声，转身就跑，背影很快就消失在树林之中。

"这个精神病，快要把我吓死了！"郭小芬抚着心口，对呼延云说："你怎么在这里啊？"

"我早晨看报纸，觉得香茗可能有压力，就来犯罪现场看看，想帮他找到一些线索。"呼延云说，"可是一无所获……"

"你都没有发现什么，我就不必再去了，咱们一起回市局吧。"郭小芬说，"香茗现在真的压力很大，很需要你的帮助。"

两个人一起往树林外面走。呼延云木然地说："我不行了，酒精把我的脑力彻底损害掉了，我已经失去推理能力了。"

"别这么想。"郭小芬半天才说出一句话，"过去的事情，不要变成将来的累赘。"

呼延云看了她一眼问:"香茗都告诉你了?无所谓,反正我也是个废人了。"

"干吗要这样说自己呢?"郭小芬说,"快点把那些不开心的事情忘掉吧……"

说完这话,她的神情突然黯淡下来。

"怎么了,你?"呼延云问。

一阵风划过树梢。郭小芬喃喃地说:"其实,我自己也遇到了很不开心的事情呢。"

"你?你遇到什么事情了?"

"我男朋友在上海。前一阵子,他炒股跟着了魔似的,大把大把的钱往股市里扔,我劝他要理性一点,他不听,还跟我吵,这两天连我的电话都不接了。在他眼里,股票比我还要重要似的,也许他已经把我忘了。过去他可不是这样的。我也不知道怎么了,周围的人,好像都在往一个个巨大的旋涡里跳,明知道会被旋涡吞没,也要跳……"

"很多时候,人是身不由己的。"呼延云说,"不是要往旋涡里跳,而是身在旋涡中,就跟这座城市一样。今天,每个人都在为流血而恐惧,却不知道自己早就站在血泊里……"

郭小芬惊讶地看着他。

这个家伙!

聊着聊着,他们慢慢地走出了树林,回想刚才的一幕,郭小芬仍然心有余悸。

白天羽那只始终揣在裤兜里的右手……

不知道为什么,她忽然感到:身边这个萎靡不振的醉鬼,给她一种很强很强的安全感。

这时手机响了,是林香茗打来的:"小郭,你在月亮河吗?哦,和呼延在一起啊,那太好了,你们马上回市局!蕾蓉对通汇河北岸无名女尸做的尸检,取得了非常重大的突破!"

回到市局行为科学小组办公室,已经数日未见的蕾蓉正在和林香茗一起,浏览着互联网上的资料。屋里还站着一个也是刚刚进门的刘思缈。

"蕾蓉姐。"郭小芬亲昵地招呼道,"香茗说你有好消息带给我们。"

蕾蓉还没有说话,林香茗倒抢了个先:"是啊!这个发现很有可能帮我们锁定一号凶嫌!蕾蓉,还是你自己说吧。"

蕾蓉笑了笑说:"由于在两个装有尸段的黑色塑料袋中,都没有发现死者的头颅,所以,我所进行的尸检,最重要的目标就是对受害人的身份进行鉴定。我对尸段上的文身、刺青,以及附着在尸段上的粉色针织短裤、黄色无袖背心、黑色乳罩等都进行了详细的检查,但是都没有发现可以表明尸体身份的明显指征。"

"那么,指纹呢?"刘思缈问。

蕾蓉摇摇头:"手指指尖的皮肤被凶手用刀削去了,无法提取指纹。"

刘思缈可真纳闷了:"没有指纹,没有颅骨……那你怎么鉴定受害人身份?"

蕾蓉把一沓照片递给她,郭小芬探过头来一看,浑身一哆嗦,每一张的上面,都是像罐装竹笋一样惨白而发黄的手指。

"这是尸体的手指照片。"蕾蓉说,"尸检做了好几次,毫无收获,本来我都打算放弃了,后来咬紧牙,逼着自己又检查了一遍,发现在左手中指的指腹位置,有非常非常浅的一道痕迹。我用放大镜仔仔细细观察后，识辨出那是一行手工雕刻出的字迹的印痕——CHARLEOR。"

刘思缈皱着眉头想了半天，猛地睁圆了杏眼："查理奥？"

"查理奥是什么？"郭小芬一头雾水。

"CHARLEOR——意大利著名首饰品牌。"刘思缈说，"设计理念源自古代腓尼基人的艺术，以波浪形花纹为主要特色，其戒指会在内侧手工雕刻CHARLEOR这几个字母，而仿制品的内侧，这几个字是模压上去的印刷体。不过，由于这个品牌太高档了，据说在全球才拥有四十个精品店……"

蕾蓉笑道："我们已经查阅过了，在国内，查理奥的精品店只在本市东方商城有一个。只要我们调取其客户资料，就能顺藤摸瓜，找到受害人！"

"皮肤上由外力造成的压痕或纹路，由于肌肉的弹性和皮肤的张力，一旦外力解除不是很快就会消失吗？怎么会残留在指腹上呢？"郭小芬好奇地问。

蕾蓉说："你说的那个是人在生存状态下。人一旦死亡，肌肉失去弹性，皮肤失去张力，这样一来，即便戒指被凶手剥下，压痕也能够在皮肤上长期保存下来，并反映出接触物表面的形态特征。"

"现在，我们已经渐渐地逼近了一号凶嫌和二号凶嫌。"林香茗走到窗前，望着因交通拥堵而死气沉沉的大街，"我唯一担心的是，二号凶嫌的活动规律是每隔两到三天就出来作案一次，而市局给全体市民的承诺是，绝对不会让他再杀一个人。我们究竟能不能在两天的时间内，把他捉拿归案呢？"

第十四章　搜查贰号公馆

东方商城是晚上九点下班，但是此刻，尽管玻璃幕墙外的天色已经浓如墨染，位于三层的查理奥精品店里却是人影幢幢。

林香茗向精品店的经理大致说明了情况，希望他们配合警方，提交该款戒指的购买客户的资料。经理满口答应，但是在电脑里将该款戒指的代码一输入，立刻就面露难色。

"怎么了？"林香茗问。

经理皱着眉头说："这款戒指是为了纪念查理奥创建三十周年的限量纪念版，全世界才打造了一千只，我们这个精品店只售出了三只，都是VIP客户购买的，这一级别的客户资料是绝密的。"

"这是什么话！现在要你们协查，啰唆个什么！"旁边的马笑中说。

那经理十分客气地婉拒道："商家有商家的规矩，如果没有高层的允许，我们绝对不能把VIP客户的资料向外泄露，请您谅解。"

"嘿！你要再不交出资料，信不信老子现在就封了你的店！"马笑中凶巴巴地说。

经理赔着笑说："警官先生，您知道我们的VIP客户都包括哪些人吗？有许多，我把名字给了您，您也未必就真能查得了人家。"

这下可把马笑中气坏了,伸手就要揪那经理的脖领子。

林香茗一把将他拦住,然后问那经理:"如果我们想要查询VIP客户的资料,需要得到你们公司哪位高层的允许呢?"

经理说:"我们大中华区总经理沈萌女士,您一定知道的,这个月的《时尚》杂志就是用她的照片当的封面,不过她常住香港,平时非常忙,而且现在已经很晚了……"

插着裤兜靠在墙角的呼延云走了上来,对那经理说:"你现在给她打个电话,就说呼延云想要查理奥的VIP客户资料。"

经理一愣:"您说您叫什么?"

"呼延云。"他的口吻仿佛对这个名字异常厌倦,却多少又流露出一点自豪。

经理看着这个衣着普通、胡子拉碴的家伙,神情半信半疑。

"别以貌取人。"呼延云看穿了他的心思,"放心打吧。"

经理老大不情愿地拿起电话,打过去,没说两句,神色肃然起敬,放下电话,对呼延云说:"沈总说了,一切听您的吩咐。"

"你都听他的!"呼延云指了下林香茗,走到店外晃悠去了。

"这小子!"马笑中吐着舌头,"有两下子啊!"

郭小芬和刘思纱也惊讶地望着林香茗,林香茗笑了笑,没有多解释什么,开始看那已经解密的VIP客户资料。

第一只戒指是某高官买给他的情妇——一位著名影星的,第二只是个十六岁的少年买给他的女朋友的。

"这款戒指多少钱?"林香茗问那经理。

"这款戒指是白金打造,镶钻,设计获得当年HRD Awards大奖,所以价格昂贵,高达五万美金。"

"五万美金?!"林香茗睁圆了眼睛,"一个十六岁的少年怎么买得起？"

经理苦笑着说："那孩子是一个银行支行行长的儿子。"

"哦。"林香茗接着看第三只戒指销售的客户登记资料，不由得发出一声惊呼，意料之外又意料之中，"是他？"

大家一起看去，只见电脑上清晰地显示出一行字："二十一世纪房地产公司的总裁徐诚。"

"他是给谁买的？"林香茗问那经理。

经理想了想说："好像是他的一个情妇吧，两个人一起来的，那个女人个子比他还高，很漂亮。"

林香茗看了看客户资料上的戒指销售日期，抬起头，四下一望，指着角落里的监控摄像机说："你马上把当天的视频资料调出一份给我。"

回到局里时，已经是晚上十点了。在小型多功能厅里，林香茗用投影仪把视频资料放出：一个穿着低胸透视黑纱裙，美艳绝伦的女人挽着徐诚的胳膊，一起走进查理奥精品店，很快挑选了那款戒指，结账，离开。

"当务之急，是得抓紧查出这个女人究竟是谁。"林香茗说。

"这个好办！"马笑中掏出手机打了个电话，然后把二郎腿一跷，"我找个本市最有名的花户来，一准儿能认出这个妓女。"

郭小芬很惊讶："你怎么知道她是个妓女？"

马笑中得意扬扬地笑道："我是干吗的？片儿警！眼睛只要这么一扫，连这人内裤是三角的还是平角的都能猜个八九不离十。你看这女的，走一步屁股扭三扭，弯腰挑戒指的时候，对面是个男的店员，她奶子都快掉出来了也不捂，她要不是妓女，我管你叫妈！"

半小时后，那花户来了，一张坑坑洼洼的瘦脸涂得像鱼肚一样白,小小的眼睛眨个不停,一进屋先给大家鞠了个躬,然后又挨个儿给每个人鞠躬,嘴里不停地叫着"政府好",郭小芬忍不住笑出声来。

"屎壳郎,你他妈的少整那没用的!"马笑中指着投影屏上的影像,"这女的,认识吗?"

外号叫"屎壳郎"的花户抬头只看了一眼,就惊叫了起来:"这不是芬妮吗!"

"这个女人最近在哪里?"林香茗严肃地问。

屎壳郎摇摇头:"我不知道。她在天堂夜总会混,原来是接散客的,后来被二十一世纪房地产公司的总裁徐诚包了,不过前一段时间失踪了。行里都说她被一香港大老板看上,当二奶去了,也不知道是真是假,像她这种超A级小姐,当二奶就算是到家了……"

"你来之前是不是嗑排气管了?净跟我这儿放屁!"马笑中说,"还知道些什么?拣有用的说,不然我搓你的灰!"

"马哥,马哥,您知道我这人,六十岁的鸡巴——没多大挺头儿,哪次见到您我不是稀里哗啦泻个干净?"屎壳郎点头哈腰,笑得像一朵快要蔫巴的花。

"靠!你丫拐弯抹角骂我是鸡呢!"马笑中照他屁股就是一脚,"给我滚!"

屎壳郎一溜烟跑掉了。

"那两个火柴盒是天堂夜总会的,贾魁和王军也是夜总会里的常客,看来这个天堂夜总会里大有文章……"林香茗沉思片刻后说,"小郭,你们上次在天堂夜总会救过的那个姑娘,也许能给咱们提供一些线索,我看咱们现在去找她一趟吧。"

"不行!"旁边的呼延云说。

林香茗奇怪地问："为什么？"

呼延云指了指窗外的夜色："这个时候，她肯定在天堂夜总会里上班呢，咱们去找她，即便是穿便衣，也会引起别人的好奇，一旦发现有警察跟她联系，她就该有危险了。"

所有人的心头，都不禁浮起一丝感动。没想到这个平时昏头昏脑，在专案组里寡言寡语的人，在保护一个与他毫不相干的女孩子时，竟有这样一番细心。

林香茗点点头说："我主要是怕夜长梦多……那咱们就明天中午去她住的地方找她吧。"

第二天中午，林香茗和郭小芬、刘思缈、马笑中、呼延云一起，来到了娟子住的那条胡同附近，由郭小芬将她叫出，上了车用笔记本电脑给她看了查理奥精品店的那段视频，娟子一眼就认出来了："没错，这就是芬妮姐……她现在在哪里啊？"

一时间，每个人都不知道该怎样回答她才好。林香茗将车开出很远，在路边找了个成都小吃的馆子停下。馆子外面支着个很大的凉棚，摆放着破破烂烂的桌椅。他们走进去，围着个稍微干净些的圆桌坐下。马笑中点了些川北凉粉、担担面、酸辣粉之类的，大家边吃边聊，呼延云独自要了瓶啤酒，一杯一杯地往肚子里灌，饮牛似的，没过多久目光就模糊起来。

"这款戒指你见没见芬妮戴过？"

郭小芬把戒指的照片给娟子看。

"嗯，见过，这款戒指是一个房地产公司的徐总给她买的，好贵的，连睡觉她都舍不得摘下来呢。"娟子说。

"你能详细跟我们说说芬妮的情况吗？"林香茗说。

娟子点点头说："芬妮姐是我的妈咪过去带的姑娘，特别漂亮,好多男人来夜总会里都爱点她,但是后来有个徐总包了她之后,她就不轻易接散客了。前一段时间她突然失踪了,谁也不知道她去哪里了,连妈咪都不敢打听。"

"失踪前,她出了什么事情吗?"林香茗问。

"有。被包了之后,芬妮姐轻易就不出台了,但是后来,好像徐总又有了新欢,对她冷了下来,她就又回夜总会了。可是她跟徐总时间长了,花钱大手大脚惯了,一下子没了徐总给她钱,日子就过得有点艰难,一喝醉了就骂骂咧咧的,说了徐总好多的难听话,说知道他的好多事,将来都抖搂出来。"娟子说,"听说了这些,徐总就派了他的两个手下,一个就是那天晚上欺负我的姓王的,还有一个姓侯的,威胁芬妮姐,让她不许胡说八道。可是一来二去,姓王的和姓侯的都和芬妮姐好上了,经常带她去宾馆……"

"这是什么时候的事情?"

"就前一段时间。"

林香茗说:"你说芬妮受过威胁,那么她应该警惕性很高,不会和不认识的人开房吧?"

娟子点了点头:"她也挺害怕的,除了徐总、姓王的和姓侯的,失踪前的那几天,她根本不接任何客人了。"

"她是哪一天失踪的?"

"我想想,好像是六月十五号——没错,就是那天晚上十点左右,她在夜总会出台,姓王的来找她,说徐总要她去什么贰号公馆,她就匆匆地走了,以后再也没见。"

这个时间与蕾蓉尸检后对死亡时间的估计相吻合。林香茗接着问:"你还记得她的身上有什么特征吗?"

"她的右边肩膀上刺了一朵玫瑰。"

林香茗从公文包里取出一张纸,推到娟子的面前:上面印着一朵玫瑰的刺青,是蕾蓉从尸段上提取的。

娟子一看,脸色变得更难看了:"芬妮姐……她到底怎么了?"

林香茗这时可以确定,通汇河北岸的无名女尸,尸主一定就是名叫"芬妮"的妓女了。

"我可以告诉你,但是你不要激动,前一段时间报纸上刊登过的、在通汇河北岸发现的无名女尸,现在可以初步认定,就是芬妮。"

娟子一愣,手抓着胸口的衣服,满面惊恐地看了看围着桌子坐成一圈的每个人,又把目光投向凉棚外:烈日下,一片白花花的地。

"我刚来那会儿,有个客人把我欺负哭了,芬妮姐护着我,把我拉到后面,用蘸了热水的毛巾给我擦脸……"娟子念叨着,两行泪水淌下了粉莹莹的面颊。

大家都不由得垂下头去。

"哭什么!小姐嘛,卖的就是肉,早晚都有挨刀的一天!"

平地一声雷!这冷漠而恶毒的话把众人惊得目瞪口呆,更加令他们没有想到的是,说出这话的不是别人,正是在天堂夜总会里挺身而出搭救过娟子,昨天晚上还提醒林香茗要注意保护她安全的呼延云!

郭小芬感到一阵头疼,真的——头疼!

娟子用一双泪眼瞪着呼延云,认出了这个醉醺醺的家伙,就是曾经为了救她而被打得头破血流的人,她咬了咬牙,低声申辩了一句:"小姐也是人。"

呼延云斜睨着她:"小姐也是人?在你们眼里,感情、肉体、尊严，通通都不过是换钱的玩意儿。把'小姐'和'人'画等号？别他妈的糟践'人'这个字了！"

娟子"呼"地站了起来："你……你太过分了！我想当小姐吗？你住在城里，知道我们乡下人有多难吗？没有钱，我上不起学；没有钱，我爸爸外出打工，一去几年都没有消息；没有钱，我妈妈得了病也治不了，尿毒症，疼得她整夜整夜在床上打滚……我出来挣了钱，自己省吃俭用，寄回家给妈妈治病，可是钱不够，最后妈妈就死在县医院的过道里，可是我还得挣钱，寄回家供妹妹上学，不能让她走我的路……"

她说不下去了，呜呜地哭着跑出了凉棚。

郭小芬扔下筷子，追了出去。

洗马河岸边的垂柳下，娟子扶着石栏，伤心地哭着。

郭小芬走到她身边，轻轻地抱住了她的肩膀。

阳光照在河面，仿佛流淌着一抹碎银。一只蝴蝶从对岸飞来，停在石栏下的一朵不知名的小花上休憩，两只米黄色的翅膀一张一合。

"他怎么是这样一个人啊？"娟子哭累了，喃喃地骂。

"他在感情上受过伤，挺惨的，天天喝酒，喝得脑子里面不大正常。"郭小芬说，"其实他人很善良的。"

"我知道。"娟子说，"那天晚上，就是他救的我。"

两个人沉默了一会儿，郭小芬突然问："对了，有个叫贾魁的，常在天堂夜总会混，你应该认识吧。他和芬妮有没有发生过什么关系？"

"你说的贾魁，耳朵上是不是有一撮黑毛？"娟子说，"他是个贩毒的老混子，攀不上芬妮姐的。"

郭小芬从口袋里掏出一张照片递给娟子问道："你认识这个

人吗?"

娟子一看:"这个女孩叫陈丹,是个大学生,经常来天堂夜总会出飞台,说是挣点零钱花。因为长得漂亮,徐总、姓王的都带她到外面开过房……贾魁好像和她认识,不久前的一天,两个人还在夜总会里推搡过。"

"推搡,是什么原因?"郭小芬问。

"不知道,当时场子里特别乱,我只记得陈丹恶狠狠地跟贾魁说,他的死期快要到了!贾魁害怕得不行。"

郭小芬点了点头:"谢谢你。"

娟子惨笑了一下:"我走了,你去跟他说,既然他这么讨厌我,我不见他就是了。下次……下次他也别救我了。"

郭小芬一愣,才反应过来,"他"指的是呼延云,还没有回答,娟子已经走远了。

回到凉棚,只见人去桌空,只有小伙计正在拾掇碟碗。回到车里,朋友们都在等她,她便把刚才和娟子的对话跟车上的人讲了。

呼延云脑袋靠在窗户上,呼呼地睡着了。

"看来徐诚和他的手下,与芬妮的被杀有着脱不掉的干系。杀人动机就是芬妮被徐诚冷落了,扬言要泄露他的一些不可告人的秘密。"林香茗皱着眉头说,"关键问题在于,指控他们的证据在哪里。"

大家都沉默了。徐诚在财政两界的影响力不可小觑。打蛇打不到七寸会被反咬一口,徐诚可是一条巨蟒,不要说林香茗,就是市局局长许瑞龙、市政法委副书记李三多,想动他也要顾忌三分。虽说警察这个工作就是得罪人的,但是单靠一股血勇,动辄挑战权贵,那么任谁的警服穿不过三天就得给扒下来。

回到局里，刚一进办公楼，郭小芬眼尖，见一个看上去眼熟的人，鬼鬼祟祟地贴着墙根正在往外面溜，立刻喊了他一声，那人站住了，哭一样地笑着。

"是你？"郭小芬认出来了，正是夜探莱特小镇时，带着一群人向他们发起攻击的那个保安头子潘大海。

"是，我是来销号的。"潘大海说。按照规矩，刑事拘留后，如果因为特殊原因中断拘留，提前释放，本人必须在一周内到拘留地报到，俗话叫"销号"。当初，潘大海还没有被送到拘留所，就因为高秘书的干预，和王军一起被释放了，因此市局就成了他的"拘留地"，只好来这里销号了。

"回去，夹起尾巴做人。"林香茗教训了他一句，又问："鼻子好了吧？"

"好了好了，一点儿都不疼了。"潘大海摸摸鼻子说。那天晚上，林香茗一拳就打断了他的鼻梁骨。

"你的意思是说，我的拳头还不够硬？"

潘大海吓得一边摇头，一边往后退，腰弯得跟虾米似的。林香茗笑着摇了摇头，和刘思缈、马笑中、呼延云一起上楼去了。

郭小芬却原地未动。

"潘大海，我问你一个问题，就一个。"她说。

"啊？"潘大海一脸懵懂地望着她。

郭小芬慢慢地说："你当保安，肯定学了些搏击术，谁是你们的搏击教练？"

潘大海说："王军啊，他当过特种兵，既给我们徐总当司机，还是他的保镖。"

"这就对了……"郭小芬自言自语道，正要向楼上走，突然接到总编办公室的电话，让她马上回报社参加年中总结会。这一阵子，她天天跟专案组混在一起，已经多次旷会，想想自己终究在《法制时报》工作，案子破了还要回去，不好太肆无忌惮，所以给林香茗发短信告了个假，就匆匆往报社赶去。

行为科学小组的办公室里，呼延云和马笑中靠在沙发上呼呼大睡。刘思纱坐在电脑前，盯着屏幕。屋子里只有空调轻微的嗡嗡声。

林香茗坐在窗前，凝视着路边的杨树，在白得发腻的阳光下，树叶耷拉得像白癜风患者的脖子，一副病恹恹的样子。

不知不觉间，他喃喃起来："蕾蓉根据尸体上蝇蛆的生长状况，已经将芬妮的死亡时间锁定在六月十五日夜里十二点之前。娟子告诉我们，王军六月十五日晚上十点左右把芬妮叫走，带她去徐诚的公馆。如果能够证明，在芬妮生命的最后两小时里，她是和王军、徐诚在一起的，那么这两个人就有重大的犯罪嫌疑。可是目前我们只有娟子的口证，却没有任何的物证……"

刘思纱说："我又把徐诚带芬妮去买戒指的视频看了几遍，没有发现问题。"

"视频……"林香茗站了起来，走到电脑旁边，慢慢地说，"我在想，芬妮被王军从天堂夜总会带走，夜总会那种地方，应该有监控视频作为记录，如果我们能拿到视频……但这还不够，王军完全可以说，他把芬妮叫走，是到外面说了说话，然后芬妮自己走了，他并没有带她去贰号公馆。"

"公馆，公馆……"林香茗的目光浮动，犹如清晨湖面上飘起的雾。"徐诚住的贰号公馆相当高档，为了安全起见，一定也有监控视频。那么，我们首先取得芬妮离开夜总会的视频，然后再从贰号公馆中，提取到她后来进入公馆的视频，不就可以证明她那段时间确实是和王军、徐诚在一起了吗……"

"可是，徐诚完全可以辩称：芬妮来公馆没多久，就从后门离开了啊。"刘思缈说。

"贰号公馆位于市区最繁华的一角。"林香茗目光渐渐清晰起来，"围绕着公馆的各种公共设施：广场、红绿灯、电线杆子，还有地下车库，到处都安装有监视器，而且无论日夜都保持开启状态。我们把六月十五日公馆内外的所有监视视频都调取出来，一一查验，我敢说，一定只有芬妮进公馆的，而没有她离开的！一段受害者有进无出的视频——这就是芬妮被杀害在贰号公馆的铁证！"

"如果视频显示，她和徐诚或王军后来又离开公馆了，该怎么办呢？"刘思缈又问。

"时间！时间才是致命的因素！"林香茗说，"芬妮十点离开夜总会，刨除来公馆路上的时间和在公馆逗留的时间，她离开公馆至少也应该是在十一点之后的事了！距离她死亡只剩下一个小时！我不能说，在这一个小时里，跟她在一起的人就一定是杀她的人，可是如果这个人想摆脱犯罪嫌疑，可就没那么容易了。我们完全可以把他带回局里，仔细审讯，除非他能说清楚芬妮最后这一小时的死亡之旅是怎样度过的，否则，谁也休想再把他捞出市局！"

"还有一点，王军告诉芬妮说带她去贰号公馆，会不会是奉了徐诚的命令，把她带到别的地方杀害了？也就是说芬妮根本没有去过贰号公馆。我不相信徐诚舍得让自己的公馆变成出人命的凶宅。"刘思缈说。

"我也不相信杀人现场在贰号公馆内。"林香茗说，"但我认为徐诚还是会把芬妮叫到公馆，玩弄她之后，再让王军把她带到其他的地方杀害……至于你说芬妮根本没有去过贰号公馆，也有这种可能，但眼下只好冒险试一试了，我相信总还是能从公馆的监控视频中找到些蛛丝马迹的。"说到这里，他脸上那一向柔美的线条，突然犹如海边壁立的巉岩一样坚韧起来："就这样，今晚同时搜查天堂夜总会和贰号公馆！"

刘思缈大惊道："这太冒险了，一旦在贰号公馆没发现芬妮进入的视频，徐诚就会反咬一口，投诉你非法搜查私人住宅，你一不是警察，二没有搜查证，他一告你一个准儿，你肯定要负法律责任的。何况，就算是我和杜处现在去办搜查证，时间来不及，许局长也未必会同意啊。"

"那就不办！这样，万一行动失败，我没有办搜查证，许局长不知情，责任就由我一个人扛，不会牵累他。"林香茗说，"再说了，《刑事诉讼法》第一百一十一条虽然规定搜查必须向被搜查人出示搜查证，但也强调：遇有紧急情况，不用搜查证也可以进行搜查。至于我的身份，我虽然不是警察，但身兼行为科学小组组长和专案组组长，他知道我穿制服还是穿便衣！"

"不行！"刘思缈痛苦地咬着嘴唇，"你不要固执，不要……"

她的口气是那样哀婉，林香茗凝视着她眉前一缕凌乱的秀发，不由得轻轻地抬起手，在半空中停住了。

"思缈……对不起，案子一直没有突破，我的压力很大很大。"林香茗慢慢地又把手放下了。

刘思缈看着他的那只手，目光中爱恨交织："好吧。晚上，两边同时动手，你带人去贰号公馆，我带另一队人去天堂夜总会。"

"你？行吗？夜总会的人肯定认识你。一旦引起他们的警惕，销毁视频资料,可就——"

林香茗的话还没说完,刘思缈就打断了他:"我化装之后,他们认不出来。我进了夜总会先找娟子,让她协助我进到监控室,然后叫外面的警察冲进来搜查,保证万无一失。"

两个人又把行动的具体细节一一商议妥当,突然发现不知什么时候,呼延云已经从沙发上坐起,呆呆地看着他们。

"你醒了?"林香茗问。

"晚上,我和思缈一起去天堂夜总会。"呼延云说。

林香茗说:"你上次在夜总会救娟子,他们一定认识你,你还是不要去的好。"

呼延云摇摇头:"我不进去,在外面等着,等思缈办完事情撤队后,我有几句要紧的话,要和娟子说。"

把一杯鲜血一样的酒慢慢地灌进喉咙,我的舌头,会不会被染成红色?

穿着黑色西服,粉色的衬衫领子竖起,掩着一截雪白的脖颈,嘴里叼着的那根Davidoff,一闪一闪地交替着明暗,唇上一抹浅浅的胡子,掩盖着一丝不易察觉的冷笑……思缈独自一人,斜靠在天堂夜总会的卡座上,这副打扮,分明是一个想要在午夜寻欢的"T"(女同性恋中的男方角色)。

从这里望下去,Disco舞池里的人们上演着夜夜无休的群魔乱舞,抚摩、喘息、呻吟、痉挛,肉体与肉体的激烈碰撞,犹如一群接受集体电刑的死囚在做疯狂的最后挣扎,连脸上的表情,都是相仿的——

高潮到死。

"拉拉?"一个小姐弯下腰,一条鲜美的大腿跪在思缈独倚的沙发上，微微绽开的贝齿充满了诱惑。

刘思纱提起右手的食指和中指，轻轻摆了两摆，小姐娇嗔了一声，走掉了。

光，错乱的光，像一条条狂暴的蛇，在每个人的身上流窜。

酒，肥嫩的酒，像一段段处女的舌，舔舐着最隐秘的所在。

光与酒缠绵交糅，正如性爱前温柔而火热的手和唇，让人迷离。

你的手，为什么欲抚又止？

在美国留学的时候，我是那么爱你，我拒绝了无数人的追求，我只痴痴地恋着你一个人，可是你……

你知道那些深夜里，我曾经怎样地饮泣。

爱是水，极度的压抑，让我变成了冰。

我。

湿润了的视线变得模糊……

一只手，突然抚在了她的肩膀上，是你的手吗？

突然，音乐声戛然而止，一个段落的发泄告终，舞池里爆发出一阵巨大的号叫声，像撕碎了什么似的。

她猛地惊醒，抬起头，那只手，是娟子的。

娟子望着她，另一只拿着酒杯的手，指头在杯沿上叩击了三下，然后转身离开。

糟糕！按照事前的约定，为了保证娟子的安全，只要她在自己面前走过，手拿酒杯，指头在杯沿上敲击三下，就表示守在监控室外面的保安暂时不在，可以行动。刚才自己想事情想出神了，没有注意到娟子，她一定是着急了，才冒险和自己直接接触。

刘思纱站起身，绕过那些像苍蝇一样嚣乱的人，快步走进一个蓝色的墙面上绘着无数裸女的甬道。这条甬道，依次列置着男女洗手间，甬道的尽头是一扇紫色的门。

往常门前总会站着一个穿黑色西服，戴着蓝牙耳麦，手持对讲机的保安，但是现在，这个保安大概是上洗手间去了，刘思缈拉开门就走了进去。

入眼，一条狭窄的、长长的黑色铁梯。

拾级而上，顶端又是一道门。

她毫不犹豫地打开这道门。

监控室里陈设着一面棋盘似的拼接电视墙，显示出安置在夜总会各个要紧处的监视器拍摄出的即时场景。坐在里面的两个工作人员一见陌生人闯了进来，立即站起，走上来厉声喝问："你是谁？怎么进来的？"

刘思缈没时间跟他们废话，挥手在二人颈部各劈一掌，将他们击昏在地。

接着她走到电脑前，用了大约五分钟的时间，进入天堂夜总会的数据库，查看了视频资料的保存情况。夜总会的秘密甚多，无数达官显贵在这里用公款章台走马，千金买笑，酒后丑态，不堪一睹。若是泄露出去，不知道会妨碍多少人的锦绣前程，所以为了安保而拍摄的视频，按规矩只能"撂"一个月，一个月后，就集中转移到黑道大佬手中，由他们决定保存还是销毁。

经过查验，六月十五日的视频资料还在。确认这一点之后，才能让大队人马出动，否则就立刻收队，连贰号公馆那边也不用查了。

埋伏在天堂夜总会外面的便衣警察们，一接到刘思缈的命令，迅即封锁了夜总会的各个出口，由马笑中率领的特别行动队一拥而入。

夜总会里顿时乱成了一锅粥，嫖妓的忙着穿衣，吸粉的忙着藏毒。马笑中却没工夫搭理这些虾蟹，一面让人逐个包间地搜查，寻找贾魁和王军，一面带队向监控室冲去。

甬道尽头，天堂夜总会的老总董豹站在那扇紫色的大门前，他还不知道刘思缈就在楼上。

董豹认出了眼前带队的警察，就是那天用酒瓶子拍了自己一个满脸花的人，不禁分外眼红。

"起开！"马笑中说。

董豹冷笑一声："恕我说句该挨大嘴巴抽的话，我这夜总会，舞厅、包间、厨房、厕所，您哪里都能搜，就这道门，您不能进。"

"为什么？"马笑中一愣。

"这里面有些秘密，您不但不能看，连我都不敢看。"董豹嘲讽地一笑，"我知道，我说的，您不信，这好办。"他掏出手机，拨通了一个号码，"喂？您好，我是天堂夜总会的小董，对，对，有几个警察来砸场子，也不知道他们要搜什么。现在他们要进监控室，可能是要找视频资料，您看……好的，我明白，我明白！"他得意扬扬地把手机递给马笑中，"上边找你说话。"

马笑中接过手机，直接对着话筒平静地说了四个字——

"去你妈的！"

然后，他把手机还给董豹，非常客气地说道："我说完了，你跟他接着说。"

董豹目瞪口呆！

"啪！"

一个清晰而响亮的大耳光，把董豹抽得倒在地上，顺着嘴角淌血沫子。

"下三烂的玩意儿！"马笑中轻蔑地看着他，"这是今年公安部督办的一号大案，知道吗！天王老子也不敢挡我的道，你倒挺有先见之明，知道你这句话就该挨大嘴巴抽！"他对身后的警察们说，"留俩人，盯着这王八蛋，其余的人，跟我上！"

一进监控室，刘思缈刚刚结束了和林香茗的通话，把手机挂断："你们来晚了。"

马笑中嘿嘿笑道："天堂夜总会的老总董豹挡路，花了点儿时间打发他。"

"我已经找到了六月十五日王军带着芬妮离开的视频，咱们再分工，把这段时间有关王军、贾魁、芬妮、陈丹的视频全都找出来。"刘思缈说，"贰号公馆那边，香茗应该已经动手了。"

林香茗得知刘思缈成功地找到视频之后，心里有了底。这时，正在区管委会查验六月十五日贰号公馆周边的公共设施监控视频的林凤冲也打来电话报告，视频资料显示：有三辆车当日晚十点以后驶入了公馆的地下车库，但都没再驶出，更没有芬妮离开公馆的影像。

这样看来，芬妮是坐车进了公馆，在公馆被害后，隔天尸体才被运出去的。那么，只要在贰号公馆内找到芬妮进入的视频，就可以拘审徐诚了。

林香茗下了车，带着一众手下来到贰号公馆门口，手机又响了，是郭小芬打来的。

《法制时报》的年中总结会开到很晚，然后是同事们聚餐，刚刚才结束。郭小芬打过电话来，是想问问专案组这边有没有什么新的情况。

林香茗就把自己寻找视频来做物证的想法，以及眼下正在进行的行动大致跟她讲了一遍。

郭小芬一听就急了:"香茗,你们千万不要进贰号公馆!"

林香茗感到很奇怪:"为什么?"

郭小芬在电话里喊道:"因为我的推理是——"

声音突然中断了。

电话那边,郭小芬看着因为电量耗尽而自动关机的手机,一时间又找不到公用电话,气得直跺脚:"这下可坏了,这下可坏了!"

电话这边,林香茗给她回拨了几次,听筒里总是"您所拨打的电话已关机",他沉思片刻,伸手按响了贰号公馆的门铃。

走进公馆,那金碧辉煌宛若皇宫般的内饰晃得警察们瞠目结舌,唯独林香茗目不斜视地望着迎接他们的侯林立:"徐总在家吗?我们是市公安局的,有个案件,想要找他核实一些情况。"

侯林立依旧是在莱特小镇与他初次见面时的模样,点头哈腰,笑容可掬:"林组长,我们见过面的……徐总已经睡下了,有什么事明天再说好吗?"

"你说呢?"林香茗轻轻地问。

侯林立的身子不由得一颤:"徐总忙了一天,累了,吃了药刚刚睡下,请林组长多多体谅。"

"也好,我原本也不想叨扰徐总。"林香茗微笑着在客厅正中的沙发上坐了下来,"我们来,是想查看一下贵公馆的监控视频,可能会发现一起案件的线索。"

"林组长说笑了,徐总为人最是光明磊落,仁厚博爱,他住的公馆,哪里会和什么案件有关。"侯林立说。

"我又没说是徐总作案,你心虚什么。"林香茗笑道,"只不过是想找一个和案件有密切关系的人,这个人应该来过贵公馆,我想这里的监控摄像机可能拍摄到了她的影像,请贵公馆务必配合。"

侯林立想了一想:"您有搜查证吗?"

"你这说的什么话!"林香茗笑道,"你刚才也讲了,徐总为人最是光明磊落,仁厚博爱,到他的宅邸只是要他帮助我们,出具一下监控视频,这里又不是什么命案现场,或者犯罪嫌疑人的住所,哪里还用得着搜查证了?"

侯林立一时竟说不出话来。

这时,上面传来一个粗重的声音:"这么晚了,怎么还这么吵?!"

只见徐诚沿着旋转楼梯从二楼走了下来,仿佛是一块岩石缓缓地滚下山坡。

侯林立连忙上前搀扶他,他一把甩开,来到林香茗面前。

林香茗早已从沙发上站起:"徐总您好,我叫林香茗,是市公安局行为科学小组组长。深夜打扰,请您见谅。"

"原来是公差驾到!"徐诚在沙发上坐下,嘲讽道,"不知林组长有何贵干?"

"是为了一件案子,想找徐总核实一些情况。"林香茗随即在沙发落座,拿出一张照片,递到徐诚眼前,"这个女子名叫芬妮,是天堂夜总会的一位工作人员,她上个月被人杀害了。您看,您认不认识她?"

徐诚只扫了一眼:"记不得了,都是些小姑娘嘛,愿意的话就在一起玩一玩喽。"

林香茗说:"可是,据说您给她买过一枚价值五万美元的戒指……"

"林组长觉得我会拿五万美元当回事吗?"徐诚笑道。

林香茗点点头:"我冒昧了。请问您六月十五日这天在做些什么?"

"怎么了?"

"和该案有关。"

"林组长难道怀疑我杀了那位什么什么……芬妮?"

"岂敢岂敢,就算徐总真的有什么不妥帖,相信也有许多人会为您分忧的,哪儿能劳您亲自动手。"林香茗微笑道,"还是言归正传,六月十五日,您在哪里?做什么?请务必如实相告。"

"我年龄大了,记性不好,记不得了。"徐诚揉着太阳穴,"还有事情吗?我要休息了。"

林香茗说:"还有最后一件事情,我想查看一下贵公馆六月十五日的监控视频,确认一下芬妮当天是否来过这里。"

"她没有来过!"徐诚猛地提高了声音。

"您连自己那天做什么都不记得,怎么能肯定芬妮没有来过呢?"林香茗笑了。

徐诚愤怒地一擂桌子,"哐"的一声,桌面上的杯盏都被震得跳了起来:"这是我的家,监控视频涉及我家的隐私,我有权拒绝你们查看,你们可以离开了!"

贰号公馆的几位保安围了上来。

"徐总何必气急败坏。"林香茗将后背往沙发上悠闲地一靠,"我无意冒犯,今天来,纯粹是想请您配合我们的工作,既然您下了逐客令,我们就走。"他站起身,向徐诚微微一躬,转身便走。没走出三步又停了下来,潇洒地将身一转:"差点儿忘了一件大事,徐总认识不认识一个叫张三的人?"

"张三?"徐诚愣住了。

"要么他就叫李四?还是王五赵六?我记不清楚他的名字了。

他是一个火药爱好者,把美国著名连环爆炸案的凶手'纽约炸弹客'乔治·梅斯特凯当成偶像,今天上午我们逮捕了他。他供称由于买不起房,在网上读了您的那些关于房价应该再涨的文章,非常生气,就在二十一世纪房地产公司在本市的所有在建项目中,都安置了遥控的烈性炸药,不过他的这个地方——"林香茗指指自己的脑袋,"好像不大清楚,想不起来每处炸药的具体埋放位置了。本案我们还在进一步审理中,也许他完全是在胡扯,不过,如果您的建筑工地上发现任何异常,请及时报告警方处理,不可擅动。"说完他转身,带着手下往门外走去。

"等一等!"

徐诚把林香茗叫住了。

二十一世纪房地产公司从创建伊始,发展策略就是拨出现金流,疯狂圈地。但是随着国家按揭政策的调整,银根紧缩,导致公司的负债比率、总资产负债率都节节攀升。眼下公司的现金少到可怜的地步,如同一只吸光果肉后又被吹鼓的柿子,一戳就瘫。本市是二十一世纪房地产公司发展的重点区域,目前五处在建项目全都是商品房。徐诚之所以不惜一切代价地捂盘,就是想拖到房价高涨时再销售,套取现金,缓解公司面临的巨大压力。

这种时候,要是从市公安局传出有人在在建项目中埋人遥控烈性炸药的消息,即便将来被证实纯属谣言,试问哪个消费者还敢买?

资金链一旦断掉,面临的就必然是破产⋯⋯

徐诚望着沉静如水的林香茗,忽然大笑起来:"果然英雄出少年!林组长,您可以去查看公馆的监控视频资料了。不过我要问一句:如果六月十五日的视频上有芬妮,我悉听尊便;倘若没有芬妮,怎么办?"

"有芬妮，请您跟我说清楚她后来的去向；没有芬妮，我带队走人，您安心睡觉。"林香茗说。

徐诚眼中射出两道凶光："怎么，您一点责任都不用负吗？"

"对不起。"林香茗淡淡一笑，"这是一场博弈，您既然选择开局，就无权再指导别人第二步该怎样走。"

一小时后，在监控室查看公馆视频资料的一位警察，走到林香茗身边，耳语了几句，林香茗的脸色顿时变得很难看。

"没有？你们仔细看过了？有没有遗漏的，或者有被剪辑过的痕迹？"他问。

那警察摇了摇头："正门、后门、侧门、地下车库门口的四台监控摄像机拍摄下的视频，都没有芬妮的任何影像。视频是完整的，在时间上保持了始终的延续性。"

"林凤冲刚才汇报，公馆外的公共设施上的监控摄像机拍到，当晚十点后有三辆车驶入公馆的地下车库，而且当晚没再驶出……"

"公馆内的监控视频显示：来的是另外三家房地产公司老总的夫人，侯林立说她们是来找徐诚夫人打麻将的，而且一打就是通宵，所以当晚就都住在公馆里了。"

林香茗知道，这下麻烦大了。徐诚本来就可以投诉自己擅闯民宅、非法搜检，如果在监视视频上再没有任何发现，那么捅到上面，即便是许瑞龙、李三多也保不了自己！

"我不信！"他走进监控室，亲自查看每一段视频。结果，别说芬妮了，连王军、侯林立的影像都没有！

"难道我的分析是错的？"林香茗想，"这样一来，即便是提取到了天堂夜总会的视频，也没有多大作用了，王军只要声称芬妮离开天堂夜总会之后，没有来贰号公馆，自己走掉了，那么我们拿他和徐诚都毫无办法。"

身后响起一个声音:"看来林组长不大如愿哦。"

是徐诚,他脸上的笑容充满了诡异。

"对不起,徐总,对于今晚的打扰,我深表歉意。"林香茗的神情坦然依旧,"如果案情有什么新突破,我会再来请您协助调查。"

徐诚一听,大笑起来:"再来?再来?林组长以为过了今晚,还有'再'字吗?"

林香茗也不与他争辩,带人离开了贰号公馆。

他们前脚刚走,后脚侯林立就赶来向徐诚报告:"王军打电话来,他已经从夜总会走脱了。董豹那边也查清了,最近一个叫娟子的小姐跟警方有过接触,而且今晚舞厅里的监控视频显示,这个娟子曾经主动走到领队的女警察身边,打过手势。"

徐诚的面目立刻变得狰狞起来,一个字一个字地说:"告诉王军,该怎么办,他知道!"

"是!"侯林立说。

此时此刻,洗马河畔的林荫道上,消暑的人们已经渐渐散去。静谧中,河水那汨汨的流动声越来越清晰,仿佛是雨前低低掠过地面的风,缓慢而黏滞。呼延云和娟子漫步在一起,已经走了很久,走出很远,但彼此都没有说一句话。

"你说有很要紧的话跟我说。"还是娟子打破了沉默,"为什么还不讲呢?"

呼延云犹豫了片刻,说:"我想跟你说一声对不起,为了今天中午我说的那些话。"

"哦,我都忘了。"娟子一双美丽的眼睛凝视着他。

呼延云弯下腰,胳膊伏在河岸边的石栏上:"我不知道该怎么说……每个人其实都有两面:很好很好的一面和很坏很坏的一面。过去我一直认为,人活在世界上,应该尽量向好的一面去努力,可是后来发现这样走不通,是一条死路,我就变了,适者生存,我总不能坐以待毙吧。我就想把自己变得很坏很坏,可是又发现,我的心还没有死透,所以当不了坏人,结果我就成了一个卡在井口的人,上不来也下不去,你说是不是很可笑?"

娟子点了点头,又摇了摇头。

"我从小就有许多女性朋友,也有好多怪怪的想法。比如说,一罐可乐,打开了,要是男孩子喝了一口递给我,我就不愿意喝,换成女孩子,我就很高兴了,因为我觉得女子就是比男人干净。"呼延云说到这里,不仅娟子"扑哧"一声笑了,连他自己都笑了,"你看,我就是这么个人。女孩子们对我都很好,可能她们不会爱上我这样一个怪物,可是都愿意做我的好朋友,因为我不会伤害人。在这个世界上,一个男人,要想做到不伤害任何一个女人,大概也不是件很容易的事。"

娟子笑着,使劲地点了点头。

"后来,有个女人,欺骗了我,伤害了我,我始终搞不懂她是怎么想的……其实仔细想来,我这样的异端,早就该被这个时代孤立和唾弃,她也不过是其中的一分子而已。总之我开始仇视人类,觉得他们大都是一些麻木不仁、贪求物欲的行尸走肉,所以我说一些狠话,比如中午跟你说的那些,仿佛是要用伤害别人来转移自己的痛苦。我也知道这样是不对的,可是我心里积郁了太多太多的愤怒。一到夜深人静,我就用舌头舔着冰凉的刀刃,想象着剖开这个黑暗世界的感觉,在血腥的气味中体味复仇的快意——哪怕那血腥的气味来自我自己舌头上的鲜血……《幽灵公主》你看过没有？有时候我真的怀疑自己像那个猪神一样，受到人类无休止的刀劈斧斫，心中的仇恨使它变成了邪魔。"

"可是，那天在夜总会，你救了我……"

呼延云说："我只是气不过，我最恨男人欺负女人！"

娟子看着他，水面的粼粼波光映在他的脸上，她突然发现，尽管这个家伙嘴巴有点大，眼睛有点小，鼻梁有点塌，其实有一张蛮可爱的娃娃脸，她情不自禁地说："你应该把胡子刮一刮……"

"啊？"呼延云没听清楚，"你说什么？"

"没什么……"娟子的脸红了。

"对了，我找你真的有要紧事。"呼延云神色严峻地对她说，"你马上离开本市，今晚就走。机票我已经给你买好了，去深圳的，是电子机票，你的身份证号码我是通过关系从你办理暂住证的派出所调出来的，应该没有问题。身份证你带在身上了吗？带着，那就好，你到机场直接用身份证拿票，到深圳后，会有人给你办好相关证件和手续，带你去香港的。"

娟子糊涂了："你为什么催着我走？"

"太危险！"呼延云说，"天堂夜总会的那帮流氓，很快就能查出你暗中协助了警方。"

"可是，我到香港之后怎么办？我没有工作，怎么生活啊？"娟子一时竟有喘不过气来的感觉。

呼延云说："香港那边，我已经安排好了，意大利著名首饰商查理奥公司，多年前在上海搞展览的时候，发生过一起珠宝失窃案，是我协助警方侦破的。大中华区的总经理沈萌欠我一个好大的人情，她已经决定聘请你在该公司的香港精品店当店员，薪水非常优厚。你去了之后先要学习一段时间的珠宝鉴定技术，开始新的工作和生活……你哭什么？"

娟子不停地抽泣着，说不出一句话来。

"好啦，别哭了，这就算是我为中午的事情给你赔罪吧，功过相抵，你可就别再记恨我了。"呼延云说。

娟子使劲摇着头，哭的声音更大了。

"你别哭了，你身上带着纸笔没有？"呼延云问。

娟子翻了翻包，没有。呼延云看见她用手帕擦眼泪，灵机一动："你带着唇膏吧？"娟子点点头，把唇膏给了呼延云，呼延云在她的手帕上用唇膏写下自己的名字，"沈萌没见过你，你见面后把这个手帕给她，她一看我的签名，就确认是你了。"说完，他伸手拦了一辆出租车，打开车门："直接去机场，千万不要再回你住的地方，千万！记住了吗？"

娟子点点头，要上车，又站住了："那……我还能再见到你吗？"

呼延云苦笑着说："等我重新决定做一个好人再说吧。"

说完他催娟子上了车，车渐渐远去，他还是站在夜色中，朝着娟子离去的方向，一动不动。

娟子让司机把车直接开到机场，一路上把那块写着呼延云名字的手帕紧紧抓在手里。

快到机场高速公路的入口，她突然想起，自己租住的那间房子里，还有几封妹妹写来的信压在枕头下面。"如果不把信拿走，夜总会的人一旦搜出，肯定会按照信封上的地址找到我家，那妹妹岂不是会……"

想到这里，她毫不犹豫地对司机说，"掉头，回洗马河！"

下了车，走进黑黢黢的胡同，她的心一下子就提到了嗓子眼,"要快,进屋拿了信,马上就跑!"

从外面望去,自己租住的那间平房黑着灯,显然是同住的几个小姊妹还没有从夜总会下班。她放心了许多,用钥匙开了门,进去从枕头下摸出那几封信,往包里一塞,拔腿就往外跑。

她跑得那样快,像一只被狼群追赶的小鹿。前面就是胡同口,昏黄的路灯放射出温暖的光,我马上就可以把黑暗甩在后面了!

她跑得太快了,以至于和一个拐进胡同的行人撞了个满怀!

"对不起——"

她还没有说完,就感到小腹一凉。

她讶然垂首,只见一把锋利的尖刀已经戳入了自己的身体。

"怎么回事?"她想,"我不是已经把黑暗甩在后面了吗?我……"

刀子猛地拔了出来,刀背的锯齿将她的肠子剐了出来,鲜血汩汩地从伤口往外涌。

剧烈的疼痛!然而——

第二刀,又戳了进来。

然后是第三刀,第四刀……

"小妹不疼,小妹不哭……"

恍惚间她回到了小时候,是个明媚的春天,妹妹摔倒在故乡的田埂上,膝盖的皮破了,流了一点点血,咧着嘴哇哇地哭。她用手帕在妹妹的膝盖上裹了又裹,扎口处打了个漂亮的蝴蝶结,不停地哄她:"小妹不疼,小妹不哭……"

妈妈去世后,小妹就靠我了,她胆子小,爱哭……

要是让她看见我受了这么多伤,会不会被吓哭?

娟子"扑通"跪倒在地上,用手帕捂住伤口,想把肠子和血都堵回自己的身体,可是不行,血向外汹涌着,根本堵不住。

她拼命向前爬,一边爬一边哭着喊:"妈妈,妈妈……"

妈妈,太黑了,我什么都看不见了。

我可不能死,我死了,小妹可怎么办啊……

冷。

妈妈。

她的哭声越来越小,越来越小……终于,消失在茫茫的黑夜中。

到死,她的手里都紧紧攥着那方手帕,手帕上的"呼延云"三个字,被血染得鲜红。

第十五章　救命

第二天，娟子的尸体被发现漂浮在洗马河上。

尸体打捞上来后，临时放在一张塑料布上。围观者密密麻麻，把现场围了个水泄不通，都好奇地探头探脑地巴望着，活像一只只看到食物的乌龟。林香茗带着专案组的人赶来，好不容易才挤了进去。

娟子的小腹上，一块块刀口像咧开的嘴，由于整夜在河里浸泡，血污浅了不少，但是因为内脏被剐出体外，还是呈现出一种触目惊心的残忍景象。她的神情中有一些平静，仿佛死亡是一种解脱，但眉宇间凝着一股即便是一夜河水也无法冲淡的痛苦和哀伤。

看到娟子的尸体，郭小芬把头扭到了一旁。林香茗、刘思缈和马笑中一时都有些发呆。呼延云最后走上来，只看了一眼，就慢慢地瘫坐在了娟子的身边。

"报告，我们在死者的手里发现了一块手帕，她攥得很紧，我们费了很大力气才取出。"一位最先到达现场的刑警向林香茗报告，"上面依稀有一个名字，似乎是什么……呼延云。"

众人吃了一惊。林香茗弯下腰，轻声问坐在地上的呼延云："那块手帕，是你给娟子的吗？"

呼延云没有说话，神情麻木得像枯死的树。

"林组长，本市姓呼延的人并不多，我们可以利用局内资料库搜寻这名嫌疑人的具体身份……"那刑警的话还没说完，林香茗猛地直起身来怒气冲冲地说："不用！"

大家都吓了一跳，林香茗的儒雅是出了名的，现在他突然大动肝火，显然是因为事涉呼延之故。

刘思缈很冷静："香茗，我先去娟子住的地方看看，现在最重要的是寻找犯罪的第一现场。"

"找到现场又有什么用，连傻子都知道是徐诚那王八蛋让人干的！"马笑中咬牙切齿地说。

刘思缈还是独自走了。

林香茗看到几个刑警拿着裹尸袋来了，慢慢蹲下，搂住呼延云的肩膀："呼延……人死不能复生，你别太悲痛了，咱们还是想办法找到证据，把凶手抓捕归案更重要。"

呼延云还是没有动弹，厚嘴唇呆滞地张开着。

林香茗长叹一声，站起身，和郭小芬、马笑中一起往人群外面走，没走出三步，一声哀号，把他们三个吓得回过头来。

是呼延云！他突然仰头冲天，放声大哭起来，哭声嗷嗷的，像月光下一只受伤的狼，滚滚的泪水顺着瘦削的面颊流淌。他一面哭一面抚摸着娟子的手，一寸一寸地抚摸，仿佛父亲在抚摩早夭的孩子。

他的身体不住地颤抖，到最后几近痉挛。郭小芬听着听着，不寒而栗，她从来没有见到一个男人如此毫不掩饰地痛哭，这哭泣太疯狂，太绝望，更像是一种自杀，一种由于无法解脱的痛苦而亲手制造的撕心裂肺！

郭小芬上前抱住呼延云，也忍不住流下泪来，她清晰地感觉到他的身体僵硬而冰凉，一直在微微地抖动着。到最后，呼延云的眼泪都哭干了，喉咙里发出嘶哑的呜呜声，更像是濒死者的喘息。

围观的人群发出一阵窃窃的笑声。

"笑你妈了个×！"马笑中瞪圆了眼睛，怒骂一声！

人群像被冰雹砸了的乌龟，齐刷刷地把头缩了一缩，再也不敢吭声了。

"你……倒是来劝劝他啊！"郭小芬哽咽着对旁边木立着的林香茗说，"不能再让他这么哭下去了。"

林香茗上前，双手在呼延云腋下轻轻一抬，将他扶了起来，然后几乎是把他拖上了车。郭小芬和马笑中刚要上车，林香茗却将他俩拦住了："你们俩坐别的车回去吧，我要和呼延好好地谈一谈……"

车子向西开去。

车里，两个人都沉默着。开着车的林香茗目视前方。呼延云一双红肿的眼睛呆呆地望着车窗外面：越往西去，人影越稀疏，城东连绵不断的摩天大厦，换成了树荫掩映下的红墙碧瓦。沿街北望，满眼苍翠。

呼延云突然用食指的指尖连续叩击了几下车窗，林香茗"嚓"地将车停下。

两个人下了车，眼前横着一座丘陵，上面既密布着苍郁的松柏，也覆盖着青翠的小草，绿得有些斑驳。抬眼望去，山顶卧有一栋庙宇模样的青灰色仿古建筑。

林香茗一时想不出来这是什么地方，问："这是哪里啊？"

"冥山骨灰堂。"呼延云低低地回答了一句。

他为什么要来这里？林香茗吃了一惊。但看呼延云的神色，知道问也无用，索性不发一言地跟着他拾级而上。

也许是左右的松柏绿得太凝重的缘故，林香茗的心随着脚步，每上一阶，就更沉下去一点。到了山顶，骨灰堂就在眼前了，沐浴在阳光中的这所建筑显得很安详，并没有想象中那般阴森、可怖。但林香茗的视线还是躲避着它。

呼延云却直视着骨灰堂，很久很久，才喃喃了一句："死的人……越来越多了。"

"你说什么？"林香茗没听清楚。

呼延云说："你留学回来后，咱俩见面的时间不多，我一直没有告诉你，咱们高中的同班同学，已经死掉不少了……"

突然，平地刮起了一阵狂风，扯过头顶的一片云，将太阳遮住，眼前的万物顿时都如抹了铅灰一般，变得极其晦暗。

林香茗不禁打了个寒战："你……没开玩笑吧？"

呼延云摇了摇头："岂止高中同学，我的小学、初中和大学的同学，这几年之间，也是死讯频传。"他把手向骨灰堂一指，"他们中，不少人就安息在这里。"

"他们是怎么死的？"林香茗的职业本能使他脱口而出，"难道都是被谋杀了？"

呼延云说："他们，有做生意被亲戚欺骗而破产自杀的；有在机关里工作，因为正直而被排挤后跳楼的；有因为工作压力过大而吃了安眠药的；还有个理想主义者，在现实中四处碰壁投湖自溺……说他们是被谋杀，大概也不算什么错……"

停了停，呼延云接着说："他们去世前，大多都和我联系过，每次，我都觉得我能拯救他们，因为我是个推理者啊。于是我告诉他们凶手是谁，准备怎样残害他们的生命，提醒他们小心，我没有一次说错过。但我还是拯救不了他们，拯救不了任何一个人，哪怕只有一个人！我救不了他们，就像救不了娟子一样……"

说到这里,呼延云的眼睛又湿润了。

林香茗不愿他总是沉浸在痛苦的回忆中,拉着他绕到骨灰堂的西墙,两个朋友倚着山墙往下望去,如伞的树冠、低矮的灌木、缠绵的枝蔓,交相攀爬、绵延,铺展成一片参差而茂密的绿色,一阵风拂过,空气中顿时充满了苦苦的香气。

"我当时出国,又何尝不是为了逃避……"林香茗说,"那天晚上,我们一起去'莱特小镇'勘查陈丹被囚禁的现场,我忽然想起了'温斯洛克','温斯洛克'是午夜凶铃系列小说中位于美国新墨西哥州洛斯阿拉莫斯郊外的一个久已荒废和被人遗忘的小镇。出国前,我有一种强烈的感觉:我和你,还有其他一些不想苟活的人,都已经被时代放逐了,就放逐到'温斯洛克'这么个地方,在小说里,'温斯洛克'埋藏着人类永生不死的秘密,我们也以为自己藏着这么个秘密,能拯救别人,拯救世界,其实都是一些自我幻觉,结果只能是荒废和被人遗忘……"

"自我幻觉?"刹那间,呼延云眼中喷出一团火,"那么……他们呢?"

"谁?"林香茗惊讶地问。

"他们——那些被谋杀的人!"呼延云悲愤地说,"这些年,无数的人说我有精神病,说我所见的死亡都不过是幻觉,但我知道我没有精神病,即便是我喝醉的时候也比绝大多数人都清醒!我清楚地知道:此刻长眠于这座骨灰堂里的人们,他们的死不是幻觉!绝对不是!这个世界上没有比死亡更诚实的事情!而凶手却逍遥法外,横行无忌,策划着更加可怕的下一次谋杀——甚至是屠杀!"

"可是,你自己也承认,你拯救不了任何一个!"林香茗说,

"即便是我这个当警察的,在眼下正在发生的这起连环谋杀案面前,不是也束手无策吗?"

呼延云神情颓然起来:"你说得对,我拯救不了任何一个,只能在逢年过节,连他们的家人都把他们遗忘了的时候,独自来到这里,看看他们,和他们说说话……"

林香茗看着呼延云满眼的绝望,沉痛地说:"呼延,我回国后,一直想跟你好好聊一聊。你遭遇的欺骗和伤害,我非常非常理解和同情,我和你一样,也有感情上的洁癖,黑暗中,就剩这么一缕皎洁的月光,还被践踏……但是我不希望你就此沉沦,变成一个对世界充满仇恨的怪物,成天想着报复那些伤害过你的人,用别人的鲜血弥合自己的伤口,最后你会发现,那注定是对自己的反噬,把自己的心、血、肉都一寸寸撕裂、咬碎,那太痛苦,太痛苦!豁达一些吧,我的朋友……毕竟,活下来的人,还是比死去的多。"

"一些人像活着一样死去,另一些人像死去一样活着……"呼延云慢慢地说,"肉体的死和精神的死,都是灵魂出窍,没有本质的区别……无论怎样,我拯救不了任何人,既然大家都宁愿浑浑噩噩,甘于被杀戮和屠宰,不在乎真理和真相,那么,我就和我的推理一起,永远地被遗弃、遗忘在那个叫'温斯洛克'的地方吧……"

喃喃中,他挪着沉重的步履,一路蹒跚着,兀自下山而去。

林香茗看着他的背影,回头望望骨灰堂,心下不禁一片凄凉。

林香茗回到市局,郭小芬和马笑中已经回来了,到娟子的住所一带勘查的刘思纱也回来了,向他报告:"我们已经确认,娟子被害的第一现场位于她住的那条胡同的胡同口。在附近我们发现了她的手提包。里面的钱包、银行卡都在,还有几封她妹妹写给她的信。在她被害不远的路灯下面,发现一支口红状的小型多功能催泪瓦斯电击器,和娟子一起住的小姐们确认是娟子的东西,这种小型电击器,当小姐的几乎人手一支,用来自卫。也就是说,娟子被害前并不是没有警惕,但凶手袭击得太突然了……"

"当小姐的几乎人手一支……"郭小芬低着头,将刘思缈的这句话重复了一遍。

刘思缈看了她一眼,接着说:"比较幸运的一件事情是,住在胡同里的小姐们,平时刷牙漱口,都把水吐在门口,所以胡同口附近渐渐形成了一个小泥塘,凶手曾经踩进其中,所以在现场留下了清晰的足迹。我将其与通汇河北岸的芬妮分尸案现场提取的足迹仔细比对过了,鞋印的长度、宽度高度一致,最重要的是步幅特征和步态特征完全一致!这说明,杀害芬妮和娟子的是同一个人!"

"一号凶嫌。"林香茗说。

"对。"刘思缈说,"我依然认为是贾魁,他很有可能也是徐诚豢养的一个屠夫!"

"操他妈的贾魁!"马笑中忍不住骂了一句,"老子早晚要剥了他的皮!"

郭小芬轻轻地摇了摇头。她正要说话,电话响了,林香茗接起,是局长秘书周瑾晨打来的:"林组长,局长叫你来一下。"

进了许局长的办公室,高秘书正好趾高气扬地往外走,和林香茗打了个照面,面无表情地出去了。林香茗见许瑞龙的神色很难看,便问:"局长,出什么事情了?"

许瑞龙看了看他:"昨天,你带人搜了徐诚的家,还让刘思缈把天堂夜总会给抄了?"

林香茗把事情的前后经过细细地讲了一遍。

"这么大的事情,事先你怎么也没和我打个招呼?"许瑞龙埋怨道,"徐诚是何等身份,天堂夜总会是多少权贵娱乐的场所,这两个超级马蜂窝是你想捅就捅的吗?!"

"没有向上级领导请示,就擅自行动,是我的错误。"林香茗把胸一挺,"请局长处分!"

刹那间,许瑞龙明白了,林香茗之所以在行动前没有向他申报,完全是为了在万一出问题时不牵连到他。许瑞龙拍了拍他的肩膀:"香茗……上面下了命令,撤销你专案组组长的职位,另派同志接任,你把相关的资料整理一下,准备交接工作。"

林香茗睁圆了眼睛:"为什么?"

"这是命令。"

"局长,不是我贪恋组长的职位,现在距离案件的侦破只差一步之遥了,临时换将,许多工作很可能都要重新来过,这等于给了凶手一个充分的喘息时间。他会继续杀人,甚至在实施犯罪的过程中'锻炼'得越来越成熟和狡猾,我们抓捕他将会越来越困难!"林香茗激动地说,"局长,再给我三天的时间!只要三天,我就一定能把罪犯捉拿归案!"

许瑞龙无奈地摇了摇头。

"两天行不行?"林香茗的口吻几近哀求,"两天!"

许瑞龙叹了口气:"一天都不行,明天一早,上面派下来的人就将接任你的职位……香茗,服从命令。"

局长这样讲话,显然是上面给了极大的压力,他无论如何也承受不住了。

回到行为科学小组办公室,林香茗刚刚把许局长的指示传达完,马笑中就嚷了起来:"这他妈的不是拆台吗!"

郭小芬也生气地说:"我马上把你被撤职的内情写成稿子,发表在报纸上,看上面那些人吃不吃得消!"

"不行!"林香茗一挥手,"一旦让凶嫌看到我被撤职的消息,该更加肆无忌惮地杀人了!"

郭小芬咬咬嘴唇,欲言又止。

整整一个下午,林香茗一直在默默地收拾案件的资料,准备明天移交给接任的人。他的眉心始终纠结成一个"川"字,一刻也没有松散的迹象。刘思缈知道他心中忧愤极了,却又不好劝说什么。有时他会突然停下手中的工作,望着窗外渐渐黯淡下去的街景出神。这么停停做做,直到晚上八点,才把那些卷宗、照片、尸检报告、视频资料等,都归整到位,肚子未免叫了起来。

于是林香茗带着朋友们来到市局对面的肯德基,掏钱请大家吃晚饭,闲聊了几句和工作无关的事情。马笑中笨笨地开了句玩笑:"这该不是咱们的散伙饭吧?"之后大家不约而同地沉默下来。

不知不觉已经九点半了,大家出了肯德基。望着白日里宛若饼铛一般受到烈日烧烤的大街,此刻在路灯的照耀下,依旧升腾着灰黄色的氤氲,林香茗的心中油然浮起一股百无聊赖的消散感。他对朋友们说:"事已至此,大家各回各的岗位吧。小郭你回报社后,代我向李总说声对不起,我承诺他的独家报道,恐怕不能兑现了。"

郭小芬还没来得及说话,马笑中摊开手道:"也好,散伙就散伙,我自己去抓那个该死的贾魁!"

"只怕凶手的刀下又要多添几条冤魂了。"刘思缈叹息道。

"是啊,今天是七月九日,高考结束了,不少高中毕业生都会放松一下……"林香茗忧虑地说,"二号凶嫌上一次作案是在七月六日夜,按照他每两三天就要出来杀人的行动规律,此时此刻,也许他就躲在某个不为人知的角落,窥寻着新的猎物呢。"

郭小芬惊讶地看着林香茗,忽然笑了。

"怎么了?"林香茗觉得她笑得很奇怪。

"高考明明在六月九号就结束了嘛,我在好奇你为什么足足说晚了一个月。"郭小芬笑道,"后来我才想起:咱们都是在二〇〇三年前参加高考的,那时的高考时间是七月的七、八、九三天,从二〇〇三年开始,为避开酷暑,教育部把高考时间改成六月的七、八、九这三天啦……"

郭小芬的话戛然而止。

据后来回忆,当时她看到林香茗的表情——像被闪电击中一样!

林香茗呆呆地站着,一动不动,仿佛一瞬间化为了石像。

郭小芬有些害怕了:"你没事吧?"

突然,林香茗像脱缰的烈马一般,向市局冲去,大家都莫名其妙地跟着他跑。

但是林香茗跑得太快了,把所有人都远远地甩在后面。等大家累得上气不接下气地来到行为科学小组办公室的门口时,发现他就坐在地板上,用了一下午才归整好的那些案件资料,此刻又被他铺散了一地。他正在一张张地翻看在犯罪现场对第一发现人、目击者以及疑似嫌疑人的问讯笔录。

"不是这个!"他烦躁地将一本笔录"啪"地摔在地上。

"香茗,你要找什么?"刘思缈上前问。

林香茗像没有听见一样，头也不抬，手像搓洗麻将牌似的在满地资料上翻弄着，终于拾起一本，打开看了很久很久，神情专注犹如沙里淘金。

时间，一分一秒地过去。

房间里静悄悄的。

大约三分钟过去，林香茗抬起头来。

他的双眼炯炯有神，从地上站起，往门外走去，突然想起了什么，对刘思缈说："你马上给杜处长打电话，让他和林科长到华文大学附近与我会合。"

"你要去干吗？"刘思缈困惑地问。

"抓捕凶手！"林香茗清晰而果断地说。

风驰电掣。林香茗的警用"巡洋舰"只用了半个小时，就来到了华文大学附近一个小区的门口。下了车，电话联系杜建平和林凤冲，他们很快就赶来会合，却都有些丈二和尚摸不着头脑。

林香茗一言不发，带着众人上到一栋楼房的三层，"哐哐哐"地敲一家房门。

门开了，露出一张脂粉涂得太厚，活像敷了一层面膜的脸。

是白天羽。

"你……你们要干什么？"白天羽惊慌失措地说。

林香茗把手一挥，警察们迅速冲进屋里，除了一个四十出头、满脸横肉的女人，没有别人。

林香茗厉声问白天羽："你怎么在这里？这儿不是你表弟的家吗？他到哪里去了？"

白天羽吓得浑身直哆嗦："我是来我姨家吃晚饭的，我表弟出门的时候，没有说去哪里。"

"你们找我儿子干吗?"四十出头的女人凶恶地说,"那个窝囊废又在外面给我闯祸啦?"

林香茗冷冷地看了她一眼,让刘思缈带着几个警察仔细搜索这间屋子,并在楼道里安排了蹲守的人员,然后和其余人坐上"巡洋舰"。

杜建平忍不住问:"香茗,怎么回事?"

"他在哪里?"林香茗一面开车,一面嘴里不停地念叨着,"那个家伙到底在哪里?"

"香茗!"杜建平大喊了一声,"到底是怎么回事?"

林香茗这才意识到自己有些失态,深呼吸了几下,说:"凤冲,你还记得二号凶嫌做的第一起案件吗?在故都遗址公园,受害人叫柳杉。"

林凤冲点了点头。

"我查了卷宗,当时是你做的现场问询笔录,我还听了同期录音,其中你问到白天羽,他这么晚了到故都遗址公园做什么,他的回答你还记得吗?"

林凤冲想了半天,有点不好意思地说:"我的记性不是很好。"

林香茗说:"白天羽的回答是:'我表弟是高三学生,我给他买了本英语高考用的书,今晚约好了在这里给他。'而且他手中确实拿着一本英语高考用书,对不对?"

林凤冲说:"没错,他说他表弟临时遇到急事,没有过来,我打电话核实了,他表弟家里自来水管突然爆裂,找工人抢修,所以过不来。"

"这是谎言!"林香茗说,"那些工人是他表弟临时找来做不在场证明的!"

"你怎么知道？"林凤冲问。

"答案就在你的现场问询笔录中！"林香茗说。

林凤冲琢磨半天，还是摇摇头："我没发现有什么问题啊。"

林香茗把车往路边一停，慢慢地说："白天羽的表弟是高三学生，命案发生时间是六月二十一日，高考都结束十二天了，白天羽为什么要给他买一本英语高考用书？"

满车人都呆住了！

"也许……也许是他没考好，准备复读，明年再考。"林凤冲说。

"这不大可能。"林香茗说，"高考属于重性压力，一旦压力消失，由于心理学上的反弹效应，任何人都会有一段较长时间的松弛期，表现为远离压力源，不会去主动接近它。"

郭小芬说："那么，他的表弟会不会是高二毕业，要上高三了，白天羽口误说成是高三学生？"

"六月二十一日，市里所有高中的期末考试都还没开始呢。试想假如你是个高二的学生，在期末考试结束前，亲友们在外人面前也许会介绍你'快上高三啦'，但是会用肯定的口吻说你'是高三学生'吗？"林香茗说。

"但是白天羽手中，确实拿着一本英语高考用书啊，那本书还蛮新的呢。"林凤冲皱起眉头。

"白天羽一个大三学生，不需要这本高考用书；他表弟高考已经结束，也不需要这本书。但是偏偏白天羽大晚上的手里就拿着一本——这本书是谁的？"林香茗自问自答，"当然就是那个被害的高中二年级学生柳杉的！只有她才需要这本书，买了预习，为明年的高考做准备。我推断，凶手杀害柳杉之后，把这本书带走，跟割下乳房带走一样，是想当成犯罪的纪念物。路上碰到白天羽,又觉得书没有什么用,就给了他。而白天羽感到莫名其妙,竟没有把书扔掉。"

郭小芬点点头:"可是你为什么认为凶手是白天羽的表弟,而不是他本人?"

"很简单,因为白天羽在现场的围观者之中。"

"很多凶手在杀人后,也会回到现场,混在围观的人群中啊。"郭小芬说。

林香茗说:"柳杉死亡的原因是腹腔大动脉出血过多,尸体上有格斗创,这样的情状下,凶手作案后一定是非常狼狈的,衣服上有血,身上甚至有柳杉反抗时留下的伤痕,他怎么敢回到现场?还有最重要的一点,思缈告诉过我,当时白天羽的脸上涂着厚厚一层胭脂,假如他是凶手,如此激烈的搏斗、性行为,一定闹得满脸大汗,他脸上的胭脂怎么会不'落色'?"

马笑中笑了:"他杀了人之后,找个地方补妆。"

"补妆需要镜子和照明。故都遗址公园附近,没有镜子,而且除了人群聚集的小广场,其他地方都黑得伸手不见五指。"

马笑中却还要抬杠。"也不是没可能啊,他可以找个密林深处,一手拿着化妆镜,一手拿着手电筒照着自己……"说到这里,他自己也笑了,"哦,也不行——他没有第三只手用来上妆了。"

"白天羽在犯罪现场的表现,比如见到柳杉的尸体差点儿吓昏,证明他并没有参与犯罪,顶多是个包庇犯。"林香茗愤愤地一拍方向盘,"我真笨!我做的个性剖绘都怀疑到了凶手是个高中生,却还是没能早点锁定这个恶棍。问询白天羽的笔录有如此明显的矛盾,我因为习惯思维,觉得高考是七月的七、八、九三天,竟没有及时发现这个重要的线索——绝对不能让这个家伙再犯下命案了！可他现在究竟在哪儿呢？"

这时他的手机响了，是刘思绵打过来的："凶手就是他！我们在他的房间一个上锁的柜子里，找到了几只用塑料袋密封着的乳房！"

"还有什么其他的发现吗？"

"他的房间非常凌乱和肮脏，抽屉里净是色情小说和杂志，床底下还有一个充气玩偶，蹂躏得不成样子了。"

"有没有关于他犯罪行动的线索？"林香茗焦急地说，"比如，他在月历上，把作案的那些日子特地勾勒出来：六月二十一日、六月二十三日、六月二十五日……"

"有！凡是他作案的日子，他都用红笔打了一个钩。今天他也打上钩了！"

林香茗的心一下子提到嗓子眼："上面写了些什么话吗？"

"没有。"刘思绵说。

"你再仔细地看！"林香茗的声音发颤，"思绵，那个家伙今晚肯定还要杀人，我们却不知道他在哪里……你必须找到线索，现在只有你才能找到线索！"

话筒里沉默良久，传出刘思绵低沉的声音："香茗，对不起……"

林香茗觉得整个身体沉入了冰河一般。

"我还是拯救不了他们，拯救不了任何一个人，哪怕只有一个人！我救不了他们……"

他的耳畔如此清晰地回响起了呼延云绝望的声音。

车窗外面，夜，沉沉如死。

不！

呼延，我们不能放弃，我们总得救一个，哪怕只救一个！

他咬紧牙,猛地挺直了腰。

"哗啦啦!"

他知道自己出现了幻听,哪里来的冰山破裂声?

他把电话再次举到耳边:"思缈,不要灰心丧气。你仔细观察那些被打了钩的日期,看看有没有特殊的地方,一丝一毫也别放过。"

他的声音是那样地温柔和沉着,话筒那边的刘思缈感到一股强大的勇气和力量,注入了她的心中:"要说奇怪的地方,只有一点:今天的日期后面,画了一个冒号,外加两竖,后面的一竖粗一点。"

一个冒号,外加两竖,后面的一竖粗一点——这是什么意思?林香茗掏出笔在本子上画了出来,似曾相识,又一片混沌。

想来想去想不出,车里安静得能听见手表秒针的"嚓嚓嚓"跳动声,他的额头上沁出汗来,再次拿起手机:"思缈,我觉得这符号非常眼熟,就是想不出它的名字和意义……但它一定和凶手熟悉的事物有关。你把他的房间里一眼就能看到的东西告诉我,越多越好。"

"好吧。"刘思缈说,"靠窗有一张桌子,桌子上有台灯、电脑、色情光碟,散落的;有一张床,床边有把断了弦的吉他;有一个书柜,书柜里除了书和杂志,还有各种手办、一把口琴、一个相框。顺便提一句:这个家里的所有照片只看到他和他妈妈,没有看到他爸爸……"

"等等。"林香茗突然叫停。

吉他、口琴,在这个家伙房间最显眼的地方,居然有两样乐器。

那个符号是……

"思缈，多谢！"林香茗对着手机喊道，一踩油门，车像猎豹一样扑向前方！

"那个符号是什么意思？"郭小芬问。

"五线谱中的反复记号！"林香茗激动地说，"那家伙是个音乐爱好者，用音乐符号来标记他的行为。反复记号的意思是从头开始重复演奏一遍。他把今天的作案地点，选择在他的第一个犯罪现场——故都遗址公园！"

杜建平问："公园那么大，我们到哪儿去找他？"

郭小芬说："除了小广场，故都遗址公园到处都林深叶茂的，他就是想躲在哪个地方守株待兔，也忍受不了蚊虫的叮咬。我记得柳杉案件发生后，给疑似嫌疑人做笔录时，白天羽说他喜欢到小广场，看聚集在那里的女孩子们的新潮服饰，我要是凶手，就躲在广场的某个角落找合适的猎物，然后跟踪上去，伺机下手。"

"嗯！"林香茗赞赏地看了郭小芬一眼。

巡洋舰在小广场外面停下。林香茗等人冲了进去。时间已经接近十点半了，人群早就散去，只星星点点散落着几个摇着大蒲扇的老太太。郭小芬逐个地问："您有没有见到一个背着包或者提着包的男青年？"

"你干吗说他带着包？"马笑中好奇地问。

郭小芬白了他一眼："你猪脑子啊！香茗刚才不是说了，凶手作案后，身上肯定有血，他就穿着血衣，在警方严密布控的街道上大摇大摆地回家去？一定是事先把干净的外衣装在包里，作案后换上，再把血衣装进包带走啊。"

果然，一个老太太指向北去的一条小路："是有那么个人，刚才往那条路上去了。"

伏在莽莽灌木林间的小路，直通坟包似的丘陵。

"上!"林香茗一声令下,所有的警员都掏出手枪,跟着他沿小路向丘陵攀登。

夜,浓得犹如墨染,根本分辨不出前方的景象,只见到无数血管状的东西迎面扑来,直到手背和脸上火辣辣的疼痛,才知道是冲得太猛了,偏离了小路,被树枝划伤。

翻过好几个丘陵,再往前就是公路了。林香茗停下脚步:"不对,冲过头了。"

"啊?"杜建平急了。

林香茗说:"女孩子如果走这里,很可能是想抄近路回家,但现在我们既没发现凶手,也没发现受害者……等一等,什么声音?"

只有公路上奔驰着的汽车发出的隆隆声。

该死的汽车噪音!把其他声音都盖住了,我什么都听不清楚。

林香茗努力去听,耳鼓隐隐作痛。

安静,我需要安静……

极其短暂,大概只有十分之一秒,他捕捉到了!

痛苦的呻吟被茂密如蛛网一般的层层枝叶筛过,细若游丝。

但他还是捕捉到了!

林香茗向侧后方的密林狂奔过去,矫健的身影犹如闪电,劈开了铁一样的黑暗。

快!要快!

快快快快快快快!

就在那里,丘陵的下面!

松林间的一片开阔地上,蠕动着白花花的肉体。

林香茗疯了一样往下冲。

一柄雪亮的尖刀,突然由下冲上,向他凶猛地刺来。

躲避已来不及！林香茗腾空跃起，双膝狠狠撞向凶手的胸口，凶手的胸骨发出"咔嚓"的断裂声，仰面飞出几米远，撞到一棵树上，痛苦地哀号着，从嘴角往外喷出一股股的血沫！

刀从林香茗的腰侧刺过，仅仅划破了他的腰带。

林香茗脱下外套，裹住那白花花的肉体。

一双痛苦而惊惧的眼睛，凝视着他："救命……"

"坚持住，坚持住！"

他用手在她温暖而柔软的身体上轻轻地寻找伤口，就像在抚摩一匹缎子。

"啊，这里……疼。"

刀口很小，很浅，也不是要害。

"别怕，没事的，救护车马上就到！"

杜建平等人已经赶到，把凶手铐起，拎一只瘟鸡似的带走。

林香茗紧紧抱住这个姑娘，像在冰雪中拥抱快要冻僵的爱人，用自己的体温为她驱除严寒。

呼延，你看，我们不是还能拯救吗？哪怕只救一个人，只救一个……

七月十日早晨，林香茗醒来，发现自己躺在办公室的沙发上，身上盖着一件发出淡淡香味的警服。

"你醒啦？"随着话音，刘思缈走到他身边，手里还端着一杯热气腾腾的咖啡。

真难得，她的声音中竟少了一丝冰冷，多了一丝暖意。

林香茗从沙发上坐起，把盖在身上的警服还给刘思缈，接过咖啡，一小口一小口地慢慢啜着。苦涩的香甜，味道真好。"你们忙了一夜吧？辛苦啦。"

"倒也没费什么力气,那个家伙在先前几起案件的犯罪现场留下了大量指纹,所以认罪非常痛快。"刘思缈说。

"白天羽是怎么交代的?"

"白天羽说,六月二十一日晚上他确实约了表弟,但等了很久才来,他表弟身上有血,神情恍惚,自称是遇到抢劫的了,但不想报警,怕找麻烦。因此当警察问询时,他才按照和表弟事先说好的,对警察撒了谎。对于表弟杀人,他表示毫不知情。那本英语高考用书是表弟给他的,他感到莫名其妙,所以事后就扔掉了。"

林香茗点点头:"凶手为什么要杀人?"

刘思缈摇摇头:"凶手对涉及作案动机的问题一律不回答,他才十八岁,身上却有一股惊人的狠劲……"

林香茗站了起来:"我去和他谈谈。"

拘禁室里,凶手靠墙坐着。灯光打在他瘦削的脸上,像切了一刀似的半明半暗。林香茗发现,他和自己做的个性剖绘惊人的一致:个头瘦小,脸上长满了粉刺。手铐和脚镣戴在他身上,显得有点儿大题小做。

因为无论是谁,也断断想不到制造出举世震惊的连环割乳命案的凶嫌,竟然是这么个羸弱的年轻人。

只在林香茗进门的一瞬间,他的眼中射出两道尖刀般锐利的光芒,才暴露出他的凶残和狠毒。

林香茗坐在他对面的椅子上,看着他,目光沉静。

两个人的目光对峙着。终于,凶狠的一道,渐渐输给了沉静的一道。

凶徒低下头去,神情颓唐,犹如掉了毛的鸡。

"妈妈总是打你,对吗?"林香茗突然问。

凶手猛地抬起头，像平白无故地被人抽了一耳光，满面惊恐。

林香茗慢慢地说："爸爸很早就离开了你们，妈妈把气撒在你的身上，从小就打你、骂你，你慢慢长大了，但她还是打你，还是用最难听的词汇羞辱你的自尊心，你虽然愤怒极了，但是你不敢反抗，因为你怯懦，你害怕，你对妈妈有一种草食动物面对肉食动物般的恐惧，她只要一出现，一瞪眼，你就会惊慌失措，肝胆俱裂，在一定意义上妈妈就是你的天敌。所以你恨女人，恨一切欺负你的女人。"

林香茗的口吻是那样的平静，仿佛在陈述一个简单的事实，然而凶手的双手却不停地摩挲起来，弄得手铐当啷作响。他像是一只久在地下的鼹鼠，居住的洞穴突然被掘开，于是拼命遮挡、躲避着头顶那一缕光芒。

"你长得不好看，家境不好，学习成绩也一直很差，虽然你有一定的音乐天赋，但是长期被妈妈摧折得一点自信心也没有，只要当众演奏必然会失败。同学们都看不起你、嘲笑你，尤其是女同学，她们经常把你当猴子耍，拿你当笑料，这使你更加痛恨她们。当其他男同学都可以和女同学偷尝禁果，在床上翻云覆雨的时候，你对异性的全部渴慕只能通过自慰来完成，而这被妈妈发现之后，你就遭到更为严重的羞辱……你渴望异性，又对异性恨之入骨，你渴求性行为，又因为妈妈诟骂性行为而把它当成最恶心、最肮脏的事情，这些冲突使你进入青春期后渐渐扭曲、变态。"林香茗停了停，接着说，"起初你大量地看各种A片、色情漫画、黄色小说，由于自慰过多，你开始出现这个年龄罕见的性无能，于是你把想象向着更刺激的凌虐模式延伸，你设想过无数种最残酷的方法杀死女人，唯有她们的惨叫和鲜血才能让你勃起，而这些想象中的杀戮一定是伴随着性交来画上句号的。"

嗡嗡，嗡嗡……

凶手的身体微微发抖，眼珠子一片血红，他不停吞咽着什么，喉咙里发出一种咕噜咕噜的奇怪声音，仿佛在盛夏感染了狂犬病的野狗。

"你本来希望在高考中取得个好成绩，能够把中学时代受到的屈辱扳回几分，但是很不幸，过度的敏感和过差的心理素质，使你走上考场就像当众演奏乐器一样，只能以悲剧收尾。"林香茗说，"走出考场的一刻，你就知道，你是考不上大学的，你绝望极了，你终于明白：你生来就是一个失败者，你做什么都做不好，就像床边那把废弃了的、断了弦的吉他……"

凶手的额头上挂满了豆大的汗粒，他的嘴角抽搐着，终于"呜呜呜"地哭出声来："我的吉他坏了，我没有钱修，我绝望极了，我恨她们……"

林香茗盯着他问："所以你就杀人？"

"我，我……"凶手抽泣得喘不上气来，"她们看不起我，她们欺负我……"

"谁教给你，杀了她们之后，再割去她们的乳房的？"林香茗问。

"报纸上说，有个叫陈丹的女大学生，被人把乳房割掉了。我就想，太好了，让那些婊子当不成女人了，活受罪。"

林香茗悲愤地看着对面的凶手，他满脸的粉刺让人恶心。"你知道不知道，臆想和现实不一样，臆想中的杀戮无论怎样残暴，都只存在于你的脑海，而现实中的杀戮伴随着真实的流血、惨叫和哭泣，刀子刺进受害者的身体，她们会疼，很疼很疼。她们是人！"

"她们不是人……"凶手哭得更加伤心了，"她们倒在地上了,全身都是血,打滚,叫唤,这些母狗还是不停地咒骂我,她们还是不停地咒骂我。我就用刀戳她们,朝她们身上射精,渐渐地,她们就不动了,不动了……"

"哗啦!"

林香茗猛地站了起来,撞倒了椅子,两只拳头死死地抵在桌面上,牙齿咬得咯吱作响,脸色铁青。

凶手害怕了,把身体缩成小小的一团。

"香茗!"刘思缈轻轻叫了他一声。

林香茗慢慢地走出了审讯室。

楼道里,所有警员都向他敬礼,可是他像没看到一样走过。

刘思缈匆匆追上去,回到行为科学小组办公室,她看见,他坐在窗前,面容苍白。

"他不把她们当人。"林香茗喃喃地说,"呼延说得对,死的人越来越多了……"

刘思缈听不懂他话里的意思。

这时,杜建平喜气洋洋地走了进来:"组长,最新消息,公安部要给咱们专案组记集体一等功,明天晚上局里开庆功会!"

这一声"组长"叫得格外真诚,全无从前的揶揄之意。刘思缈刹那间明白了:昨天晚上,林香茗特地让自己电话联系杜建平和林凤冲,让他们赶到华文大学附近会合,原来用意就在于让他们一同参加抓捕行动,这样在记功时才不至于分出三六九等。想想杜建平一直和林香茗过不去,而林香茗在关键时刻却顾及他的利益,不惜把功劳分给他,刘思缈非常感动。

"庆功会?"林香茗摇摇头,"不开也罢。"

"为什么?"杜建平很惊讶,"这可是许局长特意为你安排的啊。"

"因为，杀死芬妮、娟子并残害陈丹的那个凶手，还没有抓到。"林香茗木然地说，"他才是真正可怕的对手。别忘了，他留给我们的火柴盒里，五根火柴中，还剩三根没有燃烧……"

第十六章　又一起凶杀案

林香茗对李恒如许下的承诺，兑现了。

尽管各大都市报的记者已经从不同渠道得知了连环命案的凶手被捕的消息，但是七月十日的早晨，报摊上唯有《法制时报》一家，格外醒目地在头版挂出了令人震撼的大标题——"本市特大连环命案告破"！

副标题是"本报记者加入专案组，协助警方成功捕获正凶"！

报道署名：郭小芬。

还配发了现场照片。虽然警方给凶手戴上了黑色头套，但是丝毫没有影响其所产生的轰动效应。

半个多月的时间里，密布在每个市民头上的阴霾，这天早晨涤荡一清：所有人都笑逐颜开地将喜讯在第一时间告诉亲友；"总算逮住那个王八蛋了"取代了熟人见面时的一切问候语；时尚女性们为了躲避攻击而刻意束缚的胸部，得到了解放，一片低胸衣暴露出的乳沟，成为地铁站人潮汹涌中的一道风景，以至于有人以为张艺谋要拍《满城尽带黄金甲》的续集；"林香茗"三个字成了英雄的代称，百度的贴吧上，原本就有他的崇拜者创建的"林香茗吧"，这一天粉丝数和点击量打着滚地往上翻，有人把这位俊美非凡的青年的照片贴上去，跟帖一片"帅呆了""爱死了"的惊呼；不少国家的媒体都宣称"这一系列命案的成功侦破足以证明：中国警方的刑侦水准达到了新的高度"……

市局里面，警官们纷纷赶来向林香茗表示祝贺，林香茗的脸上始终挂着淡淡的笑容，千篇一律地说："这是我们专案组的集体功劳。"

唯独细心的刘思缈注意到，林香茗没有吃午饭。

"你不饿吗？"她问他。

林香茗摇摇头。这时电话响了，是周瑾晨打来的："香茗，局长已经定了，晚上给专案组全体成员召开庆功会，你必须参加。"

仿佛是知道他要拒绝似的，周瑾晨刚刚把话讲完，就把电话挂上了，容不得他说话。

"什么事？"刘思缈问。

"晚上要开庆功会……"林香茗的脸上浮现出一丝疲倦（或许也有些厌倦），"思缈，我想单独在屋子里静一静，好吗？"

刘思缈点点头，出去，把门带上了。

林香茗搬了把椅子坐在窗前，看着熟悉的街道。上午还晴朗的天空，不知道什么时候，突然浮现出了一层奇怪的颜色：天的边沿是阴郁的铅色，而中间像是积满了水的池子，发出一种沉甸甸的光亮。

有点像是蕴着泪水的眼。

他就这么静静地坐着，不知过了多久，身后的门轻轻地开了。

"你怎么来了？"他没有回头，仅凭脚步声就知道是谁。

呼延云拖了把椅子，挨着他坐下，也和他一样望着窗外的街道，还有街道上面那泪眼一样的天空："刑侦总队让我过来说明娟子的手里为什么攥着写有我名字的手帕……已经讲完了，顺便来看看你。"

"我不是不让他们烦扰你吗?"林香茗有些生气,旋即又安慰道,"公事公办,你不要太在意。"

呼延云笑了笑:"香茗,你觉得是我杀了娟子吗?"

"不是。"林香茗说。

"你在骗自己,其实你也怀疑我!"面对林香茗那双悲伤的眼睛,呼延云纵声狂笑,"刚才他们问我有没有杀人?我说他妈的连我都不知道自己现在是人是兽!我喝酒之后经常做一些古怪的事情,醒来后却完全不知道,谁能说我没有杀人?谁能说我的手上没有沾上鲜血?像我这样的家伙,应该马上抓起来,送进监狱或者精神病院去,以绝后患!你没看他们那目瞪口呆的表情,都被吓坏了……哈哈哈哈哈!"

"呼延,我需要你的帮助——"林香茗沉静地说,"比从前任何时候!"

呼延云的笑声戛然而止:"你说什么?"

林香茗站了起来,望着越来越阴沉的天空,昂起的俊美面庞上,笼罩着一层洁白的光芒:"我需要你的帮助,呼延,你得帮我抓住一号凶嫌,救救那些被害的人。这个楼里,这条街道,这座城市,都以为一切已经结束了。可是没有,这一切远远没有结束,那个更加狡诈、凶残的一号凶嫌还没有落入法网,如果没有他,如果他的行为没有被刊登在报纸上,也许二号凶嫌根本就不会效仿,根本就不会死那么多无辜的人,你明白吗?始作俑者还没有落入法网,人们庆祝得太早了……更何况,我不知道有什么值得庆祝的,凶手虽然被捕了,可这个怪胎是从哪里来的?哺育犯罪者的每一滴乳汁,我们每个人都有份,难道他们不懂吗?"

呼延云山一样沉默着。

这时，刘思缈推开门走了进来："由于没有发现包庇凶手的确切证据，半个小时前，白天羽已经被释放了。"

林香茗点了点头。这时电话响了，刘思缈拿起听完，皱着眉头放下了电话："这个马笑中，真是胡闹。"

"怎么了？"林香茗问。

"于护士长打过来的，说马笑中来医院探望陈丹，碰上侯秘书，不问青红皂白就撕打了起来……"

"姓侯的？徐诚手下的那个？"林香茗惊讶地问，"他去医院做什么？"

"好像是徐诚派他探望陈丹，我也搞不清怎么回事。"刘思缈说，"对了，于护士长想请你到医院去一趟，有个重要情况要告诉你。"

林香茗说："好吧，咱们走。呼延，一起去。"

开车去医院的路上，林香茗忽然想了起来："小郭干吗去了，今天一直没有看到她？"

"不知道。"刘思缈冷冷地说。

到了仁济医院停车场，开门下车，林香茗第一句话是："天怎么越来越阴？"

天上的乌云越聚越密，仿佛打翻的一瓶墨水，正在铺展、弥漫开来，云的缝隙间有一些光，亮得像要熄灭似的。

走进小白楼，楼道里虽然亮着灯，但给人很强的昏暗感，尤其是角落，黑得像伏着一只只老鼠。只见前面那道将楼道分为里外的两扇玻璃门，右边坏掉的那扇关得很严实，左边那扇虽然打开，现在却被一架梯子挡着，一个人正站在梯子上，仰头摆弄着安装在门框上的监控摄像机。梯子下面站着小乔护士，手里端着一杯茶水:"还是不行吗?你下来歇歇吧!"

"真他妈的难修。"维修的人从梯子上下来。林香茗他们一看,不由得一愣。这个人正是习宁的男朋友,而且他还同时跟那个叫章娜的女人交往,在碓子楼社区健身中心附近,刘思缈曾经撞见他从后面搂着章娜,像连体婴一样招摇过市。

呼延云的脸色,刹那间变得非常难看。

维修的人认出了呼延云,神情依旧木然,但眼中浮起一层掩饰不住的嘲讽。

刘思缈严厉地问:"你是干什么的?怎么在这里?"

小乔护士忙代为解释:"这位胡杨先生是我们请来维修监控摄像机的。"

"还没修好吗?"林香茗问。

"要不,你上来试试?"胡杨一边挑衅地回答,一边不住地瞟着刘思缈。

"你看什么?"刘思缈怒叱道。

胡杨慢慢地偏移了目光。

这时,旁边值班护士台内侧的一扇门打开了,里面是护士休息室。

于护士长走了出来,招呼林香茗他们几个进屋休息。

在休息室里坐定。小乔护士给每个人倒了杯水,就退了出去。

"听说马笑中给你们添麻烦了。"林香茗啜了口水,"怎么回事?"

于护士长哭笑不得地把事情的经过讲了一遍:侯秘书带着一大束鲜花来,说是奉了徐诚的命令,代表他来看望"曾经交往过的陈丹小姐"。他在一一二病房里把花放下,坐了没两分钟,马笑中来了,劈头便问侯秘书来做什么。侯秘书还没把话讲完,就被马笑中拎着脖领子揪出了一一二病房,在楼道里一顿臭揍,奉命在这里保护陈丹安全的值班警察怎么也劝不住。在撕打的间隙,侯秘书掏出手机报警,警车赶到时,尽管马笑中亮出警官证,无奈侯秘书也是有头有脸的人物,警察们只好将两人一起带走问讯,而值班警察也被要求做证,一并带走。

"这都什么乱七八糟的啊!"刘思缈皱着眉头说。

林香茗忧虑的却是另外一件事:"徐诚早不来,晚不来,为什么偏偏选这个时候派人来看陈丹?看来咱们那天晚上去夜总会调芬妮和王军的视频时,把陈丹、贾魁等人在夜总会活动的视频资料也调走的事情,一定引起他的重视了!"

刘思缈点点头:"保护陈丹的警力,需要适当加强。"

林香茗问于护士长:"陈丹现在的情况怎么样?"

"她还是昏睡的时候多,偶尔会清醒过来。"于护士长说,"我今天请你们来,主要是想反映个重要情况。我们医院的康复科主任,今天中午一起吃饭时忽然提起,虽然陈丹的嘴里被灌进硫酸,双手的指骨也全被掰断,无法执笔或敲击键盘,但是他能让陈丹'说话'。"

林香茗和刘思缈对视了一眼:"他有什么办法?"

"是这样,康复科今年年初从美国引进了一台最新型的瘫痪患者自理平台,该平台采用电脑操作,在患者手部位置设置一块感应板,患者的任何肢体,哪怕只用手腕在感应板上摩擦,电脑里预设的程序就可以执行患者的命令,甚至根据患者的这种摩擦划出的痕迹,在屏幕上出现相应的字迹,等于是患者写字一样——这不等于让陈丹说话了么?如果她知道害她的凶手的线索,一定可以提供给你们。"

林香茗和刘思缈不约而同地点了点头。刘思缈心细,特别叮嘱于护士长:"这个消息要注意保密,散播出去,恐怕会对陈丹不利。"

于护士长想起前不久有个人晚上持刀闯进一一二病房的事,仍心有余悸:"报纸上不是说凶手已经抓到了吗,怎么陈丹还会有危险呢?"

林香茗道:"我们只抓住了一个凶手,而事实上,系列命案的凶手有两个——"

话音未落,他一个箭步冲到门口,"呼"地将门拉开!只见吴佳呆呆地站在门口,他身后不远处,那个修监控摄像机的胡杨也从梯子上下来,靠在值班护士台的内侧。

"你在这里干吗?"林香茗问吴佳,口气异常严厉。

"我……"吴佳一时瞠目结舌,半晌才支吾道:"我想来问问陈丹的康复情况,她还有多久能彻底醒过来?"

"现在还不好说。你是陈丹的班主任吧,以前来过。"于护士长说。

吴佳不自然地笑着点了点头。

林香茗发现,就在于护士长说话的时候,胡杨已经又登上梯子,鼓捣起那台监控摄像机来。

坐在病房里的呼延云,仰着脑袋呆呆地望着窗外,天黑得又阴又惨,沉重的乌云犹如一个接一个的坟包倒挂在天幕下。

"陈丹能否康复,直接取决于她的休养状况,我不反对你们学校的师生探视患者,但要给她一定的休息时间,不能跟车轮战似的没完没了。"于护士长说。

"嗯?"林香茗有些警觉,"一一二病房里现在也有探望的人在吗?"

"是啊。"于护士长说,"马笑中和侯秘书刚被警察带走,那个叫白天羽的学生就来看陈丹,我想他现在应该还在一一二病房。"

刘思缈大吃一惊,林香茗也神色骤变,道:"我去一一二病房看看。"

说罢他便走了出去,绕过梯子进了玻璃门里面,临近一一二病房时,觉得脚底下不对劲,蹲下身子一看,略一思索,折身回到护士休息室问:"于护士长,一一二病房的门口附近怎么有一大片碎玻璃碴子?"

于护士长想了想,皱起眉头:"马笑中把侯秘书揪出一一二病房时,正好撞上来给陈丹输液的小乔,小乔手里拿的两瓶药液都砸碎在地上了,我让潘秀丽弄干净,肯定是她害怕接近一一二病房,一直没收拾。"

"害怕接近一一二病房?"林香茗感到很奇怪,"为什么?"

于护士长说,"侯秘书来之前,有个瘦高个子,鼻子周围是红的,嘴巴有点往外凸的女学生来看陈丹,用床边的CD机放了一首特别古怪的音乐。正好潘秀丽进屋去扫地,给吓坏了,向我报告,我把那个女生给赶走了。"

刘思缈想了起来:"听相貌,好像是那个和陈丹同宿舍、名叫习宁的女生。外边修监控摄像机的胡杨是他的男朋友,曾经和陈丹有过暧昧的关系,所以习宁恨死陈丹了。"

"古怪的音乐?"林香茗问,"什么音乐?"

"我不知道,潘秀丽说听着让人特别害怕。我进去时音乐已经停了,把习宁赶走后,我发现陈丹满脸都是泪水,打开CD机看了看那张碟,好像叫什么《黑色星期天》……"

"啊?"刘思缈忍不住轻轻地叫了一声。

林香茗想起来了,第一次到陈丹的宿舍勘查时,他发现过那张碟,世界著名禁曲,据说曾导致一百多人自杀。

"思缈,你怎么了?"

"那首曲子,在美国的时候,我一个人在寓所,傍晚听了很多次很多次,窗台上那些乌鸦,总也赶不走……"刘思缈说着说着,眼睛中泛起了泪花,她的耳畔不禁回响起了那战栗的、凄绝的歌声:

> Death is no dream,
> For in death I'm caressing you.
> (死亡不是梦,因为我在死亡中爱抚着你)

就在这时,突然,一声惨叫!

叫声凄厉!不知是从哪个病房里传来的,紧接着楼道里响起一串异常急促的脚步声,从远到近,中间像碰倒了什么似的"哐啷啷"一声,有人在愤怒地叱骂,紧接着脚步声又迅速远去,似乎消失在了楼外。

"思缈,你去楼门口看看怎么回事。我去看看陈丹那边。"林香茗边说边走出了护士休息室,只见胡杨站在玻璃门前破口大骂,梯子倒在地上,显然是刚才从楼道里往外冲的人通过玻璃门时,把他和梯子一起撞翻了。

呼延云和于护士长跟在林香茗后面,朝一一二病房走去。屋子里只剩下一个吴佳。天阴屋暗,看不清他是什么表情。

林香茗走进一一二病房,眼前的景象使他大吃一惊:黑暗的病房里,陈丹在病床上疯狂地挺动着身体,像刚刚从河里捞到岸上的鱼,眼珠子瞪得将要爆裂一般圆,里面放射出惊恐而绝望的光芒,牙齿时而咬得咯咯作响,时而张开,喉管里发出呜噜呜噜的叫声,由于挣扎得太剧烈,胸前盖着的被单被伤口裂开渗出的鲜血染得通红!

"快救人!"林香茗朝跟进来的于护士长和呼延云高喊,"还有,把灯打开!"

灯亮了。于护士长冲了出去,拿来镇静剂给陈丹注射,陈丹的胳膊不停地扭动,林香茗和呼延云两个人好不容易才按住。

针头扎进蓝色的、纤细的血管,药液缓缓地注射进了身体,大约两分钟以后,陈丹像血流尽了的小鹿一般,昏昏睡去。

惨白的灯光下,一张张惨白的面孔。

窗外,黑得像子夜。

一阵狂风,树枝抽打着玻璃,声音入耳,每个人都像接受鞭刑一样,感到切肤的疼痛。

林香茗擦了一把头上的汗:"这到底是怎么回事?"

呼延云呆若木鸡。

刘思缈跑了进来,喘着气说:"没有抓住那个跑出去的人。"

这时林香茗的手机响了,他一接听,传出周瑾晨的声音:"林组长,局长找你有急事,你马上回来。"

林香茗挂上手机,无奈地叹了口气,看了看陈丹,对呼延云和刘思缈说:"局长让我马上回局里,陈丹就先交给你们了。找到那个跑出去的人,只有他才能告诉我们刚才到底发生了什么事情!"

回到局里,林香茗匆匆走进局长办公室。许瑞龙神情凝重地站在书柜前,嘴里叼着一根烟,旁边的沙发上,端坐着一个戴着金丝眼镜、面无表情的人,正是高秘书。

林香茗先向许瑞龙敬了一个礼,又冲着高秘书点了点头,高秘书像没有看见他一样,毫不理会,继续对许瑞龙说:"上面的命令,您到底执不执行?"

"不是我不执行,你让我怎么执行?"许局长说,"这样的命令,简直太……"

"太什么?"高秘书狞笑道,"林香茗虽然侦破了连环命案,但功是功,过是过,他冒犯了徐总,徐总告到上面,上面要求将他撤职,这个命令必须立刻执行。否则徐总将拒绝参加大后天在华贸地铁站举行的二十号地铁线一期贯通仪式,这个影响你承担得起吗?!"

饶是林香茗修养再好,此刻也勃然色变,对高秘书严厉地说:"不许和许局长这样讲话!"

看到他喷火的双眼,高秘书不由得倒退了半步。

这时,门突然开了,只见小老头李三多眉开眼笑地走了进来:"隔着门都能听见你们叫板的声音,是要上演全武行吗?小林子,高秘书说得没错,功是功,过是过。徐总有钱有势,倘若你找到他和案件有丝毫联系的证据,也就罢了;而什么都没找到,就敢去搜他的家,简直就是找死!撤你专案组组长的职都算轻的,就应该把你警官大学的教职一起免了,赶到大街上散发小广告去!"

林香茗何其聪明,知道李三多的言外之意是,只要自己能拿出徐诚涉案的真凭实据,就可免于被撤职,但是那天他去贰号公馆就是想找证据,结果一无所获——李三多并不了解这一内情。

李三多见林香茗沉默不语,以为他没有听懂自己的意思,有些生气:"香茗,给你一天时间,把证据拿出来,不然就撤你的职。高秘书,你看怎么样?"

林香茗心里暗暗叫苦。

高秘书不敢驳李三多的面子,把皮包往腋下一夹:"好吧,李书记,就按你说的办,明天要是再拿不出证据,嘿嘿。"他干笑了两声,走出了办公室。

"香茗你怎么这么笨,顺坡下驴都不会?"李三多说。

林香茗把心里的苦水一倒,李三多也傻眼了:"你小子,难道就没有想过,徐诚可能是让手下把芬妮带到别的地方谋杀,根本就没有进贰号公馆?"

林香茗老老实实地说:"当时思缈提醒我这一点了,但是我依旧决定冒险,因为,因为……"

他的"因为"没有说下去,但是李三多和许瑞龙都明白——因为当时连续不断发生的命案给了林香茗乃至整个市公安系统巨大的压力,无论一号凶嫌还是二号凶嫌,关键是必须尽快抓住一个。

李三多想了想,又笑了,拍了拍林香茗的肩膀:"小林子,别泄气,我不是还给你争取了一天的时间吗?想办法,把徐诚那个狗日的的涉案证据找出来!实在找不出来,你就回警官大学教书去,反正那里的女学生才不管你是不是什么组长……别垂头丧气的,打起精神来,晚上我和局长做东,给你们专案组举行庆功宴!"

林香茗轻轻地摇了摇头,把视线投到窗外:漫天的乌云沉重得犹如将要倾倒的山,即将把下面这个战战兢兢、惴惴惶惶的人间在一瞬间砸成齑粉。

此刻,仁济医院。于护士长看着陈丹病床边那台心电监视仪上渐渐微弱的振幅,掀开被单看了看陈丹的伤口,不由叫了一声:"不好!"

"怎么了?"刘思缈问。

"刚才她挣扎太剧烈,伤口的出血量非常大,有生命危险!"

于护士长说,"必须马上转ICU(重症监护室)!"

说完她和小乔护士一起,将病床推出了一一二病房,转到了ICU,并电话通知医生来急救。刘思缈也跟了出去。

只有呼延云呆呆地站着不动,他的目光缓缓地将这病房里扫视了一遍:心电监视仪,输液架,左边床头柜上并排摆着两大束用玻璃纸包着的鲜花,右边床头柜上的那台苹果型的CD机,绿色的,以前看起来特别可爱,现在在日光灯的照耀下,不知道为什么显得有些邪恶。

"你怎么还站在这里?"于护士长突然走了进来,把灯关上。

突如其来的黑暗,好像一盆凉水迎头浇下,让呼延云从麻木的状态中清醒了过来:"陈丹,她真的很危险吗?"

于护士长神情黯然:"看样子很可能活不过今天晚上……"

"哦。"呼延云慢慢地走出了一一二病房,跟在他身后的于护士长,顺手把门关上。

于护士长、小乔护士和急救医生走进ICU。刘思缈和呼延云站在门口。吴佳靠在不远处的墙边,脚尖频频地蹭着地面。胡杨攀上重新树立起来的梯子,接着修他的监控摄像机。一会儿,潘秀丽来了,左手畚箕右手笤帚,噘着嘴扫那一地碎玻璃碴子。

突然,玻璃门外一阵骚动,只见马笑中抓着白天羽的脖领子走了进来,扯开嗓门嚷嚷:"你这个王八蛋,老实说,为什么要跑?!"

白天羽脸色惨白,耷拉着脑袋一言不发,活像一只瘟鸡。

"我到派出所把事情一解释,就出来了。"马笑中对刘思缈说,"一回医院就在大门口看见这兔崽子疯了似的往外跑,叫他也不停,我就追上去把他抓了回来。他是不是干什么见不得人的事了?"

白天羽把眼睛闭上，还是不说话。

刘思缈上前，把马笑中的手从白天羽脖子上拿开，然后温和中带着一丝严厉地问："白天羽，刚才是不是你从这楼里跑出去的？"

"就是他！"胡杨站在梯子上喊道，"他撞倒了我的梯子，差点儿把我摔死！"

"你给我闭嘴！"刘思缈狠狠地对胡杨说，接着又问白天羽："你讲老实话，到底是怎么回事？"

"我、我……"白天羽眼泪和鼻涕淌得满脸都是，"我坐在她身边，她睁着眼睛，屋子里黑极了，我一抬头，看见窗户外面有，有……"

"有什么？"刘思缈的汗毛都竖了起来，问话的声音有些发抖。

"有一张脸……"白天羽说，"陈丹一定也看到那张脸了，那是一个很丑陋的人，脸贴在玻璃上往屋里看，我吓得惊叫了一声，然后就看见陈丹她……她的表情特别害怕，害怕极了！"

静静的楼道里，白天羽那尖细、颤抖的声音，像勒在脖子上的弓弦一样，绷得越来越紧，所有人都有致命般的窒息感。

刘思缈跑出楼，拐了一个弯，来到一一二病房的窗户下面，仔细观察了一番，又问了一个正在附近给草坪浇水的园艺工人几句，回到了小白楼里。

"怎么样？"马笑中问。

"白天羽没有说谎。"刘思缈说，"一一二病房的窗户下面有清晰的足迹，而且很新。一个园艺工人说，他刚才看见有个人一路狂奔，从医院后门溜走了。"

"这个人究竟是谁？"马笑中问。

"不知道。"刘思缈摇摇头,"那个足迹我已经提取了,似乎不是贾魁的。"

马笑中搔着头发:"我怎么觉得脑子里乱成了一锅粥。"

这时于护士长和医生走出了ICU,刘思缈立刻走上前去:"陈丹脱离危险了吗?"

医生点点头,又摇摇头:"她的情况,只能说暂时保持稳定而已,还需要继续观察。"

"于护士长,您说的那台瘫痪患者自理平台,何时能够到位?"刘思缈焦急地问。

于护士长说:"平台从康复科运过来,应该很容易,但是陈丹现在这个样子,恐怕又要陷入长时间的昏迷中了。"

"先运过来!"刘思缈断然道,"陈丹只要醒过来,马上就使用这一平台,让她向我们提供案件的线索,再拖下去,一旦陈丹出现什么不测,我们就永远无法抓住害她的凶手了!"

"平台……"马笑中一脸茫然,"什么平台?"

刹那间,刘思缈猛醒过来!周围数米远的地方,胡杨、白天羽、吴佳……这些和案情有着扑朔迷离的关系的人,就在附近,而自己情急之下,竟然把利用平台能够让陈丹提供重要线索这一本该严守的秘密,顺嘴说了出去!我怎么这么笨啊!她恨死自己了。现在只能寄希望于这些人都和马笑中一样懵懵懂懂,不辨究竟了。但是,他们真的猜不出来吗?

这时,小乔护士也从ICU里走了出来:"医生,实在不行,就给陈丹用那瓶 β-葡聚糖静脉营养液吧。"

医生想了想说:"那瓶营养液非常珍贵,全市都断货了,咱们医院也只有一瓶……不过,β-葡聚糖可以使受伤机体的淋巴细胞产生细胞因子的能力迅速恢复正常,全面刺激机体的免疫系统,应该能够逆转陈丹的危情。这样吧,晚上十二点你给陈丹注射那瓶营养液,放慢点滴速度,让她好好休息,明天一早再来拔针。"

"小乔,今晚你要辛苦了。"于护士长说,"看护好陈丹。"

小乔点了点头。

吴佳对刘思缈说:"刘警官,我可以把白天羽带走了吗?"

刘思缈点了点头。

胡杨也从梯子上慢慢爬了下来:"总算修好了,摄像没问题,就是音频录制系统还不大好。"

转眼之间,他们几个人都离开了小白楼。

刘思缈抬起头,看看那台黑色的监控摄像机,冷笑一声,对马笑中说:"这里的值班警察不是跟你一起被带走做证去了吗?现在,他人呢?"

"我在这儿!"一个一身制服的年轻警察走上前来,向刘思缈敬了个礼。原来他是和马笑中一起回来的,刚才一直靠墙站在玻璃门外,大家竟都没有看见他。

这个名叫丰奇的小伙子长得很白净,眉宇间透着一股认真劲儿。刘思缈点了点头:"今晚你在这里值班,对吗?"

"是的。"丰奇说。

"你守在这儿,片刻也不许离开,任何陌生人都不能放进这玻璃门里面半步,知道吗?"刘思缈严肃地说。

"是!"丰奇响亮地回答。

刘思缈这才和马笑中、呼延云一起走出小白楼。

外面漫天阴霾,却异常闷热,令人如身陷沼池,浑身又黏又燥。

马笑中问:"现在咱们去哪里?"

刘思缈说："时间不早了,咱们回局里去参加庆功会吧。"

"案子破了,我什么功劳都没有建。我不去了。"呼延云说,"你代我向香茗表示祝贺吧。"说完兀自走了。

"怪物。"刘思缈望着他的背影说。

"鬼天气,阴成这个奶奶样,还不下雨,想把老子憋死吗?!"马笑中望着头顶黑压压的乌云,恶狠狠地咒骂道。

黑暗中,她摸到了那块骨头。

冰冷的骨头上,有些发黏的东西,还有些丝絮状的物体,像是……

她浑身发抖。

是血,和没有刮尽的肉……

我的天啊!

惨叫——她非常想,现在,没有什么比惨叫更能表达她内心的巨大惊恐了!可是她又不敢,如果把那个魔鬼招来……

谁是魔鬼?

眼睁睁看着妈妈被继父杀死而一声不吭,亲手把少年时代的一切纯真和美好都活活扼杀,肆无忌惮地玩弄自己的肉体和别人的心灵,最后变成了一个失去右乳的女人……

谁是魔鬼?

我。

我才是魔鬼。

我才二十一岁,我还不想死。

可是我也不想活了。

这个世界,太痛苦了。令人窒息的黑夜,无休无止。活着就是为了更加绝望。我被囚禁在这个黑暗的洞窟中太久太久,热的血和热的泪都已经干涸，最后就剩下冰冷的骨头，还有一些没有刮尽的肉。没人能够拯救一具骷髅，救出来也是继续害人的厉鬼。

也许，只有死亡，才是解脱。

那么，请你，帮我解脱吧。

谢谢……

一夜乌云，竟滴雨未落。

早晨六点，睡在小白楼二层的潘秀丽居然被热醒了，她打着哈欠一步步走下楼来，雪白而肥胖的肩膀上挂着汗珠。经过玻璃门的时候，那个坐在椅子上，因为一夜没睡而眼圈发黑的值班警察丰奇向她点了点头。

她走进ICU，真安静。陈丹还躺在病床上沉睡着。

"咔嚓"……

很轻的一声，潘秀丽被自己的脚步声吓了一跳，怎么的了？她低头一看，地上有许多碎玻璃，什么啊这是？难道是窗户被昨晚的大风吹破了？可是窗户关得严严实实的啊。咦？地上碎玻璃中间，一根软软的管子，向上延伸到陈丹雪白的手臂上，终点是一根针头。

输液架上空空如也。

原来是输液瓶被打碎了。

谁干的？

潘秀丽到洗手间拿了畚箕和笤帚，把玻璃碎片扫到畚箕里，又用蘸了水的墩布把地面擦干净。快干完的时候，小乔护士揉着惺忪的睡眼来到ICU门口："小潘，怎么了？"

"不知是谁，把输液的瓶子给打碎了。"潘秀丽嘟囔着。

"哦？"小乔护士很惊讶，她走到病床边，看了看已经很干净的地面，茫然的目光慢慢投射到陈丹的脸上。

她睡得真安详。

她睡得也太安详了。

晨光打进窗户，在陈丹的鬓角留下一丝阴影，影子很像一条被剥去了鳞的鱼。

发丝如血丝。

小乔护士低下头，仔细看了看陈丹，然后用尽全身力气，发出一声惨叫！

半个小时之后，小白楼里里外外聚集了大批的警察。

ICU里面，只有蕾蓉和刘思缈两人，一个验尸，一个勘查现场。

"死因？"刘思缈问。

"窒息。"蕾蓉阴郁地说，"牙龈呈粉红色，有出血现象，鼻腔里发现絮状物，经过检验，是这个上面的。"她指了指陈丹的枕头。

"也就是说——"刘思缈声音冰冷，"谋杀？"

"谋杀。"蕾蓉肯定地说，"用枕头捂死的。"

"死亡时间呢？"

蕾蓉说："大约在夜里十二点到凌晨一点之间。"

"现场完全被破坏掉了！"刘思缈愤愤地说，"β-葡聚糖本来是一种黏附性很强的物质，可是一遇到超过稀释所需剂量的水，就容易分解，偏偏潘秀丽这个笨蛋把地给擦了！"

蕾蓉长叹一声，走出了ICU病房。

门外，林香茗呆呆地靠在墙上，像美术室里一尊残缺的希腊雕像。

旁边，马笑中坐在地上，呜呜呜地哭得像个孩子，肩膀一抖一抖的。

还有一个呼延云，漠然兀立，形同槁木。

昨天一直在报社写稿，没参加庆功会的郭小芬，得知陈丹的死讯后迅速赶来，详细问过林香茗、刘思缈、于护士长等人昨天下午在这里发生的事情，此刻正在仔仔细细、上上下下地观察那两扇玻璃门。

很久，林香茗才控制住情绪，分别问了小乔和值班警察丰奇，昨天夜里有没有离岗。也真的是无巧不成书，小乔十二点整给陈丹挂上β-葡聚糖吊瓶后，就出医院去吃夜宵，为此还专门告诉丰奇，她将在十二点半左右回来。而恰恰就在十二点半刚过，丰奇接到了一个奇怪的电话，自称是市公安局刑侦总队的，有重要的案情需要向他了解，请他到医院后门来一趟。丰奇想想小乔马上就回来了，于是便到医院后门去了，见到一个个子不高，头发和胡子都黄黄的人，问了他许多关于陈丹的问题。"这人根本不像个警察！"丰奇警惕地回问了几个关于刑侦总队的问题，那个家伙回答不出，匆匆溜掉了。丰奇回小白楼的时间大约是十二点四十分，见到小乔，打了个招呼，小乔就回护士休息室睡觉去了，居然把陈丹挂着吊瓶输液的事情忘了个精光，一直都没想起去给她拔掉针头。

"那你具体是什么时间回小白楼的？"林香茗问小乔。

小乔害怕极了："就在丰奇回来前一分钟左右吧。"

林香茗盯着她："你讲的是不是真话，我们很快就能知道。"

确认案情的重要线索，现在统统集聚到了玻璃门上面的那台监控摄像机上。

就近，在小白楼二层的多功能厅，林香茗、蕾蓉、刘思缈、马笑中、林凤冲、郭小芬和呼延云聚在一起，把监控摄像机连到液晶电视上。

"但愿昨天胡杨真的修好了监控摄像机。"刘思缈说。

监控摄像机确实修好了。由于摄像头对着进门的方向，加之摆放角度的关系，拍摄的图像大约在玻璃门外面的五米范围以内。开始播放了，图像右上角显示着拍摄时间。起初一切都很正常，在十二点零二分，小乔匆匆走出了玻璃门。十二点三十一分，丰奇也出去了。

紧接着，离奇的一幕出现了。

十二点三十三分，昏黄的楼道灯光照射下，一个戴着橡胶手套、口罩和医生帽，穿着白大褂，脚上套着蓝色布制鞋套的人走进了玻璃门，大约两分钟以后，他又走出了玻璃门。

他走得比较快，在监控摄像机内留下的影像一闪而过。像个幽灵似的。

"我怎么听不到任何声音？"郭小芬问。

"昨天那个修监控摄像机的胡杨临走时说了，他只修复了拍摄功能，音频录制系统还是不大好。"刘思缈说。

十二点三十九分，小乔急匆匆地回来了。

一分钟以后，丰奇也回来了。

"看来，那个在十二点三十三分到十二点三十五分进出小白楼，打扮成医生模样的人，很可能就是凶手！"林香茗说，"你们不觉得太巧合了吗？恰恰在这十二点三十一分到十二点三十九分这八分钟时间里，小白楼出现了短暂的空白期，小乔有事出去了，丰奇被人叫走了，凶手毫无阻挡地进来杀人。"他停顿了一下对林凤冲说："你马上去调查清楚，小乔昨天到底去哪里吃夜宵了，还有，把丰奇叫到医院后门的那个人究竟是谁？"

"好的。"林凤冲走出了多功能厅。

林香茗走到呼延云身边:"呼延,你,有没有什么想法?"

"我昨晚酒喝多了,现在头很疼很疼。"呼延云耷拉着眼皮。

林香茗手足无措地站在他身边,紧紧地咬着嘴唇。

"时间长了点。"郭小芬把十二点三十三分到十二点三十五分那段"医生"出入的录像放了好几遍,看了又看,突然说。

大家不约而同地看着她,都很困惑。

"蕾蓉姐,机械性窒息,死亡需要多长时间?"郭小芬问。

"一般情况下,气道完全阻塞造成不能呼吸,只要一分钟心跳就会停止,如果不及时抢救,必然导致死亡。"蕾蓉说,"像陈丹这样本来身体就有重伤的人,遭遇窒息,存活时间恐怕还要更短一些。"

"凶手用一分钟杀死陈丹,剩下那一分钟他留在楼里做什么?"郭小芬沉思了片刻,眼睛突然一亮,"思纱,除了ICU,今天早晨,这座楼一层玻璃门以内的其他病房,有没有人进入过?"

刘思纱说:"我们赶到这里后,迅速对玻璃门以内的楼道实施了封锁,除了ICU和洗手间——潘秀丽去涮过墩布以外,其他病房应该都没有人进入过。"

"太好了!"郭小芬说,"你现在去将一层玻璃门内所有病房的外把手,都提取一下指纹。"

她居然敢给我下命令!刘思纱一时间火冒三丈,但考虑到这是在办案,不是赌气的时候,忍下这口气,亲自拿着软质毛刷和细铝粉下了楼,在玻璃门以内楼道的每个病房的圆形外把手上提取指纹。

过了大约半个小时,刘思纱上楼来。郭小芬问:"提取完指纹啦，什么结果？"

刘思缈没好气地说："除了两个病房的外把手外，其他的把手上都落满了指纹和掌纹，根本无法搞清是谁留下的……"

"你说'除了两个病房的把手'！"郭小芬说，"分别是哪个病房？把手上留下了谁的指纹？"

"一个是 ICU 病房，把手上只有潘秀丽的指纹和掌纹。"

"还有一个呢？"郭小芬焦急地问，两眼放光。

刘思缈奇怪她为什么突然变得这样兴奋："还有一个是——二病房，把手上没有指纹和掌纹……"

呼！

郭小芬从椅子上跳了起来，直向楼下冲去，跑进一一二病房，又跑了出来，对于护士长说："快，给我一副橡胶手套！"

于护士长莫名其妙地把一副橡胶手套递给她。

郭小芬戴上手套，来到左边床头柜前，两大束用玻璃纸包着的鲜花（有些已经蔫了）依旧摆在上面。她拿起一束，用手指仔细抚摸每一朵的花瓣和花茎。很久，摇摇头，放下。再拿起一束，依旧细细地抚摸每一朵的花瓣和花茎，很久，然而摇摇头，又放下了。

她的身后，林香茗、蕾蓉、刘思缈、马笑中和呼延云都静静地站着，看她那古怪得不能再古怪的举动。

她把手套摘下，重新抚摸，第一束，没有她想要的，放下的一刻，她的脸上浮起一丝失望。

第二束。

她抚摸得很慢，很慢，指尖一点点地在花茎上擦过，仿佛母亲抚摸婴儿细嫩的小腿。

……

停!

就是这朵!就在这里!

她把花抽出,是朵马蹄莲,雪白的马蹄莲。

"你发现什么了?"刘思纱问。

郭小芬回过头,嘴唇坚定地翘起:"我知道凶手是谁了,下面,我将用推理来揭开陈丹遇害的真相!"

第十七章　郭小芬的推理

"从接触这个案件开始，我的心中就存在着一个疑问，那就是：陈丹是怎么来到莱特小镇二十四号别墅的？"

仁济医院小白楼二层的多功能厅里，林香茗、刘思缈、马笑中、林凤冲和呼延云坐在一起，听郭小芬开始她的推理。

"这还用说，她当然是，当然是……"马笑中的嘴像一辆发动机坏掉的车，怎么打火就是不着。

"当然是什么？"郭小芬望着他，又将明亮的目光在所有人的脸上扫过，"诸位，谁能告诉我，陈丹是怎么到那栋别墅的？"

每个人都一脸茫然。

"我想，到那个别墅去的方式并不是很多。我先排除空降和走地道——大家不要笑，我是很认真地看过二十四号别墅的地下室，确认没有地道的。"郭小芬说，"如果排除这两种可能，那么陈丹到达别墅的方式还剩下两种，坐车和步行。但是现场勘查的结果，否定了坐车，因为别墅附近既没发现任何汽车轮胎的痕迹，也没发现有人将车轮痕迹扫除的迹象。"

"那不简单了，陈丹是走到别墅去的。"马笑中说。

"走哪条路？"郭小芬问。

"这……"马笑中又支吾起来了。

"莱特小镇虽然停工半年多了，但是围墙一直高筑。除了距离二十四号别墅很远的正门,以及贴近二十四号别墅的一段工地倒塌的西墙,根本没有任何入口。以陈丹的容貌、身材,她从正门走进,那些保安、民工,有可能毫无察觉吗?可是在警方的调查中,没有任何人看到这个女孩进入别墅。甚至在怀疑他们被人收买封口,而警方分别侦讯的情况下,结果还是一样——没人见过陈丹。"

"那,她就是从那段倒塌的西墙进来的。"马笑中肯定地说。

"香茗。"郭小芬微笑着说,"我需要你的行为科学给予我支持。请你告诉我,像陈丹这样长期混在酒吧、舞厅里的'社会人',具有什么样的性格特征?"

林香茗想了想说:"她们典型的性格特征包括:虚荣、多疑、狡猾、泼辣。"说完特地对马笑中点了点头:"请原谅我这么说。"

马笑中摇了摇头,人都死了,不必再计较。

郭小芬问:"像陈丹这样平时注意保养,靠肉体混饭吃的女性,梳妆打扮之后,独自坐公交车加上步行,来到远离学校的陌生工地,没走正门,而是穿过狭小的、人迹罕至的胡同,费好大力气绕了很远的路,才找到这么一段倒塌的围墙,进入一栋毛坯别墅,可能性有多大?"

林香茗沉思了片刻,摇摇头:"确实不太符合常理,但是,也不是完全没有可能。"

郭小芬把手一摊:"好吧,我们姑且认为她出于特殊的原因,的确是大费周折,步行走进二十四号别墅的。那么,至少她心里应该有点警惕吧,那个毛坯别墅毕竟不是个可以让人放心约会的地方。那么,当遇到危险的时候,她为什么没有反抗?"

刘思缈愣住了:"你怎么知道她没有反抗?"

郭小芬一个字一个字地说:"地下室的那些碎玻璃告诉我,

陈丹没有反抗。"

"碎玻璃?"除了呼延云,所有人都不约而同地轻声念出了这个词。

大家突然想起,郭小芬曾经在莱特小镇二十四号别墅的地下室里,蹲在地上一寸寸地查看那一地碎玻璃,手指头被划出了口子也毫不在意,而且当时就宣称自己"已经锁定凶手的大致方位"。后来当刘思纱认为凶手是贾魁的时候,郭小芬立即否定,并提出,真正的一号凶嫌是谁,线索就在"那一地的玻璃碴子"之中。

"小郭,"林香茗讲出了大家的心声,"那一地碎玻璃说明了什么?我们都越听越糊涂了。"

郭小芬点点头:"那一地碎玻璃是怎么造成的?现场勘查的结果是,由于地下室的门是锁着的,有人打碎门上的玻璃,把手伸进里面,才把门打开。请注意,这里面的信息是:无论陈丹还是凶手,都是在玻璃碎掉之后才进入地下室的。刚才香茗讲了,像陈丹这种很'社会化'的女人,性情泼辣。假如她在别墅遇到凶手的攻击,一定会挣扎、反抗,但是她没有……"

"停!"刘思纱不客气地打断了她,"我还是要问,你怎么知道她没有挣扎、反抗?"

"如果她挣扎、反抗了,地板上为什么没有水钻?"

"水钻?"刘思纱愣住了。

"对,水钻。"郭小芬说,"那次去陈丹的宿舍时,她的同学孙悦告诉咱们,陈丹外出时穿的是一件白色T恤,前面用水钻缀着Angel的字样,后面是用尼龙拉扣粘的一对小翅膀。"

郭小芬从手提包里拿出一张照片:"这是我找到的陈丹和同学的合影,她穿的正是那件白T恤,我把照片电邮给本市所有大型商厦的服装部,想找到这件T恤,可都没有。最后我在一家小商品批发市场的摊位上发现了。摊主跟我说这T恤看上去蛮花哨,但有一个明显的缺陷:缀成Angel字样的那些水钻是用胶粘上去的,非常不结实,稍微的撕扯和揉搓都会脱落,所以很少有人买。试想,假如陈丹穿着这件T恤走进别墅,遭到凶手的攻击,她挣扎、反抗,甚至是突然遭到攻击,直接晕倒在地,凶手把她的T恤扒下……这些过程中,水钻没有一粒脱落,是不可想象的事。但是警方在搜查二十四号别墅找到的所有证物中就是没有水钻。那天晚上,我和你们一起去二十四号别墅,突然想到,也许是水钻掉在地下室的碎玻璃中,现场勘查人员没有识别出来,于是我就仔细地摸索那些碎玻璃,可是依然没有找到一粒水钻。"

刘思缈不由得点头:"孙悦还说,陈丹当成腰带的白色时装带上也缀着一溜水钻呢……"

"也许是凶手把陈丹骗进别墅,用刀逼她自己脱下衣服的啊。"马笑中说。

"这个我想到了,但是娟子被害后,警方在她的手提包里发现了一样东西,提示我,即便是凶手有刀,陈丹也不会顺从地脱下自己的衣服。"郭小芬说。

"你是说……口红状的小型多功能催泪瓦斯电击器?"刘思缈说。

郭小芬问:"思缈,你还记得不记得,你当时说'当小姐的几乎人手一支,用来自卫'。"刘思缈点点头,郭小芬接着说:"不要说陈丹这样的'社会人',即便是普通女性,假如歹徒持刀威胁,而她手里又正好有一把小型多功能催泪瓦斯电击器,她会不会使用?"

"凶手如果拿的是手枪呢？"

"不会，那太冒险了。"郭小芬摇摇头，"我们仅仅是在夜晚溜进别墅，造成的响动都能被潘大海等保安发现，可见别墅的隔音效果并不好。凶手如果拿着枪，万一陈丹反抗，开枪肯定会招来别人，这绝对不在凶手的计划内。凶手做事极其缜密，从火柴盒可以看出，陈丹只是他连环犯罪中的一个棋子，他当时并没有想要杀死她。"

"但是凶手打碎了地下室的玻璃啊。"刘思绸说，"这个声响恐怕小不了吧？"

"陈丹被救出的时间是六月十九日，现场的呕吐物显示，她遭到囚禁之前，最后一顿饭应该是在前一天——六月十八日的晚上。"郭小芬说，"我到市气象局查询过了，六月十八日夜晚，狂风大作，这样的天气，在建筑工地里有个别玻璃破碎的声音，你认为保安会当成一回事吗？"

"那么，你的结论是什么？"林香茗问。

"我的结论是——"郭小芬说，"陈丹被凶手带到地下室时，很可能处于昏迷状态。"

"一个昏迷的人，不可能步行，也没有乘车，那么她是怎么来到莱特小镇二十四号别墅的？"林香茗问完，不由得一怔，这个问题恰恰是郭小芬一开始提出的。

郭小芬说："唯一的合理解释是，存在着一个'中转站'，把陈丹'中转'进了二十四号别墅！"

"我明白了。"刘思绸说，"比如凶手开车把陈丹运进'莱特小镇'，在和二十四号别墅有一定距离的地方停下，趁着夜色，背着她走进了二十四号别墅……"

"这不合逻辑。"郭小芬摇摇头，"莱特小镇虽然没有完工，但是有停车场，如果把车开进毛坯状态的别墅区里面，长期停放，不是会引起保安和民工的好奇吗？要知道凶手对陈丹实施的犯罪行为，可是需要相当长的时间的。"

"那你说是怎么回事？"

"这个'中转站'应该是长期存在的，不会引起民工和保安怀疑的。"郭小芬说，"那天晚上，咱们潜入二十四号别墅勘查现场，王军指挥保安和民工袭击咱们。我很好奇，当时时间已经很晚，保安、民工在工地驻守，还可以理解，王军作为徐诚的司机和保镖，也算是公司有头有脸的人物，那么晚了他在工地做什么？"郭小芬说，"联系到'中转站'，我恍然大悟，在莱特小镇里，一定有一套表面看上去处于毛坯状态的别墅，其实内部装修已经完工，是王军、侯林立，甚至徐诚本人的'临时居所'。他们经常来这里住。这个临时居所离二十四号别墅不远，凶手把陈丹带到里面，弄晕后再背进二十四号别墅，根本就不会引起任何人的怀疑。二十四号别墅门口大量的民工的鞋印，成功地为凶手做了'掩护'。"

屋子里沉默了半分钟，林香茗说："你这个推理，确实很可信。但是凶手具体是谁啊？"

"既然凶手活动的区域锁定了，那么他应该就在徐诚、王军和侯林立这三个人之中。"郭小芬说，"而凶手有一个重要的特征，从一开始我就注意到了——他是个左撇子。"

"左撇子？"大家不约而同地发出一声惊呼。

"没错，左撇子。"郭小芬说，"刀是从陈丹的右乳右侧切入，在乳沟处切割完毕，蕾蓉姐，我说得对吗？"

蕾蓉点点头。

郭小芬又问："思缈，现场勘查报告上说，凶手是站在陈丹身体的右侧实施的犯罪,对不对?"

刘思缈点点头。

"好。"郭小芬甩给刘思缈一支铅笔,"你站到我的右侧,面对着我,右手拿着这根铅笔,在我的(她有点脸红)……右边胸部,假装切割一下,看看该从哪里划起。"

刘思缈右手拿着铅笔,笔尖伸出,很自然地对准了郭小芬的乳沟。

"你为什么不从我的……右乳右侧划起?"郭小芬问刘思缈。

刘思缈用铅笔稍微一试,立刻说:"不顺手呀,手腕是拧着的。"

"那么,你换左手拿铅笔,再试试切割我的右边胸部。"

刘思缈左手拿着铅笔,探出胳膊,笔尖这回对着的是郭小芬的右乳右侧。

"这回你的笔尖为什么没有指向我的……中间?"

刘思缈再一试,摇了摇头:"不顺手……你的推理是正确的,凶手的确是个左撇子!"

"犯罪本身是一种疯狂的行为,所以再冷静的凶手,作案时也会暴露出本性。"郭小芬说,"现在只要我们看看徐诚、王军和侯林立这三个人谁是左撇子,就可以知道凶手是谁了。"

大家都有些困惑,对三个人谁是左撇子,他们都没注意观察。

郭小芬嫣然一笑:"我也是无意中发现了真相。香茗,你还记得在莱特小镇勘查现场的那天晚上,潘大海对你发起突然袭击时,用手电筒照你的眼睛,当时手电筒拿在他的哪只手里吗?"

林香茗稍微一想,就回忆起来:"右手。"

"一个人两手都拿着东西时,更重要的东西应该在最常用的手里。"

郭小芬说:"潘大海当时的主要任务不是用手电筒照你眼睛,而是……"

"左手!"林香茗恍然大悟,"他是要用左手拿着的棍子攻击我!"

马笑中惊讶地问:"这么说,潘大海才是真正的凶手?"

郭小芬轻蔑地一笑道:"依潘大海之流的智商,根本作不出这么高水平的案子。而且我观察到,当时攻击我们的所有保安都是左手执棍,可受伤后他们都用右手捂伤口,这就说明,他们使用左手,仅仅是受训练时的习惯——是跟教官学的。"

"谁是他们的教官?"马笑中激动地问。

郭小芬说:"潘大海上次回市局销号时,我问过他,谁是他们的搏击教官,他的回答是——王军。"

终于听到真凶的名字,所有人都长长地出了一口气,仿佛是经过漫长的越野,终于可以在目的地喘息一下了。

只有刘思缈摇摇头:"这个推理确实很精彩,但只能证明王军可能是割去陈丹乳房的人,却不能证明他在昨天夜里杀死了陈丹啊。"

"昨天夜里那个凶手,也是左撇子。"郭小芬说。

"什么?"刘思缈很惊讶。

郭小芬说:"你们还记得吗?前几天晚上,有个人曾经执刀闯进小白楼,来到陈丹的病房,想杀害陈丹,结果被潘秀丽吓跑了。我当时仔细地看了那两扇玻璃门,发现一个有意思的现象,左边好的那扇门平安无事,而右边坏的那扇门向楼门方向倾斜得很厉害。这是怎么造成的呢?"她边比画边说,"人遇到两扇门时,一般都会推习惯用手的那一侧,如果这个人习惯用右手,他进楼时推的应该是右边的那扇门,那门坏得太厉害了,即便一推之下没有倒,那么也应该朝楼门的反方向倾斜;而如果这个人习惯用左手,他进门时推的是左边那扇门,而出门时,依然伸出左手,推的应该是右边那扇门,导致这扇坏门向楼门方向倾斜——恰好和现场的情况吻合。"

郭小芬接着说:"而昨天晚上杀害陈丹的凶手,我敢肯定地说,他和闯进小白楼的执刀者是同一个人!因为我刚才观察那两扇玻璃门,发现右边那扇坏门没有任何倾斜现象,他进门时伸出的是左手,推的是左边的门……"

"这只能说明他是左撇子,不能说明他和闯进小白楼的执刀者是同一个人啊。"刘思缈问。

郭小芬冷冷一笑道:"可是他出来的时候,推的依然是左边的门。"

所有的人都怔住了。

"如果凶手仅仅是个左撇子,他出来的时候,应该推右边那扇坏门才对啊,可是他没有,他推的依然是左边的门,这只能说明一点——这个家伙知道右边的门是坏的!"郭小芬说,"只有来过小白楼的人,才知道右边那扇门是坏的。在来宾登记簿上,登记了所有探望过陈丹的人,包括那个贾魁在内,他们当中没有一个是左撇子。而那个执刀者用左手,不知道右边的门是坏的,结果差点儿把门推倒,昨天的杀人者也是用左手,却已经知道右边的门是坏的——这难道还不够说明,他们两个,其实是同一个人吗?!"

"我有一个问题。"一直沉默的蕾蓉说话了。

"请讲。"郭小芬说。

"我仔细地听了你的推理。你总结的凶手特征有三个:一,他住过莱特小镇的'临时居所';二,他进过小白楼并知道右边的门是坏的；三，他是个左撇子。而具备这样条件的人，普天之下只有王军一个，他住过莱特小镇的'临时居所'，进过小白楼，知道右边的门是坏的，而且是左撇子，这个推理是严密的。"蕾蓉说，"但是如果你真的想把凶手和王军画上等号，我想还缺乏一个最重要的东西，那就是证据，尤其是物证。"

郭小芬叹了口气："我很早就推理出了割掉陈丹乳房的人是王军，而且火柴盒和大腿骨说明这是一起系列案件，我也确认他就是杀害芬妮的人，我一直没有讲出来，原因就是我认为，在王军的背后一定另有黑手，没有证据就无法把他揪出来，我不甘心……结果没有及时阻止他们对陈丹的杀害。但也正是陈丹的死，使我获得了这个至关重要的证据。"

"证据在哪里？"

"就在那一大束鲜花里。"

"什么？"大家又都蒙了。

郭小芬坐在椅子上，慢慢地说："今天早晨赶到小白楼，我一看那两扇玻璃门，就确认凶手一定是王军，杀死陈丹的动机，大概就是因为王军以及他身后的黑手，知道了瘫痪患者自理平台一旦投入使用，陈丹很可能会'说出'指证凶手的关键性证据，但他们是怎么知道这一切，并了解到陈丹已经转入ICU病房的呢？一定有某个'东西'在这所小白楼里充当了他们的'奸细'。"

"凶手杀人的全部过程持续了两分钟，而他杀死陈丹最多只需要一分钟，我很困惑，他用多余的一分钟做了什么呢？很可能去处理那个'东西'了。于是我就请思缈去检查玻璃门内所有病房把手上的指纹。由于门把手是圆的，需要握住后拧开，正常情况下应该叠了许多指纹才对，但是，戴着橡胶手套的凶手拧过的把手,应该没有任何指纹——橡胶手套把指纹擦掉了。所以刘思缈的勘查结果是:ICU的房门上只有潘秀丽的指纹,因为凶手进过这个病房后,只有潘秀丽早晨打开时拧过把手,此后这扇门就一直开着。而一一二病房的把手上没有指纹,说明凶手进过这个病房。"

说到这里,郭小芬骤然加重了语气:"凶手杀完了人,进入一个空无一人的病房,他的目的无非两个:或者是拿走什么,或者是放下什么。"

这句话,在案件侦破之后,被公认是意义最为重要的语言之一。

郭小芬接着说:"根据于护士长对一一二病房内各种物品的描述,我发现,一夜过去,物品的摆放位置并没有变化,而且既没有少什么东西,也没多什么东西。因此昨天侯秘书来看望陈丹时带来的那束鲜花引起了我的注意,我仔细观察,终于发现了我想要的'东西'。"说着她打开多功能厅的门,从门外一位警察的手里把那束鲜花拿了来,抻出马蹄莲,把花茎轻轻地掰开,一截藏在粗壮花茎中的黑色圆柱形物体露了出来……

"窃……"刘思缈情不自禁地刚刚说出一个字,郭小芬把食指比在唇前做了个"嘘"的手势,她连忙把话咽了下去。

所有人都看出来了,那是一台微型远距离窃听器。

郭小芬把花交给门外那位警察,请他保存在单独的病房里,避免窃听者通过它听到警方的行动。

"这么说,王军杀死陈丹后,走进一一二病房,目的是要拿走窃听器,以防我们当作证据。"刘思缈说,"那么他既然进了一一二,为什么还是没有拿走窃听器呢?"

"床头柜上有两束花,一束是侯林立带来的,另一束是白天羽带来的。凶手不敢打开一一二病房的灯,在黑暗中,根本无法分清哪一束花藏有窃听器。把两大束花都带走?大半夜的太惹眼了;逐个掰断检查?窃听器这么小,万一滚落在地岂不是更不好找?他只好一点点摸索……"郭小芬说,"我刚才检查花束时,特地向于护士长要来橡胶手套戴上,是做个试验。戴上橡胶手套,手指的敏感性会大大降低,加上凶手心里紧张,短时间根本感觉不出窃听器在哪,最后只好匆匆离去。"

林香茗一直紧绷的脸上终于绽放开了一缕笑容。"现在,铁证如山了。"他向门外走去,边走边说:"我亲自带队去莱特小镇进行搜查,小郭、思纱、呼延和我一起去。林凤冲和马笑中分别带队,到王军和侯林立家中实施抓捕!另外再布置警力在贰号公馆附近布控,监视徐诚的举动,先不要打草惊蛇。"

"是!"一片响亮的声音。

警方行动神速,在包围了莱特小镇的同时,切断了这里与外界的一切通信联系,以防里面的人给徐诚、王军等人通风报信。

林香茗带着一队警员大步往里面走,潘大海弯着腰跟在他身后,说话直结巴:"您您您……有何贵干?"

"徐诚在这里是不是设了个私宅?"林香茗严厉地说。

"我我我……我不知道啊。"

"你会不知道?"林香茗冷笑道,"现在不说,等我们找到了,有你的苦头吃。"

郭小芬一指前面一栋外墙上标着"20"字样的别墅:"不用和他废话,应该就是那一所。"

潘大海的脸色一下子变得非常难看,像被当胸擂了一拳。

林香茗把手一挥,警员们冲上去把门踹开,眼前的景象不禁令他们大吃一惊，二十号别墅和其他别墅的外观没有任何差别，也是灰色的毛坯房，但里面各种家具、电器一应俱全，装修得富丽堂皇。

"你怎么知道就是这一所？"林香茗惊讶地问郭小芬。

郭小芬说："其他的别墅，墙根都长着茂盛的狗尾巴草，一看就是平时民工辛勤'浇灌'的结果，唯独这所没有，肯定是潘大海管得严，不让他们在附近随地小便。"

"让警员都撤出来吧。"刘思缈戴上手套，提起银灰色的现场勘查箱，"我现在要进去，寻找犯罪的证据。"

在二十号别墅的浴室，喷洒鲁米诺试剂后，地面上出现了大量的荧光反应，证明这里曾经流淌过大量的鲜血，只是后来被反复擦拭。在TOTO浴缸排水管的存水弯和地下室的一个电锯的锯齿上，刘思缈提取到了一些细碎的骨屑，DNA鉴定后，与市局法医鉴定中心保存的芬妮尸体的DNA数据对比，完全相同。

"案子破了！"

当林香茗听完刘思缈的汇报，长长地出了一口气，说出这句话时，专案组所有成员，都感到一股暖流袭遍了全身！

从六月十九日到七月十一日，持续长达二十三天的特大连环命案，到这里终于画上了一个完满的句号，剩下的就是将犯罪嫌疑人徐诚、王军和侯林立捉拿归案了。

很快林凤冲和马笑中打来电话，徐诚以及他的秘书侯林立被捕。王军不知去向，他在花藤园的住宅已经被警方严密控制。

"王军落网，只是个时间问题！"马笑中恶狠狠地说，"这个王八蛋就是跑到天涯海角，我也要亲手把他抓回来！"

林香茗叮嘱他沉住气，刚要挂电话，马笑中突然说道："等一等。"

"怎么了?"林香茗问。

马笑中刚才还粗壮的声音,突然低沉下来,似乎还有一些湿润的东西:"你……代我向小郭说声谢谢。"

电话挂断了。

林香茗抬起头,白花花的天空上,一轮明晃晃的太阳。

他忽然发现,站在不远处的郭小芬,白里透粉的秀美面庞上,两道黛眉紧紧地皱着。

案子破了,她为什么一点都不快乐?

就在这时,身后传来一声"报告"!林香茗回过头,只见一个警察手里捧着个包裹说:"林组长,这是有人叫快递下午送到局里,点名让你查收的,说是急件,我们不敢耽误,就给您送来了。"

林香茗惊讶地打开那包裹,里面掉出了两样东西,一个写有"NIKE"字样的红色运动发套,还有——

一个火柴盒!

他的脸色一变,打开火柴盒,只见里面有五根火柴,有三根是从头到尾烧尽的,有一根是只烧了一半的,还有一根是没有烧的。

郭小芬上前一看,说:"烧尽的三根,应该是指芬妮、陈丹和娟子,这根只烧了一半的,恐怕是指这个发套的主人。"

"谁?"林香茗问,"这发套是谁的?"

郭小芬说:"应该就在我们认识的人之中……"

突然,林香茗的手一空,呼延云把红色发套拿走了,只看一眼,就愣住了。

"你认识?"郭小芬问。

好半天,呼延云才点点头:"章娜的……"

"什么？"林香茗和郭小芬不约而同地发出一声惊呼！

"真是节外生枝！"郭小芬蹙着眉头，"她怎么被王军给掳去了？"

她不知道该不该劝呼延云，看了看他的神情，非常漠然，仿佛是一个被囚禁在水牢中的人，看到一只老鼠的尸体浮在水面上。

林香茗道："缉捕王军的事必须要抓紧，否则章娜恐怕有生命危险，而且还剩一根火柴，不知道王军的最后一个目标是谁。"

对莱特小镇进一步搜索的任务布置完毕后，林香茗、刘思缈、郭小芬和呼延云坐上那辆"巡洋舰"，车子向市局开去。

"小郭，马笑中让我代他谢谢你。"林香茗说。

郭小芬苦笑了一下。

林香茗忍不住问："你怎么了，好像很不高兴，全都靠你的精彩绝伦的推理，案子终于破了，不是吗？"

"案子是破了，可……"郭小芬欲言又止，终于把心一横，"停车！"

车慢慢地在路边停了下来。郭小芬下了车，对和她一起坐在后排的呼延云说："你，也下车！"

"啊？"呼延云一头雾水地看着她。

郭小芬毫不客气地命令道："让你下车就下车，少啰唆！"

呼延云很不情愿地下了车，一道又斜又长的影子铺在地上。

郭小芬关上车门，对林香茗说："你们走吧，我有话，要单独和呼延云说。"说完，向街心公园外面的那一大片草坪走去，呼延云不知所措地站在原地，郭小芬回头瞪了他一眼，他才傻乎乎地跟在她的后面。

"他俩到底怎么了？"林香茗一面开车，一面好奇地说。

刘思缈没有说话。

时值傍晚,宽阔的草坪上,无数的孩子在追逐、嬉戏,笑声时而消沉,时而爆发,好像电压不稳似的。一些打扮得很时尚的老人在广场上跳舞,舞姿千篇一律地好看或难看。有几个穿着短裤背心的人仰着头放风筝,风筝飘在被日头烧了一天,有点发红的半空中,放风筝的人傻乐着,口水在嘴角拖了半尺长,竟毫无知觉。

郭小芬坐在米色的石凳上,望着这幸福的一群,很久很久,忽然转过头,问站在身边的呼延云:"我的推理,怎么样?"

"还行。"呼延云说。

"有什么错误或漏洞吗?"

呼延云摇摇头:"我昨天晚上喝多了酒,所以脑子里……"

郭小芬的脸上浮起一层淡淡的悲伤。沉默了片刻,她忽然自言自语似的说:"你知道吗,很久以前,我就听说过你的名字。"

"啊?"

"真的。我上大学时,参加学校的推理社团,那时就常常听说你的名字。"郭小芬说,"我们经常分析报纸上刊登的你用推理侦破的案例,都佩服得五体投地。那时候我把你想象成一个智慧、乐观、洒脱而飘逸的人物,参加专案组之后,我见到你,觉得非常惊讶,因为你和我想象的完全不同……直到你点燃火柴棍,提示我注意陈丹妈妈死亡现场照片上的拖鞋,我才明白,你确实是个推理高手!

"你在夜总会救娟子,那么勇敢,勇敢得不顾一切,可是后来你又对娟子说了那么难听的话,等娟子被杀害了,你哭得好惨好惨……香茗跟我讲了你的一些经历,我知道,你是个好人,像农夫和蛇的故事中的那个农夫，本来就走在冰天雪地里，还因为好心，反而被毒蛇咬了一口，于是坐下来等死。你那么悲观，那么绝望。大家都爱惜你的才能，想方设法要救你，可谁也救不了一个但求速死的人。但是我总在想，你会好起来的，我想亲眼看到你精彩的推理，哪怕只有一次！

"直到今天，我才对你彻底失望了！陈丹被杀害了，我在推理的时候，多么希望你能提出自己的看法，哪怕当面指出我的错误也好啊！可是你醉醺醺地坐着，一声不吭，我看着就来气。等到得知章娜被王军掳走，你竟然那么冷漠，那么麻木不仁。一个推理者，当他不在乎真相的时候，他就已经死了，彻底死掉了。"

"我曾经想要救她，可是她害我……"呼延云说，声音低沉，仿佛在哀求，"我是一个被遗弃、放逐的人。"

"因为一具行尸走肉，你就断送了你的天职吗？！"郭小芬生气地说，"我刚刚来到《法制时报》做报道的时候，每次对案件提出自己的看法，同事们都嘲笑我，打击我的热情，说我自作聪明，你知道，那个时候我想起的是谁？是你！"

呼延云震惊地看着她。

"这个时代，想找行尸走肉，哈，遍地都是！可是真正的推理者，能有几个？"郭小芬激动地说，"我永远都不会忘记，大学时看到报纸上采访你，记者问你为什么那么热爱推理，你的话让我每次一想起来就……就感觉心跳——'假如每个生命都是一个世界，那么，一个推理就能拯救一个世界！'你说得多好啊！推理是为了拯救生命，推理就是我们的生命！为了这个，我们推理者付出一切都在所不惜，管别人怎么说，怎么看！你孤独，你以为自己是被遗弃了，其实是因为你走在最前面——这么简单的推理，你都不会吗？"

呼延云目瞪口呆。

"你太让我失望了,太让我失望了。"郭小芬悲伤而轻蔑地说,"在这起案件中,你几乎毫无作为,你辜负了香茗、蕾蓉,还有我的期望,你回家接着喝你的酒去吧!"

说完,她大步走远,不再回头。

直到那美丽的背影,消失在茫茫暝色之中,呼延云还是呆呆地站着,一动不动。

回到家里,郭小芬把手提包往写字台上一扔,就坐在床上生闷气。

贝贝小心翼翼地爬到她的膝盖上,被她一把胡噜到地上。

她看着窗外,发呆。远处的写字楼从明晃晃的银色,渐渐变成了青色,像被剥了一层皮似的。最后在暮色中,终于只剩下一个模模糊糊的轮廓。楼顶的霓虹灯又亮起来了,投射在窗户上,使窗户变成了一面镜子,照射出她那秀美的面庞,面庞的虚像与霓虹灯的光芒交叠在一起,她仿佛是透明的。

我的眼神怎么这么呆滞啊?

她琢磨着这个奇怪的问题,居然琢磨了很久很久,没有答案。

电话铃响了,她打了个寒战,懒洋洋地接起,是在上海工作的男朋友打来的,问她吃饭了没有,她才觉得有点饿了。男朋友说过几天要回来看她,她有一搭无一搭地应付了几句就放下电话,往地上的小食盆里倒了点猫粮,让贝贝吃。自己到厨房洗了一根黄瓜,一个番茄,坐在椅子上吭哧吭哧地啃着。

吃完了,她忽然觉得房间里有些乱。这段日子天天跟着专案组奔波,晚上回家又要写稿子,实在没有时间打理家务。要是男朋友来了看到房间里这个样子,说不定会生气的。她叹了口气,稍微收拾了一下杂物,到洗手间涮了墩布,开始擦地。贝贝就蜷在写字台旁边看她干活,墩布擦到身边了也不肯动弹,用舌头舔舔自己前腿上的毛。

"懒虫!"郭小芬懒得理它。

擦完了地,屋子里一片水光,令人感觉格外干净、清爽。郭小芬站在门口,擦擦额头上的汗,脸上绽开了微笑。

贝贝看主人心情好了,走过来舔她的脚丫。

郭小芬蹲下身,挠挠它的脖子,贝贝立刻舒服地眯起了眼睛,抬起了小脑瓜。

奇怪!

突然有一种恐惧的感觉,如触电般,让她心里一揪。

好像是察觉了什么,比如……有个人就站在身后。

这不可能!

屋子里开着灯,灯光白晃晃的。

她的头皮一阵发麻,慢慢地,慢慢地回过头——

身后,什么都没有。

呼!她喘了口气,自己吓唬自己罢了。可是刚才那种恐惧的感觉,非常清晰,又那么快就消失得无影无踪。

算了,也许是我太累了吧。她这么想着,确认房门的锁确实锁好了;换上睡衣,关上灯,躺在了床上。

贝贝跳上床,钻进毛巾被,趴在她的臂弯里,她也没有赶它。

换了好几个姿势,依然睡不着。干脆不睡了,她把眼睛睁得大大的,看着黑暗的天花板,这么看了一小会儿,疲倦的眼皮反而慢慢地合上了。

屋子里一片沉寂。

她就快要进入梦乡了,还差一点点,就像浴缸里的水快要没过胸口……

猛地!

她坐了起来!

不对!

不对不对不对不对不对不对不对不对不对不对!

难道……

难道!

她坐着,沉思着,表情像被困在塌方的矿井中一样迷惘。

不知过了多久,她跳下床,换上外衣,把手电筒往裤兜里一塞,打开房门走了出去。

贝贝伏在床上,看着主人离开,对着房门叫了一声,黑暗之中,叫声有些瘆人——

"喵——呜!"

第十八章　黑色星期天

七月十二日上午九点，除了郭小芬，专案组全体成员在市公安局行为科学小组办公室召开特别会议，商讨如何加大对徐诚、侯林立的审讯力度，以及缉拿王军，并寻找迄今不知所踪的章娜等议题。

由于郭小芬平时当记者自由散漫惯了，所以她的迟到并没有引起大家的关注，倒是呼延云有点惹眼。一直以来浑身酒气、颓废潦倒的他，今天居然刮了胡子，而且把脸洗了洗，穿的浅灰色裤子和天蓝色衬衫都很干净，散发着一股淡淡的清香。所以尽管他的眼圈依然是黑黑的，却给人一种和以往明显不一样的感觉。

"徐诚比较难办。"林凤冲皱着眉头说，"他平日里上层路线走得极勤，所以上面三令五申，在审讯中不许这不许那，碍手碍脚的。徐诚也非常狡猾，被捕后来了个徐庶进曹营——一言不发，旁边他的那个姓臧的大律师一直在场，我们问一句，人家有八句等着，连顶带吓，感觉倒像我们是犯人！"

侯林立那边，审讯也毫无成果。对于二十四号别墅发现芬妮的骨屑以及她被肢解的电锯，侯林立说那里平时主要是王军居住，自己很少去，对此毫不知情。至于鲜花中的窃听器，侯林立知道抵赖不过，承认是他放的，目的仅仅是因为陈丹以前和徐诚交往过，"最近风声对徐总不利，我怕那个陈丹醒来胡乱攀咬徐总,所以安个窃听器掌握她的动向,免得徐总被人黑了……"不仅把一切罪责都推到王军的头上,言外之意还指责警方故意陷害徐诚。

尽管马笑中带着一群手下,把王军平时落脚的地方像过筛子似的细细筛了一遍,搜了个底儿朝天,却发现他和陈丹的继父贾魁一样,"焚尸炉里刮台风——连他妈的根屑毛灰都找不见"!

据章娜的家人说,章娜是七月十日晚十二点二十分拿着手机出门,走的时候没有任何反常的神情或举止,家人以为她是像往常一样泡吧或逛夜店去了,谁知她自此就再也没有回来。电信局提供的章娜手机通信记录显示,章娜最后一个电话是和她的男朋友胡杨联系的,但胡杨发誓说那天晚上她没有来找过自己,打电话只是"随便聊两句"。

"值得注意的是,我们在仁济医院外面的自行车棚里发现了章娜的自行车,她家离医院很近,骑车不用二十分钟,按照时间推算,章娜存好车往医院里面走,似乎应该正是凶手走出医院的时间,有没有可能与凶手打了个照面,而凶手恰好与她认识,为了避免暴露行迹,因此被迫绑架了她呢?"刘思纱说。

林香茗很惊讶地问:"章娜认识王军吗?"

刘思纱摇摇头:"目前还没有任何证据证明她和王军认识。"

林香茗说:"如果章娜不认识王军,而她又没有生病,那么晚了去仁济医院,唯一的可能只有一个——"

不言自明,唯一的可能就是找男朋友胡杨。所有人都悚然一惊,这个修监控摄像机的家伙,在整个案件中活像个幽灵,时隐时现,他到底扮演着什么样的角色,竟谁也说不上来。

杜建平说,刑侦总队已经仔细排查过了,根本就没有派出什么人,在七月十日晚十二点半将小白楼的值班警察丰奇叫到医院后门谈事。

"这个倒是在意料之中。"林香茗说,"我想这个人十有八九是徐诚派来支开丰奇的,好让王军顺利地行凶。"

"有件事,我擅自做主了。"刘思缈对林香茗说,"我把那个小乔护士给拘留了。因为她说那天晚上十二点离开小白楼是去吃夜宵了,刚开始死活不说去了哪一家,后来实在熬不住我的盘问,说是在医院附近的'馄饨刘',可是我去'馄饨刘'问过了,人家十一点整就打烊了。她完完全全是在撒谎!"

林香茗说:"她会不会另有什么隐情才说谎?详细审讯是对的,但要注意方式方法,决不能冤枉一个无辜的人。"

正在这时,电话铃响了。是局长秘书周瑾晨打来的,让林香茗到局长办公室来,"有急事"。

匆匆赶到局长办公室,刚一敲门,门竟自动开了,再一看,门边站着高秘书,右手还扶在门把手上,笑容可掬地说:"小林,怎么才来?我和局长一直在等你呢。"

想想前天,就在这间办公室里,就是这个高秘书,面若冰霜地叫嚣着要把自己立即撤职,如今找到了徐诚涉案的证据,他立刻换了一副嘴脸,真是如同变色龙一般啊。林香茗虽然在心中鄙夷他,表面上却依旧是不卑不亢:"高秘书好,您有什么事吗?"

"高秘书今天是来当报喜鸟的。"一直端坐在办公椅上的许瑞龙,站了起来,踱到近前,望着高秘书,用嘲讽的口吻说,"上面撤销了对你的撤职命令,香茗,赶紧谢谢高秘书吧。"

"哪里哪里!"高秘书扶着金丝眼镜,一脸真诚地说,"林组长才能卓著,办案神勇,令人钦佩。上面所谓撤职,其实也不过是做做样子,起到督促的作用,哪里还真的能自毁长城。"

林香茗一笑:"您说得对,要不是上面督促,我还真破不了案呢。"

如此揶揄，高秘书却面不改色："林组长能这么想，我就十分欣慰了，今天来一个是报喜，一个是要请许局长和林组长网开一面，将徐总释放。"

"为什么？"林香茗立刻警觉起来。

高秘书恳切地说："明天下午的地铁二十号线一期贯通仪式，徐总必须参加。否则那些外国媒体记者看见了，又要做各种猜测了。"

"猜测？什么猜测？"林香茗冷冷地说，"无非是猜测徐诚是不是'出事了'。法律面前，人人平等，一个企业家指使手下杀人，就要受到法律的严惩，这在世界各国面前都说得通！"

"据我所知，徐总只是有涉案嫌疑，并没坐实他是主谋。"高秘书大概是觉察到自己的话太硬了，所以又把口气放软了下来。"林组长你看，如果明天徐总不能出席，贯通仪式就只好延期了，这不大好……"

林香茗心里雪亮，考虑到案情复杂，侦缉工作还在继续，所以目前徐诚被捕的消息还处于保密状态。明天地铁二十号线一期贯通仪式，徐诚若不出席，嗅觉敏锐的外国媒体一定会想方设法打探出事情真相，予以报道，扩大事态影响，引起高层的关注。徐诚被捕并不可怕，可怕的是他因谋杀罪受审会不会节外生枝，牵连出那些多年来收受他的贿赂，在房地产项目立项、土地审批等事宜上给他大开绿灯、损公肥私的官员——这才是高秘书一班人真正害怕的。

"公事公办。"四个字，林香茗说得铿锵有力，"除非律师那边能拿出证据，证明徐总和谋杀案无关，否则，贯通仪式只能延期了。"

高秘书呆立在原地,脸色越来越阴沉,终于发出一声冷笑,走出了办公室。

林香茗向局长点了点头,正要转身出去,许瑞龙却拍了拍他的肩膀,让他站住,指着琥珀色茶几上的那一摞今天的报纸说:"徐诚被捕的事情,各大媒体配合我们工作,都没有报道,不过这也就是个一两天的事情。网上的信息很快就会流布开来。看高秘书这副急得抓耳挠腮的样子,他们与徐诚的勾结,一定获利不少啊。你要吸取上次莽撞地闯进贰号公馆的教训,沉住气,耐心审讯,集齐证据,把案子给我办成一块铁——谁也折不弯、翻不动的铁!明白吗?"

"明白!"林香茗把胸脯一挺。

许瑞龙慈爱地笑了。看着林香茗离去的背影,他的心中突然洋溢起一股感情,那感情正如一位父亲,看着儿子事业有成,一点点地成长,内心温暖而喜悦。转过身,他望着书柜的茶色玻璃,尽管玻璃映出的万物无不是深棕色,但他鬓角的白发还是那么鲜明。透过玻璃,他看到了那套《曾文正公全集》,不禁想起曾国藩的名言"办大事以找替手为第一"。

"我的父亲许天祥是京津第一名捕,我的儿子却个个不争气,恐怕真正能延续我这毕生事业的,就是香茗了。"他想。

林香茗回到行为科学小组办公室,发现大家都围立在办公桌前,一个个脸色十分难看。

"怎么了,你们?"他问。

人们闪开身子,亮出一条视觉的通道,林香茗一看办公桌上的东西,神情顿时也变了。

桌上有一份快递,和昨天送来告知章娜被绑架的那个一模一样。

昨天傍晚，按照快递的底单，警方找到了送快递的人，是个傻头傻脑的小伙子，他说接到电话，在一个公园见到了一个戴着墨镜的大胡子，那人给了他一个大信封，让把里面的东西尽快投递到市公安局，快递费是平常的十倍，他拿到东西和钱，喜滋滋地送到市局。光想着发了笔小财，却没想到卷入了这么大的案子。

"早知道，给多少钱我也不敢送啊。"小伙子吓得像孩子一样呜呜地哭。警察们安慰了他半天，让他走了，并叮嘱他所属的快递公司，如果那个电话再让他们快递东西，一定要先通知警方。

结果，今天早晨九点半，那个电话再次打到同一家快递公司，让他们到某居民楼的废弃信箱里取一个大信封，依旧是送到市局。公司立刻通知了警方，小心翼翼地取了出来，直接送到专案组。

"大信封上没有找到任何指纹，凶手是戴了手套把东西装进去的。"刘思缈说，"信封封了口，我们还没有打开。"

林香茗拿起剪刀，沿信封封口处慢慢地剪开。将里面的东西倒在办公桌上。

一个火柴盒，一个胸花。

火柴盒里，共有五根火柴，其中四根是从头烧到尾的，还有一根是燃到一半的……

林香茗拿起那个胸花，是法国著名的 Julie Prs 品牌，粉色羽毛般的丝绒上，坠着一条蓝宝石链子，高雅而不失娇艳。

非常眼熟。

马笑中突然发出一声痛苦的呻吟，指着胸花说："是郭小芬的！"

空气刹那间凝结，小小的办公室里，所有的人都僵了。

窗外，车辆驶过，引起共振，玻璃窗喀拉喀拉作响，听在耳中，仿佛是霜冻正在将玻璃一寸寸地化成坚冰。

"他妈的怎么会这样！"杜建平"哐"的一拳，狠狠地砸在桌子上，"王军什么时候把小郭给绑架了？"

林香茗猛地抬起头，果断地说："先不要慌。老马，你认得小郭住的地方吧，咱们一起去看看有没有什么线索。从火柴上看，章娜已经遇害，而小郭暂时还是安全的，咱们抓紧时间，她应该还有救。"

他停了停，仿佛是等待胸中汹涌的波涛平静下来，然后对杜建平和林凤冲说："把搜捕王军的警力再扩大一倍！现在他一定蛰伏在某个阴暗的角落，我们要像围猎一样，搅得他的每一寸神经都不得安宁，直到他蹿出来，束手就擒为止！记住，为了知道小郭被拘禁的地点，王军——我只要活的，不要死的！"

突然，呼延云转身向门口走去，带起一阵风。

蕾蓉一愣："呼延，你要去哪里？"

"别管我！"呼延云硬生生甩下一句，出了房间。

黑暗的楼道。他跌跌撞撞地走出很远，推开洗手间的门，进去，靠在灰色的墙上，大口大口地喘着气。站不住了，就像被人捅了一刀似的，他不得不弯下腰，双手拄在膝盖上。喘息，呼哧呼哧呼哧呼哧，越来越急促，像哮喘急性发作的病人，处于濒死状态……

我的眼睛，我的眼睛！灰色的地板突然扭曲、变形，黑暗仿佛柏油，从那些胀裂的缝隙中渗出、流淌，渐渐变成了浓浓的一片。视网膜！我的视网膜，又在极度的痛苦中裂解了吗？世界只剩下两种颜色：黑和白——脖子是白色的，如同套上了上吊用的白绫,其余,全身上下都是黑色的——名叫寒鸦的我飞起来了,在这狭小的、密闭的、臭烘烘的洗手间里,挣扎,撞击,折断的羽毛,像破碎的剪影,在天花板的上空盘旋,盘旋,终于落在布满尿渍的肮脏的地板上……

他的咽喉里使劲发出啊啊的两声,像哀号,却没有泪水。

他突然想起了一张脸孔。那张脸像是放少了酵母的面团,永远是死死板板的一坨,所以她的笑永远是僵硬而残忍的:"喂,我可没说我喜欢过你,我是有男朋友的,还不止一个呢!"

那个女人不是已经被杀死了吗?她玩弄、欺骗我的感情,现在她死了,妈的我应该高兴才是啊,我应该大笑,像京剧演员那样夸张地大笑,哈哈哈哈哈!笑声在这个狭小的、密闭的、臭烘烘的洗手间里回响,可是……可是我笑不出来,因为,因为……

他扶着膝盖,向前迈了一步,"扑通"一声,几乎是半跪在了水池前。

他狠狠地拧开了水龙头。

哗啦啦!

冰凉的水像动脉被割破的鲜血一样喷涌出来,他掬起双手捧着,一动不动,水不停地溢出掌心。

满满一捧水。

举到头顶,淋下。

疼!

水,从他的额头上"哗"一声滚落,犹如幕布一般,拉下了他的黑暗,他的夜。什么?水?不是血吗?鲜红鲜红的血,在酒的裹挟下顺着他的额头流淌,还有酒瓶砸碎后的玻璃碴子。他坐倒在地上,眼前一片漆黑,可他听得清清楚楚,天堂夜总会老板董豹那狰狞的笑声:"给我打!"

打打打打打打！

浑身挨了多少拳脚，他已经不记得了，唯一铭刻在心中的，就是有那么一瞬间，一个温软的身体抱在自己的背脊上，替自己挡住了那些疯狂的电闪雷劈！而后她被拽开了，可她还在不停地大喊："不要打人！不要打人！"

忽然，暴风雨过去了，风平浪静。他躺在一张温暖的床上，一块被热水湿润过的毛巾轻轻地为他拭去嘴角的呕吐物。

淡雅的香气，就像少年时代戴着红领巾，在校园里欢笑着跑过的无数个春天。

他不忍睁开双眼，泪水无声地顺着眼角流下。

他轻轻地抓住了她的手腕，翻来覆去地念叨着一句话：

"我不是疯子，不是疯子……"

他哭泣着，哭泣着，从呜咽变成抽泣，从抽泣变成号啕。在洗马河畔，他坐在娟子的尸体旁边，自杀一样地放声大哭，哭声嗷嗷地像月光下一匹受伤的狼，眼泪如同洪水一样顺着瘦削的面颊流淌。

那一刻，她抱着他，陪他一起哭泣。他清晰地感觉到，她的泪水，"啪"地滴落在了自己的肩膀上……

郭小芬。

他从来没觉得这名字有多动听，可现在，他只想把这个名字捧在掌心里，但是掌心里的水，不停地涌出，他什么也没有留下……

现在，她被绑架了，生死未卜。也许，她就像陈丹一样，被囚禁在一个狭长的密室中，黑暗笼罩着她，她的心中充满了恐惧和绝望。

"你知道，那个时候我想起的是谁？是你！"

那么……

好吧！

林香茗和马笑中匆匆赶往郭小芬的家，林凤冲抓紧对徐诚、侯林立的审讯，杜建平带着刘思缈亲赴一线搜捕王军。刚才还因为人多而显得有些局促的行为科学小组办公室，现在只剩下了蕾蓉一个人。她呆呆地坐着，有些不知所措。

门开了。

他脸上湿漉漉的，晶莹的水珠不断从他前额的发梢上淌下。

他靠在门框上，单眼皮下的两道目光，像狼一样，凶狠而有神。

"我要看这个案子的所有卷宗。"他说，"从头开始！"

蕾蓉站起，嘴唇嗫动半天，最后吐出的却只有两个字——"好的。"

厚厚一摞卷宗，按照时间顺序，从六月十九日陈丹被从莱特小镇解救出来开始，一页一页地翻过。二十多天里发生的一幕幕，就这样再次被启动了播放键。

阳光洒在纸面上，那些文字、表格、图片，都浮着一层令人眩晕的光芒。

血案、悬案、疑案、案中案……与从前接触过的案件相比，这起案件要复杂得多。千头万绪，犹如一个个巨大的毛线团扔到了野猫群里，被搅得乱七八糟，刚一接触时，令人茫然不知所措。因此，林香茗利用行为科学对一号凶嫌和二号凶嫌进行的区分，不仅正确，而且在侦办方向上起到了指南针的重要作用。而刘思缈采用"现场还原"的方式认定陈丹的妈妈死于贾魁的谋杀，也是合理的。郭小芬昨天的推理，乍一听，可以说非常精彩，只是在某些细节上有些牵强，而且犯下了一个埋藏得很深的错误，这个错误让他怀疑"凶手是王军"这一认定——

当然，这不能怪小郭，因为当时她毕竟不在现场……

所有的卷宗都看过一遍了。其中这一份需要再仔细地研读，卷宗建立的时间是六月二十九日，卷宗名称是"通汇河北岸无名女尸分尸案"，负责人的签名是：刘思缈。

刘思缈建立的卷宗和其他人有明显的不同。她把跟老师李昌钰在一起办案的习惯带回了国内，在卷宗的最后，总会单独附上一张纸，写出她对疑点的种种思考，这些思考的主观性非常强，也许毫无价值，但破案和犯罪有一个共同点——都需要灵感。

这份卷宗也一样。

真可惜，刘思缈已经在附于卷宗的纸上写明了自己的困惑，为什么没有进一步思考下去呢？

呼延云慢慢地合上卷宗，迷离的目光停在桌子上，上面摆着蕾蓉中午给他买的快餐，他一点食欲都没有。看看窗外，阳光已经不那么刺眼了，一瞧墙上的挂表，有些吃惊，不知不觉间，竟已经过去了七小时，现在的时间是下午五点。

他站起身，走出门，在楼道里徘徊着。黑暗的楼道，两边墙上似乎没有门，就那么长长地一直延伸下去，尽头的窗户，有一些光芒……

哭声。

哭声把沉浸在思索中的他唤醒了，沿着哭声寻去，来到预审室门口，里面两个审讯员正襟危坐，桌子对面是小乔护士，耷拉着脑袋，不停地抽泣着。

呼延云走了进去。两位审讯员只知道他是专案组的人，却并不认识他，很有礼貌地冲他点了点头。

"怎么回事？"呼延云指着小乔护士问。

"一直在问她七月十日晚上十二点离开小白楼去做什么了，可她就是不讲，哭哭啼啼的。"审讯员不耐烦地说。

呼延云拉了张椅子，坐在小乔身边。可怜的姑娘，眼睛像在水里泡过一样又红又肿。他不禁叹了口气，轻轻地说了句什么，声音太小，连那两个审讯员都没听见。

小乔猛地抬起头，惊讶地看着呼延云，半晌才羞赧地点点头。

呼延云站起身，对那两个审讯员说："她是无辜的，放了她吧。"

"你说什么？"一个审讯员生气地说。也难怪，辛辛苦苦费了一天口舌，受审者什么都没有交代，这个突然闯进预审室的家伙简简单单问了一句，竟要马上放人，哪有这个道理！

"听他的话，放人。"

门口传来一个声音。两个审讯员一看是蕾蓉，立刻站了起来。

呼延云对小乔说："我带你回医院去。"小乔"嗯"了一声，像个孩子似的跟在呼延云后面，出了预审室。

出租车上，两个人一直沉默着。快到仁济医院的时候，小乔问："你……你是怎么知道的？"

呼延云没有回答。

"你能别把这个事情告诉于护士长吗？不然她要处分我的。"小乔战战兢兢地看了他一眼，压低声音说，"求求你了。"

呼延云还是没有说话。

一进小白楼，站在值班护士台里面的于护士长就快步走过来，抓住小乔的胳膊，又生气又担心地说："你这孩子，到底发生了什么事？警察早晨为什么要把你带走，是不是你说谎话了？"

"她是说谎了。"呼延云在旁边说:"那天晚上她没去'馄饨刘',去的是'一家鲜烧卖馆'。怕你骂她嘴馋,为口吃的跑那么老远,所以才没跟警方说实话。"

于护士长这才松了一口气。小乔感激地看了呼延云一眼。

"我在这小白楼里随便转转。"呼延云说。

小乔连忙献殷勤,上前一步为他开门。

"小心!"于护士长惊叫了一声,因为小乔无意中把右手伸向了坏掉的右玻璃门。

小乔吓了一跳,愣在原地没敢动。

呼延云看了看于护士长和小乔,又看了看那扇坏掉的右门,推开左门走了进去。

按照警方要求,ICU病房保持着案发时的原貌。呼延云站在陈丹被杀死的那张病床前,心中升起一种特殊的感觉。这种感觉很沉重,也很黑暗,就像一道慢慢闭合的铁门投下的阴影。陈丹不过是章娜的同类,都是善于玩弄感情,为了金钱可以出卖肉体和道德的人。先割去她的乳房,让她备尝痛苦,再把她杀死,这样的折磨用在这种丧尽天良的女人身上,是一件多么快意的事啊!如果我是凶手,我也要……

我也要——什么?!

他打了个寒战,我怎么了?刚才,我在想什么?残忍地折磨、杀死章娜?那一刻我将无比的快意?我竟然想杀人?想杀人!什么时候,我居然有了这样可怕的魔性,还是它们早就在我内心的最深处掩埋着,刚才只不过是偶尔的释放?

他向四周看了看,没有旁人,这才略略感到安心。

但也就在这一瞬间,他悟到了什么。

"小乔!小乔!"他大声喊了起来。小乔连忙进了ICU病房。

他指着枕头问:"七月十一日早晨,你们发现陈丹被害时,这个枕头,是怎么放置的?"

小乔想了想,肯定地说:"垫在陈丹的脑袋下面。"

奇怪。他想。

凶手杀人之后,曾经走进过这个病房。这个看来多余的举动,按照郭小芬的解释,是为了拿走藏在花茎中的窃听器。这恰恰是郭小芬全部推理中最致命的错误,不过,她的那句话,无疑是正确的——

"凶手杀完了人,进入一个空无一人的病房,他的目的无非两个:或者是拿走什么,或者是放下什么。"

凶手能放下什么呢?从监控摄像机拍摄到的影像上看,他走进小白楼的时候,穿着白大褂,戴着橡胶手套、口罩和医生帽,脚上套着蓝色布制鞋套,离开时,这些还在身上;杀人时,他手中多了样东西,就是凶器——那个枕头,可是枕头后来又垫在陈丹的脑袋下面,并没有带到一一二病房。这么说来,"放下什么"似乎是不能成立的事。那么,还是沿着"拿走什么"的思路来追溯好了。凶手到底拿走了什么呢?

呼延云的目光缓缓地扫过一一二病房。那天陈丹被推到ICU去,他曾经仔细地看过病房中的一切,现在需要将眼前的视像覆盖在记忆上,看看能否重合:心电监视仪和输液架还在,左边床头柜上原来并排摆着的两大束鲜花,现在只剩下了白天羽送的一束;右边床头柜上的那台苹果型CD机,在下午六点有些阴暗的东向病房里,绿得好像发霉了似的。

除了侯林立送的那束花被警方拿走当证据了,什么都没少啊!

也就是说,凶手并没有拿走什么。

不可能,一定有什么我没有发现的缺失,是什么呢?是什么呢?

是什么——

猛地!一阵剧烈的疼痛,像尖刀刺入了他的脑髓,疼得他跪倒在了地上,双手抱着头,指尖在蓬乱的头发中抠抓着,像要把自己的头颅挤爆,颤抖的身体扭曲成了一张弓,牙齿咬得咯吱作响!长期以来的酗酒极大地损毁了他的脑力,过度的思考仿佛是飞速旋转的一颗生锈的铁钉,带来的必然是铁锈横飞,钉身崩毁!

他就那么跪着,很久很久。好了,好了,最强烈的疼痛终于过去了……双手缓缓地从头上放下,撑在地板上,喘息着,浑身已经被冷汗湿透了。他慢慢地昂起头颅,双眼平视前方。

巧合吗?

他的眼睛像猎豹的利爪,死死盯在那台苹果型的 CD 机上!

他站起身,走上前去,摁下了 CD 机舱的开关。

"咝"的一声,机舱的盖子轻轻地、节奏舒缓地抬了起来。

里面是空的。

他冲出一一二病房,冲出了玻璃门,对着站在值班护士台里面的于护士长和小乔大喊:"CD 机里面的那张《黑色星期天》的音碟呢?"

于护士长和小乔不约而同地摇了摇头。

"你们没有拿?"他简直是在咆哮,"你们敢发誓你们没拿吗?"

于护士长有点生气:"当然,我们拿那张碟做什么?那种吓死人的音乐,我们可不想听!"

小乔也点了点头。

"还有你!"呼延云指着窝在值班护士台旮旯里的潘秀丽,

"你有没有拿?"

"我可不敢,我可不敢……"潘秀丽都要哭了。

呼延云转身就跑出了小白楼。于护士长看着他的背影说:"这个人疯疯癫癫的,好像有精神病似的。"

小乔护士噘起嘴,小声嘀咕道:"才不是呢……"

出租车上,呼延云不停地打电话,给刘思缈,给马笑中,给林凤冲……只问一句话,问的都是同一个问题:"仁济医院小白楼一一二病房的CD机里有张音碟,你拿过吗?"

"没有啊,怎么了?"

咔!对方还没有说完,他就把电话挂上了。

唯一多说了两句的是林香茗。林香茗和马笑中去郭小芬家搜索,一无所获,但确定了小郭不是在家中被绑架的。

车子停在华文大学校门外,呼延云下了车,跑进校园。他自己就曾经是这所大学中文系的学生,所以轻车熟路,直奔女生宿舍楼,在门口被传达室的老太太拦住了:"你怎么往女生宿舍闯?哪个班的?班主任是谁?"

呼延云从裤兜里掏出月票夹一晃:"我是市公安局刑侦总队的,有案子要办,你去把那个名叫习宁的女生给我叫下来。"

老太太眼神不好,以为他手里拿的是警官证,老老实实地把习宁叫下了楼。

习宁还是穿着一身黑衣服,眉毛虽然拧着,凸嘴巴的嘴角却向上翘起,笑得有些狰狞。

呼延云看了看她,说:"我是刑侦总队的,问你几个问题,七月十日下午,你到仁济医院探望陈丹来着?"

习宁鼻子里"哼"了一声,点点头。

"你在病房里给她放了一首《黑色星期天》,对不对?"呼延云说,"音碟是从哪里来的?"

"她自己的,就放在宿舍的桌子上,过去她可爱听了,我想她休养的时候,也一定非常非常想听,所以就拿到病房里放给她听,她听着听着就哭了……"习宁得意地笑了起来。

呼延云看着她那越来越红的鼻子,冷冷地问:"那张音碟,现在在哪里?"

"我不知道!"习宁说,"那帮护士赶我走,我就走了,音碟留给陈丹慢慢听吧……"

"她已经死了。"呼延云说,"就在你给她放音乐听的那天晚上,被人谋杀了,我不知道是不是该恭喜你,你的情敌终于消失了,你的男朋友可以永远地和你厮守在一起了……"

"厮守?"习宁的目光像被敲碎的冰,刹那间,变成了一堆迷离的渣子,她后背往墙上一靠,呜呜地哭了起来。"骗子,他是个骗子,他一直都有别人,他又有了别人了……"

呼延云问:"七月十日晚上十二点左右,你在干什么?"

习宁的哭声戛然而止:"陈丹不是我杀的!"

"我又没说是你杀的,你慌什么。"呼延云盯着她的眼睛,"说吧,你那天晚上在干什么?"

习宁想了想说:"想起来了,这不要放暑假了吗,我和班里一大堆同学一起去钱柜唱歌了,十二点多回的学校,还被宿舍楼看门的老太太训斥了一顿,说我们夜不归宿。"

呼延云点点头:"这么说,应该有不少人能为你证明喽。"

"当然!"习宁说,"那天去的同学可多了,连白天羽都去了。"

呼延云眼睛一亮:"白天羽?他那晚一直和你们在一起吗?"

"没错。"习宁肯定道,"他唱的《三国恋》,模仿女声那一句

'等待良人归来那一刻,眼泪为你唱歌',尖细的嗓子别提多好听啦。"

说完,她抬起空洞的双眼,望着吊有蜘蛛网的墙角,兀自哼唱了起来:"在我离你远去哪一天,灰色的梦睡在我身边,我早就该习惯没有你的夜……"

呼延云望着地板,她的影子,越来越长……

在图书馆里,呼延云找到了白天羽。自从表弟被捕之后,白天羽一见警察就两腿发抖。虽然知道呼延云不是警察,但见过他和林香茗他们在一起,因此格外乖巧,有问必答:"七月十日晚上十二点左右?我和同学们一起去钱柜唱歌,然后回学校了,大家都能给我证明……我还看见吴老师了呢。"

"哦?"呼延云说,"吴佳老师?他那么晚了为什么还在学校?"

"不知道。"

"你在哪里看见他的?"

"就在教研楼前面的那个花坛旁边,他坐在长椅上抽烟。"

"你能肯定是他吗?"呼延云疑惑地问,"当时是深夜啊。"

"肯定是他。"白天羽说,"长椅旁边有个路灯,虽然他是侧着坐的,有一定距离,但还是看得很清楚。"

呼延云点点头,沉默片刻,忽然说:"陈丹……你已经知道了吧?"

白天羽嘴角抽搐着,眼眶里立刻浮起一层水光。呼延云从小就怕女人哭,现在才知道男人像女人一样爱哭才是更可怕的事情,摆摆手说:"现在不是哭的时候。你把陈丹遇害的那天下午,你在一一二病房里看到的事情,再跟我说一遍,越详细越好。"

白天羽于是把那天在一一二病房里发生的事情又复述了

一遍。

呼延云问："你说有个长相很丑陋的人，把脸贴在窗户上往里面看，吓坏了陈丹。那张脸，如果你再看见，还能认出来吗？"

"能！"白天羽说，"我的眼神和记忆力都非常好。"

"还有，当时，陈丹是非常非常害怕吗？"呼延云问。

"是的，她害怕极了，身子一个劲儿地哆嗦。"说到这里，白天羽不停地抽着鼻子。

"就是害怕……没别的了？"呼延云问。

白天羽有些奇怪："没有别的了，还能有什么？"

"这不对啊……"呼延云自言自语，突然想起了什么，"对了，仁济医院小白楼——二病房，那个苹果型CD机里有一张音碟，名字叫《黑色星期天》的，你拿了没有？"

白天羽惊惶地摆摆手："没有没有。"

呼延云指着远处的一个蓝牌子说："我要去和吴佳老师谈谈，沿着那个校园导示牌走，就能到教研楼吧？"

"那是校园内机动车限速的路标。"白天羽说，"在那个路标左拐，就到教研楼了。"

在教研楼门口，呼延云和下班回家的吴佳撞了个正着，两人边聊边往校门走。

夕阳西下，被烈日暴晒了一天的校园像烤煳的馕，浮动着一层焦黄色。这一年的夏天，虽然城市上空动辄就乌云密布，风雷大作，但雨下得极少，以至于地面犹如缺水的喉咙，干得起了皮儿，花花草草的边缘都打着灰色的卷儿，病恹恹的，连树上知了的叫声听上去都带着裂纹。

"我说怎么在仁济医院的小白楼里见到你，觉得有些眼熟呢！"吴佳笑着说，"记得当年你演讲、办杂志、组织读书会，可是咱们学校的风云人物啊！"

呼延云淡淡一笑："吴老师那时经常批评我不务正业，满脑子奇思异想呢。"

"那是为了你好。"吴佳说，"相信你走上社会之后，一定了解老师当年的一片苦心了吧。"

"没有。"呼延云冷冷地说，"毕业这几年，我唯一了解的就是这校内校外，都越来越鬼气森森了。"

"我没有你说的那种感觉。"吴佳望着他说，"从大学到现在，你一直是个偏激的人。记住，你用什么样的眼光看世界，你的世界就是什么样子的。我想你应该读些'心灵鸡汤'类的书，让自己的心灵保持宁静、宽容……"

"扯淡！"呼延云大笑起来，豪放的笑声如此嘹亮，引得那些蹑手蹑脚行走着的人们纷纷侧目。

吴佳站住了，树影挡住了他的面容："看来你还是不够成熟。"

"成熟？打个比方，在犯罪现场，凶器，满地的鲜血，尸体，还有人被绑架了，同学们看到这一幕，都吓傻了……老师您却从容不迫地走到窗前，潇洒地打开窗户说：大家请往外面看，鸟语花香，和谐有序，我们的生活多么幸福啊！您知道您这种行为叫什么吗？"呼延云冷冷地说，"这叫转移视线，干扰调查！"

眼镜后面，倏地射出一道凶光。

"好了，吴老师，我今天来这里不是和您辩论的。眼下，就有一具尸体正等着我找出凶手，有一个被绑架的朋友需要我解救。"呼延云说，"因此我想请问，七月十日夜里十二点，您在做什么？"

"这算什么，审讯？"

"您要是不想回答，可以不回答。"

吴佳盯着呼延云，徐徐说道："那天夜里，我和家里人闹了点不愉快，所以在学校待到十一点左右，后来又到教研楼前面的花坛里坐了很久。"

"有什么人看到过您吗？"呼延云问。

吴佳想了想，摇摇头。

"白天羽说他看见您了。"呼延云说，"您看见他了吗？"

吴佳还是摇摇头："我坐在花坛里想事情，没有看到任何人。"

"还有个问题，您在仁济医院小白楼的一一二病房，有没有从 CD 机里拿走一张音碟？"

"没有。"吴佳面无表情地说。

"谢谢。"呼延云说完，转身向校园东南角的一座红砖房走去。

如果我没有记错，应该是在这里，离开大学这么多年了，希望一切还都没有改变。

铝皮包裹着的木门，窗户里面黑黢黢的，阴冷而潮湿，半地下室。

小郭，现在是不是就被囚禁在这样一个地方？

他的心一揪。

门，突然开了，走出一个穿着蓝色工作服的清洁工，袖口、裤边和他的那张疲惫的脸孔一样，都黑黑的。

"您好。"呼延云上前说，"我有一个问题，想要问您……"

哗啦啦！一阵风声。头顶庞大的树冠疯狂地摇摆起来，将夜幕硬生生地从天空中撕下，裹在了大地之上。

下雨了吗?

很遥远很遥远的地方,传来隆隆的滚雷声,甚至噼里啪啦的落雨声,在死一样的寂静中,那么清晰。

我就是一滴雨滴。

过去的日子,我一直浮在云层里,随风飘动,流淌过白天和黑夜。

突然,一片乌云,就像吸血蝙蝠的阴影,猝然笼罩了我,沉重的寒冷,将我凝结成一滴,于是,我从云层中坠落,坠落,坠落……

啪!

我砸在地上了。

粉身碎骨的一瞬,我失去了一切知觉。

我死了吗?像跳楼者,面目全非,身下一摊鲜血汩汩地流着?

我一定是死了,四周是那样的黑暗,犹如尸衣,紧紧包裹着我,没有一丝缝隙。我被埋在废弃的枯井里,身上覆盖着一层又一层冰冷、坚硬而沉重的泥土,唯一的气息就是尸臭,我的尸臭,我的万劫不复的腐烂……太痛苦了!让我这具死尸翻个身吧,或者,至少,活动一下手脚——

可是,不能。

大概,这就是梦魇吧。

是梦!没错的,太好了,就是梦。那次,我在夜色中走进椿树街果仁巷胡同那栋四层灰楼,受到惊吓之后,就做了这样一个梦,现在,不过是梦的重温。

那个梦里有什么?我得想一想,我得好好想一想。

对了,有个坐在房间的墙角里哭泣的女人,哭得好凄惨好凄惨,嘤嘤的,我想上去问问她怎么回事,扶了一下她的肩,就听见清脆而略有撕裂感的"咔嚓"一声,她的脖子断了,像陈丹的妈妈一样,从白色的骨殖和韧带中间喷涌出了大量的鲜血,溅得我浑身都是。

好多好多的血啊,我的衣服、我的双手、我的脚面、我的视网膜里,一片鲜红,鲜红,鲜红!

耷拉的人头,嘴巴还一动一动地发出哭声。

恐怖吗?不过是梦,不要怕,梦总会醒的,也许马上就醒了……

就在这时,她听见了哭声,嘤嘤的哭声。

咫尺的距离!黑暗中尽管看不见,但哭声真切极了,不是从口腔里发出的,而是从嗓子眼里,从鼻腔里,从肌肤下面的血管内部!

毛骨悚然。

在上一次梦中,我……我大叫着往房间外面跑。

跑!这次我还是要跑!

我……

我……跑不了。

她流下了泪水。

刹那间恢复的意识,像雷电击中树干。瞬间的光芒,照亮的却是绝望。

我的手和脚都被绳索绑得紧紧的,根本没有挣扎的可能。我的嘴完全被堵住,发不出一点声音——那就不要挣扎,不要呼喊好了。为什么我还要挣扎,还要呼喊?

因为……因为我记得那个梦,那个越来越恐怖的梦!

门已经消失了,四面都是铁一样冰冷的墙,我死命推那堵墙,完全没有用。哭声越来越大,越来越凄厉。天花板像闸门一样往下压,而脚下不停翻滚的血水却越涨越高……终于,我被牢牢卡在天花板和地板的狭小缝隙之间,仰面朝上,血水已经漫过了我的耳际。

没有血水,没有,但马上就有了,因为她听见了那个人的脚步声。

一步,两步,三步,四步……他停下了。

哭声也像被掐断了一样,骤然消失。

死寂。

一道蓝色的灯光,鬼火一样,在这洞窟中幽幽地闪亮。

她才看见,她的身边还有一个被紧紧绑缚住手脚的女人,被堵住的嘴边,黏满了泪水和鼻涕,像发瘟的鸡一样颤抖着。

蓝色的光一直停留在那个女人的身上,验尸似的,一动不动。

那个女人的鼻涕和泪水一直在流,无声地流,目光中充满了恐惧和乞求,像一只猫爪下的老鼠……

她愤怒了!杀了我吧!杀了我们吧!何必要苦苦地折磨我们?!假如世界上有比死亡更恐怖的事情,那就是等待死亡。所以,赶快杀了我们吧!

浑蛋!

她疯狂地耸动着身体,像一条刚刚被捞上岸的鱼。

那人看着她,像看着一条刚刚被捞上岸的鱼,在做无谓地挣扎。

好了,鱼的力气耗尽了,不动了。

那人从怀里掏出一样东西,手电筒蓝色光芒的照耀下,极尖锐!

手电筒突然灭了。

那人与黑暗迅速融为一体,无声无息,看不见容貌,分不清男女，他（或者她）只是很优雅地将尖锐的东西一点点刺向她。

她想喊，声嘶力竭地喊，但是嘴里根本发不出声音……

终于触及肌肤了。

一刹那，脑海中闪过，陈丹乳房被割掉后，胸口鲜血淋漓的疤，像被挖掉眼球的眼眶。

疼。

这不是梦！

疼啊！谁来救救我？

救命！

第十九章　蓝色的河流

　　椿树街果仁巷胡同最里头的那栋灰楼，四单元顶层。四〇二房间是陈丹的家，与之对门的四〇一房间里住着一位老太太。她活像一只冬眠的蝙蝠，偶尔才露一回面，也大多是在凌晨，拄着拐杖，一个人走啊走的，胳膊上还挎着一只篮子。回家的时候，篮子里装满了菜叶子，脏兮兮的，据说都是在附近菜市场的早市结束后捡来的。她从来不和任何人说话，假如有人来收水电费和卫生费，敲敲门，好久她才会把门开一道细细的缝隙，听完事由，把钱递出，然后把门"吱呀"一声关上，接着是销门闩的声音。

　　于是各种传闻不胫而走，有人说老太太非常有钱，所以才对外人保持高度的警惕；也有人说，从没见过老太太的亲戚上门，所以她的全家，或者说与她有血缘关系的所有人，都已经死得干干净净。

　　她自个儿的生活简单极了，每天早晚两顿饭，就是一碗米饭，一锅熬菜，十几年如一日。由于储藏了过多菜叶的缘故，她的屋子里总散发着一股腐烂的臭味儿，臭味儿一直飘散到楼道里，活像墩布在水池子里沤了一个夏天。她自己闻惯了，也就安之若素。

　　但是最近几天，老太太坐不安生了。因为一股越来越浓重的恶臭，盖过了她用烂菜叶制造的臭气。

哪儿来的臭味儿呢？她嗫着腮帮子，坐在屋里，回忆起了多年以前，阳台上就曾经散发过这么一股子恶臭，那是一只很大很大的灰耗子的尸体发出的，难道又有这么一只灰耗子吗？她走到阳台，用拐杖在一大堆她视为珍宝的垃圾中戳戳点点，并没有找到什么。

她凝神定气，逆着臭味儿飘出的方向，一点点寻去，终于推开了自己的房门。

面前，正对着她的，是四〇二的房门。

房主姓贾名魁，一个獐头鼠目的家伙，总也不回来住，所以委托她帮着把房子出租出去，她根本不想管，但是经不住他一再地恳求，就应承了下来。

可是这房间，根本就没有人租。过去深更半夜，偶尔听见女人的哭声，像闹鬼似的，前几天听在楼下聊天的邻居们说，有个女人被杀死在这房子里，凶手就是贾魁。闹鬼一样的哭声，是死者的女儿偷偷回来，想念母亲发出的。至于贾魁，连警察们都找不到他了。

臭味儿的源头，好像就在里面。

她举起拐杖，用底端戳开了四〇二的房门。

臭味儿骤然浓重了十几倍！她不由得捂住了鼻子，往里面走去，先听到一阵极细切的"嗡嗡"声，然后就看到了伏在地板上的"那个东西"，还有糊在上面的一大片黑乎乎的，像倾泻的虾酱一样不断蠕动的苍蝇。

老太太颤颤巍巍下了楼，来到居委会，里面正聚集着一群高矮不一，但水桶身材相仿的妇女，正在召开"共建和谐社区"动员大会。老太太一进门，大家都愣住了，好像走着夜路突然撞见了鬼似的。

"死人啦。"老太太说。

简简单单一句话让每个人都感到头皮发麻，望望窗外，看不到太阳，天幕泛着极浅的红色，像一口被烧干了锅的锅盖。下面，整个城市都浮动在白花花的灼热气浪里。

四〇二房间的那具尸体，经过辨认，正是失踪多日，警方一直寻找不到的贾魁。尸检结果表明，他已经死了好几天。死因是小腹中了数刀，特别可怕的是，他的下身被凶手用刀戳得稀烂。这种残忍的手法，一般只有在黑社会因为争风吃醋导致的杀戮中才会采用。

怀疑的对象再次指向了王军。

时间又过去了一夜。尽管专案组的成员们兵分几路，整夜奔波，展开搜索，但无论王军还是郭小芬，都搜寻不到任何踪迹。中午大家聚在办公室里草草地扒拉了几口盒饭，商量下一步行动，想起郭小芬生死未卜，都黯然神伤。

电话铃响了，是传达室打来的，说有一个名叫白天羽的大学生，想来专案组汇报点儿事情。

"让他上来吧。"林香茗说。

"对了。"刘思缈放下筷子说，"呼延云，你昨天问我们每个人，有没有从一一二病房拿走一张音碟，是怎么回事？"

呼延云说："小郭说凶手杀完了人，进入一个空无一人的病房，他的目的无非两个，或者是拿走什么，或者是放下什么。这个推论，我是赞同的。但她认为，凶手想拿走藏在鲜花中的窃听器，我不认同。我昨天下午到一一二病房，发现CD机里少了一张音碟，就是那盘《黑色星期天》。而我问了所有在陈丹被害后进出过小白楼的人,都说没有拿过那张音碟,那么只有一个人拿了,就是凶手,他为什么要拿那张碟?目前我还搞不懂。"

刘思缈惊讶地问:"这么说,你认为小郭的推理有错误?凶手难道不是王军吗?"

呼延云点了点头:"嗯。小郭的推理中,有一个致命的错误,完全不合逻辑,那就是——"

"哐!"

办公室的门被人用力推开,白天羽的身影像蛾子一样扑了进来,惊慌失措地叫喊着:"我看见他了!我刚才看见他了!"

大家面面相觑,林香茗皱着眉头说:"怎么了?你看见谁了?"

"那个人!"白天羽急得两眼发直,手胡乱比画着,"就是那天下午,把脸贴在窗户上往——二病房里看的人!"

林香茗等人立刻跟着白天羽一直跑到了一层,只见一个背对着他们的人,正在跟市局新闻处处长李弥说话。

"就是他。"白天羽战战兢兢地伸出食指,朝那个人一指。

林香茗大步走上前去。那人听到身后的风声,把头一扭。大家都愣住了——这个人,不是《法制时报》的记者张伟吗?

"林组长,有事?"张伟一副满不在乎的样子。

林香茗目不转睛地盯着他:头发和胡子都染成枯草一样黄黄的颜色。难道他就是陈丹被害那天晚上,伪称自己是市公安局刑侦总队的探员,把值班警察丰奇叫到仁济医院后门,导致陈丹在无人看守的情况下被杀害的人?

犀利的目光犹如解剖刀,张伟感到肌肤一阵阵刺痛,突然发出一声怪叫:"你要干什么?"

"我倒想问问,你要干什么!"林香茗一步步向他逼近,声音越来越严厉,"七月十日下午,你为什么要往一一二病房里偷窥?当天晚上十二点半左右,你为什么冒充市公安局刑侦总队的探员,把守卫陈丹的值班警察从岗位上调开?"

张伟仓皇地后退着,额头上冒出了豆大的汗珠。

"走吧。"林香茗把手一指。

"哪里?"张伟抬起脑袋问。

"预审室。"

"我……我没有杀人!"张伟气急败坏地说,"杀人的事情跟我一点关系都没有!"

"预审室!"

在预审室里,张伟老老实实地交代了事情的经过。自从《法制时报》总编辑李恒如和林香茗达成协议,只允许郭小芬一人采访、报道连环命案之后,他差点儿气疯了,一心想在郭小芬之外挖出独家新闻。二号凶嫌被捕后,他很是沮丧,但是因为和市局新闻处处长李弥有一层亲戚关系,他很快就了解到,连环命案的凶手其实有两个人,还有一个一号凶嫌没有抓到。他打探出一号凶嫌作案的经过,在七月十日下午摸到仁济医院小白楼,想采访陈丹,见林香茗等人在,没敢进去。绕到楼后面,扒着窗户往陈丹住的病房里看,没想到却被白天羽发现了,杀鸡般大叫,吓得他一溜烟逃掉了。但他依然不甘心,当天夜里打电话把丰奇叫出来,想从他的嘴里套出点东西,可惜又是一无所获。后来知道陈丹就在那个时间段被谋杀之后,把他吓坏了。今天来市局,是想探探风声。

"林组长,您一定要相信我,我和杀人的事一点儿关系都没有。"张伟坐在预审室冰凉的椅子上说。

"一点儿关系都没有……"林香茗将这句话喃喃地念了一遍,

看着他说,"真的和你一点儿关系都没有吗?"

"真的啊。您想,陈丹被杀的时候,我正在医院后面跟那个警察套话呢。"张伟忙不迭地说,"我有充分的不在场证明。"

"我不是这个意思。"林香茗打断了他的话,"我是问,你怎么连一点儿最起码的忏悔之心都没有?"

张伟呆呆地望着他,眼中一片茫然。

"这个案子,你一直很关注,看来你也了解了不少内幕。那么你知不知道,那个杀害了五名女高中生的二号凶嫌,就是看了你为了满足读者的猎奇心理写下的血腥报道,才模仿着去割乳杀人的!"林香茗的声音越来越低沉,一脉浓浓的悲伤流过双眸,"他一共杀了五个人,五条年轻的生命啊!流了那么多血,在极度的痛苦中一点一点咽气,尸体还要受到凌辱……你怎么就没有一点儿忏悔之心呢?"

说完这句话,林香茗慢慢地走出了预审室。

很久,张伟还耷拉着脑袋,长长的口涎滴落在裤子上。

对面,有个人坐下了:"能不能问你个问题?"

张伟抬起了脑袋,目光呆滞。

"我想问,那天你在小白楼外面,贴着玻璃窗往病房里面看的时候,都看到了些什么?"呼延云问。

张伟缓缓地回过神儿来:"里面挺暗的,有两个人,一个是躺在病床上的陈丹,还有一个不男不女的人坐在她床前。陈丹好像很害怕那个不男不女的人,身子发抖,还不住地畏缩着,畏缩着……然后,那个不男不女的人抬头看见了我,大叫了一声,就跑出了病房。"

一道光芒划过呼延云黑幽幽的瞳仁:"陈丹当时看到你了吗?"

"应该没有吧。"张伟说,"她的脸并没有侧向我这边。"

呼延云沉思了一下问:"陈丹当时还有没有什么其他的动作?"

张伟摇了摇头。

呼延云一面思索,一面往行为科学小组的办公室走,快到门口的时候,突然听见里面传出一声怒吼——"不行!"

他推开门进去。只见专案组成员围了一圈,局长秘书周瑾晨神色尴尬地站在最中间,面对他的是玉面溅朱的林香茗:"我再讲一遍,这个事情没得商量,谁说也没有用!"

"可这是局长的命令啊。"周瑾晨说,"侯林立已经把花里藏窃听器的事情一个人扛下来了,臧律师拿出的又是铁证:芬妮被害的六月十五日晚上,徐诚正在参加一个世界金融年会,年会的密级非常高,会场内所有通信系统一律关闭,他根本不可能直接指挥杀人。如果说他事先就把杀人任务安排好了,王军现在又抓不到,没有证据能证明,我们只能放人。"

"不行!"林香茗激动得用手指连叩桌子,"绝对不能放了徐诚,不然小郭就有危险了!"

"香茗……"站在窗口的刘思缈突然发出一声呼叫。

林香茗大步走到窗前,往下看去,只见臧律师陪着徐诚走出市局的大门,在门口等待的高秘书快步上前,紧紧握住徐诚的手,说了几句什么,三个人顿时爆发出大笑。徐诚一面笑,一面转过头,向市局办公楼望去,目光恰好与林香茗相撞,那目光犹如逃出陷阱的狼,得意、猖狂,还有犬齿一般的凶狠,预言着必然到来的报复。

这个家伙其实早就预料到一切了。我去贰号公馆问他六月十五日在做什么,他说想不起来了,我以为他仅仅是在搪塞,其实他就是把"参加世界金融年会"这张牌留到最后再打,我也真的是百密一疏,那天检查公馆监控摄像机拍摄的六月十五日的视频,怎么就没有注意到:视频中固然没有芬妮,也没有任何徐诚的影像啊!

林香茗咬了咬牙,拳头在窗台上一擂:"我去找局长!"

蕾蓉一把将他拉住:"香茗你冷静一点儿,你怎么就不想想,如果不是承受了巨大的压力,局长能同意放人吗?"

"那怎么办?"

蕾蓉到底年长,事态越紧迫,越沉得住气:"我觉得,现在的关键在于抓住王军,他只要供认他的杀人行为都出于徐诚的指使,徐诚的全部防线就会在顷刻间土崩瓦解。但是要快。徐诚被释放,危险的不仅仅是郭小芬,还有王军——徐诚肯定要杀人灭口了!"

"问题是王军在哪里?"林香茗焦急地说,"我们已经把所有他可能落脚的地方都搜索过两遍以上了啊。"

"有个地方,也许就是俗称的'灯下黑'吧。"蕾蓉说,"事发的时候,我们仔细搜查了那里,但是后来就封锁起来了,并没有再重新搜索。我在想,王军会不会溜进这个我们认为他绝对不会再返回的地方,藏起来了呢?"

"你说的到底是哪里啊?"马笑中不解地问。

"对!"林香茗把拳头在掌心里"啪"的一砸:"就是那里!莱特小镇!这样,思纱、笑中和我一起去莱特小镇再次展开搜索;杜处长,你和林科长密切监视徐诚的一举一动。现在是下午三点,我们的时间不多了。大家马上出发!"

专案组的每位成员都神色凝重,知道这个时候,无论对于郭小芬的生命,还是案件的侦破,都到了争分夺秒的最后关头。

就在大家往门外走的时候,坐在把门位置的一个人,忽然站了起来,怯生生地喊了一声:"林组长……"

林香茗一看,竟然是被自己遗忘了的白天羽:"对了,你来找我说要汇报事情,是什么事情啊?"

"这个,这个……"白天羽低着头,像小姑娘一样搓着衣角。

林香茗有点不耐烦:"你有什么事情就快点说,不要这副羞答答的样子!"

白天羽又犹豫了半晌,才嗫嚅道:"我是来认错的,我昨天撒了谎,一一二病房 CD 机里的那盘音碟……是我拿的。"

下面发生的一幕,像刀刻一样,留在现场每个人的心中,多年以后依然清晰无比,它犹如火山爆发一般,突然、急促而狂烈。

"呼"的一声!

呼延云像饿虎一样扑了上来,把白天羽撞在了墙上,疼得他"哎哟"一声惨叫。

"你说什么?"呼延云抓住他的衣领,眼珠子都要瞪爆了,"你再说一遍!"

白天羽像虎爪下的兔子,就剩下哆嗦的份儿,哪里还讲得出半个字来。

"你再说一遍!"呼延云大喊着,急得头发都竖了起来,"快!"

白天羽带着哭腔说:"我坦白,我交代,CD 机里的那盘音碟是我拿走了。十号那天下午,我去探视陈丹,听于护士长说习宁播放《黑色星期天》吓唬陈丹,就把音碟揣在兜里带走了。昨天你到学校问我有没有拿,我怕自己一不小心闯了祸,就没敢说实话……昨天想了一夜,我不能再欺骗你们了,所以特别赶来说明真相,这个我也带来了——"

他的掌心里,托着一盘装在透明塑料盒中的光碟。

正是呼延云苦苦寻觅的《黑色星期天》。

呼延云呆呆地看着那张光碟,像置身沙漠之中而看到一汪清泉,疑是海市蜃楼,不敢相信。

他伸出颤抖的双手,接过塑料盒,打开,取出光碟。明亮的光碟表面,映出他那清瘦的面庞,还有像打碎的玻璃一般痛楚而迷离的目光。

脚腕像戴着镣铐一样,沉重地拖出办公室,他就那么仰着头,沿着黑暗的楼道,走下去,走下去,脚步声先是缓慢的,渐渐地快了,快了……越来越快,最后变成奔跑!

所有的人,都困惑不解地望着空空荡荡的门口。好久,林香茗才说:"咱们按照原定计划行动。"

"真他妈的闷,您觉得是不是?跟前两天差不多,到了傍晚,一准儿的又刮风又打雷的,可就是一滴雨都不下,这不是跟咱逗闷子呢么!"出租车里,那个矮矮胖胖的司机舍不得开空调,就把窗户打开,又有些心虚,一路上就不停地和乘客唠叨,车里散发浓重的汗味和臭鞋味。那个穿着蓝色衬衫的乘客却始终不搭一句话,像是没有听见饶舌司机的唠叨,双眼望着不知何时开始越来越阴沉的天空。

车,在仁济医院门口停下了。

乘客给了司机一张二十元的钞票,下了车。

"哥们儿,找你钱。"司机说,乘客头也不回地往前走。

走到小白楼门口,他站住了,他犹豫着,似乎想进,又不敢进。

——我是不是还是转身离去的好？让一切都埋在土里，包括我自己，永远永远？

他还是向前迈了一步，这一步迈出去，就真的再也不能回头了。

护士服务台里，于护士长和小乔护士不约而同地站了起来，看着他，目光十分陌生。

也许是我的脚步太凝重了？或者，她们也希望我回头？对不起，我不能回头，我只是想找到事情的真相……

他推开左边的玻璃门，走进了内治疗间，正在擦地的潘秀丽直起腰，张开嘴看着他。他回过头，居然发现于护士长和小乔还站在原地，只是视线随着他的行动而机械地扭转。只死去了一个陈丹，这小白楼却仿佛咽下了最后一口气。每段楼道，每个病房，都比从前更加死气沉沉，透进窗户的每一缕光芒都是阴郁的，照在地板上，像扑了粉的脸，而一动不动地站着的于护士长她们，每一个都有如蜡像，或者，被蜡封住了，虚假的，没有生命的——蜡像。

眼前没有人，他却轻轻地说了一句"对不起"，并伸出一只手，轻轻地拂去了什么。

蓝色的河流开始流淌。舒缓，但带着一种不由分说的坚定，从ICU流到一一二病房，从护士服务台流到玻璃门，渗入、撞击在每一个角落：圆形的门把手、苹果型CD机、鲜花、枕头、输液架、坏掉的玻璃门……

这流淌始终无声无息，偶尔泛起涟漪，是沉思时手指在额头上轻轻地磕碰，是若有所悟时眼波瞬间的一闪，是陷入迷惘时眉宇"川"字形的紧蹙，是流转的形体在墙上不羁的身影。伸开双臂、叉开五指、侧耳倾听、匍匐在地，一寸一毫也不放过地衡量、比对、感受、观察。貌似癫狂。

一切,犹如没有配乐的舞蹈,优美而感伤。水花交迸,让眼前的物体幻化为昔日的形象,当时发生的一切,重新拼接,组合,连贯,再现:胡杨站在梯子上修理监控摄像机;马笑中把侯林立拖出一一二病房,撞上小乔,两瓶药液都砸碎在地上,一地玻璃碴子;张伟贴在窗户上的丑陋面孔;楼道里一声惨叫,白天羽跑出楼道;黑暗的病房,陈丹在床上疯狂地扭动身体,像刚刚从河里捞到岸上的鱼,眼珠子瞪得将要爆裂一般圆,里面放射出惊恐而绝望的光芒,由于挣扎得太剧烈,胸前盖着的被单被伤口裂开渗出的鲜血染得通红;刘思缈无意中说出瘫痪患者自理平台的秘密;珍贵的β-葡聚糖静脉营养液;晨光打进窗户,在陈丹的鬓角留下一丝阴影,她的影子像一条被剥去了鳞的鱼。

发丝如血丝。

还有莱特小镇二十四号别墅地下室的那块大腿骨,还有涌汇河北岸芬妮分尸案现场的三趟足迹,还有贾魁被刀子戳得稀烂的下体,还有那五根火柴,剩下最后半根没有烧完……

凶手杀完了人,进入一个空无一人的病房。他的目的无非两个,或者是拿走什么,或者是放下什么。

阴暗的楼道,渐渐被蓝色的河水漫漶,漫漶,就在不绝的涌流中,所有的沙砾、石块、尸骨、蜡像,都被冲洗一净,显现出了真实的面目。

河水越来越清澈,正如他的目光——

他看清了曾经在这里发生的一切一切!

最后,蓝色的河流消失在了一一二病房的门口。

静静的楼道里,忽然响起了凄绝的音乐,缥缥缈缈的,宛如深夜的墓地上升腾起的雾气。于护士长冻僵了似的一动不动,潘秀丽把墩布杆搂在怀里瑟瑟发抖,唯有小乔壮起胆子,向一一二病房走去。

站在门口,她看到,呼延云躺在已经由ICU移回一一二病房的、陈丹挣扎过、绝望过并最终死去的那张病床上,闭着眼睛,神情和陈丹被发现死亡的那个早晨一样安详。

苹果型CD机里,播放着那首《黑色星期天》:

Death is no dream,
For in death I'm caressing you.

"呼延……云。"小乔护士轻轻地发出一声呼唤。

呼延云没有睁眼,还是那么静静地躺着。

窗外,天空犹如包裹伤口的纱布,阴惨惨的,像要渗出血水。

林香茗开着"巡洋舰"载着刘思缈和马笑中,快要赶到莱特小镇时,突然听见54式手枪的枪声,然后是一阵密集的79式冲锋枪的枪声。从声音判断,第一阵枪声是凶手的,第二阵枪声是警方的回击。

林香茗把车速加快,眨眼就到了莱特小镇大门口,冲下车,对迎上来的特警队长说:"我不是说了要抓活的吗?谁开的枪?"

特警队长解释说:"我们接到命令后把这里包围了,仔细搜索,在没完工的社区会所里发现了王军,他一直往上跑,我们的队员就追,他先开的枪……"

林香茗抬头看了看那栋六层高的社区会所,灰色的楼体跟别墅区的其他建筑一样,也是处于毛坯状态。脚手架,钢筋,破破烂烂的防护网,共同支撑和掩盖着一层层钢混预制板,活像一具侏罗纪恐龙的残骸。隐隐约约能看到顶层有一个人影躲在两根象腿粗的立柱之间，似乎是王军，手里拿着什么，做瞄准状。

林香茗说："看来他还是在负隅顽抗，设狙击手了吗？必要时解除他的行动力。"

特警队长说："附近没有制高点，我们很难安排狙击手。他隐蔽得非常好，一看就是个行家。"

林香茗点了点头："我亲自上去。"

特警队长递给他防弹服："就一件了。"

林香茗接过来给了刘思纱，自己兀自向楼上攀登。

没有护栏的楼梯凹凸不平。到了六层楼梯口附近，在几个特警队员的掩护下，林香茗和刘思纱、马笑中藏在一面墙后。林香茗戴上钢盔，稍稍露了下头，想看看王军的动静，只听"砰"的一声！离自己只有数寸的墙上腾起一股灰烟。

刘思纱一把将他拉了回来，吓得脸都变了颜色。

林香茗笑了笑："枪法不错。"然后对特警队员说："把话筒给我，我要跟他喊话。"

拿来话筒，林香茗的第一句话让警察们都啼笑皆非："王军，看看外面的天色，快要下雨了。"

"操！那又怎么样！"王军的嗓音劈了一般，"出来，就打死你！"

林香茗平静地说："你大概不知道，人体有一种神经叫'植物性神经'，这种神经也叫'自主神经'，因为它不受意志的支配。当你紧张时，自主神经中的交感神经会突然兴奋起来，导致你的手剧烈抖动，掌心出汗，不信，你看看自己现在是不是这样？"

王军那边沉默不语。林香茗接着说："一会儿下起雨来，空气湿度会骤然提高,你的掌心会更加湿润,握枪瞄准恐怕就不那么容易了。你现在倚仗的,不过就是自己当兵时练就的那一点枪法,等会儿一下雨,优势尽失,就等着当活靶子好了。"

王军发疯一样号叫起来:"你他妈的给我闭嘴!闭嘴!"然后"砰砰"地朝警方这边放了两枪。

"差点儿忘了,还有子弹问题。"林香茗接着说,"你这么胡乱放枪,也就没有几颗子弹好打了,别忘了,留下最后一颗给你自己。"

"你到底想要怎么样?"王军的叫声更加凄厉。

"两条路。一条是我们坐在这里,等你忍受不住了,突然跳出来被我们乱枪击毙或者饮弹自尽。"林香茗幽幽地说,"还有一条路,老老实实地向警方交代,谁指使你杀了芬妮、陈丹、娟子……"

"陈丹不是我杀的!"王军嚷道。嚷完就后悔了,自己无意中承认杀了芬妮和娟子,气得把牙齿咬得咯吱作响。

林香茗的声音依然平静:"只要你说出谁指使你杀人,我可以保证在法院审判时,替你向法官请求减刑。"

王军那边又沉默了片刻,再次开腔时,声音沙哑而绝望。"我杀了那么多人,谁能放过我?你们要枪毙我,他们也想杀我灭口……"他的声音突然蹿高了,"林……林组长,你说话可要算话,我把这条命就交到你手上了。"

林香茗说:"只要你自首,说出谁指使你杀人,我保证你不会被判死刑。"

王军一声长叹,从立柱后面慢慢地走了出来,逆光而立,面如死灰,手里的枪,枪口冲下耷拉着。

林香茗也从墙的后面走了出来,面对着王军。

"林组长……"王军说,"我认输了。"

林香茗点点头:"当务之急,是你必须把郭小芬在哪里告诉我们。"

"郭小芬?"王军猛地抬起头,"……是谁?"

林香茗说:"就是你绑架的那个女记者啊。"

"我……我没有绑架什么女记者啊?"王军蒙了。

"少废话!"马笑中从林香茗身后闪了出来,"交不出郭小芬,你他妈的还是活不成!"

王军的嘴角触电似的抽搐一下,刹那间,神情变得异常狰狞:"原来你们他妈的是合计好了算计我,既然怎么着都是一死,老子跟你们拼了!"话音刚落,他手中的枪高高扬起,对准林香茗——

"砰!"

一声清脆的枪响!王军的身体像沙包一样直直地后仰,倒在了地板上,眉心一个醒目的弹孔。鲜血从他的脑袋下面汩汩地流出,与地板上的灰土掺在一起,变成了肮脏的黑色。

林香茗回过头,只见马笑中平抬右臂,手中一把枪,枪口还在颤。

"老马,你……"林香茗惊诧地说。

"我不开枪,他就打死你了。"马笑中说。

林香茗上前看了看王军的尸体,回头对特警们说:"你们都先下去。"

特警们面面相觑,不知道他什么意思,林香茗的口气骤然严厉起来:"这是命令,执行!"

特警们立刻都下了楼。这里只剩下了林香茗、马笑中和刘思缈三个人,外加一具尸体。林香茗低声说:"老马为了保护我,开枪打死了王军……但这样一来，从他口中得知小郭的去向，就不可能了。现在唯一的办法就是再次缉捕徐诚，我想他就算不知道小郭被拘禁的具体位置，但是多少也能提供给我们一些有用的线索。"

刘思纱说："可是，我们就是因为没有徐诚指使王军杀人的可靠证据，才不得不释放他的啊。现在王军一死，死无对证，我们岂不是更没有理由拘捕他了？"

"所以我才把二位留下来，商量一下，怎么能让王军'活过来'。"林香茗说。

此时此刻，华贸地铁站Ａ口，在犹如倒扣的水晶船的屋顶下，密密麻麻聚集了许多达官显贵。二十号线华贸站用的是洞桩法施工的，小导洞早就贯通了，今天这个仪式，就是象征性的一次小规模爆破。按照计划，爆破后，工人上去把砂土清理干净，再把混凝土往岩面上一喷，顺便封闭掉几个先前施工时留下的侧洞，就大功告成了。

徐诚咧着大嘴，和每个人握手，然后向为了贯通仪式临时设置的小型主席台走去。高秘书紧跟上去两步，低声说："主席台上的那个红色按钮，是一个起爆装置，等会儿我宣布贯通倒计时，由十数到一的时候，您只要一按下去就可以了。"

"不会有什么问题吧？"徐诚这句话说得很轻，似乎嘴唇都没动。

"没问题。"高秘书笑着说，"快要下雨了，咱们的仪式速战速决……"

话还没说完，只听一串异常响亮而刺耳的警笛，像不绝的箭矢，破开灰蒙蒙的阴霾，很快停在了地铁站Ａ口。在附近一直监视徐诚的杜建平和林凤冲等便衣警察也都走了出来,迅速形成了包围圈。

徐诚的身子一晃,险些昏倒,目光刹那间变得十分浑浊。他隐约看到林香茗破开黑压压的人群,大步流星地走到他的面前:"徐诚,由于你有指凶杀人的嫌疑,现在正式宣布对你的拘捕。"

"林香茗!"徐诚强打起精神,狞笑道,"你三番五次地找我的麻烦,不把我弄进大牢誓不罢休。这回,你又有什么证据?"

"人证。"林香茗转身向后一指,只见不远处的一辆急救车里,后门洞开,可以清晰地看到头上包着纱布的王军,紧闭双眼躺在担架上,胳膊上扎着吊瓶的针头,一副正在输液的样子,"他就藏在莱特小镇里,我们搜索时,他负隅顽抗,被打伤了,刚才已经承认,一切杀人的行为,都是你一手指使的!你还有什么话讲?"

几位特警往身边一站,徐诚泄掉了最后一口气,耷拉着脑袋,不由自主地向警车走去。

"林香茗!"旁边一直沉默不语的高秘书突然发作,"你现在把徐总带走,二十号线贯通仪式就要暂停,这会带来多么恶劣的社会影响!还有你看看身边,多少领导都在看着你,你就敢这么放肆?"

"你要不说我还忘了。"林香茗对杜建平说,"杜处,麻烦您。这个二十号线贯通仪式马上中止,封锁现场,逗留在这里的人,逐个核实身份,看看和徐诚有没有瓜葛。谁敢说个不字,按妨害公务处理,先抓了再说,天大的祸,我扛!"

"是!"杜建平一声虎吼。

林香茗的这番话,言外之意是告诉在场的官员,只要马上离开,就可以不受徐诚的牵累。于是刚才还里三层外三层集聚着的人群，眨眼间竟溜了个精光。倒是有许多路人，看这里警察密布，好奇地围观、张望。

"林香茗，你……你疯了？！"高秘书气急败坏。

林香茗冷冷地看了他一眼，把头一扬，只见正前方，刘思缈和马笑中之间，站着一个蕾蓉。

"你怎么来了？"林香茗快步上前问，随即从蕾蓉的微笑中明白了她的用意，不禁十分感动——这位年长的姐姐其实是专程赶来给自己"压阵"的。

蕾蓉低声说："思缈跟我说了，王军死了，你是做戏给徐诚看……对了，一直没看到呼延云，他和你联系了吗？"

一直马不停蹄的林香茗，这时才想起来。拨打呼延云的手机，萨克斯曲《回家》的音乐铃声，响了很久。就在林香茗以为没人接，快要挂断的一瞬，听筒里突然传来低沉的一声——"喂"。

"呼延。"林香茗问，"你在哪里啊？"

"我在哪里……"电话里沉默了一会儿，像迷路的人在用力地想，终于又有了声音，"我好像能看到你们。"

"你能看见我们？"林香茗愣了一下，"你到底在哪儿啊？"

"华贸桥的桥顶。"

林香茗抬起头，向上望去，只见阴沉如铁的天幕下，一个蓝色的身影，兀立在灰色的华贸桥桥顶上。

"呼延跑到那里去做什么？"林香茗一脸困惑。

蕾蓉摇摇头："不知道……咱们大家一起上去看看吧。"

第二十章　嬗变

风——与其说是风，不如说是火焰！

在令人窒息的闷热中整整忍耐了一个下午的都市，傍晚时分，终于发了狂！呜呜呜呜，从滚烫的喉咙里咆哮出了一股股炽热而猛烈的气流，刹那间，飞沙走石，暴土扬尘。从华贸桥桥顶向下望去，道路、楼宇、汽车、行人……都被打了磨砂一般，变得粗糙而模糊。偶尔见到一个塑料袋缓缓飞过，仿佛有人朝半空吐了一口痰似的，脏得令人作呕。

所有的树木都像疯了的女人，把绿色的头发摇得快要脱离头皮一般恐怖。报刊亭的小贩像临盆孕妇似的哭叫着，追赶着一张张飞散的报纸。原本就堵塞的交通，变得更加拥堵，那些排起长龙的汽车不约而同地高声鸣笛，为狂风呐喊助威。滚烫的风让每根汗腺都煮开了锅，但正因为风的滚烫，熔化了皮肤，堵住了毛孔，被逼到绝路的汗液，在皮肤下愤怒地溢流开来，把血液烧沸了，人就像炖锅里的狗肉，不停地咕噜着……风用无形的手，将墨汁一遍一遍地刷向天空。于是阴暗一层层地覆盖、叠加，当风势稍缓，就迅速凝固成大团大团的乌云，铺满了整个天空，不断地压下来，压下来……当狂风再次开始它声嘶力竭的吼叫时，巨大的云团就摇摇欲坠，仿佛在顷刻间就能把下面这个在它的阴影中瑟瑟发抖的城市砸成齑粉！

顶着沉沉的乌云，呼延云站在桥顶上，一动不动地向西凝望着。

过去他心情一不好，就喜欢站在桥上眺望远方。迄今还留在蕾蓉记忆中的，是他那无奈的叹息："心里一憋闷了，看看大海，望望星空，就会好很多。可是这里离大海太远，而城市的天空又早已看不见星星。只好登到高处，望一望远方……"

"这样，就会好一些吗？"

"也许会好一些吧！"他笑得有些迷惘，"就是在告诉自己：路，还很远很远；外面的世界，还很大很大……"

有时林香茗也会陪他上桥散步，多半是在傍晚。每次，他都望着桥下那柏油似的缓缓流动的车辆，还有神情麻木地行走着的人群，不厌其烦地提出同一个问题——

"他们是将死，还是已死呢？他们想过这些问题吗？"

没有答案。

仰头，都市。上空，流云。

现在，他站在华贸桥的桥顶上，站在炽热而猛烈的风中，站在莽莽的乌云之下，又在想些什么呢？

蕾蓉、林香茗、刘思缈、马笑中，已经在他的身边伫立了很久很久，也跟他一样，凝望着大桥下面那个庞杂而仓皇的都市，不约而同地感到一种无法言喻的迷惘和压抑，像铅块一样充满了胸膛，因而沉默着，沉默着……

"王军抓住了？"他问，问得那么突然。

"没有，被我们击毙了。"林香茗说，然后把前后经过，包括刚才缉捕徐诚，都详细地讲了一遍，"只是王军到死也没有承认是他杀害的陈丹，绑架的小郭。"

呼延云"哦"了一声。

"你怎么到这桥顶上来了？"蕾蓉说，"心情又不好了？"

没有回答。

"呼延，你到底怎么了？是不是担心小郭？王军虽然被击毙了，但是我们只要全力以赴地审讯徐诚，总能找到小郭被拘禁的地点……"

"没用的！"

三个字，从呼延云的唇齿间突然爆发出来。他似乎是意识到自己声音太大，语气太重，愧疚地望了一眼蕾蓉，但是又清晰地低声重复了一遍："没用的。"

"没用……"蕾蓉呆住了，"为什么？"

呼延云不敢看她的眼睛，把目光重新移向大桥下面，才慢慢地说："因为无论是王军，还是侯林立，甚至徐诚集团中的任何一个人，都不是杀害陈丹、绑架小郭的真凶。"

"什么？"大家不约而同地发出一声惊呼。

"我刚才在市局里说，小郭的推理，隐藏着一个很严重的逻辑错误。讲到一半，被冲进来的白天羽给搅和了。"

"什么错误？"林香茗诧异地问。

呼延云说："咱们能不能达成如下共识：徐诚集团的人要杀害陈丹，动机只有一个，那就是他们通过藏在花中的窃听器，得知了瘫痪患者自理平台很快要投入使用，陈丹很可能会'说出'指证凶手的关键性证据。对不对？"

大家都点点头。

"那就不对了。"呼延云说，"我记得瘫痪患者自理平台的事，于护士长只在护士休息室里对咱们几个讲过，还有后来刘思缈一不留神在楼道里说出过一句，充其量再把当时在场的胡杨、白天羽以及吴佳算上。徐诚集团的人并不知道这件事啊。而且刘思缈说出来的时候，一一二病房的门已经被于护士长关上了。我后来试验过，房门只要关上，在楼道里说话，里面是听不清楚的，更别说藏在花茎中的一个窃听器了，这么一来，徐诚集团的人杀害陈丹可就完全没有动机了啊。"

大家一时间大眼瞪小眼，都说不出话来。

呼延云接着说："当然你们也许会说，有可能是小乔或潘秀丽在一一二病房聊天时，把瘫痪患者自理平台的事情说了出去，或者其他什么原因导致徐诚集团对陈丹动了杀机。可我要告诉大家的是，即使这样，徐诚集团也绝对不会派人在七月十日的深夜杀害陈丹！"

"为什么？"林香茗问。

"因为完全没有必要。"

"完全没有必要？"

"对，完全没必要！"呼延云说，"陈丹被转移到ICU后，我在一一二病房向于护士长问了一个问题：陈丹，她真的很危险吗？于护士长的回答是：看样子她很可能活不过今天晚上……这段对话，徐诚集团的人一定通过窃听器听到了。那么既然陈丹'很可能活不过今天晚上'，徐诚集团即便是真的想杀她，听完这段对话，还有什么必要派杀手闯进有警员值班的小白楼杀害陈丹，那不是画蛇添足吗？"

身后汽车沉闷地驶过，像要把桥梁压断似的，发出恶狠狠的隆隆声，震得人一阵阵心慌。

呼延云接着说："通过推理，小郭给凶手开列了三个特征：一，他住过莱特小镇的'临时居所'；二，他进过小白楼并知道右边的门是坏的；三，他是个左撇子。只有王军完全符合这些特征，所以他是真凶。但问题在于：这三个特征——衡量凶手的这三把尺子，刻度真的精准吗？

"首先，小郭提出的问题是：陈丹是怎么来到二十四号别墅的？她通过没有发现水钻等推理，得出结论：陈丹被带到二十四号别墅时已经昏迷，而二十四号别墅附近没有车辙，所以陈丹是被凶手先用车拉到'临时居所'，弄晕后再背进二十四号别墅的。我不认同她的这个结论，因为陈丹到二十四号别墅还有一条'暗道'，等会儿我再告诉大家……"

"但是我们后来发现，莱特小镇里确实有个'临时居所'，而且还找到了芬妮在这个'临时居所'里被分尸的电锯啊！"林香茗说。

"我不否认王军是杀害芬妮的真正凶手，但他真的杀害了陈丹吗？"呼延云摇了摇头，"我先来谈谈小郭开列的凶手另外两个特征：他进过小白楼并知道右边的门是坏的，他是个左撇子。就在昨天下午，我和小乔护士一起回到小白楼，发生了一件事，小乔护士帮我推开玻璃门时，上手就把右手伸向了那扇坏掉的右门，这使我不由得想起了一个人，那就是马笑中……"

"我？"马笑中指着自己的鼻子，丈二的和尚摸不着头脑。

"对，就是你。"呼延云说，"咱们这帮专案组成员中，数你跑小白楼跑得最勤，可是我记得每次你都因为差点儿推倒坏掉的右门，挨于护士长和小乔护士的训。为什么？因为人的记性并不是那么好，还因为我们对坏掉的门，总有这样一种想法：今天是坏的，明天也许就修好了吧？所以下次照样会推。"

"嗯！"马笑中搔了搔脑袋，"还真是这么回事儿。"

"但是七月十日的夜里，凶手没有推那扇右门，一下也没有。他如果习惯使右手，进去时推，右门应该向里倾斜。如果他是左撇子，出来时推，右门应该向外倾斜。但是那扇门既没向外，也没向里。"呼延云说,"小郭的结论是：凶手来过小白楼,所以知道右边的门是坏的。这个我同意。但是我也觉得有点奇怪：凶手怎么记性这样好？怎么就不像常人一样想'坏门已经修好了呢'？他的行为似乎就是在刻意避开右门,似乎就是要把'凶手进过小白楼并知道右门是坏的'这个特征塞到办案人员怀里。因为如果没有这个特征,我们就无法把嫌疑对象锁定在一定的范围里。有了这个特征,再结合左撇子的推理,王军就成了最大的犯罪嫌疑人。

"我想说明的一点是：有个人曾经执刀闯进小白楼,来到陈丹的病房,结果被潘秀丽吓跑了,这个人逃跑时把右门向外推,这是左撇子才能做到的,所以我相信他就是王军。可另外一个问题就来了,潘秀丽说,他拿着一把刀,在陈丹的病床前站了整整三十秒,小郭当时也注意到了这个疑点,外面有随时可能进来的护工,而他居然在这个病房里整整站了三十秒,却没有任何作为,那么他的目的是什么？"呼延云轻轻地摇着头,"我想了很久,突然得出一个很可笑的答案：他根本就没有目的。"

"他根本就没有目的？"蕾蓉重复了一遍他的话,困惑不解,"什么意思？"

"意思是说,王军很可能是被一通以医生名义打来的电话,比如说陈丹在医院里想见他之类的话骗去的。陈丹被割去乳房,引起警方对莱特小镇的关注,咱们夜探小镇,他因为袭警还被抓进市局,他也确实想了解这一切是怎么回事,所以他戴上墨镜,带上刀就去了。这些都是最基本的隐蔽和防身手段,足以证明他并没有太当回事。"呼延云说,"结果一进病房,他就傻了,昏睡中的陈丹根本不可能想见他,他本能地意识到有人想陷害他,于是拔刀在手,结果被潘秀丽误以为他要杀人。

"在想明白了这一点之后,我开始重新审视整个案件,发现越来越多的疑点。"呼延云紧蹙眉头说,"比如,莱特小镇是王军杀害芬妮的地方,他为什么要在这里残害陈丹,并打电话引起警方的注意,这不是引火烧身吗?再比如,在陈丹被割乳的现场发现的那根大腿骨,后来被证明是芬妮的。凶手如果是想吓唬陈丹,用其他动物的骨头就行了,也方便得多,为什么偏偏要从芬妮的碎尸中拿来大腿骨放在现场呢?这一切一切,都有某种'刻意'的气氛。对,就是这两个字——刻意!

"直到我阅读'通汇河北岸无名女尸分尸案'的卷宗,才找到答案,卷宗上记录着:在发现芬妮碎尸的那个土丘上,发现了三趟足迹,其中,第一趟和第二趟是同一个人的,第三趟的步态特征和前两趟虽然相仿,但出现了擦挑痕,这是小脚穿大鞋的表现。思缈,是不是这样?"

刘思缈点了点头。

"可贵的是,思缈在附于卷宗后面的纸上写下了自己的怀疑:第一趟足迹是寻找埋尸位置时留下的,第二趟足迹是实施埋尸行为时留下的,那凶手为什么还要走第三趟?他应该从此远离埋尸地点,避免嫌疑才对啊!"说到这里,呼延云一声长叹,"思缈啊思缈,你都已经想到这个份儿上了,为什么就不能再想一步,答案就在眼前:第三趟足迹当然是某个人从装碎尸的袋子里拿走芬妮的大腿,并放下火柴盒时留下的啊……"

"啊?"刘思缈惊讶地瞪圆了眼睛,"他为什么要这么做?"

"我先问你个问题。"呼延云说,"他为什么每次作案,都要放下一个火柴盒?"

这个问题,林香茗替刘思缈回答了:"一号凶嫌属于有组织力罪犯,放下火柴盒,通过火柴盒里每根火柴的燃烧程度,来提示警方：他还要继续杀人！"

"你只说对了一半。"呼延云说，"他放下火柴盒，还有一个更重要的目的，那就是让我们把每一起案子都'串联'起来，以为这些案子都是同一个人做的，是一起连环杀人案。把芬妮的大腿骨放在陈丹被割乳的现场，也是这个目的。后来警方发现装有芬妮的碎尸的袋子，不是马上就和陈丹割乳的案子并案了吗？当我们在作为'临时居所'的二十号别墅，发现电锯上有芬妮的骨屑，不是想当然地就认为陈丹的案子也破获了吗？"

林香茗说："那么，你的结论是？"

呼延云慢慢地说："土丘上的那个擦挑痕，虽然微小，却让我看到了另一个身影。我隐隐约约感觉到：真正的一号凶嫌并非王军。更精确地说，并不是王军一个人。王军杀死并掩埋了芬妮，后来又杀害了娟子，这些确实是他干的。但是从土丘挖走大腿、在犯罪现场放下火柴盒、残害陈丹的却是另外一个人。这个人像鬼魅一样时隐时现，他才是陈丹案件的真正策划者、实施者和操纵者。他用火柴盒、用大腿骨，甚至故意用左手割下陈丹的乳房，刻意地把我们的视线引向王军，引向徐诚集团，而我们，甚至王军，都确确实实像木偶一样被他牵着走。无论是香茗的误闯贰号公馆险些被罢官，还是小郭的推理直指王军是真凶，都是这个鬼魅在作祟！"

风本来小了一点，突然又爆发了，但这一次，吹散了弥漫的沙尘，把笼罩着天地的浅黄色纱帷呼啦啦掀开了！万物都好像在泉水中洗过一遍似的，清晰极了。

乌云低得举手可触，云和天的缝隙间，传来隐隐的雷声，很沉闷，也很压抑，像是大战前的火力试探。

刘思缈叹道："真没想到，这个案子竟会这样复杂。"

"确实，这个案子是我遇到过的最复杂、最棘手的案件之一。"呼延云的口吻，平静中藏着一丝感伤，"坦白地讲，如果真正的一号凶嫌在割掉陈丹的乳房后，就此罢手，那么我真的束手无策，但是后来他杀死了陈丹，恰恰就是他杀死陈丹的过程，让我看清了他的真面目！"

所有人的目光中都充满惊异。

"破解案子的关键，就在郭小芬的那句话中——凶手杀完了人，进入一个空无一人的病房，他的目的无非两个：或者是拿走什么，或者是放下什么。"呼延云的声音凝重，"当小郭从花中找到窃听器的时候，我们都以为凶手进入一一二病房，是为了拿走窃听器，但是我刚才已经推理过了，恰恰因为有这个窃听器，恰恰因为徐诚集团能听见我和于护士长关于陈丹生命垂危的对话，他们不会派人来杀陈丹。这就把一个问题再次推到了我们面前：凶手在紧张的杀人过程中，跑到一一二病房去做什么？

"我冉三考虑这个问题，郭小芬的话依然清晰地在我的耳畔回响——'凶手杀完了人，进入一个空无一人的病房，他的目的无非两个：或者是拿走什么，或者是放下什么。'也就是说，侦查的关键在于：找到小白楼里多出了什么，或者缺少了什么。于是我昨天下午再次仔细地查看一一二病房，终于发现确实少了一件东西——那盘《黑色星期天》的音碟！

"我当时就想不通了，凶手拿这盘音碟做什么？我怎么想，绞尽脑汁，就是没有答案。"呼延云咬着手指的关节，像是在沉思中自言自语，"但是不管怎么讲，先要逐个排除曾经出入过小白楼的每个人拿走音碟的可能。结果问了一圈，谁也不承认拿过。我认定，其中有个人在说谎，音碟一定是被他拿走了，他不想让我知道这件事，因为这看似莫名其妙的举动中，藏着凶手真实身份的答案!

"结果,今天下午,我听到了一个令我震惊的消息:白天羽承认自己拿走了音碟,原因仅仅是害怕陈丹再次受到惊吓……"

呼延云说完这句话,仿佛往自己身上抛了一抔土,猛地沉默了。

乌云如怒。

雷声,仿佛涛声,滚滚而来,长长而去。

"说啊!"马笑中急得直跺脚,"你倒是接着说啊!"

呼延云长叹一声:"白天羽的话,对我而言,无异于晴天霹雳!我不能不面对这样一个残酷的事实:一一二病房既没有多出什么,也没有缺少什么,换句话说,凶手既没有拿走什么,也没有放下什么,他去一一二病房是没有任何意义的……我终于醒悟,我们大家可能都被郭小芬设下的迷魂阵给套住了。"

"郭小芬设下的迷魂阵?"林香茗摇摇头,"我听不懂。"

呼延云说:"我说的一点都不夸张,郭小芬无意中给她自己,给我们所有人,都设了一个大大的迷魂阵!我想把小郭的话再重复一遍——'凶手杀完了人,进入一个空无一人的病房,他的目的无非两个:或者是拿走什么,或者是放下什么。'这句话的后面没有错,但是前面却有一个大大的漏洞。"

"什么漏洞?"刘思缈只觉得呼延云的推理令人发疯!

"郭小芬的话,隐含着这样一个意思:凶手是先到ICU杀了陈丹,后进的一一二病房。"呼延云摊开手,面对着大家说:"可是,谁能告诉我凶手为什么不是先进的一一二病房,后去ICU杀死了陈丹?"

"啊?"每个人都目瞪口呆,面面相觑,说不出一个字来。

半晌,百思不得其解的刘思缈说话了:"即便是你说的那样,又有什么区别呢？凶手先到一一二病房去，原因依旧应该是他要拿走或者放下什么东西啊？"

"不对！"呼延云猛地抬起头，双目如炬，"如果凶手是先进的一一二病房，后去ICU杀了陈丹，就多了一种可能！"

一道闪电，像金色的利剑，劈开了兽脊似的云层，断裂的云边，殷出鲜红的血色。

"什么原因？"刘思缈的声音发颤。

呼延云说："他……错……了！"

啪啦啦！

一个震耳欲聋的霹雳，在头顶响起！大桥像被拦腰劈断一样剧烈颤抖，路上的车窗玻璃不约而同地发出粉碎般的嗡嗡声。桥顶上的每个人都肝胆俱裂，谁也没有听清呼延云的话。

"你说什么？"刘思缈大喊，"你再说一遍！"

呼延云一字字地说："他——走——错——房——间——了！"

六个字，不亚于惊雷。

喘息。唇齿间，气若游丝。仿佛疲于奔命，却看不见尽头……

还要跑下去。

继续。

"他走错病房了，因为他不知道陈丹被转移到了ICU。"呼延云说，"这就使我断定，凶手应该是这样一个人：一，他进过小白楼并知道右门是坏的，小郭的这个推理仍然有效；二，他知道瘫痪患者自理平台很快要投入使用，否则无法理解凶手为什么早不动手，偏偏要在七月十日夜里杀人；三，这个人在七月十日夜里没有不在场证明；四，最重要的一点——他不知道陈丹已经从一一二病房转移到了ICU。

"下面,我拿上述四个条件套在曾经进出小白楼的每个人身上,看看谁能全部符合。

"首先,是徐诚集团。这个集团由于窃听器的帮助,知道陈丹已经从一一二病房转移到了ICU,却并不知道瘫痪患者自理平台很快要投入使用,可以肯定,他们当中没有一个人会是真凶。

"然后是白天羽、习宁以及其他几个来小白楼探望过陈丹的同学。他们在七月十日深夜一起去钱柜唱歌了,这个不在场证明非常可靠,可以把他们从嫌疑名单上剔除了。

"下面,我想重点说说吴佳。"呼延云说,"吴佳在七月十日下午的某个行为非常可疑,那就是当于护士长谈起瘫痪患者自理平台时,他在门外偷听。早在大学时代,我就知道这位老师道貌岸然,和许多女同学都有过不正常的关系。他和陈丹有没有瓜葛,值得怀疑。可是,按照我开列的条件,他虽然符合一和二,但是陈丹被从一一二病房转移到ICU时,他在场,不会走错门。另外白天羽证明,七月十日深夜陈丹被害的那段时间,吴佳在学校花坛边的长椅上抽烟,利用校园内机动车限速路标,我小小地测试了一下白天羽的视力,非常好。而且我找学校的清洁工问过了,七月十一日早晨,他在花坛边的长椅下确实扫到一大堆烟头。还有一点。香茗,你还记得不记得,咱们以前读过一篇推理小说,日本作家津村秀介的《证人和凶犯的错位》?"

林香茗想了想,点点头:"记得。"

呼延云说:"那篇小说讲述的故事大致是这样:甲是杀人真凶,他没有不在场证明;乙是警方主要怀疑对象,却有充分的不在场证明。甲为了逃避嫌疑,就向警方证明,凶案发生时,乙和自己在一起，表面上看是他给乙做不在场证明，其实等于间接地给自己做了不在场证明。他的诡计给警方制造了很大的困惑。"

"嗯，确实是这样的情节。"林香茗说，"这个……跟吴佳老师又有什么关系呢？"

"白天羽和吴佳两个人。白天羽有充分的不在场证明，他说案发时间看到吴佳在花坛边。吴佳没有不在场证明，假如他是凶手，当我问他同一时间有没有看到白天羽时，他应该说'看到了'，这样一来他也有不在场证明了，可是他的回答是'我坐在花坛里想事情，没有看到任何人'。一句话就否定了自己的不在场证明，这说明他心里没有鬼，所以我马上就断定，他和凶案无关。"

"原来是这样。"林香茗长长地出了一口气。

"另外一个嫌疑程度不亚于吴佳的，是胡杨。他和被绑架的章娜、被杀害的陈丹以及那个神经质的习宁都有过关系。"呼延云停顿了一下，接着说，"他进过小白楼并知道右门是坏的，或许从刘思缈不小心说出的话中，也猜到了瘫痪患者自理平台很快要投入使用，但是他知道陈丹被转移到了ICU。此外，他还有充分的不在场证明。而这个证明，就在一杯茶水之中。"

"茶水？"大家又都糊涂了。

呼延云说："七月十日下午，咱们到小白楼去，看到胡杨站在梯子上维修监控摄像机，梯子下面站着小乔，手里端着一杯茶水。等我们进了护士休息室，她给咱们每人倒了一杯白开水。当时我就觉得好奇，我们是客人，维修人员是在工作，一般情况下应该反过来啊：她应该给我们沏茶，给胡杨倒一杯白开水。最低限度，一视同仁总可以吧，为什么我们的'待遇'比胡杨差呢？我这个'小心眼儿'，从茶水中嗅出了一股特殊的味道，那就是女人恋爱时的甜蜜。

"很不幸,我得承认,胡杨这种把玩弄感情当成主要娱乐方式的熟男还是很有魅力的。"呼延云嘲讽地说,"小乔也不幸成了他的猎物。七月十日夜里十二点整,说是去吃夜宵的小乔,其实是回宿舍和等在那里的胡杨幽会去了,宿舍楼看门的老大妈向我证实了这件事。

"至于贾魁,尸检结果证明,他的死亡时间很早,比陈丹还要早,所以他不可能是杀害陈丹的真凶。

"还有潘秀丽和于护士长,她们不仅知道陈丹从一一二病房转移到了ICU,而且一个重要的特征帮助她们摆脱了嫌疑,那就是身材。"呼延云说,"和监控摄像机拍摄到的凶手对比,潘秀丽太胖太矮,而于护士长身材非常好,凹凸有致,不要说现在是夏天,就是冬天,她裹上多少层衣服,也很难改变体形,一件普通的白大褂根本无法掩饰。更何况她要杀死陈丹,有的是办法,抢救中动点手脚就行了,顶多算一起医疗事故,根本用不着大半夜的化装冒险……"

头顶,雷声不休,势如擂鼓,像在催促着什么,但大桥之上,呼延云却猝然沉默了下来。

"完了?"蕾蓉问。

他摇了摇头。

"没有完,你就接着讲啊,为什么总是欲言又止呢?"蕾蓉说,"你还没有告诉我们凶手是谁啊?"

马笑中掰着指头一算:"似乎所有的嫌疑人,呼延云都用'条件'套过一遍了,没有一个全部符合的啊。"

"难道说没有凶手?陈丹是自杀的?"刘思缈冷笑一声,"那可真是稀奇了。"

呼延云看了她一眼，把嘴闭得紧紧的，上下唇像牙齿一样咬合。

"呼延。"蕾蓉轻轻一呼，"你就说吧。"

呼延云望着她，目光痛苦而无奈，蕾蓉忽然想起，小的时候，当他做错了什么，请求原谅的时候，就是这样的表情。

"好吧……"呼延云说，"刚才马笑中说得没错，当所有的嫌疑人，都被我用推理的方法一一否定了犯罪的可能之后，我就不得不面对一个痛苦的，然而必须做出的抉择：把嫌疑目标扩大到曾经多次去小白楼探视陈丹，了解案情的专案组的每位成员。"

"什么？"马笑中大叫了起来，"你小子有病啊？！"

"老马！"林香茗说，"让呼延讲。"

"香茗，谢谢你。对不起，请大家原谅。无论推理的结果是什么，请你们原谅我。因为……因为我是个推理者，我只想找到真相。"

刹那间，寒冷了。

热浪似的风，突然冷却了下来，吹打在身上，散发出一股潮湿的腥气。在海边，在暴风雨即将到来的前夕，就是这样的感受。"我们这条船，就要被掀翻了吗？会有人落水吗？"蕾蓉想，心猛地揪紧了。站在这灰色的大桥上，她不禁抓住了铅色的桥栏杆，仿佛晕船的人紧紧抓住船栏。

"我怀疑的第一个目标是郭小芬……"

"我靠！"马笑中粗鲁地打断了呼延的话："你他妈真的是疯了！你怎么能怀疑到小郭的头上？"

"我为什么不能怀疑小郭？要不是七月十日夜里我在楼下小店喝酒喝到十二点半，店里的伙计可以证明，那么我连自己都要怀疑呢。推理的前提是怀疑一切。"呼延云冷冷地说："小郭虽然失踪，但也可以理解为她用这种方法把自己制造成受害者，摆脱犯罪嫌疑啊。"

"你疯了，你他妈的绝对是疯了！"马笑中嘴角喷着白沫子说。

呼延云没有理他，接着说："当然，小郭不是凶手。七月十日下午，她根本就没有和我们一起去小白楼，而且当天夜里她一直在报社加班写稿子，没有离开过报社，这一点，和她一起加班的同事可以证明。

"第二个，刘思缈。刘思缈虽然符合条件一和二，也没有不在场证明，但她是亲眼看着陈丹被从一一二推进ICU的。仅这一点，她就不会是走错了门的凶手。而且——对不起，我的评价可能有些失礼：思缈的身材比于护士长还要好，即便穿上白大褂，她也扮不成凶手的样子。"

刘思缈冷笑了一下。

"姐姐。"呼延云叫了一声蕾蓉，"你在陈丹遇害前根本没去过小白楼，没见过陈丹，所以你不可能杀害她，杜副处长和林科长也一样。"

蕾蓉苦笑了一下。

"至于你，马笑中。"呼延云说（马笑中恶狠狠地瞪着他），"陈丹从一一二病房转移到了ICU时，你在场。何况，你的身材和潘秀丽差不多，监控摄像机里拍到的那个凶手，肯定不是你。"

……

所有人都在等待呼延云继续推理，但是——

但是他再次闭紧了嘴唇。

干燥的嘴唇，唇纹渗出一丝血。

沉默……

沉默?

你怎么能沉默?

一秒,或者半秒,大桥上的所有人,都惊呆了!

你不能沉默啊!你为什么这个时候沉默啊!你的沉默是什么意思啊?

就像绳索套在脖子上,越套越紧,勒到皮肤,勒到肉……终于勒到骨头了,咯吱作响。

令人窒息。

"呼延!"蕾蓉忍不住一声怒喝。从小到大,她从来没有用如此严厉的口吻对这个弟弟说过话:"你还没有推理完……"

后面那句,几乎是用哀求的声音说出来的。

"还有一个人……"呼延云说出的每一个字,都像是在咯血,"还有一个人……他来过小白楼,知道右门是坏的,他从于护士长那里清楚地听说了瘫痪患者自理平台要投入使用的事,他目睹了陈丹的疯狂挣扎,却因为上级的命令提早离开了小白楼,因此完全不知道陈丹被从一一二病房转移到了ICU的事情……"

风,将林香茗的秀发拂起,<u>丝丝</u>,絮絮,像是黄昏被遗忘在天边的一片云。

"他是谁?"林香茗问。

"就是你——香茗。"呼延云抬起头,凝望着他的眼中,一片水光,"你才是杀害陈丹的真正凶手。"

雷声、风声、车轮声、桥身的震动声……所有的嘈杂,都消失了,像被过滤一样。世界变得很安静很安静,乌云那博大的阴影,羽翼一般覆盖在熟睡了的世界上,万籁俱寂,万物休止,一切犹如冬天的凌晨,静谧得恍惚间一片洁白。

"你——胡——扯!"

撕心裂肺的一声，从刘思缈那冷若冰霜的身体中呐喊出来！

蕾蓉差点儿滚下泪水，她记得让家属认领无名尸体时，每每听到的就是这样凄绝的声音。

刘思缈脸色苍白，浑身都在哆嗦："香茗根本不可能去杀一个……一个那样的女人，他为什么杀她？她有什么资格配让香茗杀她？"

"我也只是猜测……"呼延云不敢正视她的目光，"凶手用枕头闷死陈丹之后，将枕头重新垫在她的头下，这个小小的动作，体现出的是……是一种愧疚，一种无奈，一种……一种爱怜。"

"胡说八道！"不知不觉，刘思缈已站在林香茗身前，好像要用血肉之躯挡住奔涌而来的岩浆，"你说香茗会爱上陈丹？这怎么可能！"然后，她拉着林香茗的胳膊说："我们走！不要理这个疯子！"

林香茗没有动，他轻轻说了一句"思缈，等一等"，然后心平气和地对呼延云说："呼延，你说我是凶手，那么我杀害陈丹总要有一个理由，一个动机吧？"

"你割掉陈丹的乳房是什么动机，我还不知道。"呼延云说，"但是你七月十日杀害陈丹的动机，我却大致能猜出一二。"

"说说看。"

"我相信你在割掉陈丹的乳房时，是化过装的，FBI训练出的高级探员，易容术的水平非常高。所以你根本不担心陈丹后来会认出你。"呼延云说，"但是白天羽曾经讲过，陈丹的听力非常好，你对此也很清楚。而七月十日下午，一连串的巧合，使陈丹听出了你——或者是你误以为她听出了你。"

"听出了我？"

呼延云说："白天羽一声惨叫，奔出了一一二病房，因为他发现陈丹很恐惧的同时，看到了张伟贴在玻璃上的脸，就想当然地以为陈丹的恐惧也是害怕张伟那张脸。而张伟告诉我，他从外面往里看，陈丹的脸'并没有侧向我这边'。换句话说，陈丹并没有看到张伟，那她究竟在恐惧什么？"他停了停，接着说："在调查过程中，我发现一件很奇怪的事，白天羽说陈丹当时'害怕极了，身子一个劲儿地哆嗦'，张伟说陈丹当时'身子发抖，还不住地畏缩着'……"

"这又怎么了！"刘思缈咬牙切齿地说，"和香茗有什么关系？"

"无论白天羽还是张伟，他们给我传递的是同样的信息——陈丹很害怕。我问他们陈丹还有没有别的动作，他们都说没有。"呼延云说，"这就让我起疑了，因为当我跟在香茗身后走进一一二病房时，看到的陈丹不仅仅是恐惧，还有挣扎，那挣扎太剧烈、太疯狂，以至于伤口裂开，渗出鲜血。我在这挣扎中得到一种印象是——陈丹很绝望，她似乎是发现了残害她的凶手，要和凶手同归于尽！是什么原因让陈丹恐惧？又是什么原因让陈丹挣扎？当我躺在一一二病房的病床上时，突然'听懂了'，那就是香茗的脚步声。我们可以回想一下，那天下午一一二病房里的场景：外面天昏地暗，风声大作，屋里阴沉憋闷，陈丹被困在病床上一动不能动，一定程度上，'还原'了她被割乳那天傍晚的情境。如果香茗只是普通地走路，陈丹未必能听出。但是恰巧在此前，马笑中撞翻了小乔拿的两瓶药液，一地玻璃碴子。而香茗在上面走过，清醒中的陈丹一下子就听出了，这正是在地下室走在碎玻璃上的凶手的脚步声！她顿时感到恐惧……

"但这时她还只是恐惧，因为香茗走到一半，没进一一二病房就回护士休息室了。等白天羽一声惨叫跑出一一二病房，恐怖的气氛使她的精神紧张得像一根快要绷断的弦,就在这时,她听到那脚步声再次响起,踩在碎玻璃上,没错,就是那个凶手,越来越近,越来越近……突然出现在门口。她一下子惊呆了!她看到了谁?"呼延云有些激动,"她看到的是那个也许曾经爱过她,把她从二十四号别墅救出,给她最后希望的人!在极度的痛苦和绝望中,除了自杀式的挣扎,她还能怎样?她还能怎样!"

一滴水,落在香茗洁白如玉的面颊,慢慢地滑落,融化似的,像一滴泪。

"而你在她的目光中,一定看出她识破了一切,虽然你可能没想到是什么原因暴露了你,但是以你对人的心理剖析和行为解析的能力,你很确切无疑地认定:陈丹知道了你才是残害她的真凶——就算还有百分之一的犹疑,你也不敢一赌。瘫痪患者自理平台马上要投入使用,陈丹一旦'说出'真相,你就彻底完了。"呼延云艰难地说出最后几个字,"所以……所以你就杀害了她!"

"证据呢?"林香茗凝视着他,"你有什么证据?"

呼延云默然。

"证据呢?"林香茗又问了一句。

"这都是他的胡猜!"刘思缈凶狠得像冬天的母狼,她再次拉住了林香茗的胳膊,要拉着他下桥。

"香茗。"呼延云的目光和口吻都像在哀求,"你了解我的……"

林香茗的口吻,平静如水:"请出示证据,否则,你刚才讲的一切,仅仅是推理……"

呼延云伸出了手指,指向停在路边应急车道的"巡洋舰"。

"香茗。"呼延云低声说,"凶手当时戴着橡胶手套、口罩和医生帽,穿着白大褂,脚上套着蓝色布制鞋套,急匆匆地走出医院。上了车，把车开到荒僻的地方，然后摘下手套、口罩和医生帽，脱下白大褂，最后摘掉蓝色布制鞋套，并付之一炬……应该是这个程序吧？"

"如果我是凶手。"林香茗说，"应该会这样做。"

"那么，现在这巡洋舰的刹车和离合上，一定还留有你犯罪的铁证。"呼延云说。

"什么铁证？"

"β－葡聚糖静脉营养液。"呼延云说，"杀害陈丹的时候，凶手不小心打碎了β－葡聚糖静脉营养液的瓶子，那么鞋套上肯定沾上了营养液，我想他在匆忙中，应该是先坐进车以后才摘的鞋套，这样一来，脚垫、刹车或油门上一定也沾上了这种黏附性很强的液体。现在，我们如果在'巡洋舰'的脚垫、刹车或油门上检验到这种营养液的成分——这种营养液全市都断货了，仁济医院只有一瓶，洒在陈丹被害的ICU地面的液体在现场封锁前就被潘秀丽擦干净了，'巡洋舰'的车钥匙又一直在你的手里，你能向我们解释这是怎么回事吗？"

电光闪烁，照出林香茗那惨白的脸。紧接着，头顶一阵清脆的雷鸣，听在耳中，仿佛天地间一片打碎玻璃的声音。

"还有小郭，只要她被救出来，也可以指证你……恐怕她无意中觉察了你是真凶，才被你绑架的。但是我了解你，香茗，无论你出于什么理由残害陈丹，你绝不会伤害一个无辜的人。所以你今天的行为太反常了，十万火急地要把徐诚重新缉拿归案，表面上看是要寻找小郭失踪的线索，事实上，我认为你是要阻挡徐诚参加地铁贯通仪式，使这个仪式中止。"呼延云说着指向桥下的华贸地铁站，"因为小郭和章娜就在施工时留下的侧洞里，一旦仪式启动，侧洞被封，她们就没命了……我虽然不知道你打算怎样处置她们，但是我坚信她们还活着。"

灰白的地面上，顷刻间，落满了豆大的雨点。

林香茗仰起头，闭上眼。

雨打在他皎洁的脸上，溅起碎玉似的花。

空气中充满了潮湿的气味儿。

下雨了，终于下雨了……

他长长地、舒畅地吁了一口气："呼延留下，其他人……先下桥去吧。"

一直拉着他的胳膊的刘思缈，神情僵冷，像被封冻了千年的雪女。

听到林香茗的话，她突然惊醒了似的，打了个哆嗦，扑在他的怀里将他紧紧地抱住，一句话也不说，泪水滚滚地、无声地滑下面颊。

林香茗轻轻地抚摩着她的长发。

秀发上的水珠，沿着修长的指尖滴落，犹如珠帘线断。

刘思缈闭上眼睛，长长的睫毛颤抖着。在美国留学那么多年，今天，是你第一次抱着我。

"思缈，和大家一起下桥去，好吗？"林香茗轻轻地说，怕吵醒她的梦似的。

刘思缈恋恋不舍地松开手，离去前，只说了一句话——

"记得我。"

然后就头也不回地和蕾蓉、马笑中一起，向桥下走去。

华贸桥的桥顶上，只剩下了两个人。

四目对视，中间隔着雨幕。很近，又似乎很远，很模糊，又似乎很清晰。

"其实,从你加入专案组的那一刻,我就知道我输定了。"林香茗对呼延云说:"你的推理水平还是那么好,简直就像亲眼看到了似的。"

呼延云不答。

他只是凝视着林香茗,被雨水打湿的目光,痛楚而陌生。

"你是从什么时候开始怀疑我的?"林香茗比他更从容。

呼延云慢慢地说:"娟子曾经告诉过小郭,贾魁和陈丹在夜总会里推搡过。陈丹恶狠狠地跟贾魁说,他的死期快要到了!贾魁很害怕。小郭以为,贾魁怕的是陈丹刚刚傍上的王军,这是不可能的,否则,为什么贾魁还要一而再再而三地去经常能撞见王军的天堂夜总会?找死吗?那么,谁才是让毒品贩子兼老江湖贾魁害怕的人?我当时的直觉是:应该是一个警察,或者是一个和公安刑侦工作有密切关系的人,这个人才是陈丹倚仗的后台。

"还有,七月十日夜里十二点三十一分到三十九分,小白楼出现了短暂的空白期,小乔和丰奇都不在,而就在这短短八分钟的时间里,凶手毫无阻挡地实施了杀人。事后的调查表明,小乔和丰奇的离开纯属意外,根本没有凶手的操纵。那么凶手尽管化装成医生,也应该很紧张、很警觉吧,可是在监控摄像机上,我们看到的他非常从容。我想了很久,原因只有一个,凶手的身手非常好,好到根本不在乎有没有人把守、值班,遇到阻挡,放倒就是,在所有进出过小白楼的人中,只有思缈和你有这样的身手,连王军都不敢如此地肆无忌惮。

"但是最终让我把怀疑的目标锁定在你身上的,是小郭推理时提出的那个问题——陈丹是怎么到达莱特小镇二十四号别墅的?小郭说现场勘查表明别墅附近没有任何汽车轮胎的痕迹。其实是有的,只是谁也不会注意到。"呼延云说,"那就是你那辆

'巡洋舰'的车辙。六月十八日夜里,你用这辆车将昏厥的陈丹送到莱特小镇西墙外,背进地下室囚禁。六月十九日傍晚再开来,割下她的乳房。离开后,再以'接到报警电话'为借口,带着警员,开上'巡洋舰'赶到西墙外,即便侦察中发现同一种车痕轧过两三道,也会以为是警车找路或者倒车导致的。"

"厉害!"林香茗长叹。

"香茗……"

"嗯?"

"我说得对吗?"

"什么?"

"你杀陈丹是因为……因为感情的事?"

"也可以这么说吧。"

"香茗!"

"嗯?"

"你……你他妈的能不能跟我说句实话?!"

一声怒吼!

乌云被吼声震得一颤,落下了更碎更密的雨。

一双红得像要迸出鲜血的眼睛,两片微微颤抖的嘴唇。

对不起,呼延……

我该说什么呢?你想知道什么呢?知道了又能有什么意义呢?

我从来都不会解释我自己的啊。

从小到大,我记忆中最深刻的,就是在白炽灯下,爸爸妈妈无休止的争吵,地上除了各种被砸得粉碎的东西,还有他们的影子像离开水的泥鳅一样抽搐、甩动,而我只能躲在黑暗的房间里低声抽泣。你肯定不了解在已经破碎而勉强维持的家庭长大的孩子，是一种什么样子，就像是被柜门碾住了的手指头，咯吱咯吱越压越紧，疼啊疼啊，流血了骨折了，就是不能松开，如果松开一点点，也是为了下一次咯吱咯吱压得更紧，更疼，直到骨头坏死、变黑。我就是那根被柜门碾住的手指，我就是那块坏死、变黑的骨头。

后来他们终于离婚了，都嫌我是个累赘，我就跟着奶奶过。在奶奶的嘴里，妈妈是天底下最坏最坏的一个人，她做了对不起爸爸的事情，和别人在一起了。所以尽管大家都说我长得很好看，上学时那么多女孩子给我写纸条、帮我包书皮、约我逛公园、请我看电影，我都懂，但我都拒绝了，因为我很害怕、很讨厌女人，我一看到女人接近我，就清楚地听到了柜门碾来的咯吱咯吱声。

和你在一起的高中三年，是我一生中最快乐的时光。你那么高傲又那么正直，你坚信人生没有解不开的谜，你相信自己的智慧能战胜一切困难。我跟在你身边，不仅有强烈的安全感，而且惊讶地发现，原来推理能剖出人心最深处的黑暗，发现导致我们每一个人痛苦的根源，也就是说，如果我也有你那样的本领，就能走出一直煎熬着我的心的家庭破碎的阴影。我想活在阳光下，活得快乐一点，像你一样敢爱敢恨，敢哭敢笑，这成了我报考警官大学的最重要、最直接的原因。

可是，我们都太单纯、太幼稚了。

大学时代，为了揭开那些残酷的真相，你经历了许多坎坷和磨难，甚至被当成精神病人。我永远不会忘记赴美留学的前一天晚上，我去你家看你，你刚刚因为殴打那个无耻的学生会主席被学校开除。屋子里一片黑暗，你坐在窗台上，把自己沉浸在融融的月光里，头发蓬乱、目光如裂地背诵着什么，多年以后，我才知道你背诵的是鲁迅先生的《墓碣文》：

"有一游魂，化为长蛇，口有毒牙，不以啮人，自啮其身，终以殒颠……"

我害怕极了，怕你疯，怕你死。其实我知道，你会死，但不会疯，你到死都会是这个世界上最清醒的人。

在机场告别的时候，你给我留下的最后一句话是："不要再回来了！绝对不要再回来了！"说完你转身就走。我呆呆地望着你的背影，泪流满面……

四年后，我还是回来了。

许局长的信任和期许，让我的心中充满了理想和期待，要在遏制国内犯罪上大展身手。对美国，我已经厌倦了。在匡蒂科市的联邦调查局行为科学组总部，每到夜晚，我打开窗帘，黑暗和夜风一起涌进房间，我就看到那些像腐臭沼气一般的物欲，无限地膨胀着，膨胀着，遇到一点挫败，就沉在下水道中，变成黑色的、血腥的、伸着毒舌的暗流，一有机会，就漫溢出地面，变成一起起凶杀、强奸、放火、抢劫、吸毒、滥交……我不喜欢那里，尽管我要研究犯罪，但是我希望和犯罪保持一定距离，而不是全身心地融入其中。

回国之后，我才发现，短短数年不见，这里已经变得和美国如此相像。激增的杀人案件，累积如山的命案卷宗，面对着它们，我经常有万劫不复的沉重感。那些残忍的杀戮方式，那些将无辜者折磨致死的花样手段，是你想都想不到的。人们都变成了失去所有感觉的低等生物，只能凭着最最原始的本能活着，比如……比如没有爱情的性交，比如没有理由，甚至连借口也不需要的杀戮。

我想，一定是有问题了，一定是出了什么问题了！

但是我找不到症结所在，唯一的期望是你能告诉我真相。可是回国后，我听说了你的事情，很痛心，也很不以为然，不过是一个长相一般、品质低劣的女人，值得你那么痛不欲生、终日酩酊吗？我找你聊过，我想劝你回来，我需要你这个朋友，我需要你的智慧，需要你不畏惧任何黑暗的勇气，可是不行，你变老了，才二十六岁，但是你已经很老很老了，老到我在你的眼中看不到明天。

我孤独极了。

就是这时，我遇到了陈丹……就在一年前这样一个下雨的日子。

那是个雨夜，我从三个流氓的手中把她救了出来。她惊恐万状地看着我，然后扑到我的怀里，哇哇大哭。我抱着她，哄她笑，雨停了，月光洒在她湿漉漉的脸上，犹在不停抽搐的小鼻子，就像白色蝴蝶的翅膀，一扇一扇的，我一下子就痴了。

我要送她回家，她说："我没有家……"

我问她怎么回事。她就跟我讲了继父杀害她妈妈的经过，她一点都没有掩饰身体被玷污的事情，甚至还告诉我，由于贫困，她一面上大学，一面到夜总会做小姐挣钱的事情。我惊讶极了，呼延，如果你看到那个夜晚她楚楚动人的神情，还有脸上浮动着的纯洁的光芒，绝对不会想到她是一个那样的女人。

但是我把她送回学校，告别的时候，还是发誓，不能和这样一个女人纠缠在一起。我必须远离她，今生不再见她。

谁知她记下了我的手机号码，在接下来的一个月里，每天都打电话给我，就说想再见我一面。到了最后，她在电话里一句话也不说，就是不停地哭泣，那种哭声，就是石头人也会心碎。隔着电话，我仿佛又看见了她那像白色蝴蝶的翅膀一样一扇一扇的小鼻子,结果……我违背了自己的誓言。

我永远也忘不了再见到她的那一刻。她站在一棵粉盈盈的大榕树下,远远地看到我,眼里立刻就泛起了泪花,我傻呆呆地站着,手足无措,结果她扑了上来,一股香气涌进了我的怀抱,我感到一阵眩晕,紧紧地抱住了她。

然后……然后她做了一件我一辈子都不会忘记的事——

她在我的胳膊上狠狠地咬了一口。

疼得我龇牙咧嘴,但是我不敢挣扎,牙印清晰极了,渗出血来。呼延你看,我的胳膊上现在还留着这个牙印。

从小到大,我身边的女孩子,都在向我展示她们多么可爱,多么美丽,或者多么优秀,但是陈丹……她用这个"咬"的行为告诉我,她需要我把她留下,纵使是身体上的一段伤痕。

我们在一起了。最初的那些日子,甜蜜而美好。有时我发现她捂着小腹疼得一身冷汗,知道是过去生活糜烂导致的,就带她去医院检查、治疗;有时她说一句脏话,我会沉默到让她觉得异样,从此很长的一段时间她都不再讲那样的话;有时她叼起一根烟,我会把烟从她的唇间拿下,丢进垃圾桶;有时她看见一个妈妈抱着孩子嬉戏,会怔怔地哭泣,我就抱着她,任她的泪水打湿我的肩膀,我用强有力的臂膀告诉她,一切都已经过去了,我将为她驱散过去人生道路上的阴霾,把她从弯曲、泥泞的人生轨道上拉回布满温暖阳光的正途。

但是有一点我是做不到的,那就是她的吃穿都要最高档的,很快我的积蓄就挥之一空。呼延,你要知道,我的生活本来就非常简朴,回国后没有任何公职,只是中国警官大学的特聘教授,有一堂课拿一堂课的讲课费,写一篇稿子拿一篇稿子的稿费,直到被许局长任命为行为科学小组组长,才有了一份相对稳定的津贴，这点钱还要赡养我那含辛茹苦养育我，而今已老态龙钟的奶奶，怎么经得起陈丹锦衣玉食的挥霍。

当我真诚地把这一切告诉陈丹，希望她花钱不要大手大脚、节俭一些的时候，她不停地冷笑，最后说了一句："没钱你玩什么女人啊？"

我惊呆了！

我震惊的程度，不亚于你刚才推理出凶手走错病房时，头顶那一声震耳欲聋的霹雳！

难道，我付出的感情，在她看来，和其他人没有任何两样，只是……只是玩女人？

很快我知道了更加让我痛彻肺腑的消息，原来就在她和我热恋的日子里，她居然瞒着我，依旧到夜总会里当小姐，和别的人——任何付得起钱的人，发生关系……

"你怎么能这样？"我愤怒地朝她怒吼。

"大家不都是在玩儿吗？"她无所谓地笑着，点上一根烟，"何必那么认真？"

我被扔进无底洞了，我在黑暗中不断坠落，坠落，坠落……

我想放弃，可是我又恋恋不舍，因为我付出的是有生以来的第一次爱情，谁知道竟然是这样的结果。

我的心在流血，陈丹很清楚，可她还在一刀一刀地捅过来，旧伤未愈又添新伤。有时在街上，我看到她被一个嘴脸粗鄙的男人揽在怀里，有说有笑地走着，手里拎着刚买的名牌服饰，看到我，她满不在乎……

终于有一天，我发现，伤痕累累的心灵，已经变成了血肉模糊的一团。

这样下去，我会死掉的。

我找到陈丹，劝说她，甚至是恳求她，结束把自己当成玩物的游戏，像个人一样活着，但是没有用，她只是冷笑。后来我说，在雨夜里我救过你一次，这回你能不能良心发现，救一救我？

她说："对不起，我没有心。"

我感到自己像被一锤打碎的瓷瓶，哗啦啦地粉身碎骨。而也就在这一瞬间，那些惨无人道的罪行，那些恐怖变态的谋杀，它们埋在地层深处、污秽得汁液淋漓的根源，像暴露在探照灯下一样明明白白。

一切就在简简单单这四个字之中——

"我没有心"！

没有心的人，不再是人，所以，无论杀人，还是被杀，都成了理所当然的事。

我不知道该怎样形容自己的痛苦。我懂得了你的绝望，你的酩酊，那不是为了一个女人，而是为了所有美好梦想的彻底破灭，为了自己在丑恶现实面前的一败涂地，无路可走。我想起了你背诵的《墓碣文》中的一句："抉心自食，欲知本味，创痛酷烈，本味何能知……"

真的是"抉心自食"啊！

还记得在冥山骨灰堂咱们的一段对话吗，我对你说："我和你一样，也有感情上的洁癖，黑暗中，就剩这么一缕皎洁的月光，还被践踏……"你点头了，你还记得。那么，你应该不会忘记我接下来的话吧，那段话貌似劝你，其实是讲我自己的啊——

"我不希望你就此沉沦，变成一个对世界充满仇恨的怪物，成天想着报复那些伤害过你的人，用别人的鲜血弥合自己的伤口，最后你会发现，那注定是对自己的反噬，把自己的心、血、肉都一寸寸撕裂、咬碎，那太痛苦，太痛苦！"

真的，我说的就是我，正是对《墓碣文》最好的注脚，不是吗？

"有一游魂，化为长蛇，口有毒牙，不以啮人，自啮其身，终以殒颠……"

在无数个失眠的黑夜，在钢针插入骨髓般的创痛中，我咯吱咯吱地抉心自食，当我把自己的心快要吃尽，当我也变成了没有心的人的时候，我清楚地听到了自己嬗变的声音：寒光闪闪的獠牙从牙缝中顶出，背脊上生出吸血蝙蝠式、骨骼上覆盖着灰色皮膜的翅膀，血一点点变冷，甚至变成了和鲎一样几近黑暗的蓝色……

我要报复！

我是顶级的犯罪学专家，在这个世界上，我非常清楚，除了你呼延云，我所做下的案子，没有任何人能够破解。

而你，已经成了浸泡在酒精里的"废人"。

那时，陈丹被徐诚"包"了。这个人，是我最仇恨的对象。他干尽了坏事，却倚仗着欺诈、剥削积累起来的巨大财富，拥有至高无上的社会地位，甚至法律也对他无能为力。但是我知道，森林里最凶猛的野猪，也敌不过一个小小的陷阱，而我要亲自为他挖掘这个陷阱。

我花费大量时间观察他和他的走狗们的行动规律，莱特小镇、天堂夜总会、贰号公馆……凡是他们经常涉足的地方，我化装之后，都追踪过、探测过、观察过，我要寻找到那个可以置他们于死地的"死穴"。

一个深夜，我看到王军把两袋东西埋在了通汇河北岸的一个土丘上。我的直觉告诉我，他埋下的可能是尸体。等他走后，我换上他穿的那种号码的鞋子，模仿他的步态特征，上去刨开土，打开袋子一看，居然是碎尸——一个大胆的犯罪计划立即在我心中形成了。我迅即把一截大腿从袋子里拿出，将正好带在身上的天堂夜总会的一盒火柴全部倒出，把其中一根架在两块石头间划燃，从头烧到尾，火柴棍很粗，燃烧后也很结实。然后我就将这根碳化体放回火柴盒，再放上四根没有燃烧的。将火柴盒放进装尸袋，再把袋子埋回去。

开始实施计划之前，我决定还是给陈丹一个机会，最后的机会。

我想看看她还有没有的救。

六月十八日傍晚，我化装成一个富商的样子，戴上面具，在一个化装舞会上找到陈丹，仅仅在一起跳了个舞，喝了瓶红酒，我就对她说："有没有兴趣来点更刺激的？"由于我刻意改变了声音，她根本听不出来，立刻向我飞着媚眼："刺激？你能给我多大的刺激？"

……

她没有心。

后来的事，正如你推理的那样。我亲手割掉了她一向引以为傲的乳房，折断了她的手骨，往她的嘴里灌硫酸……我要让她尝尽求生不得求死不能的痛苦。那一刻报仇的快感，真是无法用语言形容的啊。

有一个刹那，我的冰冷、僵硬的心，下意识地颤抖了一下，那就是当她在救护车上醒来，目不转睛地望着我，不停地流泪，被抬进手术室的一瞬间，被泪水泡得发肿的眼睛，还湿漉漉地盯着我看……

我想，我也许做错了。

但是谁怜悯过我呢？我狠下心来想。

按照计划，我会像走在队列最前面的向导，将警方的全部注意力一点点引向徐诚和王军。但是我万万没想到张伟那个浑蛋的一则报道居然引发了白天羽的表弟的魔性，他开始了一场疯狂的变态割乳杀人！看着一具具惨不忍睹的尸体，一个个还没有绽放就凋零的生命，我感到天旋地转，摇摇欲倒！死了这么多人，流了这么多血，谁的罪？

谁的罪？呼延你刚才说过一句话，我绝对没有想伤害任何一个无辜的人——这是真的啊！可我还是不能原谅自己，尽管我疯了似的缉捕真凶，但在我内心的最深处，有一个声音，一个高亢得湮灭不掉的声音，一直在喊：真正的凶手，是你！是你！是你！我不敢闭上眼睛，因为那些血淋淋的无辜者的尸体，总是会浮现在我的脑海之中，她们身上受的每一刀，归根结底，都是我捅下去的啊！

中间还发生过一件事，现在也可以告诉你了，贾魁也是我杀的……什么？你早就猜到了。我和陈丹交往的最初，一直隐瞒着身份，因为我隐隐约约觉得，和一个做小姐的人谈恋爱，不是什么光彩的事情。后来她还是知道了。案发后，我知道她有写日记的习惯，害怕她在日记中写到和我的交往，害怕日记本落在警方手里。所以才和思缈一起去华文大学，在她的宿舍，得知日记本失踪，我十分震惊，这等于在我的脖子上套了一根不知何时会勒紧的绞索。经过仔细查寻，我得知了日记本被贾魁用重金买走了。于是在警方搜查贾魁租住房屋的前夕，我将日记本偷走了。

那个日记本上，几乎每一页纸都布满了坑凹，那是被泪水打湿的结果，在上面，陈丹写下了母亲惨死的经过，写下了对贾魁刻骨的仇恨，写下了她如身陷地狱一般不得解脱的痛楚。看完日记，我感到从头寒到脚，如坠冰河。我忽然觉得，其实我们每一个人都是受害者，然后再用伤害别人来解脱自己的痛苦。这个世界好像一个血的旋涡，人们都在其中搅拌着，谁也逃不出去……

我把贾魁诱骗到椿树街那栋灰楼的四〇二房间，在他当年杀死陈丹母亲的地方，亲手杀死了他。

本来，我想等陈丹康复后，把她接回家，养她一辈子。只有残缺的她才能永远为我所有。我这种心态，真的是畸形了吧。但七月十日下午，当我冲进一一二病房时，我从陈丹仇恨的眼神、疯狂的挣扎中，知道她认出我了，她在我的胳膊上，用指甲掐出血来，正如当初的牙印。

我没有办法，我必须杀死她。要知道一个郭小芬已经让我忐忑不安，更何况还有你呼延云……留下陈丹，我的罪行早晚会暴露。所以，那天夜里，我化装成医生来到小白楼，先走进一一二病房，发现里面是空的，退回到楼道，见ICU开着灯，拧开房门，看到了躺在病床上的陈丹，就用枕头将她闷死了。小郭搞不懂凶手为什么在现场滞留了两分钟之久，其实我是站在她的尸体边，梳理了一下她纷乱的头发，合上她睁开的眼皮，把枕头重新垫回她的颈下……我从医院出来，刚坐进车里摘下口罩，就发现章娜站在车窗外面看着我。她是到小白楼找胡杨的。那天的报上都刊登了捕获了二号凶嫌的新闻，我的照片到处都是。她认出我了，我怕她说出在杀人时间看到我在现场，只好把她绑架了。暂时没地方放，就想起我在配合施工单位进行安检时，看到华贸地铁站下面有几个废弃的侧洞，于是带着她从无人监管的施工通道下到地下，把她放在侧洞里。

至于小郭，她前天晚上跟踪我，被我发现了，通过她闪烁而惊慌的眼神，我意识到她发现了什么，当她突然要逃跑的时候，我抓住了她。在我的恐吓之下，她说出了她是怎么怀疑到我的，她说她在家中擦完地，觉得都擦到了，这时家中小猫站起身，身子下面却是干的。她就想起陈丹被割乳的二十四号别墅附近，没有发现任何汽车轮胎的痕迹，说不定也有这样一只猫，一只伏在那里，谁也不会注意到的猫——那就是我的"巡洋舰"。无奈之下，我只好也绑架了她，也放到那个侧洞里。我想，反正徐诚被捕了，二十号线贯通仪式一时进行不了，回头找个时间再把她和章娜转移走，将来怎么办，再说吧。谁知徐诚今天下午被提前释放，而且是直接去参加贯通仪式，为了保证小郭的生命安全，我才迫不及待地把徐诚重新缉捕。你放心，小郭没事的，很安全，昨天晚上，我怕她身体支撑不住，还专门去给她注射了葡萄糖……

呼延，你怎么了？你不要哭，不要哭，这一切早该结束了。当我把白天羽的表弟逮捕那一刻，我就一直在想自己也该向那些无辜的死者赎罪。刚才听到你精彩的推理，我心里……其实挺高兴的，我知道你又回来了，可是我走得太远了，太远了，我回不了头了……

"香茗！"

泪流满面的呼延云大喊着，声音里好像夹杂着血丝："香茗……你想自杀，对不对？"

林香茗没有点头，也没有摇头。雨水顺着他的发梢流到脸上，那张冰雕一般俊美的面容，仿佛在融化。

"香茗……男子汉大丈夫，你说过的话，算不算数？"

林香茗一愣："什么？"

"就在抓住二号凶嫌的第二天下午，你恳求我帮助你抓住一号凶嫌……救救那些被害的人们！你还记得吗？"呼延云抽泣着说。

林香茗微笑着，雨水在翘起的嘴角，积起一弯银色。

"你记得。那好，你去自首吧，因为现在还有两个人没得救，你得帮我救救他们……"倾斜的雨线像一支支透明的羽箭，打在呼延云的嘴唇上，他一面"噗噗"地吐着咸湿的雨水，一面奋力地大声说，"这两个人，都是这起案件的受害者，我要他们活下来，一个都不能少！"

"谁？"林香茗想了想，指着大桥下的地铁站，"你说小郭和章娜？我相信此时此刻，蕾蓉已经派人把她们救出来了。"

"不对……不是她们！"呼延云使劲摇着头，"是另外两个人——一个是你，还有……还有刚才走下大桥的一个人。"

林香茗伫立在倾盆的大雨中，呆呆的。

"你……你刚才也看见了，没有你，思纱就不能活！"呼延云睁圆了眼睛，"你已经害了不少人，你不能再害她了！她是爱你的，这个世界上，只要还有一个人真正地爱你，你他妈的就没有资格自杀！不错，你是曾经从人变成了鬼，可这不完全是你的错……我也差一点就被仇恨和绝望攫取了心灵，变成了厉鬼啊！但是无论怎样，这个时代还有思纱，还有小郭，还有蕾蓉，还有许许多多没有被黑暗征服的灵魂，如果你曾经是他们中的一个，如果你真诚地对自己的行为感到忏悔，如果你不是个用死亡来逃避赎罪的懦夫，你就要活下去，就要重新开始，我要眼睁睁地看着你从鬼……重新变成人！"

茫茫大雨，覆盖住了天与地。

林香茗幽黑的瞳仁里，闪出了一道晶莹的水光。

华贸地铁站A口，犹如倒扣的水晶船的屋顶上，雨水蜿蜒流淌，像纵横交错的一条条悬河。

呼延云呆呆地坐在石阶上，看着无数警察在明晃晃的灯光下穿梭着。警服的黑色与灯光的白色，在灰色的雨幕背景下，交织成默片时代的快镜头，匆忙得有些不真实。

他抬起积压了太多雨水而略显沉重的眼皮，看到被救出来的章娜趴在胡杨的怀里哇哇大哭，想给她做笔录的女警，站在旁边发呆。

胡杨搂着章娜不停地说："宝贝儿，别怕，别怕，有我呢……"

不远处，郭小芬披着一条白色毛巾，坐在一张绿色的毯子上，面容有些憔悴，呆呆地望着地面。

忽然晃进一条影子，上前抱住了她，在她的头发上、脸蛋上不停地亲吻着，一望即知，是郭小芬的男朋友，刚刚从上海赶过来。

郭小芬还是呆呆的，没有任何反应。

都结束了吗？

都结束了吧！

那就……走吧！

呼延云站起身，抹了一把脸，湿漉漉的，不知是雨是泪，昂起头，大步向外走去。

郭小芬身子轻轻颤抖了一下，她看到了蕾蓉。

"姐姐。"她挣脱了男朋友的怀抱，站起身，"我……你们是怎么找到我们的？"

蕾蓉凝望着她："是呼延云……他的推理。"

郭小芬艰难地吐出几个字："他……他在哪里？"

"出去了，刚刚。"蕾蓉说。

郭小芬甩掉肩膀上的毛巾，拔腿就往外冲去，伞也没拿一把，男朋友在后面声嘶力竭地喊她，可喊声马上就被哗哗的大雨声掩埋掉了。

她跑啊跑，一直向前。沉重的雨水打得她连头都抬不起来，更别提看见什么。一些模模糊糊的浮动的影像，时而挡住她的路，时而羁绊住她的脚步，她把他们、她们或它们统统拨开，不停地向前跑！跑！跑！

有一个过街天桥。她冲上去，腿一软，膝盖在台阶上磕出了血，她竟毫无感觉，冲到桥面上，扶着栏杆焦急地张望。

可是，那云，那电，那雷，那风，还有那将天地织成一片混沌的瓢泼大雨，遮挡住了一切视线，什么都看不见。

什么都看不见。

她放声大哭起来，这是她被救出后的第一次哭泣，任泪水在脸上滂沱，就像眼前的大雨一样，所有的恐惧，所有的悲伤，所有的梦魇，所有的绝望，都在这畅快淋漓的号啕中，冲刷得干干净净！

突然……

雨停了。

雨真的停了。

她揉揉眼睛，眼皮又酸又疼，可她还是努力睁开，继续望去。望去。

在一座座巨大墓碑似的大厦之间，长长的街道向前延展着，乌云依然没有散去，收起了黑压压的雨伞，却依旧黑压压的人群，无声地蠕动着，蠕动着……

还有……

还有——

她看见了!

看见了!

她一把揪住心口的衣服,身体不由得探出桥栏,以为哭干的泪水,一瞬间,再次盈满了眼眶!

她看到:就在那黑压压的、无声蠕动着的人群中,一个高傲的蓝色背影,坚定地向远方走去,越去越远,越去越远……

(全书终)

再版后记[1]

  本书在二〇〇九年出版时,被很多读者奉为原创推理的经典之作,但鲜为人知的是,这部作品从创作到出版,其实都是无心插柳的结果。

  年龄开头数字是"二"的大部分时间里,我一直在一家报社做编辑,日复一日、年复一年的寻章摘句,生活像一潭死水,我不甘于这种站在原地能看到十年后的自己的人生,在工作之余,试图开辟一条新的道路:写纯文学作品、组织读书会、办杂志……可惜全都以失败告终,一颗火热的心在无数的挫折中,渐渐冷却,昔日一同为理想奋斗的朋友们,也因为改变不了终将行尸走肉的命运,或者自杀,或者沉沦,或者远走他乡。曾经的抱团取暖,渐渐成了形影相吊,许多个深夜,我独自在街头,酗酒、游荡,对着天空嚎叫,好像要撕开自己的胸膛。

  每天早晨八点,我从家出发,步行二十分钟到公主坟地铁站,坐地铁到国贸,上来换九路公交车到水碓子站,来到报社,忙碌一天,晚上八点沿原路返回,来回路上累计要三小时,我不愿意浪费这时间,便一路读书。我从小酷爱推理小说,此时更加入迷,尤其是埃勒里·奎因的作品,百读不厌。在我看来,推理

---

[1] 此后记于二〇一七年《嬗变》第一次再版时,刊载于文末。

小说最迷人之处，除了异想天开的诡计、出人意料的解答，还有强烈的质疑精神，对一切不合理或合理的杀戮的质疑——从本质上讲，中国几千年的历史，无非是一个将不合理的杀戮变得合理的过程，起先还有所顾忌，需得建设一套杀人有理的逻辑，而世代更迭下来，受害者学会了任人宰割，害人者也变得肆无忌惮，而受害者和加害者又时常转换角色，各得其乐，使嗜血成为人人参与的不定期狂欢……而随着十九世纪科学大发现诞生的推理小说，将一切以神圣之名做出的判决撕得粉碎，通过对现场的勘查、对物证的提取，运用科学的逻辑和严密的推理，推导出整个犯罪的真相，找到戕害生命的真凶，无论默写的谎言怎样道貌岸然，一瓶鲁米诺（发光氨）就足以让其暴露出血写的事实，这是何其伟大的事情啊！

　　读书的副作用之一，就是放下书的一刻对周遭世界愈发不满，这不满加剧了我和环境的对抗，让我产生了我所生活的时代依旧在十九世纪之前的幻觉，这幻觉折磨得我痛苦不堪，一身是病，每天都要吃一把药片才能撑下去……看到我的境况，富有同情心的人们会说"年纪轻轻的"，我知道他们已经在兴致勃勃地构思我的悼词了。

　　偶尔，我会回到阜成路南一楼的楼下，坐在庭院里，拿着一瓶不知什么酒喝上很久，这是我生活了十二年的地方，在这里我度过了妄想改变世界的青少年时代，而现在，我只能冀图着扒拉时光的灰烬，找到一点可以取暖的火光，而那几年的春天又格外寒冷，冷到我相信：这里已经和其他地方一样，进入了灭绝一切的冰河期。

　　二〇〇七年三月二十八日，是个星期三，上午九点半，事先毫无征兆的，我在报社的电脑上随便敲下了一行字——

"黑暗中,她摸到了那块骨头"。

这句话是《嬗变》的开篇,我那时根本没想到这句话有什么意义和内涵,只知道十一个字里充满了入骨的邪恶,这邪恶往下会生发些什么,我不清楚,但一定很有趣,所以我决定继续写开去。每写一章,我就给MSN上的朋友们发过去,这一举动全无他意,只是想证明我还没死透罢了,所以小说的文字也无拘无束,无章无法。

谁知有个朋友转发给一位她认识的出版人,那位出版人竟马上找到我,要签下这部小说,那时全书还没有写完。我听说后只觉得好笑,此前那么多年我的小说屡屡遭遇退稿,这回一本根本就是写于绝望的、从没想到出版的小说竟然能出版了吗?

谁知,真的就签约了,真的就出版了。

我丝毫没有因为签约而改变写作风格,照样像个狂人一般恣睢着我的笔墨。这是一本讲述人怎样嬗变为兽的故事,书中的呼延云桀骜不驯,狂放不羁,挑战一切现存的秩序和威权,为此遭到种种的打击与白眼——打击来自他试图挑战的人,白眼则来自他试图维护的人,这导致他的性格日益傲慢和孤僻。在目睹越来越多同龄人的死灭之后,他"锻炼"出了惊人的推理能力。虽然这能力无法使他拯救任何人,但是他的失败验证着他的存在,他的无意义恰恰是他的最大意义——于决不屈服的战斗姿态,最终证明存在的不一定是合理的,还有改善和革新的可能。须知自有人类以来,所有进步的前提都是"反抗绝望"的结果,而我也始终觉得,对青年人来说,与其喝各种励志的鸡汤,不如早点知道彻底的绝望是什么滋味——绝望中的咆哮,比所有的欢笑和掌声,都更接近人生的本真。

《嬗变》出版后,迎来读者们的如潮好评。在半癫狂的状态中，我居然写就了一本逻辑严密的推理小说，回想起来，简直不可思议。当然也有些声音，咬牙切齿地咒骂我把现实描写得如此黑暗与不堪，对此我只感到莫大的快意。

六年过去了，我已经出版了好几部推理小说，每一部都不改初衷地书写着绝望和绝望中的反抗，而这一切的起点则是《嬗变》，更准确地说是《嬗变》之前的我的人生，那些在伸手不见五指的岁月中，不肯自甘沉沦、自我麻醉的日日夜夜。如果说《嬗变》中的呼延云真的和我有什么相似之处的话，就是我们曾经一样的拒绝投降。

感谢多年以来支持我创作的亲人和朋友，让这本书有了新生和再生的可能，而我唯一能回报你们的，唯有对《嬗变》和我每一部推理小说如下的坚信：百年之后，亦是杰作。

呼延云
二〇一六年三月

新版后记

《嬗变》于二〇〇九年十月第一次出版,倏忽间十二年过去了。

十二年前,新时期原创推理——尤其在长篇领域,作品寥寥,尚是一片未开垦的处女地;十二年后,在无数创作者们的不懈努力下,这片田地上已经麦浪滚滚,麦穗飘香……有幸参与其中,跟诸多同仁一起挥汗如雨,从刀耕火种到精耕细作,将原创推理一点点发扬光大,是我无上的荣幸。

众所周知,推理小说从二十世纪初进入中国以来,在原创领域一直处于艰难坎坷、屡遭颠踣的境地。但恰如自然环境的恶劣更能促使物种加速演化,从而具备更加强大的适应性与生命力,原创推理在每次崛起的历史机遇中,都能以最快速度完成从模仿到创新的本土化变革,并呈现出了远比其他类型文学更加复杂的多样性。深刻地了解和体察这一过程的发生与发展,汲取其中的经验与教训,无论对推理小说爱好者、创作者还是研究者,都具有非常重要的意义。

在十二年的创作中,我与很多同仁相比,并没有取得多么显赫的成就,更没有收获什么傲人的硕果,唯一值得一提的,是对这一类型文学始终不渝的热爱和坚守、心无旁骛的精研与锤炼,此外,由于我长期致力于本格派和社会派的结合,在本土化的变革中亦一直处于"狂飙突进"的前列,所以我的一系列作品犹如层次丰富的矿岩，鲜明地体现出风格上的变化与递进，并真实地记录了时代的更迭与演幻，因此，假如在新时期原创推理中寻找最能代表历史变迁的"模板"，我想我和我的作品是可以忝居一席的。

正是秉承着上述理念，我在创作完成《空城计》之后，开始对旧作进行问世以来力度最大的一次修订，除了针对读者们指出的种种缺点错误进行校正之外，也删改了许多不合时宜的语言和文字，同时最大可能地保存了初版的原汁原味，甚至找回了失散多年的"原版序"，使之成为一个真正意义上的"足本"，以便读者能够更真切地感受到作者在漫长的创作过程中，经历了哪些坎坷、挫折和弯路，进行了哪些思索、探索和求索——在修订中，我一次次地慨叹，假如自己真的能够给未来的创作者们一点点经验的话，唯有"百折不挠"四个字而已。

感谢十二年来支持我的读者、编辑和亲友们，也感谢那些尖锐的批评和辛辣的嘲讽，对于任何一位赤手空拳的拓荒者而言，掌声和嘘声都是无比巨大的激励，它们至少让他知道，在这条充满荆棘和泥泞的荒野上，他绝不是孤独的。

呼延云
二〇二一年十月九日

图书在版编目（CIP）数据

嬗变／呼延云著． -- 北京：新星出版社，2022.5
ISBN 978-7-5133-4804-1

Ⅰ．①嬗… Ⅱ．①呼… Ⅲ．①推理小说－中国－当代 Ⅳ．① I247.5

中国版本图书馆 CIP 数据核字（2022）第 029227 号

嬗变

呼延云 著

| 责任编辑：王　萌
| 责任校对：刘　义
| 责任印制：李珊珊
| 装帧设计：人马艺术设计・储平

出版发行：新星出版社
出 版 人：马汝军
社　　址：北京市西城区车公庄大街丙3号楼　　100044
网　　址：www.newstarpress.com
电　　话：010-88310888
传　　真：010-65270449
法律顾问：北京市岳成律师事务所

读者服务：010-88310811　　service@newstarpress.com
邮购地址：北京市西城区车公庄大街丙 3 号楼　　100044

印　　刷：北京天恒嘉业印刷有限公司
开　　本：910mm×1230mm　　1/32
印　　张：13.875
字　　数：235千字
版　　次：2022年5月第一版　　2022年5月第一次印刷
书　　号：ISBN 978-7-5133-4804-1
定　　价：56.00元

版权专有，侵权必究；如有质量问题，请与印刷厂联系调换。